Wunderkind

D'ANDREA G.L.

Wunderkind

UNA LUCIDA MONETA D'ARGENTO

MONDADORI

Ai cieli lenti, e ai demoni sempre fiammeggianti.
Alla strada per la fine del mondo e alle coccinelle che ci abitano.

All'Oceano e alla fortezza: che mai più conosca
ferri e catene.

Al gabbiano che rideva di notte, al gattino cieco
e al vecchio pescatore che aveva consumato il tempo,
le onde e le dita, ma non il cuore.

E a Sara,
che me li ha indicati,
ridendo per le rondini di mare.

Pubblicato per accordo con Piergiorgio Nicolazzini Literary Agency
Prima edizione febbraio 2009
Stampato presso Mondadori Printing S.p.A.
Stabilimento N.S.M., Cles (TN)
Printed in Italy
ISBN 978-88-04-58500-8

Devo aggiungere che non ho mai incontrato qualcuno che abbia visto rue d'Auseil.

H.P. Lovecraft

Così assorto era Frank nell'enigma della scatola di Lemarchand che non sentì la grande campana mettersi a suonare.

C. Barker

primo temporale

Il temporale rotolava da lontano in un tripudio di tuoni e lampi. Le ombre vacillavano, come tramortite, e persino la notte sembrava ritrarsi al passaggio del bambino in bianco e nero che fuggiva, terrorizzato.

L'uomo nel vicolo era chino sul fuoco. Il bambino si fermò, stravolto. I capelli neri gli si appiccicavano al viso, bianco come latte: tutto in lui era in bianco e nero.

Il fuoco in fondo alla viuzza scagliava scintille tra fumi di linfa vegetale e plastica bruciata. Un'offerta di calore troppo ghiotta perché il bambino potesse rifiutarla.

L'acqua scrosciava furibonda. Sgretolava l'intonaco, colpiva l'acciottolato, quasi a voler spegnere l'incendio al centro della Terra, gonfiava le grondaie fino a piegarle e farle straripare, ma l'uomo avvolto nell'impermeabile verde sembrava non curarsene. Aveva il viso affondato nell'ombra e batteva le mani a ritmo.

— E così — disse con voce bassa e quasi divertita — tu saresti il Wunderkind?

L'uomo non ottenne risposta: il bambino era troppo spaventato, troppo intirizzito per dire qualcosa, anche solo "ho freddo". Si stropicciò gli occhi e, titubante, si avvicinò un po' di più per osservare la figurina sgargiante che saltava seguendo la cadenza delle mani dell'uomo.

Era stupefacente: piroettava e capriolava in aria, leggera come una piuma, aggraziata come una ballerina. Schivava le gocce più grosse con movenze di seta e saltava di nuovo, in alto, instancabile, superando le fiamme e tornando giù, ancora e ancora, sempre seguendo il ritmo dettato dalle mani dell'uomo. Il bambino la osservava deliziato.

Non aveva mai visto niente del genere.

Ora il viso dell'uomo non era più in ombra, e il suo non era un bel profilo. La barba era macchiata e sporca, aggrovigliata in una matassa di un colore indefinibile; la pelle del viso era raggrinzita, cotta dal sole e sfregiata dal vento. Le labbra screpolate erano tese in un sorriso storto, un ghigno da lupo che metteva in mostra denti guasti ma affilati. Aveva un occhio guercio, solcato da una profonda cicatrice mal ricucita, mentre l'altro, di un azzurro gelido, luminosissimo, trafiggeva il bambino da parte a parte.

Il bambino aveva paura, una paura immensa, ma non riusciva a distogliere lo sguardo dalle evoluzioni della figuretta con il corpo di fil di ferro. Assomigliava a uno spaventapasseri in miniatura, con la testa triangolare come quella dei serpenti velenosi e due piume di gallo a V simili a corna caprine.

— Io sono quello che chiamano Pilgrind — si presentò l'uomo, facendolo sobbalzare. — E lui — aggiunse — è Re Fil di Ferro.

Batté un'ultima volta le mani, e lo schiocco che ne scaturì sembrò riecheggiare all'infinito nel vicolo scuro, rimbalzando da un muro all'altro, superando in volume persino il continuo cannoneggiamento della tempesta. Le fiamme del piccolo falò brillarono più fulgide e imponenti, e il bambino – d'istinto – arretrò di un passo.

La figuretta compì un altro balzo elegante e scomparve in alto, inghiottita dal buio.

Per un attimo sembrò essersi dileguata, poi atterrò con un inchino, capriolò in una fugace evoluzione scintillante e balzò dritta sul bambino.

Affondò le mani nel suo petto, nella sua carne.

L'unica cosa che il bambino pensò fu... "Brucia."

— Possiamo cominciare.

Così finisce il sogno, immancabilmente: con quella voce che sovrasta la tempesta e con quel dolore lancinante al petto. Sempre uguale. Sempre la stessa sensazione di pericolo incombente.

1

A Parigi succedeva sempre così, in ottobre.

L'alba cominciava sonnacchiosa. Umettava la fiamma elettrica dei lampioni che crepitavano un po' e poi abbandonavano le strade a se stesse.

Toccava al vociare dei palazzi far riemergere dal sonno la città. Creature vive e speciali, fatte di mattone e cemento, marmo e legno, granito e calce.

Canaletti di scolo ribollivano dei rimasugli dell'acquazzone. Grondaie scrosciavano, porte e serrande cigolavano. Salutavano in coro il tepore del mattino.

Allungate verso il cielo, in quella loro lingua segreta, le creature di cemento e mattone spettegolavano sulle malefatte della notte, facendo la conta dei morti e dei nati.

L'alba era passata dal rosa al rosso, dal rosso al giallo. Mattino, quindi.

Lo sferragliare dei tram, le saracinesche delle *boulangeries*, i passi dei lavoratori con il quotidiano sotto il braccio e le borse agli occhi, il vociare dei passeri e delle cornacchie sopra l'inconfondibile brusio dell'autunno. Foglie morte si raccoglievano in turbini, pozzanghere venivano schiacciate da pneumatici e stivali. Torme di piccioni facevano capolino dai sottotetti, con la loro aria stolida e maligna.

Di mattina, l'aria era un bouquet per intenditori.

La fragranza del pane appena sfornato e quella, più insidiosa, dei dolci si mescolavano ai profumi arcobaleno dei fiorai ambulanti insieme a quelli, delicati e promettenti, delle donne dall'aria decisa dirette chissà dove.

Un vecchio dagli occhi blu passeggiava fischiettando con le mani in tasca. Incrociò lo sguardo del ragazzino accigliato e pensò che Parigi sapeva essere stupenda come un primo amore.

Ma altrettanto crudele.

Caius Strauss aveva quattordici anni, l'aria malaticcia, la borsa a tracolla e i pugni stretti nelle tasche del giubbotto. Continuava a tormentarsi il labbro e i capelli arruffati che, solleticandogli la fronte, lo innervosivano ancora di più.

Poiché aveva passato la maggior parte della sua vita fra camici sterili e flaconi di sciroppi, lontano dai coetanei e dai loro struggimenti, più amico di Dickens che dei videogiochi, non era uno stupido né uno svagato. Pertanto, oltre che inquieto, era anche leggermente perplesso.

Il motivo era questo: raramente aveva incontrato sulla sua strada un rompicapo come quello che, in quell'ultima piacevole mattinata autunnale, lo stava tormentando. Il rompicapo sembrava innocuo, all'apparenza.

Una lucida moneta d'argento stretta nel suo pugno.

Mentre inavvertitamente urtava un uomo intento a spulciare la prima pagina di "Le Monde", Caius Strauss non faceva che pensare alla moneta. La moneta, la moneta e ancora *la moneta*. Un enigma che rendeva quella bella mattinata scura come pece e colma di insidie come le quattro che l'avevano preceduta.

Da quattro giorni, infatti, per Caius Strauss non esisteva nient'altro che la moneta. La moneta e un dubbio. Il dubbio era: sto impazzendo.

Caius Strauss aveva gettato la moneta d'argento in un cestino stracolmo di cartacce e lattine all'incrocio di rue Legendre, proprio di fronte all'asilo a forma di cubi nel giardino del Couvent des Récollets.

L'aveva gettata mentre l'acquazzone lo inzuppava da capo a piedi, alle cinque in punto: aveva controllato l'orologio. Quei particolari erano scolpiti nella sua memoria. Il cestino, i cubi, l'orologio.

L'aveva buttata, non l'aveva persa in un attimo di distrazione. Non era scivolata da un buco nelle tasche dei jeans come succedeva di solito con le monete o i biglietti della metropolitana. L'aveva gettata di proposito e quando aveva sentito, nonostante le gocce sull'ombrello, il rumore dell'argento che tintinnava contro il fondo del cestino, si era sentito meglio. Non si era sentito *bene*, soltanto un po' meglio.

Caius sapeva che la moneta d'argento sarebbe tornata. Aveva già provato altre volte a gettarla. Per tre volte aveva gettato quella moneta in tre posti diversi e, tutte e tre le volte, la moneta d'argento era tornata.

Quella maledetta moneta, fredda nonostante la mano in cui era racchiusa fosse sudaticcia, lo faceva sentire strano. No, "strano" era una parola troppo vaga. Rimuginando, schivò i latrati di un minuscolo barboncino e superò l'austero portone della stazione della gendarmeria di rue Truffaut. La verità era un'altra e Caius non era tipo da mentire a se stesso. Il maledetto rompicapo, la moneta d'argento che tornava sempre, non lo faceva sentire solo strano. Lo faceva stare male.

E lo faceva stare male perché trovava chi gliel'aveva donata... ributtante.

Quattro giorni prima un'auto dai finestrini oscurati aveva parcheggiato a qualche metro dalla panchina su cui Caius si era fermato per una sosta.

Dall'auto era emerso un uomo con un ridicolo cappello a cilindro calcato in testa. L'uomo aveva sorriso e gli si era seduto accanto. Sembrava stesse cercando proprio lui.

Quel tizio basso, grasso oltre misura, tondo, dalle dita incredibilmente lunghe e pallide sempre in movimento, non gli era piaciuto sin dal primo istante.

Con il senno di poi, Caius rimpiangeva di non essersene andato subito. Se lo avesse fatto, non avrebbe avuto quella maledetta moneta a fargli perdere il sonno. Ma era inutile mentire: non avrebbe avuto la forza di farlo.

C'era qualcosa di magnetico e irresistibile in quella figura obesa. In quel faccione lunare e in quegli occhi, tondi, lucidi. Come monete. Occhi che non battevano mai le palpebre, aveva pensato Caius, rabbrividendo.

Da quattro giorni non faceva che sognarli.

— Caius — aveva detto lo sconosciuto. — Caius Strauss.

La voce dello sconosciuto era squillante, troppo allegra per non essere falsa. Gli aveva dato il voltastomaco.

— Caius Strauss. — L'ometto aveva teso una mano dalle dita assurdamente lunghe e dritte. — Caius Strauss, Herr Spiegelmann. Tuo zio.

Incrociati gli occhi del forestiero, Parigi scomparve. Inghiottita. Nello scintillare delle monete incastrate nelle orbite di quella luna bianchiccia, Caius trovò il proprio riflesso distorto e una sensazione nuova, fortissima, che mai aveva provato, neppure davanti allo sguardo corrucciato dei medici che cercavano una cura per i suoi polmoni.

La paura.

— Sei molto cresciuto, Caius Strauss. — Pronunciava il suo nome indugiando sulle esse, dandovi una connotazione quasi carnale, oscena. Non era difficile immaginare quella voce sussurrare volgarità negli angoli bui dei giardini d'infanzia. — Eri quasi un germoglio quando ti ho visto l'ultima volta. Piccolo così... Ma ora sei cresciuto, sei quasi un uomo.

— Io non... — Le parole gli uscivano a fatica, lente.

Herr Spiegelmann sorrise.

Aveva denti innaturalmente lunghi e affilati. E marci.

Le zaffate del suo alito non fecero ritrarre il ragazzo. Del marciume e del tanfo, così come di tanti altri piccoli particolari ributtanti, Caius si rese conto solo in un secondo momento. Quasi che quell'incontro fosse il frutto di un sogno. Un sogno di cui però non poteva dubitare.

La moneta nel suo palmo era stata, da subito, fredda e concreta.

— Come potresti? Eri molto piccolo, un implume, e io sono dovuto stare lontano per molto tempo. — Herr Spiegelmann si fece avanti con aria cospiratoria. — Impegni, affari. Un uomo molto indaffarato, così mi chiamava tua madre. Mi sgridava, diceva che mi sarei ammalato. E qualcuno della concorrenza spera molto in una mia eventuale infermità.

Un sorriso fugace, ancora quei denti. Caius vide di sfuggita che qualcosa si muoveva in fondo alla sua bocca. Il voltastomaco divenne nausea.

Nella bocca dello sconosciuto c'era qualcosa di sottile

e sgradevole come un batuffolo di capelli, qualcosa con tentacoli affusolati come capillari. Qualcosa di rivoltante e spaventoso. Ma staccare gli occhi?

Impossibile.

— Il Venditore, così mi chiamano in famiglia. Herr Spiegelmann il Venditore. Una ben strana famiglia la tua, sai, ragazzo mio?

Tanto la sua voce era ronzante, quanto la sua risata bassa e cavernosa.

— Scommetto che non ti hanno mai parlato di me. — Lo disse come si fosse trattato di un'ovvietà. — Svagati, svagati, svagati. Ma rimedieremo. Vedrai. Te lo prometto. Sono qui per affari, sempre affari, e credo che mi tratterrò per qualche tempo. Così potremo conoscerci un po' meglio.

Una pausa che a Caius parve durare un'eternità.

Poi: — Che ne dici?

Il suo corpo reagì come si trattasse di una minaccia. Non fosse stato per quegli occhi lustri che lo tenevano inchiodato, Caius avrebbe dato di stomaco.

— Non ti piacerebbe conoscere vecchie storie di famiglia? Non c'è niente di meglio che scambiarsi pettegolezzi davanti a una bella cioccolata calda. Oppure potremmo andare al cinema insieme, conosco cinema bellissimi. — Ancora quella doppia esse. Ancora quel sibilo. E la bocca che si apriva. E quella cosa che si torceva in fondo alla gola. — Cinema dove danno film incredibili, di quelli che tua madre non si sognerebbe mai di farti vedere. E un giorno, magari, una bella vacanza insieme. Come due amiconi. Sono un uomo molto indaffarato, certo, ma posso trovare un po' di tempo per stare con mio nipote.

Poi la luna si spaccò in due. Così pensò Caius. La luna si stava spaccando in due e presto l'avrebbe inghiottito. Ma era solo la bocca di Herr Spiegelmann che rideva di gusto. La risata salì, salì e divenne il ronzio di un insetto.

Acuto da far sanguinare i timpani.

I loro occhi si staccarono per una frazione di secondo e il marciapiede riprese consistenza. Automobili di passaggio, una donna con le sporte penzolanti dalle braccia, l'auto con i vetri fumé parcheggiata poco avanti, la vetrina del negozio di bigiotteria che sciorinava la sua paccottiglia e... Poi la luna si ricompattò e tutto tornò fumoso.

Tutto, tranne Herr Spiegelmann. — Apri la mano.

Caius obbedì.

La moneta era fredda.

— Un portafortuna. Un regalo.

— Grazie — gracchiò il ragazzo.

— Ci rivedremo. Eri solo un girino piccolo così, ora sei cresciuto. Pensa alla mia proposta. Ti piacerebbe vedere il Mare? Ti ci porterò. A tutti piace il Mare. In fondo siamo nati lì, se ci pensi. Pesci e rane e scimmie. — Schioccò le dita, come un prestigiatore. — Voilà. Ti ci porterò, ma solo se farai il bravo. — Le sue mani sfarfallarono in un applauso. Si alzò.

La portiera sbatté. Il motore salì di giri. La freccia balbettò, e una nuvoletta di gas di scarico bruciò le narici del ragazzo. Lo sconosciuto era sparito.

Caius aveva aspettato che l'auto fosse scomparsa nel traffico, si era alzato ed era tornato a casa.

Durante il tragitto non era inciampato neppure una volta.

Il giorno dopo Caius aveva gettato la moneta in un bidone di rue des Dames, proprio sotto casa. Si era sentito come se si fosse tolto un peso dallo stomaco.

Quella sera stessa aveva trovato la moneta ad attenderlo, sul cuscino.

Due giorni dopo l'incontro con Herr Spiegelmann, Caius aveva gettato la moneta dal Pont des Invalides. La moneta era stata inghiottita dal buio della Senna e lui si era sentito meglio. Non bene, meglio.

Ma la moneta era tornata.

Tre giorni dopo l'incontro, sotto la pioggia, quasi senza più speranze, Caius aveva gettato la moneta in un cestino di rue Legendre. I cubi, l'orologio. Il tintinnare dell'argento contro il metallo lo aveva fatto sentire un po' meglio.

La moneta era tornata.

Quattro giorni dopo l'incontro con Herr Spiegelmann, in ritardo e leggermente trafelato, Caius varcava le porte dell'Istituto delle Piccole Madri.

Non prima di aver gettato la moneta in un tombino.

E questa volta non si era sentito né bene, né meglio.

2

Scuola.

Caius aveva risposto ad alcune domande di aritmetica e risolto alla lavagna un problema particolarmente intricato, meritandosi le lodi dell'insegnante di geometria, una suora minuscola con il viso grinzoso come una prugna secca.

Durante l'intervallo aveva scambiato qualche battuta con Pierre, il suo compagno di banco, e Victor, un ragazzo di un paio d'anni più grande con cui aveva legato. Aveva riso di una barzelletta sporca e aveva piluccato la merenda aspettando il suono della campanella. Poi era tornato a sedersi.

Si sentiva distante, distaccato. La mattinata scivolava via in uno stato prossimo alla catalessi.

La suora grinzosa con gli occhiali che le trasformavano il viso in un eterno punto interrogativo, Pierre e il suo apparecchio per i denti, Victor e la sua mania per le battute a doppio senso, per Caius erano meno che scenografia.

La sua mente era altrove.

La prima cosa che aveva fatto appena entrato in classe, a capo chino per evitare lo sguardo di biasimo dell'insegnante, era stato tastarsi la tasca del giubbotto in cerca della moneta.

Non c'era. Era nel tombino davanti alla scuola. L'aveva gettata. Se ne ricordava. Ma come poteva esserne davvero certo? Quella maledetta moneta tornava sempre.

Così la sua mano aveva continuato a saggiare la consistenza delle tasche sicuro che, prima o poi, le dita avrebbero incontrato il gelo dell'argento. Il rompicapo cresceva, insolubile.

La sua ansia aumentava.

— Che hai? — sussurrò Pierre.

— Nulla.

Da dietro la cattedra una voce lo richiamò: — Strauss, che succede?

— Nulla, signorina Torrance, mi scusi.

— Sei pallido — notò l'insegnante. — Vuoi andare in bagno a rinfrescarti?

Era una buona idea.

Il corridoio era sgombro. E in qualche modo sinistro.

Caius digrignò i denti.

All'altro capo del passaggio, il viso nascosto da un quotidiano sportivo, c'era il signor Kernal. "Signor Kernal" era il modo in cui insegnanti e studenti erano tenuti a chiamarlo, ma Victor aveva trovato per lui un nome più appropriato, anche se poco fantasioso. Il Bastardo.

Il giornale frusciò.

La faccia di Laure Manaudou scomparve. Al suo posto, il viso tagliato con l'accetta del Bastardo. Caius accelerò il passo. Superò l'angolo e pensò di averla scampata. All'ultimo, quando le sue mani avevano raggiunto la maniglia della porta del bagno, il Bastardo lo chiamò.

— Strauss.

La voce del bidello era più astiosa del solito. Caius valutò l'idea di fingere di non aver sentito, ma il corridoio era vuoto e, per quanto gracchiante, la voce del Bastardo era risuonata distinta. C'era il rischio di farlo arrabbiare.

— Sì?

— *Sì*? È così che ti rivolgi a un adulto, Strauss?

— Mi scusi, signor Kernal. Posso fare qualcosa per lei?

Il Bastardo si stampò in faccia un ghigno soddisfatto. Aveva le gengive arrossate e nere. — Voglio dirti due paroline. — Inarcò l'indice due volte. — In privato.

Caius si avvicinò alla cattedra dietro cui era seduto il bidello. Abbastanza vicino da sentire le zaffate di fumo stantio, ma non quelle di alcol.

— Hai paura che ti mangi?

Caius fece un ulteriore passo avanti.

Il signor Kernal fece scricchiolare la colonna vertebrale e si curvò verso di lui. Nella faccia cotta dal sole, i suoi occhietti verdi scintillavano maligni. — Voglio svelarti un segreto, Strauss. Sai mantenere un segreto?

— La signorina Torrance mi ha detto di sbrigarmi, forse sarebbe meglio che io...

In un lampo il Bastardo gli artigliò il braccio. Caius urtò la cattedra.

— Mi fa male — provò a protestare con un filo di voce. I loro visi erano a pochi centimetri di distanza. Poteva vedere i peli grigi che sbucavano dalle narici del bidello.

Il Bastardo lo strattonò ancora, traendo evidente piacere dalle sue smorfie di dolore.

Caius sperò che qualcuno facesse capolino da una delle aule, un'insegnante o addirittura la superiora. Si sarebbe accontentato anche solo di uno studente.

Aveva paura. Quella nuova, terribile sensazione aveva piantato gli uncini nella sua carne per la prima volta soltanto quattro giorni prima, e ora sembrava essere diventata la sua fedele compagna. Non arrivò nessuno.

Erano soli.

— Sei uno stronzetto arrogante, lo sai, Strauss?

— Sì — piagnucolò lui. Si odiò per la facilità con cui il Bastardo lo aveva costretto alle lacrime, ma non poteva farci nulla.

Sentiva il dolore partirgli dal bicipite, laddove le dita callose del bidello si erano strette in una morsa, e arrivare fino alla spalla e alla mano, intorpidita.

— Sì, *cosa*? Insolente.

— Sissignore, signor Kernal. — Le lacrime scendevano a goccioloni.

— Sei come tutti gli altri bastardini. Vi credete tanto intelligenti, vero? Credete di sapere tutto del mondo e della vita, non è vero Strauss?

— Sissignore, signor Kernal.

La rassegnazione aveva smorzato le lacrime. Il Bastardo lo scosse con violenza. Caius rischiò di tagliarsi la lingua. Singhiozzò. Il Bastardo ghignò.

Non voleva rassegnazione, voleva paura.

— E tu sei il peggiore Strauss, lo sai questo, no? Sei il peggiore perché pensi di sapere tutto e invece non sai niente di niente. — Sbatté la mano sul legno della cattedra e Caius sussultò con violenza. — Niente di niente.

Sembrava avesse la gola intasata di fanghiglia.

— Niente di niente, signor Kernal.

— Così mi piaci — disse il Bastardo, e lo costrinse ad avvicinarsi ancora un po'. A Caius parve di sentire l'osso scricchiolare. Era solo un'impressione, ma il dolore divenne insopportabile.

E più insopportabile ancora era l'umiliazione.

— Così mi piaci.

— Sissignore.

— E non hai rispetto. Nemmeno per chi ti vuole bene. Io ti voglio bene, Strauss?

— Sissignore, signor Kernal.

Il Bastardo lo percosse con un manrovescio che lo lasciò senza fiato. — Io ti odio, schifoso. Vi odio tutti — sputò, pieno di disprezzo. — Preferirei scolarmi una latta di vernice piuttosto che voler bene a uno di voi. Soprattutto a te, Strauss. Tu sei il peggiore di tutti. Ma il Direttore non la pensa come me. Il Direttore, Herr Spiegelmann, lui ti vuole *molto* bene.

Caius batté le palpebre.

La paura. Di nuovo la paura. Sempre la paura.

Gli occhietti del signor Kernal brillavano come tizzoni ardenti. C'era più che una semplice vena di follia in quegli occhi iniettati di sangue.

C'era un abisso.

Il Bastardo annuì con forza. — Il Direttore, sì. Lui ti vuole bene. Molto bene. E sa che hai perso una cosa molto preziosa. Lui sa sempre tutto. Tutto di tutti. Ma non se la prende, sai? Fosse per me — si umettò le labbra con la lingua stretta e secca — prenderei a cinghiate quel tuo culetto ossuto fino a spellarlo. E poi ti farei vedere cosa succede a quelli che perdono cose preziose come... questa.

La moneta d'argento.

— Molto, *molto* preziosa — sussurrò il Bastardo, assorto. Estasiato. Poi esplose: — E tu, ingrato schifoso, hai il coraggio di gettarla nelle fogne!

La voce spezzata del signor Kernal riecheggiò da una parte all'altra del corridoio come il latrato di un cane rabbioso, tanto da far tremare i muri.

Eppure sembrava che nessuno avesse sentito nulla. — Schifoso — ripeté. — Schifoso. — E gli ficcò la moneta nel taschino della camicia.

Era fredda.

— Schifoso.

Era un congedo.

Poi, come nulla fosse, il signor Kernal afferrò il giornale, lo aprì e si accomodò al suo posto. — Schifoso — bofonchiò un'ultima volta.

Tremando, Caius si rassettò la camicia e, sentendosi come una marionetta senza fili, tornò in classe, svuotato di ogni energia. Rigido sulla sedia, aspettò che il cuore smettesse di galoppare. Guardò l'orologio. Erano da poco passate le undici. Tutto era avvenuto in meno di cinque minuti.

La moneta era tornata.

Caius non rifletté, e fu una novità per uno come lui.

Dopo quanto accaduto non se la sentiva di restare in classe per le lunghe ore che lo separavano dal suono della campanella. Gli sembravano un'infinità.

Sentiva il respiro mancargli, quasi fosse preda di un attacco di claustrofobia, tutto vorticava davanti ai suoi occhi e mille pensieri litigavano nella sua testa con il risultato di renderlo ancora più confuso e abbattuto.

Quando sentì di non poterne più agì d'impulso, senza riflettere. In tutta fretta scarabocchiò un permesso di uscita anticipata falsificando alla meglio la firma di sua madre, e la porse all'insegnante.

Lo fece senza arrossire né tentennare.

Strano, pensò la signorina Torrance mentre controfirmava il permesso: il nome di Caius sul registro stava sbiadendo. Lo pensò e lo dimenticò quasi subito.

Quindi, senza un commento, gli fece cenno di andare e lasciò che la noia della lezione tornasse ad avere la meglio sulla sua coscienza appannata.

Tornato al posto, Caius infilò alla rinfusa libri e quaderni nello zaino senza badare che le pagine non si rovinassero o che le copertine non si piegassero.

Anche questa era una novità: di solito Caius era un ragazzino molto ordinato, quasi meticoloso.

Poi, mentre uno dei suoi compagni ripeteva con gran fatica il futuro anteriore del verbo "sanguinare", Caius uscì dalla classe borbottando un saluto.

L'aria era fresca, limpida.

Caius si fermò a pochi passi dal portone, sul marciapiede di rue Puteaux. La sua classe era all'ultimo piano. Bastavano tre rampe di scale per raggiungerla, solo tre.

Sentì le lacrime salirgli agli occhi, invaso da una strana, profonda tristezza. Con un nodo in gola immaginò la signorina Torrance e i suoi compagni chini sui libri e li invidiò con tutte le sue forze.

Invidiò l'apparecchio di Pierre e i brufoli di Victor, l'incapacità di Fernand di seguire un filo logico per più di qualche secondo e persino la dislessia di Corinne.

Erano problemi normali, quelli, problemi di normali quattordicenni. Nella sua tasca la moneta era fredda. Dio, come era fredda.

Fu con trepidazione che Caius alzò la testa verso la finestra del terzo piano. La finestra della sua aula, quella (così immaginava) in cui Pierre si stava passando l'unghia negli interstizi fra i denti, in cui Fernand stava disperatamente cercando di compiacere la signorina Torrance e Corinne giocherellava con le trecce. Si rivolse a quella finestra, lassù in alto, con la stessa intensità con cui alcuni pregavano il cielo, sperando di trarre un po' di calore per contrastare il gelo della moneta.

Non trovò alcun conforto ad attenuare la sua tristezza, neppure una scintilla a scaldarlo.

Ciò che vide fu così inaspettato che Caius si sentì spinto all'indietro, costretto ad arretrare fin quasi in mezzo alla strada. Sgranò gli occhi e spalancò la bocca, gemendo. Non udì neppure lo strepitare di un clacson, quando un'auto di passaggio evitò d'investirlo per una manciata di centimetri. Se ne accorse solo di sfuggita, in maniera distaccata, come riguardasse qualcun altro, un estraneo che non poteva fare altro che fissare gli occhi all'insù e singhiozzare.

Schierati in una fila ordinata, i suoi compagni e la sua insegnante ridevano del suo sgomento.

C'erano tutti, e tutti lo stavano fissando. La signorina Torrance svettava, con la sua coda di cavallo color miele. Era facile riconoscere la camicia a scacchi di Pierre e il civettuolo fazzoletto rosa annodato al collo di Corinne.

Ma i visi che Caius, fino a pochi istanti prima, aveva trovato rassicuranti e persino invidiato, per la loro felice normalità, non erano gli stessi che lo stavano deridendo dall'alto del terzo piano. Erano facce distorte di un disgustoso colore verdastro, con le orecchie tagliate a triangolo e i nasi ridotti a becco. Grugni bestiali, da animale, che ridendo mostravano una selva di denti lunghi e aguzzi. Lo fissavano e ridevano, e sembrava che la sua reazione terrorizzata li facesse ridere ancora di più.

Uno di loro, quello che indossava la casacca di Bernard, la stessa casacca azzurra e bianca di Bernard, alzò la mano e l'agitò, salutandolo. Fu quell'ultimo gesto beffardo a dargli la forza di distogliere lo sguardo: la mano di Bernard terminava in lunghi artigli acuminati.

Caius scuoteva la testa.

Nulla di tutto questo stava accadendo veramente. Doveva trattarsi per forza di un'allucinazione, si diceva, senza avere il coraggio di alzare gli occhi per accertarsene. Le pagine dei libri e dei giornali erano piene di persone che di punto in bianco si mettevano a vedere cose inesistenti. Nella realtà *vera* poteva capitare di avere delle allucinazioni.

Quello che non succedeva mai invece, nella realtà vera, alle persone vere, era vedere i propri compagni di classe e la propria insegnante trasformati in incubi viventi.

Caius conosceva bene la parola usata per indicare quelli che vedevano cose impossibili. Lui stesso l'aveva pronunciata con leggerezza chissà quante volte. Adesso, però, quella stessa parola gli si ritorceva contro, riempiendolo di un'angoscia seconda solo all'orrore che aveva provato guardando le atrocità deriderlo alla finestra.

Pazzo, era la parola.

3

Camminare senza meta lo aveva sempre aiutato a rendere meno confusi i pensieri e così, quasi senza rendersene conto, una volta fuggito dai ghigni alla finestra, senza avere né il coraggio né la voglia di tornare a casa, Caius si era trovato a vagare da solo per le vie di Montmartre e del Marais.

Aveva scansato un gruppo di turisti intenti a cicalecciare davanti al Musée Carnavalet e aveva dato da mangiare ai corvi di Parc Monceau comprando bruscolini da un tunisino zoppo. Aveva assistito ai battibecchi delle anatre e si era concesso un panino e un'aranciata in un chiosco senza troppe pretese nei pressi di rue de Lévis. A quel punto aveva imboccato soprappensiero una viuzza laterale di rue des Dames, una stradina poco più grande di un vicolo, che era sbocciata, con sua grande meraviglia, in un luogo tanto sconosciuto quanto inaspettato.

Un porticato colmo di promesse.

Questo avevano di bello le metropoli antiche: al contrario degli uomini, che pure le avevano generate, sapevano serbare il passato. Al contrario degli uomini, che pure l'avevano subita, non avevano pudore a raccontare la storia senza mentire.

C'erano dei posti, piccoli luoghi nascosti, in cui questo misterioso talento balzava agli occhi persino del profano e dello sbadato, e il piccolo porticato in cui Caius era finito era proprio uno di questi.

Doveva essere stato costruito quando Carlo Magno, specchiandosi, aveva notato i primi peli candidi nella barba; eppure, strano a dirsi, quel piccolo luogo nascosto non aveva mai posseduto un nome che potesse dire suo.

C'erano stati incendi e morti, e ogni incendio e ogni lacrima avevano lasciato la firma di chi aveva appiccato e di chi aveva sofferto.

A saper leggere, era ancora possibile conoscere gli affanni degli afflitti e le smanie dei piromani, tutto era scritto sulla pietra. Da quasi mille anni la metropoli antica continuava a raccontare quei drammi e quei tradimenti non perché affamata di dolore, ma perché farlo era nella sua natura.

Se, nel corso dei secoli, a nessuno era mai venuto in mente di battezzare quel luogo nascosto il motivo era semplice: non se ne era mai sentito il bisogno.

Come c'era stata una via degli orefici, una via per i venditori di seta, una per i mercanti di vino, tutti sapevano che, se c'era da trovare un libro, era lì che bisognava recarsi.

Sotto il porticato, infatti, una di fianco all'altra, zeppe di carta fragrante, ettolitri d'inchiostro disciplinati in frasi e paragrafi, non c'erano altro che librerie: librerie per ogni palato.

La modernizzazione, certo, se ne fregava di questo genere di tradizione. Grosse catene di librerie piene di neon erano sorte un po' ovunque. Intraprendenti commercianti avevano deciso di posizionare il proprio negozio in punti più vicini al flusso degli studenti, ma se si cercava qualcosa che non fosse il solito testo di trigonometria o il bestseller del momento, era sotto il porticato privo di nome che bisognava recarsi.

A Monsieur Galambert, la prima delle librerie del porticato, seguiva Il Mondo in Cinque Righi, specializzato in strani testi musicali, poi, dietro una facciata di legno scuro, l'immancabile Aleph, con una ragazza che masticava svogliata un chewing-gum, e il Satyricon, dall'aria sinistra come quella dei giullari nelle notti senza luna.

Caius, che amava i libri e le librerie, di fronte a una tale abbondanza pensò di essere finito in paradiso. Tutti quei volumi da scoprire, tutti quei titoli in cui immergersi erano uno spettacolo che germogliò in una sensazione che faticò a riconoscere in quella giornata così cupa: speranza. Sorrise, e fu il primo sorriso della giornata.

Nulla gli impediva di sperare che i libri avrebbero lenito le sue angosce, allontanando la paura che lo tormentava: la paura di essere impazzito. Caius sapeva che i libri erano amici fidati su cui poteva contare sempre.

Era immerso in pensieri lieti come questo quando, a pochi metri dalle sue spalle, qualcosa provocò un rumore che cancellò ogni speranza.

Forse per la paura, forse per una qualche bizzarra illusione ottica, d'un tratto gli parve che la via si fosse ristretta. Tutto era diventato più scuro.

Sembrava impossibile, ma persino la temperatura doveva essersi abbassata di parecchio visto che il fiato si condensava in nuvolette azzurrine.

Il rumore si ripeté ancora, guadagnando metri. E poi ancora, più forte e più vicino. Caius scuoteva la testa, ma negarlo significava solo negare l'evidenza.

Era un rumore atroce, che faceva stridere i denti e agghiacciare lo stomaco. Era un rumore che faceva vibrare all'unisono ogni fibra del suo essere.

Era un rumore di artigli che grattavano sul selciato. Artigli come quelli con cui Bernard lo aveva salutato beffardo.

Caius sentì una voragine aprirsi sotto i suoi piedi. — Non di nuovo... — implorò.

La sua preghiera rimase inascoltata.

In fondo alla strada, proprio davanti a lui, Herr Spiegelmann gli sorrideva con la sua faccia di luna, come morisse dalla voglia di riabbracciarlo. Prima non c'era e adesso era lì, comparso dal nulla.

Il Venditore era venuto a prenderlo e questa volta non avrebbe cercato di blandirlo. Avrebbe fatto sul serio, avrebbe usato la forza. Tutto questo Caius lo intuì con la stessa immediata sicurezza con cui seppe che se Herr Spiegelmann lo avesse preso, per lui sarebbe stata la fine.

Il panico, a quel punto, fu la sua salvezza.

Il ragazzino pelle e ossa incassò la testa e lasciò che fosse l'adrenalina a guidarlo proprio nel momento in cui gli parve di intravedere alle sue spalle una creatura con troppi denti accingersi a spiccare il salto che le avrebbe permesso di afferrarlo con artigli grossi e ricurvi.

Caius si buttò a destra, correndo più veloce di quanto avesse mai pensato di poter fare. Passò sotto un architrave con i resti abbandonati di un nido di rondine, spalancò il portone in ferro di una libreria e ruotò su se stesso, come un lottatore di judo, il gomito proteso, pronto a subire lo strazio della carne o il tocco ributtante del Venditore.

Invece, non successe nulla.

Non ci fu né dolore, né lo sguardo lunare del Venditore a riempire il suo orizzonte. La creatura che gli era parso di sentire ringhiare a pochi centimetri dal suo collo forse non era mai neppure esistita. Nulla, a parte il trillare allegro di una campanella sopra la sua testa.

Caius abbassò il braccio, incredulo. Sbirciò a destra e a sinistra, sforzando la vista il più possibile, ma senza avere il coraggio di abbandonare il rifugio in cui si trovava.

Non vide altro che il vecchio porticato, le librerie assorte in se stesse e qualche cartaccia mossa dal vento.

La campanella di ottone tintinnò ancora quando la porta decise con un cigolio di tornare sui suoi passi, facendolo sussultare. Un'insegna sbatacchiò contro il vetro. Vergata a caratteri eleganti, una scritta: CARTAFERINA.

L'odore dei libri era rassicurante. Caius chiuse gli occhi e arretrò verso il tepore della libreria, lasciando che la porta si richiudesse con un colpo secco.

Niente artigli e niente Venditore. Era salvo: questa era la buona notizia. Ma forse stava impazzendo sul serio. E questa era la cattiva notizia.

Ansimando, si asciugò il sudore dalla fronte, si massaggiò le tempie e cercò di inventare una scusa per quell'entrata così poco educata.

Si voltò e rimase a bocca aperta. Non aveva mai visto nulla di simile.

Gli sembrò di essere finito in una bottega d'artista, piena com'era di strani oggetti di metallo e sculture dall'aria sognante. Di tutte le librerie dell'antica via, il Cartaferina doveva essere la più bizzarra.

I libri non mancavano, anzi. Gli scaffali, tutti con più di qualche decennio sulle spalle, tutti pieni all'impossibile, erano una vera miniera di titoli.

Erano così imponenti da essere imbullonati direttamente al soffitto tanto che, per raggiungere i tomi più in alto, era necessario servirsi di una scala.

— Certo che può ordinare... Non si preoccupi, il nostro corriere arriverà entro tre giorni. No, certo, un pacco senza mittente e senza... certo, non vogliamo spaventare i vicini, giusto? — Una risatina nasale, quasi uno squittio. La voce tornò professionale e monotona. — Tre, certo. Tre giorni. E sì, abbiamo un sito Internet molto aggiornato, sì, basta la carta di credito... okay, a presto. Arrivederci.

Il tizio dietro il banco, tra un registratore di cassa in ottone e un portatile ultimo modello, era alto, con i capelli lunghi fino alle spalle, decolorati in una gradazione di biondo da far sfigurare Marilyn Monroe.

Portava occhiali di corno dalle lenti spesse come fondi di bottiglia a incorniciare occhi scuri come la pece, e sembrava molto soddisfatto.

Alle sue spalle, uno scaffale di testi dall'aria piuttosto malconcia incombeva come a volerlo ingurgitare. Sullo scaffale, proprio in cima, troneggiava uno scheletro ingiallito. Uno scheletro di gatto, per la precisione.

Qualcuno aveva inserito nelle orbite vuote del cranio aguzzo due biglie color magenta.

Barbagliavano sinistre come incubi.

— Se vuoi restare lì impalato non preoccuparti. È un posto molto comodo quello.

— Scusi — disse Caius, facendosi avanti, timido. Il Cartaferina, come tutte le librerie ben fornite, in qualche modo metteva soggezione.

— Prima volta?

— Prego? — fece Caius, avvicinandosi al bancone.

Il libraio dai capelli decolorati lo guardava con un sorrisetto complice. — È la prima volta che vieni qui, giusto? — ripeté, mentre una ridda di lucine azzurre si rifletteva sui suoi occhiali. — Non mi pare di averti mai visto.

Ancora Caius non rispose.

— Al Cartaferina, dico — lo sollecitò il libraio.

— Sì. Prima volta. Già...

Il commesso appollaiato sullo sgabello gonfiò leggermente il petto. — Fa sempre questo effetto. Ma dovevi vedere com'era prima che ci mettessi le mani io. — Tossicchiò educatamente, conscio di aver rapito l'attenzione del ragazzo. — Non per vantarmi, ma... — il suo sorriso si allargò mostrando una dentatura perfettamente candida — era un vero casino. Il vecchio aveva tirato le cuoia, ma anche prima, quando era vivo, non è che la testa gli girasse perfettamente. Non dovrei dirtelo, ma... C'erano giorni in cui non ricordava nemmeno il suo nome.

Fissò gli scaffali.

Caius era il pubblico migliore che quel bizzarro personaggio potesse desiderare. Il libraio ne era consapevole e voleva presentargli una performance memorabile. Ogni sua mossa era studiata e una lunga pratica aveva affinato il suo istrionismo fino a renderlo perfetto.

— Ma i titoli, sì. Uno per uno. Se la faceva nelle mutande e non se ne accorgeva nemmeno, ma se gli chiedevi di un certo libro — schioccò le dita — saltava su come un grillo e te lo portava. Sapeva dirti autore, anno di pubblicazione e editore, se ce l'aveva, o il torchio da cui era uscito. Incredibile, sul serio. Questo almeno finché le gambe l'avevano aiutato... Comunque, quando ormai era chiaro a tutti che non poteva andare avanti così perché le crisi si facevano sempre più lunghe, i suoi figli, due bastardi come non ne ho mai conosciuti, lo portarono in una casa di riposo. Alla tua età è difficile crederci, ma è così. Prima o poi si finisce in uno di quei posti. Quanti anni hai?

— Quattordici.

— Una buona età. Puoi capire quello che intendo. Insomma, lì fece l'unica cosa in grado di mantenerlo in vita. Divenne bibliotecario. — Ridacchiò. — Ma non era il suo ambiente. Era spaesato. Era questo il suo habitat. Così, tempo un paio di anni, ha tirato le cuoia. Le sue ultime parole sono state, a detta del medico che l'ha avuto in cura, il suo nome, quello dei suoi genitori, la sua data di nascita e quella di morte: un po' come se alla fine avesse trovato lo scaffale giusto in cui riposare.

Caius annuì, colpito.

Il libraio riprese a raccontare: — Grand'uomo il vecchio, peccato non averlo mai conosciuto di persona. I due bastardi, i due figli, lui e lei, che le Potenze Del Di Sotto Abbiano Sempre A Cacare Sulle Loro Teste, volevano disfarsi di tutto. Tutto al macero, in discarica. Quella gente non sa apprezzare... — Il commesso afferrò un voluminoso tomo dalla pila accanto al portatile e se lo avvicinò all'orecchio, poi fece frusciare lentamente le pagine.

Chiuse gli occhi, estatico.

— Questo... Così hanno lasciato andare in malora tutto. Era ovvio. Chi poteva comprare questo posto? Qui ci sono libri che valgono una fortuna, credimi. Il problema era che, morto il vecchio, era morto anche l'archivio centrale, per così dire. I libri c'erano, sì, ma dove? E poi, in franchezza... viviamo in un mondo di cacca.

Quella parola così infantile, unita all'espressione solenne con cui il libraio l'aveva pronunciata, fece sorridere Caius.

Il tizio dai capelli decolorati lo prese come un incentivo e gli tese la mano. — Fernando Paixao.

— Caius Strauss. Hai uno strano... — Il ragazzino arrossì, senza terminare la frase. Se sua madre fosse stata presente gli avrebbe scoccato un'occhiataccia.

— Accento? Lo so, lo dicono tutti. Sono nato e cresciuto a Coimbra. Sai dove si trova? — Caius aprì la bocca per rispondere, ma il libraio fu più lesto: — Sì, sì, so già quello che stai per domandare. Che ci fa un portoghese nel Dent de Nuit? Semplice. A Coimbra avevo una piccola libreria. Una fumetteria, in realtà. Vendevo anche CD, DVD e cose... cose da collezionisti. La scatola di Lemarchand in versione numerata, *action figures* di *Star Wars*, la maschera di Predator a grandezza naturale... Poi mi è giunta voce che qui... Che hai, ragazzo?

Perplesso, Caius ripeté: — Dent de Nuit?

Il libraio fece una smorfia, quasi un ghigno. — Dent de Nuit, esatto. Mi sa che hai bisogno di una bella dormita, Caius.

Il ragazzino non obiettò, per nulla soddisfatto della risposta, lasciando continuare il monologo. Non aveva mai sentito quell'espressione: "Dent de Nuit".

Forse era un modo di dire portoghese tradotto alla meglio. Gli tornò in mente la moneta. Nella sua vita da qualche giorno c'erano troppi *forse*.

— Quei due mi hanno svenato. Maledetti vampiri. Ho speso fino all'ultimo centesimo, ma l'affare è stato mio. Poi è cominciato il calvario. Giorno e notte qui dentro a catalogare, catalogare e ancora catalogare. — Il libraio batté affettuosamente la mano sul portatile. — Adesso è tutto qui dentro. Tutto. Il vecchio sarebbe stato orgoglioso di me. E poi — fece notare — ho ristrutturato il Cartaferina come il vecchio l'aveva trovato. Un vero colpo di fortuna. Ripulendo il retrobottega, ho scovato alcune fotografie, roba della guerra, e una ritraeva la libreria e il vecchio. Era un marcantonio, da giovane, ma con un pessimo gusto in fatto di abbigliamento — aggiunse con aria cospiratoria. — Gli piacevano i papillon — spiegò con un sorriso. — Così l'ho usata come modello. La fotografia della libreria, intendo. Sono un tipo informale io, non mi piacciono le cravatte, figurarsi i farfallini. Gli armadi che vedi li ho trovati da un rigattiere del Quartiere Latino. È incredibile quanto poco la gente apprezzi ciò che possiede. Un'altra eredità di cui disfarsi, suppongo. Le lampade invece erano del vecchio, le teneva in soffitta. I due ingrati, che le Potenze Del Di Sotto Abbiano Sempre A Cacare Sulle Loro Teste, sono stati ben felici di lasciarmi prendere qualche ricordo dall'appartamento del padre.

— È davvero magnifico — disse Caius, ammirato. — Sul serio.

— Grazie, grazie, niente applausi, grazie, *thank you we love youuuuuu*! — sghignazzò il libraio. — E da quando ho aperto il sito, sono in attivo ogni mese. — Si fregò le mani. — I due ingrati si staranno rodendo il fegato dalla rabbia. Che le Potenze Del Di Sotto...

— ... Abbiano Sempre A Cacare Sulle Loro Teste — terminò per lui Caius.

Il libraio sorrise. — Scusa se ti ho fatto perdere tempo. Cerchi qualcosa in particolare o vuoi il permesso di perderti nel labirinto?

Caius scosse la testa, imbarazzato. — Veramente non saprei, io...

Fernando fece spallucce. — Mi sembri uno a posto. I libri ti piacciono, si vede lontano un miglio. Anch'io ero così alla tua età. Ti va di fare un giro?

4

— ... E questa è la stanza delle meraviglie.

L'illuminazione, giallastra e triste, era affidata a poche candele appese qua e là le quali, più che essere d'aiuto, creavano indefinite chiazze d'ombra simili a mani protese.

— Accidenti... — disse Caius affascinato, una volta che le sue pupille si furono abituate alla semioscurità.

Qui gli scaffali erano sigillati da vetri e lucchetti, e su un tavolaccio, al centro, era posato un mazzo di chiavi arrugginite.

La stanza era ingombra di oggetti e raccoglitori. Uno accanto all'altro, uno sopra l'altro, senza soluzione di continuità o parvenza di catalogazione.

Furono gli scaffali più bassi, simili a teche di ferro e cristallo, a solleticare la curiosità di Caius. Scoccò un'occhiata a Fernando e, ottenuto il permesso, si avvicinò.

In principio ci rimase quasi male. Erano paccottiglia. Oggetti qualsiasi. Di certo non meraviglie. Tuttavia, più li scrutava cercando di capire come mai l'eccentrico libraio potesse definire meraviglia una tazzina sbreccata o un paio di guanti da signora macchiati di terra, più Caius si rendeva conto che quegli oggetti esercitavano un fascino tutto particolare. Particolare e allo stesso tempo macabro. Perché, in qualche modo, gli oggetti contenuti nella teca erano vivi. Vivi e crudeli.

Gli sembrò di sentirli sibilare e soffiare, come avesse scoperchiato un nido di vipere.

Eppure erano oggetti di foggia comune e comuni essi stessi. Forchette a tre punte, specchi da borsa con il telaio di avorio, un coltello dalla lama arrugginita, un amo da pesca tutto storto, un gomitolo di lana ammuffita, una bottiglietta di profumo. Gli parve persino di scorgere una statuina di gesso a forma di angioletto, di quelle che costano pochi centesimi e si appendono all'albero di Natale.

Ma nessun addobbo natalizio aveva mai avuto un'espressione così feroce. Mai nessun profumo era parso così simile a una sostanza letale, mai nessuno con un briciolo di sensibilità avrebbe affettato il pane per la persona amata con un utensile che emanava un così forte desiderio omicida.

Erano vivi ed erano crudeli.

Caius indietreggiò.

— Cavolo — borbottò.

— Mettono i brividi, vero?

Il ragazzino si mosse a disagio. — Già. Cosa sono?

Fernando sembrava divertito. — Manufatti, è ovvio. Non dirmi che non ne hai mai sentito parlare — esclamò, come se fosse la cosa più lampante del mondo. — Comunque sono roba pericolosa, soprattutto per un ragazzino della tua età. Per questo sono chiusi a chiave. Ti conviene starne alla larga, dammi retta. La stanza delle meraviglie è piena di oggetti pericolosi. Hai mai notato che le cose... affascinanti quasi sempre sono anche pericolose? Manufatti, ma anche certi libri — confidò. — E certe donne, accidenti.

Poi, con un largo sorriso che voleva essere rassicurante, gli strizzò l'occhio. — Ma il bello deve ancora venire. Guarda qui — disse, scegliendo una chiave storta dal mazzo arrugginito. — Hai mai conosciuto un collezionista?

— Mio padre aveva iniziato a collezionare francobolli, ma si è stufato in fretta.

Fernando si aggiustò gli occhiali sul naso, inarcando le sopracciglia. — Si vede che non l'aveva nel sangue. Vedi, ragazzo mio, quella dei collezionisti, in tutta la varietà umana, è forse fra le tribù più eccentriche. Pensaci... Ci sono quelli che collezionano bottiglie di Coca-Cola o cataloghi di elettrodomestici degli anni Cinquanta, ti giuro: ne ho conosciuti a decine. Altri che farebbero follie pur di mettere le mani su autografi di celebrità morte, sepolte e finite nell'oblio. Gente che spera di trovare qualche dettaglio, qualche sbavatura nell'inchiostro, una bandiera che fila contro vento, cose così...

Il libraio si scostò un ciuffo di capelli dalla fronte, senza smettere di scartabellare fra gli scaffali. — Ma dove diavolo l'ho messa? Sappi una cosa, Caius. La tribù dei collezionisti ha memoria lunga. Ricorda il momento in cui un oscuro designer ha avuto l'idea della forma femminile della bottiglia di Coca-Cola. Racconta della collana di Maria Antonietta, di come fu indossata da Ava Gardner (Ava Gardner, non so se mi spiego) in una notte di passione e di come le fu rubata e di come attenda ancora adesso, sepolta in un caveau segreto, una bellezza degna del suo splendore. Aspetta un attimo, ricordavo di averla messa...

Si piegò sulle ginocchia e proseguì: — Ovviamente racconta di monete...

Caius trasalì. — Che genere di monete?

Fernando si voltò verso di lui sorridendo. — Forse abbiamo appena scoperto di avere una passione in comune? Oltre ai libri, dico. Ti piacciono le monete?

— Non ci ho mai pensato.

— E infatti non devi pensarci, è così che si diventa un collezionista, per puro caso. Vuoi sapere cosa raccontano quelli della tribù dei numismatici?

Non poteva esserci altra risposta che: — Sì.

— Raccontano di chi le forgiò. Di chi le toccò. Dei loro pregi e dei loro difetti, naturalmente. Del peso e della fattura del conio. Di quanti pezzi ne sono rimasti e di chi li conserva gelosamente. Devi sapere che i numismatici, fra tutti gli appartenenti alla tribù dei collezionisti, sono quelli che hanno la memoria più lunga. È ovvio, no? Le monete sono antiche come l'uomo... Ovviamente le più ricercate sono le monete rare.

A Caius iniziava a girare la testa. — Monete rare?

Fernando gli fece l'occhiolino. — Folgorato sulla via di Damasco, te lo dico io. Sei proprio come quello lì, san Paolo o san Pietro, chi se lo ricorda? Monete rare, certo. Come quella con la testa di Cesare che fece impazzire di rimorsi Bruto, ad esempio. Quelle del Reich, stampate solo su un lato per far fronte al galoppare forsennato dell'inflazione. I rubli in cui, per un errore di asciugatura, la stella rossa fu trasformata in pentacolo e il viso di Stalin in quello di un vampiro, quelle valgono un mucchio di quattrini. Monete del Basso Impero. Monete del tesoro di Gengis Khan. La moneta portafortuna di Napoleone. Monete che portano sfortuna, monete maledette. Monete d'oro, di bronzo, di pietra addirittura. Conchiglie di tribù lontane, denaro primitivo ma pur sempre denaro...

— E monete d'argento?

Fernando ammutolì, fissandolo negli occhi. Sembrava titubante, quasi restio a proseguire. — Certo, anche. Monete d'argento, sicuro. Ce ne sono di tutti i tipi. Rame, oro, bronzo. E argento, certo. Perché non dovrebbero esserci monete... d'argento?

— E cosa sai di queste monete? Ci sono monete d'argento speciali?

Il libraio annuì con lentezza, senza smettere di fissarlo. — Speciali come?

— Sai... — Caius gesticolò, non trovando una parola adatta — ... Insomma, strane.

— Ci sono.

— Raccontami di quelle monete.

Fernando tamburellò su una scatola velata da un sottile strato di polvere. — Davvero vuoi sapere di quelle monete... strane? Ci sono storie più divertenti da raccontare, sul serio. Ne conosco un sacco. Ad esempio quella del...

— Voglio sapere delle monete.

Ancora una volta il libraio sembrò indeciso. Dopo una pausa che al ragazzino parve interminabile, però, iniziò a parlare. — Come preferisci. Monete strane, speciali... Ci sono certe monete, ad esempio, fuse dalla campana che suonò i suoi ultimi rintocchi mentre Giordano Bruno spirava avvolto nelle fiamme a Campo de' Fiori. Una campana che fu trafugata e venduta al mercato nero da un ladruncolo qualsiasi. E che venne acquistata da un orafo veneziano. Orafo la cui ultima opera prima di precipitare ubriaco nel Canal Grande fu il conio di trenta monete d'argento. Perfettamente tonde e perfettamente lisce. Tanto lisce da potercisi specchiare.

Caius sentì un brivido corrergli lungo la schiena.

— Si sa poco delle trenta, come le chiamiamo noi della tribù. Furono le stesse monete che Crowley non volle toccare quando gli furono offerte da un contrabbandiere di Corfù? Le stesse monete per il cui possesso Goebbels fece fucilare venti dei suoi più stretti collaboratori e distrusse la Biblioteca di Varsavia? Quelle stesse monete che Anatolij Bukreev perse ai piedi dell'Annapurna? Le stesse monete d'argento il cui furto spinse Poe a tentare il suicidio? I numismatici dicono di sì.

Fernando inserì la chiave nella serratura della scatola di metallo e concluse, sorridendo: — Ma i numismatici, come tutti i collezionisti, mentono.

— Sono...

All'improvviso la testa di Caius si era riempita di un rumore sordo, come il rombare di una cascata. In più aveva la spiacevole sensazione che la sala delle meraviglie del Cartaferina si stesse velocemente riempiendo di acqua. Non c'era acqua attorno a lui, se non quel po' di condensa sui vetri delle finestre sprangate, ma Caius si sentì ugualmente annegare.

— Caius? Che ti succede?

Il ragazzino alzò la mano per far tacere il libraio, che lo fissava spaventato. Le vertigini avevano fatto defluire tutto il sangue dal suo viso, era pallidissimo. Un dolore sordo accompagnava il rombo, facendolo barcollare.

— Sono ventinove — sussurrò, indicando la scatola. — Ne manca una.

Lo scrigno era ancora chiuso. La chiave tremava fra i polpastrelli di Fernando. Anche il libraio, adesso era bianco come un cencio. — Come fai a saperlo?

— Lo so e basta — rispose Caius. Sentiva il sudore scorrergli giù per la schiena, inzuppando la camicia. La sensazione di annegamento era scomparsa, ma non il dolore alle tempie. — Aprilo.

Fernando fece scattare la serratura. Bastò un clic delicato e si spalancò. La scatola di metallo conteneva ventinove monete d'argento che brillavano sinistre.

Caius pescò la sua dal fondo della tasca dei pantaloni e la aggiunse alla collezione. Si inserì perfettamente nell'ultimo spazio libero.

— Dove l'hai presa? — chiese il libraio, stupito. — Come hai fatto a sapere che ne mancava una?

Caius si costrinse a scostarsi: ognuna delle trenta monete era l'esatta replica del viso del Venditore. Lontano dalle monete, le vertigini e il rombo nella sua testa svanirono. — Non ha importanza, adesso è tua.

— Io non posso...

— È tua.

— Non...

— A una condizione.

— Quale?

— Chiudila a chiave.

5

Questo avevano di bello le metropoli antiche: nascondevano angoli sconosciuti, non segnalati da nessuna cartina, poco frequentati e invisibili agli occhi dei più. Alcuni di questi luoghi possedevano un nome, altri no.

Potevano essere ritagli di marciapiede su cui, bizzarro a pensarlo, nessuno aveva mai posato piede. Potevano essere nicchie votive davanti a cui neppure un pio si era soffermato a pregare. Potevano essere stucchi incompiuti, giardini segreti o statue prive di occhi e piedi.

Dent de Nuit non era un modo di dire, come aveva ipotizzato Caius.

Dent de Nuit era il nome di uno di questi spigoli ignorati. Una zona oscura sulle mappe catastali. Una zona grigia nei ricordi di chi vi transitava senza motivo.

Dent de Nuit era il nome di un intero quartiere.

E il cuore del Dent de Nuit, poco sopra Montmartre, a ridosso del cimitero monumentale, era una stravagante statua di pietra chiamata "Fontana del Rana".

Era singolare che fosse stata battezzata così visto che, a memoria d'uomo (perché il Dent de Nuit non faceva eccezione: vi abitavano uomini e donne come in un qualsiasi altro quartiere) nessuno l'aveva mai vista zampillare e nessuno si era mai sognato di considerarla una vera fontana.

Naturalmente la base a foglia di loto poteva far pensare a una vasca. E i rospi tutt'intorno, accovacciati e con la bocca sbadigliante, potevano ricordare i cherubini barocchi che sprizzano acqua. C'erano persino pieghe nella pietra liscia, insenature coperte di morbida muffa, solchi levigati a testimoniare un'erosione lontana nel tempo, ma il fatto era che nessuno ricordava di aver visto neppure uno zampillo partire dalla Fontana del Rana. Non una goccia. Più che una fontana, quindi, un monumento.

Prima ancora che un monumento, un rebus.

I testi ne parlavano raramente e, quando lo facevano, si trattava di accenni. Impressioni riferite solo di sfuggita. In qualche polveroso tomo del catasto era segnalato che quella che la gente chiamava familiarmente la Fontana del Rana era stata originariamente intitolata dal suo costruttore "Dernier cri". Lo stesso architetto che aveva progettato la piazza intorno e alcune vie laterali. Un artista che aveva perso il favore di Sua Maestà nei giorni seguenti l'inaugurazione di quell'opera curiosa e che, per questo motivo, era stato rinchiuso fra le mura della Bastiglia.

Di quello sconosciuto erano rimaste poche tracce, tutte accuratamente catalogate e subito dimenticate: un portagioie ricoperto di opali e lapislazzuli donato alla Regina per il suo ventunesimo compleanno e una serie di uccelli canterini intarsiati nel legno di cedro, accantonati in qualche scaffale dei sotterranei del Louvre. Infine, il laconico e cupo certificato di morte: *Decollato sulla pubblica piazza il 15 maggio del 1790*. Robespierre in persona aveva firmato la sua condanna.

La statua del Rana, da secoli, per gli abitanti del quartiere era semplicemente un punto di ritrovo.

"Ci vediamo sotto la Rana" era un modo come un altro per combinare appuntamenti e convegni amorosi.

Il sole era ormai calato dietro le guglie delle chiese lasciando in ombra i tetti dei palazzi. Il vento aveva portato aria di tempesta. La temperatura era scesa di parecchi gradi. Persino Il Pozzo era chiuso, e rari erano i passanti sfuggenti desiderosi del tepore delle mura domestiche.

Solo un uomo grosso come un armadio e altrettanto appariscente sedeva con le mani infilate fra le cosce su una delle panchine attorno alla fontana.

Il nome dell'armadio era Paulus Marchand. Stava aspettando il fratello, in ritardo come sempre. Rilassato, non degnava di uno sguardo nessuno degli sfaccendati dall'aria sospetta che di tanto in tanto facevano capolino nella piazza. Con quella barba mal rasata e i lineamenti che parevano intagliati da una mano maldestra, non era tipo da doversi preoccupare di borseggiatori, molestatori e attaccabrighe.

Fischiettava.

La passione di Paulus erano i rebus. Appena ne aveva il tempo, a casa o appollaiato davanti al bancone di qualche localaccio, si immergeva in quei quadri criptati e non riusciva a distogliere l'attenzione fino a quando, come d'incanto, nella sua mente eruttava, spinta da un'energia invisibile ma potentissima, la frase nascosta. A quel punto il suo viso si apriva in una smorfia simile a un sorriso, sbatteva fragorosamente la manona sulla coscia e sghignazzava come un bambino.

Felice.

— Sei qui…

— Era ora…

— Pensavi che ti avrei lasciato solo soletto? — chiese suo fratello, che amava sentirsi chiamare "il Cid", con un risolino e un guizzo di scherno negli occhi.

L'omone scrollò le spalle: il Cid trovava pace solo quando riusciva a innervosire chi gli stava di fronte. Lui ormai non ci faceva più caso.

Impedire al Cid di fare l'impertinente sarebbe stato come impedire a un asino di ragliare.

Paulus però lo conosceva meglio di chiunque al mondo e avrebbe giurato di percepire dell'altro, sotto la solita arroganza, come se il fratello non stesse nella pelle dalla voglia di raccontargli qualcosa.

— Allora?

— Ho un lavoretto facile facile.

— Un lavoretto facile facile, eh? — gli fece eco.

— Una soffiata precisa e un mucchio di grana da spartirci.

Paulus incrociò le braccia. — Sentiamo.

Il Cid gli fece segno di seguirlo. Passeggiando avrebbero attirato meno l'attenzione. — Me ne stavo tranquillo a bere una birra all'Obsesso, oggi pomeriggio, saranno state… non so… — Gonfiò una guancia cercando di ricordare con precisione. — Boh, non me lo ricordo, le due, l'una, forse le tre, sai com'è quel posto, no? È sempre buio e non si capisce mai niente, con tutto quel fumo e…

— Che ci facevi all'Obsesso?

Il Cid si sfregò le mani, schiarendosi la gola. — Te l'ho detto, mi stavo facendo una birra…

Paulus lo incalzò: — Una birra? Ma non ti avevano proibito di entrare in quel posto? Se non sbaglio quel bastardo di Suez era stato abbastanza esplicito.

— Mmm, ci siamo… chiariti — buttò lì, speranzoso, il Cid.

Paulus non si lasciò impietosire. — Gli dovevi un sacco di soldi.

Il Cid strinse gli occhi con aria aggressiva e il suo tono si fece aspro. — Li ha avuti, i suoi maledetti soldi. Fino all'ultimo centesimo — ribatté. — Posso andare avanti, adesso?

Paulus gli scoccò un'occhiataccia, ma annuì.

— Ero lì a bermi una birra in pace, quando due tizi intabarrati si siedono al tavolino dietro al mio, due tizi mai visti, con un bel po' di sciarpe sulla faccia: capisci perché mi avevano incuriosito? Diamine, fa freddo, certo, e Suez è così tirchio da accendere il camino solo a Natale, ma mettersi sciarpe e berretti anche al chiuso e in pieno pomeriggio… È chiaro quello che intendo, no? Oggi pomeriggio faceva quasi caldo.

— Stonava?

Il Cid applaudì. — Stonava, proprio così.

— E ti sei messo a origliare…

— E ho sentito tutto quello che dicevano. Dalla prima all'ultima parola, Paulus.

Il Cid si fermò, gongolando.

Il suo era un sorriso da tagliagole.

— Parlavano di spartirsi una refurtiva. Un sacco di roba. Oro, Paulus. Oro. Praticamente un tesoro. E io so dov'è.

— Racconta…

Ci volle una lunga serie di tortuose vie secondarie perché il Cid, raggiante, terminasse di esporre al fratello il piano che aveva messo a punto fra una birra e l'altra. Quando lo fece, erano arrivati in rue Félix.

A nessuno piaceva rue Félix.

Chi ci abitava non ne faceva vanto, anzi, di solito faceva di tutto per riuscire a traslocare il più in fretta e il più lontano possibile, lasciandosi quella strada alle spalle come un brutto ricordo. Pochi erano così fortunati da riuscirci.

Qui abitavano per la maggior parte reietti, tossicodipendenti, disoccupati, disgraziati, gente stramba, degenerati, pazzi fatti e finiti, maniaci di varie specie e dai vari appetiti, una fauna di derelitti che mai avrebbe saputo dare una definizione appropriata del termine "futuro".

Nonostante la notte fosse appena cominciata, la via era deserta e non c'era una serranda o una tapparella che non fosse perfettamente sigillata.

Paulus si mosse a disagio, osservando un affresco il cui soggetto non era solo volgare, ma addirittura sinistro. La vernice con cui era stato disegnato, di un appariscente rosso scarlatto, doveva essere stata di qualità scadente, perché una miriade di gocce e sbavature si dipanavano dalla figura centrale dando allo spettatore un'idea di malsano sadismo.

E quel capolavoro non era certo l'unico, in rue Félix. Tutte le mura erano ricoperte di graffiti simili. Sembrava quasi che gli ignoti artisti avessero avuto intenzione di usare quella via come luogo oscuro in cui sfogare le pulsioni più buie, quelle che si avrebbe pudore a raccontare persino a uno psicanalista. C'era un che di spettrale in quelle oscenità.

Qualcosa che colpiva nel profondo.

Paulus, da amante dei rebus, non poté fare a meno di notare come quella masnada di follie sembrasse voler celare, e allo stesso tempo ostentare, qualcosa di proibito e segreto. Una sorta di grammatica maligna che sussurrava direttamente all'inconscio. Aveva la pelle d'oca.

— Sei proprio sicuro che sia qui?

— Rue Félix numero ottantanove, ne sono sicuro. L'hanno ripetuto almeno due volte quegli idioti. C'è qualcosa che non va?

— È che qui... Voglio dire... — Paulus cercava le parole adatte per spiegare i suoi timori, evitando al contempo di apparire codardo. — Se io avessi un tesoro, preferirei andare a vivere da un'altra parte, no?

Il Cid cominciava a spazientirsi. — Il tesoro è qui di passaggio, per questo bisogna spicciarsi. Il numero ottantanove è solo un nascondiglio temporaneo. Capisci? Tem-po-ra-ne-o — scandì, come per dissipare in fretta i dubbi del fratello. — Vuol dire che...

Scontroso, Paulus lo interruppe: — Lo so cosa vuol dire. Che intendi fare? Non c'è nessuno in giro.

Il Cid fece spallucce. Non era il momento di mettersi a discutere.

Tutta la sua attenzione era concentrata sul portone di metallo che recava la scritta sbiadita "89". Il fatto che la serratura fosse lucida e nuova e che i cardini fossero di acciaio scintillante, così in contrasto con l'abbandono del circondario, era una conferma alle sue supposizioni.

Non notò invece, al contrario di suo fratello, come i graffiti attorno all'entrata si facessero particolarmente fitti e ancora più repellenti.

— Dobbiamo andare sul retro — spiegò. — Ho fatto un giro nel pomeriggio. C'è una porta che possiamo usare. Andiamo.

Così fecero. A giudicare dagli strati di fuliggine che la incrostavano, quella sul retro doveva essere stata l'entrata della vecchia zona caldaie.

Era chiusa con un grosso lucchetto.

— Ha una bella serratura anche questa... — bofonchiò Paulus.

Il Cid, che si era piegato per osservare la serratura più da vicino, gli rivolse un sorriso. — Non preoccuparti, ci penso io.

— Non sono preoccupato, infatti — rispose lui, poco convinto.

Mentre il fratello cavava qualcosa dalle tasche della giacca facendo tintinnare chiavi e monetine, Paulus continuava a guardarsi attorno, quasi sperando di cogliere un'ombra o un movimento sospetto che lo mettesse in allarme. Sarebbe stato magnifico, pensò, avere la scusa per andarsene da lì. Tesoro o non tesoro, rue Félix non gli piaceva per niente.

Poi si accorse di ciò che il fratello stava usando per aprire il lucchetto e strinse i pugni grossi come badili. — Cosa diavolo stai facendo con quello?

— Guadagno tempo, non si vede? — sussurrò il Cid mentre sul suo viso da ratto si dipingeva una smorfia di dolore. — Ci sono quasi...

Si udì il clic secco della serratura che cedeva. Una goccia di sangue schizzò sull'acciaio lucido del chiavistello.

— Visto?

Ringhiando, Paulus afferrò il fratello per il bavero della giacca sollevandolo da terra. Lo perquisì finché le sue dita non trovarono ciò che stava cercando. Glielo sventolò davanti al naso, senza lasciare la presa.

— Lo sai cos'è questo, Cid?

— Soffoco, Paul... Sto soffocando... Dannazione, fammi...

Paulus non aveva alcuna intenzione di lasciarlo andare. — Dimmi se sai che diavolo è questo.

— Un passepartout... — rispose il Cid, annaspando.

Paulus lo scosse come una bambola di pezza. — Questo non è un grimaldello, stupido incosciente. Questo non è un passepartout, idiota che non sei altro. Non sono cieco. Questo è uno schifo di Manufatto.

— Paulus, entriamo, ne parliamo do...

Con uno scrollone, l'omone gli impedì di proseguire. Il Cid si morse la lingua e mugolò un paio di bestemmie.

— Me lo avevi promesso: mai più un Manufatto. Ricordi? Mi avevi detto che mai più avresti usato uno di questi cosi. Te lo ricordi? Non ricordi quanto sei stato male? Perché altrimenti te lo ricordo io, stupido incosciente. E ti ricordo anche quello che mi hai fatto promettere — il suo viso ruggiva a pochi centimetri da quello, pallidissimo, del fratello. — Che se mai ti avessi visto trafficare ancora con uno solo di questo affari, ti avrei dovuto spezzare le braccia. Senza pensarci due volte. Questa è roba che ti porta dritto nella tomba, lo sai o no?

Gli mostrò il Manufatto. Si trattava di una lamina di metallo annerito, forse argento, delle dimensioni di una tessera telefonica o di una carta di credito. Era intarsiato di simboli e scritte in un alfabeto sconosciuto e in uno dei solchi si notavano ancora le tracce del sangue del Cid.

Ma erano sempre più sbiadite, perché il metallo le stava assorbendo.

— È solo un giocattolino, non esagerare. Ce ne sono di ben più...

— Un giocattolino? Un Manufatto non è un giocattolino. Mai. Guarda! — tuonò Paulus, furibondo, afferrandogli la mano ferita. — Beve sangue. Il *tuo* sangue. E se in cambio fa qualcosa per te è solo per fregarti meglio. Un giocattolino? Hai mai visto un giocattolino bere sangue? Dannazione, Cid, una cosa che beve sangue non può essere innocua!

— Solo qualche goccia, niente di...

Paulus lo schiaffeggiò, forte.

Il Cid lo fissò incredulo. — Mi hai…

Un secondo schiaffo lo zittì. — Sai benissimo che non è solo il sangue che vuole questa maledetta. Ci sei già passato e questo è quello che mi fa arrabbiare di più. Ci sei già passato e per un pelo non sei morto. Usare un Manufatto è sempre un'idiozia, ma usare un Manufatto per aprire un chiavistello da due soldi è una cosa da fuori di testa, maledizione!

Era un miracolo che nessuno si fosse ancora affacciato alla finestra, Paulus stava gridando a squarciagola. Ma forse quello era uno dei miseri vantaggi di abitare in rue Félix: la gente stava bene attenta a non vedere né sentire niente.

— Ti ricordi quanto hai sofferto, Cid? Tutte quelle notti a urlare, te le ricordi? Vuoi correre il rischio di ricascarci solo per aprire un lucchetto? Usare un Manufatto è un gioco che non vale mai la candela, e lo sai. Il banco vince sempre e il banco non sei tu. — Il gigante sospirò, invecchiato di cent'anni. — Ti dovevo legare, Cid. Non costringermi a farlo di nuovo, ti prego.

Lo adagiò a terra.

— Io… mi spiace…

— Dammi la mano.

Il palmo del Cid era inciso da un taglio sottile e profondo. Non c'erano slabbrature, era una ferita pulita. Le ferite inflitte da un Manufatto non s'infettavano mai e guarivano velocemente. Sotto gli occhi di Paulus i lembi della carne tornavano a combaciare l'uno con l'altro e la pelle ricresceva con rapidità incredibile. Il gigante aveva i brividi. Con delicatezza avvolse la mano del fratello in un fazzoletto a scacchi.

— Gra… grazie.

— Non voglio farti del male, Cid. Ma devi capire… —

disse Paulus, sventolando disgustato il Manufatto — che ci vuole poco per ricascarci. È come la droga. Forse anche peggio.

— È la prima volta che ne uso uno da quando... — il Cid deglutì — ... da quando ho smesso. Te lo giuro, fratellino. Solo che questo colpo... — i suoi occhi scintillarono di nuovo — ... potrebbe essere l'ultimo. Niente più patate lesse per tre settimane di seguito, niente whisky scadente, niente vestiti di seconda mano, niente più furtarelli, solo il meglio per noi due.

L'altro annuì, lentamente. — Questa la tengo io.

C'era ansia negli occhi del Cid quando il fratello si ficcò il Manufatto nella tasca posteriore dei pantaloni? Paulus non volle crederlo.

I due fratelli si scambiarono un cenno. Il numero ottantanove di rue Félix li inghiottì.

6

Caius sognava il vento.

Le folate sempre più impetuose, a ondate, cercavano di svellere la casa dalle fondamenta. Sognava lo sbattere delle porte. Sognava di vetri infranti e finestre sradicate, di mura scosse che mostravano crepe e fenditure.

Sognava di urlare con quanto fiato aveva in gola, ma non riuscì a farlo neppure quando il sogno gli mostrò la fonte di quella bufera. Immerso in un'oscurità che poco aveva a che fare con la realtà, Herr Spiegelmann soffiava e soffiava.

E soffiando gli faceva l'occhiolino.

La finestra della camera da letto di Caius esplose in mille pezzi e la tenebra scomparve.

Un fulmine la inondò di luce e il mondo andò in frantumi. Poi tornarono le tenebre, ma le tenebre erano popolate di forme in movimento.

I fulmini si susseguirono simili a una scarica di artiglieria decisa a radere al suolo la città. Caius vide tutto come attraverso fari stroboscopici.

Seguì imbambolato la parabola di un'asse spezzata che

andava a infrangersi ai piedi del letto. Là dove si trovava la figura rannicchiata di un uomo.

Buio. E un lampo.

Caius vide qualcosa fare irruzione dalla porta. Il tuono sembrò voler abbattere il mondo e per poco non ci riuscì. Poi il buio tornò a regnare.

Caius aprì la bocca per urlare. Un altro lampo rischiarò la stanza a giorno, zittendolo. Di nuovo luce. La creatura che aveva fatto irruzione nella sua stanza aveva artigli acuminati e ricurvi che, se avessero sfregato il selciato, avrebbero prodotto un rumore inconfondibile. Alla luce seguì il buio e ancora Caius non riuscì a urlare.

Un fragore di vetri infranti, il freddo gli morse la faccia. Caius annaspò, paralizzato.

Luce.

Vide la figura umana ergersi in piedi e brandire con entrambe le mani qualcosa che di primo acchito non riconobbe. Il boato di tre veloci esplosioni gli fece comprendere. Erano pistole. La fiamma uscita dalle bocche di fuoco aggiunse nuovi particolari alle creature con gli artigli.

Indossavano cappucci. Avevano orecchie triangolari. Denti acuminati. Artigli, Caius non aveva occhi che per quelli. Erano orribili. Finalmente il ragazzino urlò, ma il suo urlo si perse in una seconda selva di detonazioni.

Buio.

La figura umana si mosse rapida. Non era alta, meno di suo padre. Era massiccia e quadrata, ma agile. Vestiva di nero. Caius era sicuro che portasse occhiali scuri. Un particolare che lo spaventò ancora di più.

Buio.

Detonazioni. Quattro, velocissime. Quattro creature ridotte a un ammasso di arti e ossa spezzate. L'aria era impregnata dall'odore di cordite.

La figura armata di pistola abbaiava ordini concitati. Caius vedeva la sua bocca aprirsi e chiudersi. Vedeva persino gli spruzzi di saliva, ma non riusciva ad afferrare il significato di quelle parole. Il suo cervello era in tilt.

Altre detonazioni a cui seguirono altre grida animalesche. Altre creature furono abbattute in un rapido susseguirsi di buio e luce, luce e buio.

Il pavimento era schizzato d'acqua, Caius ne aveva i vestiti completamente inzuppati. Tremava dalla testa ai piedi, ma non aveva freddo.

Buio.

Uno strano silenzio. L'ansimare dello sconosciuto vestito di nero e i gemiti sommessi di Caius. I versi rabbiosi delle creature in attesa della morte.

Durò il tempo dell'intervallo tra un fulmine e il successivo. A Caius parve durare millenni. Un tuono cancellò il grido di una delle creature.

Al buio seguì la luce. L'uomo aveva gettato la pistola. Una creatura incappucciata gli si era avventata contro, afferrandolo per il collo.

Buio.

Fulmine: la creatura aveva inchiodato a terra l'uomo dagli occhiali scuri e gli stivali da motociclista. Sollevò gli artigli in alto, pronta a squarciarlo.

Buio.

Infine: la creatura giaceva morta, la testa girata innaturalmente. L'uomo era piegato su un ginocchio. Da sotto la giacca colava qualcosa di scuro. Sangue, pensò Caius. Alla luce del lampo sembrò catrame.

Di nuovo le tenebre.

Caius scivolò sul pavimento umido e si trovò frammenti di vetro infilati nelle mani e nelle ginocchia. Anche questa volta non sentì nulla.

Si rialzò, scavalcò la figura umana ancora inginocchiata e inciampò sulla carcassa di una delle creature. Il disgusto gli diede abbastanza forza da riempire i polmoni di ossigeno gelato. Non lo sprecò urlando.

Buio, era sempre buio. Sembrava che le tenebre fossero riuscite a riappropriarsi della notte. Caius procedeva a memoria. Ci era nato in quella casa.

Alle sue spalle l'uomo vestito di nero si alzò ansimando e tentò di afferrarlo. Caius riuscì a sfuggirgli. A piedi nudi si precipitò in corridoio ma scivolò e colpì duramente la parete con la spalla prima e con la testa poi.

Buio.

Luce.

Si rialzò. Lo vide.

L'essere rispose al suo sguardo con un sibilo.

— Cos'è quello? — urlò Caius. — Cos'è quello?

Ottenne una risposta e un ordine: — Un Tarlato. Giù, ragazzino.

All'ordine seguì una manata che lo spinse a terra.

Il Tarlato era mezzo raggomitolato, e anche così era abbastanza alto da sfiorare il soffitto. Era gigantesco. Come un rettile dondolava la testa da una parte all'altra. Non aveva orbite, ma possedeva una bocca smisurata.

Un'anguilla, pensò Caius allibito. La creatura assomigliava a una gigantesca anguilla che puzzava di feci e marciume. Il corpo del Tarlato brillava come fosse fatto di ali di mosca. "Tarlato", lo aveva chiamato lo sconosciuto vestito di nero. Era una parola che dava la nausea.

Fra Caius e il Tarlato, s'inserì l'uomo che aveva sfondato la finestra.

— Giù, ho detto!

La voce era roca, aspra. La voce di un fumatore incallito, il tono perentorio di chi non era abituato a ripetere due volte lo stesso ordine. L'uomo divaricò le gambe e le piantò a terra. Chiuse gli occhi senza preoccuparsi del grattare degli artigli delle altre creature che stavano entrando dalla finestra sfondata.

Il Tarlato si drizzò, pronto a scattare.

— Giù!

L'aria prese letteralmente fuoco.

Un'aurora boreale del colore della fiamma sconvolse i profili del corridoio tanto da renderlo un luogo alieno. La luce improvvisa e fortissima dell'aurora si tinse di violetto, di magenta, poi di un rosa acceso.

Caius sentì i capelli rizzarsi sulla testa, così come tutti i peli del corpo. Sentì un'otturazione dolergli e il sangue defluirgli dal cranio, facendogli girare la testa. Una sensazione di vuoto pneumatico e lo sfrigolare di qualcosa che bolliva gli fecero salire un fiotto di bile alla bocca.

L'uomo urlò. Un urlo carico di sofferenza.

Il Tarlato sibilò. Anche quel sibilo era pregno di dolore.

Con uno schianto immane l'aurora brillò come una fornace e perse consistenza, lanciando bagliori accecanti da cui scaturivano filamenti rossi, che rimbalzavano sulle pareti e si spegnevano nelle tenebre. Dove i filamenti avevano colpito, l'intonaco recava segni di bruciatura.

L'uomo ansimava, stremato. Il Tarlato, invece, non c'era più. Al suo posto, una massa nerastra e puzzolente che ribolliva. Puzzava di merda e puzzava di sangue. Puzzava di fogna e carne bruciata. Caius non riuscì a trattenersi, si voltò e vomitò un misto di saliva e succhi gastrici.

— Andiamo. — L'uomo lo afferrò e, senza tanti complimenti, se lo issò sulle spalle.

— Lasciami! — gridò il ragazzino pelle e ossa.

— Taci.

Caius non obbedì. Chiamava i genitori, urlando e scalciando.

L'uomo bestemmiò, poi lo lasciò cadere a terra. Il dolore fu folgorante.

L'uomo si chinò su di lui e, con quella voce di carta vetrata, gridò: — Sono morti. Morti! Piantala di agitarti. — Poi vide qualcosa con la coda dell'occhio e digrignò i denti. — Non finiscono mai, cazzo.

Scagliò il pugnale verso la creatura che correva verso di loro con gli artigli protesi, si gettò Caius sulla spalla e cercò la pistola. Veloce come una saetta.

Il pugnale compì una traiettoria perfetta. Le mani artigliate della creatura trovarono il metallo solo quando si era già conficcato nella sua gola esile.

A quel punto, però, era già morta.

— Non è vero, non è vero… — cantilenava Caius.

Aveva smesso di agitarsi.

Aveva gli occhi spalancati. Persi nel nulla.

— Pensala come vuoi.

L'uomo vestito di nero ritrovò la pistola, perse qualche istante per ricaricarla e assicurarsi che il colpo fosse in canna poi, nonostante il dolore al fianco, salì sul davanzale.

Si concentrò e saltò. Un salto di almeno sette metri. In quelle condizioni anche un acrobata professionista si sarebbe fratturato le ossa. A lui non successe. Atterrò con malagrazia sul tetto del palazzo di fronte e prese a correre.

Il peso di Caius gli impacciava i movimenti. Un paio di volte dovette aggrapparsi ai comignoli incandescenti per non slittare nel vuoto.

I fulmini l'aiutarono a non perdere l'orientamento. Fradicio di pioggia, saltò su un lucernario, corse lungo un cornicione largo meno di trenta centimetri, sfruttò una scala antincendio per accedere a un ballatoio arrugginito, balzò su un paio di tetti, li superò e atterrò sul muro di cinta del cimitero monumentale. Qui si fermò a riprendere fiato.

La città era immersa nelle tenebre, ma lui vedeva benissimo, nonostante gli occhiali scuri.

In lontananza, i fari blu dei pompieri e della gendarmeria. Non ne fu allarmato. Sputò un bolo di catarro e si deterse il sudore dalla fronte.

Cercò di calmare il dolore al fianco concedendosi qualche secondo ancora, ma una mano artigliata gli si serrò attorno alla caviglia. L'uomo imprecò. Non avesse indossato gli stivali di cuoio, ne avrebbe ricavato brutte ferite. Le ferite inflitte da quelle bestiacce avevano la tendenza a infettarsi. Sparò in faccia alla creatura ghignante.

Il proiettile di grosso calibro la polverizzò.

Il fragore della detonazione non si era ancora spento quando l'uomo vestito di nero udì la musica. La riconobbe all'istante. Il sudore divenne ghiaccio. I suoi occhi, protetti dalle lenti impenetrabili, si allargarono.

Serrò la mascella e, senza voltarsi, riprese la sua corsa.

Saltò uno spuntone di cemento e fu costretto ad aprire il fuoco una seconda volta, sventrando la creatura che gli si era parata davanti. Senza rallentare.

La musica alle sue spalle si faceva più insistente. Si insinuava nella testa e avviluppava i pensieri trasformandoli in rumore di fondo, senza importanza.

Era un'accozzaglia sgangherata di suoni stridenti. Gighe squillanti suonate seguendo lo spartito per un requiem. Cembali e tamburi di un esercito sconfitto.

La musica ebbe il potere di squarciare il velo che ottundeva i pensieri di Caius. Il ragazzino alzò la testa, cercando di vedere cosa producesse quei suoni, tendendo il collo il più possibile. L'uomo avvertì i suoi movimenti e urlò: — Chiudi gli occhi! Non guardare!

La musica era sempre più forte. L'uomo accelerò la corsa. Stavano per essere raggiunti.

Alla musica si era unito un alone rossastro che pulsava seguendo il ritmo forsennato dell'orchestrina. Caius spalancò la bocca, meravigliato.

La notte era vuota di tutto, tranne che della musica e di quella luce scarlatta.

— È un Calibano, chiudi gli occhi, ragazzo! — urlò l'uomo, saltando dal muro di cinta pochi attimi prima che la creatura fosse visibile.

Cadde e si rialzò. Non si fermò a controllare le intenzioni dell'inseguitore.

Corse a perdifiato fra le lapidi, scivolando sull'erba bagnata e schizzando ghiaino da sotto le suole degli stivali. Era allo stremo. Il respiro era un rantolo continuo. Tenne duro finché non raggiunse la parte opposta del cimitero. Si accovacciò dietro una lapide coperta di muffa.

La musica non si sentiva più. Solo il rombo dei tuoni e quello insistente della pioggia. Fradicio, adagiò il ragazzino a terra e si passò un mano sul volto.

Caius si trovò a studiare un viso largo, segnato da rughe e cicatrici. Gli occhiali scuri celavano il colore degli occhi ma non il naso da pugile, spezzato e mal ricomposto. Lo sconosciuto aveva la bocca piccola, piegata all'ingiù, le guance arrossate dall'affanno e dai capillari esplosi. Il cranio, quasi calvo, luccicava, sormontato da una rada peluria dal colore indefinibile. Poteva essere sulla cinquantina. Una cinquantina portata male.

Un hooligan invecchiato, ecco cosa sembrava.

L'uomo voltò la testa dall'altra parte, con una smorfia.
— Il bastardo ha sfoderato l'artiglieria pesante — ringhiò. — Dobbiamo muoverci, non posso affrontare un Calibano. Non qui, non ora. E soprattutto non da solo.

Prima di essere issato in spalla come un sacco pieno di stracci, Caius ebbe la possibilità di notare un ultimo dettaglio dell'uomo vestito di nero.

Era coperto di tatuaggi. Pentacoli di varia grandezza circondati da cerchi. Rose avviluppate alle corna di diavoli dalla lingua smisurata e dalle cento braccia benedicenti. Coccinelle dal dorso maculato come test di Rorschach. I più impressionanti, però, si trovavano all'altezza della giugulare.

Due croci nere che guizzavano come salamandre.

7

I due fratelli fecero il loro ingresso in uno stanzone infestato da ragnatele grandi come lenzuola e scarafaggi dal carapace nero. Sul pavimento di terra battuta erano ancora accatastati diversi mucchi di carbone umido e inutilizzabile. Nugoli di occhietti rossi li minacciarono tenendosi a timorosa distanza.

— Ratti... — mormorò disgustato il Cid.

Con una pedata ne mandò uno particolarmente aggressivo a sbattere contro la parete umida. Senza proferire parola, si diresse a passo svelto verso la porta di legno marcio dalla parte opposta del deposito. Infastidito, si strappò dal viso qualche ragnatela e l'aprì con uno strattone.

Il buio era pressoché totale, ma l'esperienza aveva insegnato ai due ladri quanto fosse raro imbattersi in un luogo veramente oscuro. C'era sempre un'imposta montata male, una crepa nei soffitti o un lucernario pencolante a garantire un minimo di luminosità. Bisognava solo pazientare e far sì che gli occhi si abituassero alla nuova condizione. Meglio anticipare le difficoltà. Se avessero dovuto privarsi della torcia elettrica, si sarebbero trovati ciechi in un luogo sconosciuto.

Ci volle un lasso di tempo che parve durare secoli, ma alla fine il Cid, soddisfatto, si voltò verso il fratello e gli fece l'occhiolino. — Andiamo?

L'aria all'interno del numero civico ottantanove era stranamente rovente, ferma, con un alito di salmastro, come se si trovassero in prossimità di una palude o dentro una serra. L'umidità eccessiva aveva eroso l'intonaco e gonfiato gli infissi. Tutto, nell'edificio, suggeriva un lungo abbandono.

A parte i ratti, i ragni grossi come passeri e torme di scarafaggi, nello stabile non c'era segno di vita.

La polvere, depositata pressoché ovunque e misurabile in centimetri, formava una fanghiglia viscida su cui era pericoloso camminare.

Sempre attenti a ogni scricchiolio, i due fratelli erano costretti a fermarsi al minimo rumore. Un cigolio poteva immobilizzarli anche per interi minuti. Ben presto, a causa della tensione e del caldo, furono entrambi zuppi di sudore come se si stessero facendo strada in una giungla.

L'eco beffarda modificava e rendeva indistinti i suoni da loro stessi prodotti, trasfigurandoli in modo da farli suonare alieni e minacciosi.

Era un continuo trasalire per rumori di passi in avvicinamento, per l'intonaco che franava all'improvviso, per scricchiolii che parevano richiami.

Era snervante.

Più camminava, meno il Cid riusciva a comprendere a cosa potesse servire quel palazzo. Qualcosa nel numero ottantanove di rue Félix era sbagliato. Ogni cosa sotto il cielo aveva uno scopo. Ma quel posto?

Dall'esterno gli era sembrato un normale condominio o, al massimo, una struttura adibita a uffici, con gabinetti di studio stipati l'uno addosso all'altro.

Poi erano saliti dalle caldaie fino al piano terra e si era dovuto ricredere.

Troppo barocco per essere un semplice condominio. Un albergo, allora. Un albergo con tanto di hall, sala da pranzo per colazioni di lavoro o cene a lume di candela.

Si era dovuto ricredere una seconda volta.

Troppe mura sbilenche, troppe stanze cieche, troppe finestre murate, troppi archi senza senso sotto un soffitto paurosamente infossato.

Era impossibile capire che diavolo avessero avuto in mente i costruttori del numero ottantanove di rue Félix.

In fondo, però, cercava di tranquillizzarsi il Cid, non era affare suo. Lui doveva solo andare avanti, trovare quel maledetto tesoro e filarsela.

In fretta.

Sempre più spesso, però, una vocina saccente gli sussurrava il più spiacevole degli interrogativi: "Non ti sembra che quel mobile abbia un'aria tremendamente familiare? Guarda quell'angolo, non ci sei già passato?"

Nella sua mente il numero ottantanove, pian piano, si tramutò in un'immensa ragnatela, una ragnatela che puzzava di salmastro e mutava forma man mano che due ignari moscerini vi restavano invischiati.

La luminosità, mentre procedevano, aumentava.

E con la luce tornarono i graffiti.

Sebbene la natura di quelle opere fosse molto simile a quelle su cui Paulus aveva posato gli occhi all'esterno, qui i dettagli erano molto più precisi e ributtanti. Il primo affresco gli aveva spezzato il fiato. Il secondo gli aveva stretto le viscere in una morsa di disgusto. Al terzo, Paulus aveva deciso di concentrarsi soltanto sulla punta delle proprie scarpe.

La sua mente, però, non voleva saperne di obbedire. Dopotutto non aveva già intuito che quei graffiti altro non erano che una sorta di rebus per degenerati?

Mentre procedeva alle spalle del fratello, Paulus non riusciva a pensare ad altro.

Cos'avesse spinto quegli artisti (perché senza dubbio erano più artisti: per dipingere tutti quegli affreschi un solo uomo avrebbe impiegato anni e anni) a rovinarsi vista e salute senza neppure la ricompensa della fama era impossibile da comprendere. A giudicare dalle tracce e dalla polvere, nessuno aveva varcato la porta da molto tempo. Significava che quei dipinti erano molto vecchi. A domande si sommavano nuove domande. Quei graffiti erano volgari e macabri e ributtanti, certo, ma era innegabile che avessero in sé qualcosa di intrigante. In più c'era un significato in quelle oscenità, un filo rosso che avrebbe portato allo svelamento di un mistero.

Lo sentiva nelle viscere.

— Cid — chiamò alla fine.

— Cosa?

— Ci siamo persi, non è così?

— No, che dici…

Con un sospiro, Paulus si arrestò. — Stiamo girando in tondo. Lo sai anche tu. Questo posto è… — cercò una parola che rendesse il senso di minaccia incombente che sentiva nel petto, ma non ne trovò una adatta. Si accontentò di: — … sbagliato.

— Hai ragione — mormorò il Cid, pensoso. — Al diavolo tutto — aggiunse poi, quasi sollevato. — Andiamocene da qui.

Ben presto si accorsero che era più facile a dirsi che a farsi.

Scalinate si sovrapponevano a scalinate. Soffitti bassi

rendevano gli spazi angusti come cunicoli, camini giganteschi occhieggiavano in fondo a stanzette in cui, a starci in due, si sarebbe fatto fatica anche solo a respirare.

Corridoi e corridoi.

Paulus ansimava e sbuffava, cercando di farsi aria agitando le manone. Il respiro del Cid non era meno affannoso. Scalinate si sovrapponevano a scalinate. Ancora scalinate.

Archi a volta si trasformavano all'improvviso in corridoi e corridoi si camuffavano in ripostigli per lasciarli nel pieno di sale ingombre di casse dal contenuto marcescente.

Il Cid camminava con un'espressione di assoluta concentrazione. Aveva tracciato una mappa mentale del numero ottantanove, e maledizione, a pensarci bene, vista dall'alto assomigliava a una spirale. A una conchiglia. Fortunatamente non a una ragnatela.

Come che fosse, conchiglia o spirale, era comunque una forma sbagliata (proprio come aveva detto Paulus, "sbagliata" era il termine perfetto), le cui proporzioni non potevano essere contenute dal mero perimetro del palazzo. Un labirinto a forma di conchiglia troppo grande per le reali dimensioni di quell'edificio. Nessun matematico sano di mente si sarebbe arrischiato a calcolarne l'area. Il Cid tremava. Ormai la sua mente si era formata un'idea ben precisa del guaio in cui si erano andati a ficcare. Un'idea che non gli piaceva per niente.

Qualcosa brillò con forza.

— C'è una luce laggiù.

— Pensi che sia un'uscita? — gli chiese Paulus.

— Forse. — L'impalpabile luminescenza verdastra che li circondava si faceva più forte man mano che procedevano in direzione della luce.

— Coraggio... — disse il Cid, detergendosi il sudore dal labbro e allungando il passo.

Il corridoio aveva il pavimento inclinato ora verso destra ora verso sinistra, così da dare la sgradevole impressione di trovarsi sul ponte di una nave in mezzo alla tempesta. Camminarono. Per quanto? Avevano perso il senso del tempo.

Quando giunsero là dove la luce brillava più forte i due fratelli si trovarono di fronte allo spettacolo più assurdo e inaspettato che avessero mai visto in tutta la loro esistenza. «Tesoro» aveva detto il Cid, pensando in cuor suo di esagerare un po'.

Invece, tesoro era.

— Ci siamo.

Mucchi d'oro e gioielli, coppe intarsiate dalle più straordinarie forme e dimensioni, zaffiri, bauli stracolmi di diamanti e argenterie, lapislazzuli, anelli tempestati di turchesi e opali grandi come uova di quaglia, monete e banconote di tutti i tipi e fogge erano ammonticchiati a caso all'interno di quello che sembrava un salone di proporzioni ciclopiche. Tra i mucchi d'oro e d'argento, tra le banconote fruscianti e i gioielli scintillanti, aleggiava una nebbiolina di un verde sporco, della consistenza del pulviscolo.

L'umidità e il calore erano spaventosi.

— Ci siamo. Ci siamo...

Il Cid era immobile, le mani tremanti e la bocca spalancata. I suoi occhi non riuscivano a staccarsi da quella montagna dorata. Era il tesoro di cui aveva sentito parlare all'Obsesso, ed era ben più grande di quanto avesse mai osato desiderare. Gli venne da ridere. Una risatina stridula, isterica, nervosa, che Paulus non gli aveva mai sentito.

— Cid... — lo chiamò.

— Ce l'abbiamo fatta...

"Oro" pensava il Cid, "oro, oro, oro! Chili, quintali, tonnellate di dolce, meraviglioso oro!" Non si accorse che il fratello lo stava strattonando, e non si accorse neppure dell'espressione perplessa sul suo viso squadrato.

— Cid...

La luminescenza si stava affievolendo. Le ombre si allungavano.

La nebbiolina si faceva più spessa, raggiungendo la densità del caglio.

— Svuota le tasche, Paulus, dobbiamo prendere più roba che...

— Cid!

La voce del fratello suonò allarmata. Quasi spaventata.

Il Cid si scosse, battendo le palpebre. — Cosa c'è? — sbottò.

Era arrabbiato perché l'aveva distolto da quella visione paradisiaca.

— Tu vuoi veramente che prendiamo questa roba? — gli chiese Paulus, stupefatto.

— Questa *roba*? — Il Cid era al limite della furia. Non capiva tutti quei tentennamenti.

Si trovavano di fronte al tesoro più imponente che mai essere umano avesse avuto la fortuna di guardare, un tesoro che avrebbe fatto impallidire Schliemann, venire l'acquolina in bocca a Gengis Khan e genuflettere tutti gli imperatori di Roma messi in fila, cosa c'era da esitare?

— Non vedi che... — Indicò i mucchi dorati e impietrì.

Non erano gioielli. Le monete che avevano riempito il suo cuore di cupidigia, così come le coppe sbalzate, gli smeraldi e le cascate di rubini erano scomparsi, o forse non c'erano mai stati. Al loro posto, solo desolante squallore. Sveglie rotte, vecchie radioline ammaccate, specchi frantumati, piatti sbreccati, pacchiane collanine di plastica, lavatrici arrugginite, libri dalle copertine logore, calzini ammonticchiati e vestiti sdruciti, elettrodomestici ridotti a rottami, scarpe spaiate, album di fotografie, bottiglie e ciarpame di cui era difficile comprendere la natura.

Sembrava il magazzino di un robivecchi svitato o una discarica abusiva.

— No... — mormorò il Cid. — Non è... possibile! — urlò con quanto fiato gli era rimasto in gola.

Si scagliò contro una piramide di barattoli e la prese a calci. Le lattine schizzarono via con un fragore tremendo. Quel rumore gli fece salire le lacrime agli occhi.

Afferrò un paio di cappotti mangiati dai parassiti e li scosse con rabbia, traendone solo polvere e sporcizia. Li scagliò lontano, ululando come un ossesso.

— Dove sono i miei soldi?

— Andiamocene, Cid, questo posto non mi piace — disse Paulus con dolcezza.

— Tu, stupido idiota, è colpa tua. Hai spaventato il mio oro — lo aggredì il Cid, la bava alla bocca e gli occhi iniettati di sangue. — Lo hai fatto scappare con i tuoi lamenti!

Paulus aprì la bocca un paio di volte, a vuoto, prima di riuscire a sussurrare: — Calmati, Cid, ti prego... non fare così... non arrabbiarti, mi...

Qualcuno sghignazzò.

Il Cid si voltò lentamente.

Il calore opprimente aveva lasciato spazio a un gelo artico. Il fiato si condensava davanti alla bocca in nuvolette di vapore azzurrino, il sudore diventava brina. Per un attimo tutto rimase immobile, sospeso.

Dalla nebbia emerse una figura indistinta, in controluce. Era bassa e tozza. A Paulus venne in mente il profilo di un pinguino obeso. Invece di trovare l'idea buffa, sentì le viscere contrarsi dolorosamente.

Poi il Cid sollevò il braccio ossuto e puntò l'indice contro l'ombra. — Sei stato tu... — disse, con le lacrime agli occhi. — Tu hai fatto scappare il mio oro...

— In un certo senso... — rispose l'ombra.

Era una voce aliena, metallica, innaturale. Suonava ostile nonostante il tono mieloso, dolce, perfino cortese, soprattutto ragionevole. Una voce che faceva venire voglia di tapparsi le orecchie e buttarsi a terra.

Paulus reagì con prontezza. Non ebbe tentennamenti. Dovevano fuggire.

Afferrò il fratello, pronto a tramortirlo se avesse opposto resistenza e se lo issò in spalla, poi si voltò. La porta da cui erano entrati non c'era più. Svanita, come non ci fosse mai stata. Al suo posto era comparso un muro liscio, sulla cui superficie le ombre guizzavano sinistre. Il muro comparso dal nulla non era nudo. Era l'apoteosi dell'opera di tutti gli artisti di rue Félix. Paulus ne ebbe il respiro mozzato.

Sembrava che un esercito di miniaturisti folli avesse collaborato alla realizzazione di quell'opera impenetrabile, ognuno usando ciglia di neonato al posto dei pennelli, ognuno ritagliando per sé un unico minuscolo coriandolo su cui cavarsi gli occhi e perdere la ragione. Solo così sarebbe stato possibile creare una simile fantasmagoria di dettagli.

Una nave.

Un galeone.

Un galeone il cui scafo era composto da ossa e scheletri di creature dai denti affilati, da attrezzi di macelleria mescolati a profili di meduse metalliche. Il galeone solcava un oceano siderale flagellato dalla tempesta.

Il delirio per l'occhio si annidava nei particolari.

In ogni onda, centinaia di visi distorti. In ogni goccia di schiuma sollevata dalla chiglia del vascello, la smorfia di un fantasma. A ogni evoluzione e circonvoluzione del cielo notturno, stormi di gracchi e pipistrelli.

Ritto in prua, lo sguardo colmo di folle esaltazione, un uomo con la sciabola sguainata urlava, sfidando le onde dell'Oceano a inghiottirlo. Che fosse un uomo gli artisti lo lasciavano solo supporre, perché nei riflessi dei lampi che lo rivelavano si intravedeva tutta la natura demoniaca di un'anima tormentata. Era il punto in cui la maniacalità degli artisti dementi era arrivata a creare un vero capolavoro, l'eccesso fra gli eccessi di fronte a cui Paulus si scoprì tremante e privo di energie.

La risatina dello sconosciuto echeggiò a lungo. L'ombra era più vicina, adesso, e come avesse fatto a muoversi con tanta rapidità in quel caos di cianfrusaglie senza provocare frane rumorose Paulus non se lo seppe spiegare.

— Avete fatto tutta questa fatica per arrivare quaggiù e volete già andarvene? Mi sembra stupido, oltre che immensamente scortese.

L'ombra stringeva qualcosa di luminoso e brillante nella mano. Paulus sentì il corpo del fratello rilassarsi all'improvviso.

— È bellissimo — disse il Cid, trasognato. — Guarda, fratellino.

Ma Paulus non voleva guardare. Voleva fuggire. Voleva fuggire dal numero ottantanove di rue Félix, sbronzarsi e dimenticare tutto quanto.

— Noi sappiamo bene che sarebbe inutile cercare di scappare, giusto Cid? — domandò l'ombra quasi leggendogli il pensiero.

— Ssssì — rispose il Cid.

Ancora quella risatina sgraziata.

Paulus aveva la pelle d'oca. — Andiamocene, Cid...

Ma il fratello si era divincolato dalla sua presa e procedeva lesto verso l'ombra, con le mani protese e un sorriso ebete dipinto sul viso topesco.

Paulus fece per riacciuffarlo, sentì qualcosa che gli si attorcigliava attorno al collo e gridò. Un grido di sorpresa che divenne disgusto.

Fu il silenzio che seguì quel grido a far tornare in sé il Cid. Istupidito, si voltò e, con orrore, vide Paulus alle prese con qualcosa che gli strisciava addosso cercando di immobilizzarlo. Qualcosa che mai aveva visto.

Qualcosa che lo raggelò.

Vermi grossi come liane si arrampicavano sul corpo di Paulus cercando di strozzarlo. Esseri simili alle creature biancastre che vivono sui fondali dell'Oceano, ciechi e ributtanti. Il Cid vide puntini neri davanti agli occhi.

Svenne.

Paulus si dibatteva, orripilato. Quelle creature non volevano immobilizzarlo, lo sentiva. Volevano *entrargli dentro* e questo gli dava forza e disperazione a sufficienza per spezzare tutte quelle che gli strisciavano addosso, ma non bastava: erano decine e ogni volta che ne uccideva una, altre tre erano pronte a prendere il suo posto. Era una lotta impari.

Alla fine un verme grosso come il braccio di un uomo robusto, riuscì ad avvolgersi attorno al collo e al viso di Paulus costringendo l'omone all'asfissia.

Paulus cercò di resistere, di toglierselo di dosso, si dibatteva e grugniva, ma ben presto la mancanza di aria rese le sue braccia flaccide e i suoi colpi deboli. I vermi ne approfittarono per tornare all'assalto.

All'ultimo, quando gli parve di esplodere, quando ormai erano decine i vermi che lo ricoprivano, uno spasmo involontario lo costrinse a spalancare la bocca alla ricerca di ossigeno. Per Paulus fu la fine.

Cadde a terra, gorgogliando.

8

A ogni addio clandestino, un bacio rubato. A ogni città, il suo angolo nascosto. A ogni quartiere, il suo cimitero. Il Dent de Nuit non faceva eccezione.

Conosceva i baci furtivi, i desideri inespressi, i segreti dimenticati, e possedeva un cimitero.

HELL IS EMPTY, AND ALL THE DEVILS ARE HERE.

Il ragazzino era riuscito a leggere l'incisione alla sommità dell'architrave che reggeva i battenti del mausoleo sotterraneo, ma senza coglierne il significato. Poi lo sconosciuto aveva spalancato la porta di legno massiccio e Caius era stato quasi assalito dall'odore di muffa e polvere.

L'aria all'interno del mausoleo era immobile. Tutto era penombra, ma l'uomo si muoveva senza indugio, ansimando leggermente.

Quel sepolcro era quanto di più vicino a una casa potesse immaginare di possedere. Ne conosceva a memoria ogni spigolo, ogni dettaglio.

Con sicurezza si mosse fino all'angolo dirimpetto l'entrata. Adagiò Caius su un sacco a pelo e accese una decina di candele. Non semplici candele, notò il ragazzino, ma ceri votivi trafugati dalle tombe in superficie.

Man mano che le fiammelle guizzavano, nuovi particolari venivano svelati.

Urne a forma di dragone in bilico su ripiani di marmo nero. Gorgoni e sirene che ornavano le pareti, muovendosi a seconda degli scarti improvvisi delle candele. Se tomba era, e il catafalco al suo centro confermava questo sospetto, di certo non era una sepoltura cristiana. Non c'erano croci in vista se non una, spezzata, gettata in un angolo. Pagano o cristiano che fosse, sempre tumulo era, e il freddo era pungente.

Caius tremava stringendosi le braccia al corpo. Aveva le labbra viola.

L'uomo gli porse una coperta. — Tieni.

Caius se l'avvolse sulle spalle.

— Fra un po' staremo meglio — bofonchiò l'uomo vestito di nero dopo aver messo in funzione una vecchia stufa. — Quando farà più caldo, sarò costretto ad aprire la porta. Non vogliamo crepare per delle stupide esalazioni, giusto? Ma per un po' ci godremo il calduccio.

— Quelle creature... Quelle con gli artigli... — disse Caius.

— Caghoulard.

— Cosa sono? — volle sapere.

L'uomo finse di non aver sentito. Da una nicchia aveva estratto un pesante baule da viaggio. Iniziò a rovistarci dentro, gettando a terra vestiti e armi da taglio che brillarono sinistre. Caius provò un tuffo al cuore.

— Chi sei? — chiese in un soffio.

L'uomo strinse i pugni e si voltò, rosso in viso. Per un istante il ragazzino pensò che lo sconosciuto l'avrebbe aggredito. Poi l'espressione di rabbia svanì, ma l'impressione di minaccia rimase. — Mi chiamo Gus. Van Zant, come quello dei Lynyrd Skynyrd. Adesso voltati — ordinò.

Caius rimase interdetto.

Gus imprecò. Di nuovo la rabbia. — Sei sordo? Girati verso la parete. Devo cambiarmi le bende, non sarà un bello spettacolo.

L'uomo vestito di nero si era tolto la giacca di cuoio, abbandonandola sulla testa di un satiro di marmo. La maglietta, che lasciava scoperte le braccia scarabocchiate, era zuppa di sangue. Caius obbedì, voltandosi.

Sentì il rumore di qualcosa che si strappava. L'uomo mugolò di dolore.

— Fa male? — non poté fare a meno di chiedere il ragazzo.

Gli parve di sentire un verso simile a una risata.

— Male? Abbastanza. Ma non preoccuparti. Ho qui la mia medicina. — L'inconfondibile rumore di una bottiglia che veniva stappata. — Vuota, cazzo. — Con un verso di disappunto, Gus la scagliò contro la parete.

Al suono del vetro infranto, Caius fece per voltarsi, più per istinto che per altro.

— Immobile, ho detto — ringhiò Gus.

Caius si strinse nella coperta.

L'accendino schioccò nel silenzio. L'odore acre del tabacco giunse immediato alle sue narici. Arrivò, finalmente, anche il calore della piccola stufa a carbone.

Un insetto, forse una cimice, scappò via da lui. A quella vista gli si strinse il cuore. Era solo un insetto, ma stupidamente Caius si sentì improvvisamente solo. Pensò al viso di sua madre e a quello sorridente di suo padre. Frenò le lacrime, ma non riuscì a trattenere il tremore nella voce.

Ancora voltato verso la parete, chiese: — Sono... prigioniero?

— Prigioniero? — Gus stava armeggiando nel baule.

Tintinnare di acciaio contro acciaio. C'era un vero arsenale lì dentro, a giudicare dal rumore.

— Mi hai rapito?

Un attimo di silenzio. L'aria parve addensarsi. Diventare più fredda. Le fiammelle vacillarono.

— Stammi bene a sentire, ragazzino... — disse Gus, trattenendo a stento la collera. — Io sto dalla tua parte. Sei vivo perché io ti ho salvato, e per poco non ci ho rimesso la pelle. Quindi smettila di dire idiozie. E adesso puoi anche girarti, ho finito.

Caius obbedì. Gus si era bendato e cambiato, ma dal tessuto della camicia appena indossata cominciava già a filtrare il sangue. La ferita era ancora aperta.

— Non ho niente della tua taglia, ma forse qualcosa potrò rimediare, almeno per questa notte. Poi domani mattina cercheremo dei vestiti che possano andarti bene.

— Domattina? — chiese Caius, guardingo.

— Sì.

— Significa che dovrò stare qui anche domani? I miei genitori...

Gus lo fermò. Gettò a terra la sigaretta. — Charles ed Emma — mormorò, serrando i pugni.

— Mia mamma e mio... — Caius non riuscì a frenare le lacrime.

— Smettila di frignare.

— Loro sono... sono...

— Ho detto di smetterla.

— Morti? Non sono morti, vero?

Gus non rispose.

Di fronte a quel silenzio indifferente Caius reagì con rabbia. Si alzò, gettò di lato la coperta e si scagliò contro di lui. — Li hai uccisi tu! Li hai uccisi tu! — urlava, tempestandolo di pugni. — Li hai uccisi! Uccisi!

Il colpo arrivò dal nulla. — Ti ho detto di tacere.

Caius era a terra, la guancia in fiamme.

I suoi occhi erano puntati verso il viso dello sconosciuto. — Li hai uccisi — lo accusò un'ultima volta.

Una smorfia di dolore distorse i lineamenti dell'hooligan vestito di nero. Il dolore si tramutò in rabbia. Gus afferrò il ragazzino per la gola e lo sollevò da terra. Poi Caius sentì la pressione gelida di una lama pungergli la pelle del petto, poco sotto il capezzolo sinistro. Sul cuore.

— Batte — disse Gus.

Il respiro di Caius si era ridotto a un sibilo.

— Il tuo cuore batte — ringhiò l'uomo a voce tanto bassa da risultare quasi inintelligibile. — E sai perché batte? Perché Charlie ed Emma si sono sacrificati per te. Quel figlio di puttana deve aver fatto qualcosa perché abbassassero la guardia, altrimenti non saremmo arrivati a questo punto. È stato abile. Troppo schifosamente abile.

La lama spillò sangue.

Una minuscola gocciolina che macchiò il pigiama di Caius.

— Mi ha quasi ucciso. Quasi. Ma io sono vivo. E tu sei vivo. Charlie ed Emma erano miei amici. Sai cosa significa questo? No, non lo puoi sapere — si rispose Gus, facendo sparire il pugnale. — Sei solo un moccioso. Non capisci niente di niente. Smettila di piangere. Non serve a nulla.

— Non sto... piangendo — mentì Caius.

L'uomo sorrise mostrando i canini, come un mastino. Era un sorriso che faceva rimpiangere la sensazione dell'acciaio nella pelle. Lasciò la presa e Caius si portò una mano alla gola, respirando con la bocca.

— Charlie ed Emma si amavano. Erano i due Cambiavalute più forti che io abbia mai conosciuto. E ne ho conosciuti tanti, credimi. — Caius non capiva il significato di quelle parole, ma ciò che Gus Van Zant aggiunse, subito dopo, lo raggelò. — E ti amavano. Non so il perché, ma ti amavano sinceramente. A meno che non fosse una menzogna anche quella, non si può mai dire. Ma una certezza posso dartela, ragazzino. Charlie ed Emma non hanno mai avuto figli.

— Io...

— Ora taci.

Era stato congedato. Caius tenne lo sguardo abbassato, le braccia rilassate lungo i fianchi. I capelli, fradici, gli si erano appiccicati sulla fronte.

Ascoltava il rumore ovattato del temporale e ripeteva tra sé e sé le ultime parole di Gus. Le ripeté così a lungo che quasi presero consistenza, diventando un sapore nella sua bocca impastata dall'angoscia.

Il sapore non gli piacque. Sapeva di menzogna. Così l'angoscia si trasformò in rabbia. La rabbia in furore. Strinse gli occhi e si preparò a caricare.

— Tu... Tu... stai mentendo.

— Sono morti. Non vale la pena parlare. Non qui. Non adesso. Taci.

Ma il furore di Caius era furore genuino. Ci voleva ben altro per essere placato.

— Quelle bestie avrebbero dovuto ammazzare te e non i miei genitori.

Quelle parole colpirono Gus come una frustata.

— Erano già morti — sussurrò. — Quando sono arrivato, erano già morti. Era tutto organizzato — aggiunse, e nella voce trasparì tutta la sua sofferenza.

— Da chi? Chi ha organizzato tutto?

Gus chiuse di scatto il baule. — Non ha importanza.

Anche di questo parleremo in un secondo momento. Domattina. Ora dobbiamo riposare. Sono stanco.

Caius mosse un passo in avanti, minaccioso. Gus si tolse gli occhiali scuri. I suoi occhi erano piccoli, azzurri e venati di rosso. — Mi vuoi picchiare, ragazzino?

— Quello che hai chiamato... — Caius cercò la parola esatta. Non faticò a trovarla. — Tarlato. Come lo hai ucciso? Ho visto una gran luce, e poi...

— Permuta.

Caius ebbe un gesto di stizza. — Rispondimi! Per una volta almeno, rispondi alle mie domande! Non mi piacciono gli indovinelli, io... — Fugace, l'immagine della moneta d'argento gli balzò davanti agli occhi, aumentando ancora di più la sua rabbia. — ... Io detesto i rompicapo!

— Si chiama Permuta. È la verità. Ma non ti riguarda.

— È magia?

Gus sghignazzò, sarcastico. Tornò a inforcare gli occhiali scuri. — Pensala come ti pare, ragazzino. E quando incontrerai il Mago Merlino, salu...

Caius scattò, furioso.

Senza fatica Gus intercettò il pugno del ragazzino, troppo impacciato e troppo debole, e lo fece piroettare su se stesso. Caius gridò di sorpresa.

Gus gli torse il braccio dietro la schiena, facendo scricchiolare rumorosamente la spalla. Questa volta il grido di Caius fu un grido di dolore.

Con uno strattone, Gus lo inchiodò al suolo. — Vuoi batterti con me?

Caius lo maledisse.

Gus non ci badò.

— O vuoi che ti lasci ai Caghoulard? Hanno artigli piuttosto affilati, quelle bestie.

Caius scalciava, schiumando rabbia. Urlava. Per il dolore, ma anche per la frustrazione.

Gus non mollò la presa.

— O preferisci il Tarlato? La creatura che ha ucciso Emma?

— Bastardo — sputò Caius, al culmine della furia.

— Sai cosa ti fanno i Tarlati? Di', lo sai?

Rafforzò la stretta. Il dolore saettò dalla spalla al gomito, fino a intorpidirgli la mano. Caius strinse gli occhi, ma non smise di scalciare e agitarsi.

— Il Tarlato ti bacia. Un bacio, ragazzino. Ma non un semplice bacio.

In superficie i tuoni avevano ripreso a rumoreggiare. Sebbene il riverbero della loro furia penetrasse la terra soffice del cimitero e si propagasse lungo il pavimento del mausoleo sotto forma di vibrazioni sorde e potenti, non era nulla a confronto di ciò che si agitava nel cuore del ragazzo.

— Il suo veleno attraversa la ferita ed entra in circolo. All'istante. Senza lasciare scampo.

— Lasciami!

Ma la lezione non era ancora finita.

— Scioglie le ossa, i muscoli. Ma non i nervi. Sai cosa significa? Significa che mentre il bacio si mangia la tua carne come un acido, i tuoi nervi sono ancora attivi, funzionanti. E strillano, ragazzino. Strillano per…

— Gus! — lo chiamò una voce profonda. — Lascialo stare.

— … il dolore.

Gus allentò la presa.

Caius si rese conto di avere un disperato bisogno di aria.

— Come sei arrivato qui?

— Il problema è come sono arrivati *loro*, qui. Non senti l'odore?

Gus avvertì immediatamente il puzzo della benzina. — Vogliono prenderci come topi. — In un attimo era già in piedi. — Le armi, Buliwyf...

— Dicevano che eri morto.

— Ci hai creduto?

— Neppure per un istante.

Gus si concesse una mezza risata.

Il nuovo venuto era molto alto, sul metro e novanta. La testa sfiorava le ragnatele che drappeggiavano il soffitto della cripta. Indossava una lunga giacca scarlatta, damascata in nero, aperta a mostrare una sorta di corpetto di cuoio, graffiato e rovinato, e una muscolatura massiccia, forte. I capelli scuri lasciati liberi sulle spalle erano lunghi e folti. Il viso, dalla fronte alta e spaziosa, era un misto di eccitazione e preoccupazione. "Imponente" era la parola adatta per descriverlo.

Caius lo fissò affascinato e timoroso. Quando il tizio volse l'attenzione su di lui, il ragazzino notò che il nero dei suoi occhi era tanto profondo da confondersi con la pupilla.

— Come va il braccio?

Caius non seppe cosa rispondere.

L'altro si rivolse a Gus. — È lui?

— Emma e Charlie sono morti.

— Avresti potuto chiamarmi.

Gus armò il cane di una pistola gigantesca e la infilò nella cintura. — Sarebbero morti ugualmente. Era una trappola. — Saggiò il bilanciamento di un'ascia e poi la lasciò cadere. — Mi spiace dovermi separare da tutta questa roba.

— Stanno arrivando. Li sento. Fobici.

Gus imprecò. — Fobici, cazzo.

— Come facciamo con il ragazzo? Credi che potrebbe darci problemi?

— Ci penso io.

Caius alzò la testa, spaventato.

Gus gli posò la mano sulla spalla e lo fissò dritto negli occhi. Quando parlò, lo fece con dolcezza inaspettata. — Charlie ed Emma sono morti per proteggerti. Avrai le risposte che cerchi, ma per ora fidati di me. Non abbiamo tempo, i Fobici sono una brutta rogna. Avvolgiti bene nella coperta e non fiatare. Chiudi gli occhi e lascia fare a noi.

Scoccò un'occhiata a Buliwyf, che annuì. — Ti proteggeremo, Caius.

Lui obbedì.

Quando fu ben avvolto nella coperta tarmata, Gus lo sollevò e se lo issò in spalla. Spianò la pistola davanti a sé. — Apri quella cazzo di porta, Buliwyf.

Caius fu testimone solo di un fugace frammento della battaglia che avvenne, quella notte, nel cimitero del Dent de Nuit.

Dello scontro colse brandelli disgregati, immagini di breve durata. L'inizio, ma non la fine. La sua mente, d'un tratto, cessò di collaborare con lui. La sua lucidità arrivò al punto di rottura, non resse e si spezzò.

La battaglia fu un caleidoscopio di ossa spezzate e sangue che sgorgava da corpi già morti. Un paio di volte Caius sentì artigli sibilare a pochi centimetri dal proprio corpo, ma Gus e Buliwyf furono di parola e lo protessero.

Fu un turbine di creature disgustose che lanciavano urla belluine e venivano falciate dal piombo della pistola di Gus. Schianti. Urla. Sangue. Rosso, ma anche nero, tumorale. Non fu questo a farlo svenire.

Era stato Buliwyf il primo a uscire dal mausoleo, stringendo due pugnali dalla lama smisurata. Caius lo aveva sentito ringhiare come una belva feroce e poi lo aveva visto gettarsi nella mischia quasi con voluttà.

Aveva staccato arti e squarciato ventri senza mostrare alcuna pietà. Completamente ricoperto dal sangue dei suoi nemici, Buliwyf aveva seminato il panico fra le schiere delle creature. Le creature con gli artigli, quelle che Gus aveva chiamato "Caghoulard". Ne aveva falciati a decine con quelle sue lame argentate finché quelli, rendendosi conto della propria palese inferiorità, erano arretrati, terrorizzati.

C'era stato un momento di quiete.

Con un ghigno, Buliwyf aveva alzato la testa al cielo carico di nubi e aveva emesso una risata che Caius aveva sentito vibrare nel profondo.

C'era stato un istinto dentro di lui, nella sua pancia e nelle sue gambe, che aveva riconosciuto in quella risata qualcosa di tremendo e oscuro.

Qualcosa di antico e spaventoso.

Quando Buliwyf trasformò quella risata in un lungo, interminabile ululato, quando si mostrò per ciò che era, Caius non resse.

Mormorò qualcosa e svenne.

Fu alla vista di Buliwyf scatenato, quindi, che i sensi del ragazzino dovettero soccombere, impedendogli di assistere alla fine della battaglia.

Si arresero ripetendo, queruli, che nulla di ciò che stava succedendo era reale. Non era reale Gus, non erano reali i Caghoulard e i Tarlati.

Non lo erano, strepitarono, perché quella del lupo cattivo era solo una favola.

9

Il Cid aveva un cattivo sapore in bocca e il terribile sospetto che quel gusto malsano fosse il suo vero sapore. Il sapore della sua stessa carne.

Era un pensiero ripugnante. Cercò di muoversi e scoprì di essere incatenato.

Le mani erano un ricordo sfocato, ascessi bluastri legati dietro la schiena che pulsando gli procuravano spasmi terribili. In realtà era il mondo intero ad essere avvolto da una tenebra di sofferenza e confusione.

Spaventato, ci mise un po' a trovare il coraggio di aprire gli occhi.

Quando lo trovò, dopo lunghi tentativi di intercettare anche il minimo rumore nel silenzio che lo circondava, capì di essere stato bendato da mani maldestre.

"Finalmente una buona notizia" pensò. Uno spiraglio piuttosto vistoso permetteva di catturare qualche immagine di quanto gli stava accadendo intorno. Immobilità e cianfrusaglie.

Quando cercò di ricordare cosa gli fosse successo e perché si trovasse bendato e incatenato, una morsa dolorosa alle tempie per poco non lo fece gridare.

Una parte di lui non voleva rivivere quanto accaduto nei sotterranei del palazzo di rue Félix e quel dolore era il modo in cui cercava di farglielo capire.

Il Cid cercò di ignorare quella parte della sua mente: era la sua parte codarda. E stupida. Ricordare il momento in cui il mondo era precipitato in quel marasma di sofferenza e cecità lo avrebbe aiutato a capire.

Capire era l'unico modo sensato per togliersi da quella situazione spinosa il più velocemente possibile. Così si preparò al peggio e si concentrò.

Il dolore fu immediato, come avesse infilato la testa in una fornace. Il Cid cercò di resistere. Ricordò l'oro tramutarsi in immondizia e ricordò un'ombra tonda con un buffo cappello a cilindro che gli mostrava qualcosa. Cercò di mettere bene a fuoco cosa fosse quell'oggetto che brillava e riuscì quasi a farlo, ma, arrivato a quel punto, il dolore nella sua testa era tale che il Cid temette che il cervello gli sarebbe esploso. Fu costretto a fermarsi per riprendere fiato.

Era pazzesco, pensò, non credeva di essere così vigliacco. Non gli restava che cercare di prenderla alla lontana. Organizzare un piccolo raggiro ai danni di se stesso. Dopotutto le truffe erano la sua specialità.

Si concentrò ancora e cercò di ripercorrere la giornata dal momento in cui aveva incontrato Paulus, sotto la Fontana del Rana. Ripensò ai graffiti del numero ottantanove, al Manufatto, alla rabbia di suo fratello, alle sue scuse, ai rumori sinistri, al caldo, alla lunga discesa, alla sensazione di essere precipitato in una spirale senza fine, al tesoro e, finalmente, ricordò.

Ricordò l'assalto dei vermi bianchi e l'urlo di Paulus. Ricordò il buio che lo inghiottiva e capì di essere svenuto. Ricordò di qualcuno che lo schiaffeggiava. Ricordò di essersi maledetto mille volte, di aver scalciato e lottato.

Ricordò dei Caghoulard che lo legavano e sogghignavano. Ricordò l'innaturale rigidità del corpo esanime di suo fratello, Paulus.

Paulus.

Qualcosa dentro di lui si ribellò a quell'immagine. Era la stessa parte che aveva cercato di cancellare quei ricordi. Fu una ribellione fisica di acidi e succhi che premevano per uscire. Il Cid cercò di non vomitare e di non mettersi a urlare con quanto fiato aveva in corpo. Ci riuscì a stento.

Paulus era morto, pensò.

Ucciso dalle creature disgustose evocate da quella specie di imbonitore di cui, ancora adesso, non riusciva a mettere bene a fuoco il viso. Sapeva solo che gli faceva paura. Rischiò ancora una volta di urlare, ma si impose di non farlo. Se avesse cominciato, non avrebbe più smesso.

Paulus.

Morto.

No, suo fratello non poteva essere morto. Se lo fosse stato lo avrebbe sentito, ne era certo. Lo avrebbe sentito nel cuore e nello stomaco. Paulus doveva essere lì con lui, da qualche parte. Ferito, forse, ma non morto.

Non era il momento di piangere e fare stupidaggini come mettersi a urlare. Era il momento di ragionare. E quella era la cosa che gli riusciva meglio: ragionare. Ma per farlo non doveva muoversi, non doveva urlare, non doveva farsi prendere dal panico. Il panico era un nemico. Il panico non lo avrebbe aiutato a uscire da quella situazione.

Era prigioniero, dunque. Prigioniero di chi? Prigioniero di quell'imbonitore con il cappello a cilindro che anche solo nell'immagine di un ricordo sfocato aveva il potere di terrorizzarlo senza motivo.

Meglio concentrarsi su altro.

Il Cid approfittò dello spiraglio lasciato scoperto dalla sua benda per guardarsi attorno. A giudicare dalle cianfrusaglie accumulate in cataste, si trovava ancora in rue Félix. C'erano delle figure in movimento, ma per guardarle avrebbe dovuto voltare la testa. Prudentemente il Cid preferì non farlo. Meglio aspettare che la testa smettesse di fargli così male.

Ruotò piano le braccia per saggiare la consistenza dei nodi con cui era stato ammanettato, ma un rumore di catene, vicino, lo costrinse all'immobilità.

Una voce sgraziata lanciò un richiamo. Altre voci, sempre sgraziate e non meno terribili, risposero in coro. Un concerto di iene affamate.

Il Cid era sicuro di aver già sentito quei versi, era certo di sapere quale bestia poteva emettere simili urla, ma non riusciva a farsi venire in mente né dove, né a che razza di animale appartenessero. "Pensa" si disse, "pensa".

E poi ricordò.

Gli occhi larghi che luccicavano maligni. Fili di bava che colavano dalla bocca irta di denti acuminati, imbrattando un vestito di pelle scabra. Creature dalla bocca troppo ampia, come quella di certi pesci dallo sguardo vuoto. Occhi di un colore giallastro, cirrotico, incastrati poco sopra un naso schiacciato al centro di un cranio romboidale.

Il Cid sentì le viscere allentarsi.

La sua mente fu implacabile, torturandolo con la visione di quelle creature che qualcuno chiamava Caghoulard, altri i Neri Incappucciati.

Avevano dita lunghe e ossute (troppo lunghe soprattutto se paragonate all'apertura delle braccia magrissime, ricoperte di scaglie e ciuffi di peli neri, robusti come erbaccia) che terminavano in artigli acuminati, un torace striminzito da cui partivano gambe scheletriche. Avevano un che di serpentino, sia nel colore della pelle che nel continuo lambire le labbra sporgenti. Il Cid odiava i serpenti, ancora più dei ratti.

I Caghoulard amavano coprirsi il capo con un cappuccio, in cui praticavano due tagli laterali per permettere alle lunghe orecchie triangolari di sbucare senza troppi impicci. Vestivano tuniche aderenti che coprivano il lezzo di carne morta del loro corpo, o forse addirittura amavano l'odore di quelle tuniche che puzzavano come se fosse stato commesso un irrimediabile errore durante il processo di concia.

Il Cid iniziò a tremare. I Caghoulard erano creature che non conoscevano la pietà e il rimorso. Creature che provavano piacere a infilare pezzi di metallo arrugginito nella loro stessa carne, spesso direttamente nel muscolo. Chiodi, viti, bulloni, lame spezzate e anelli di catena infibulati come ornamenti. Tutta la pelle dei Caghoulard era esteticamente ricoperta di cicatrici.

Per natura non erano sedentari, preferivano i pericoli della vita nomade alla relativa sicurezza di un rifugio. Distruggevano e razziavano, non erano fatti per costruire e preservare. Detestavano il sole e la compagnia, cacciavano di notte e non conoscevano che la solitudine. Nelle tenebre e nell'isolamento trovavano il conforto necessario per continuare a respirare e l'ispirazione per ordire nuovi misfatti.

Se si muovevano in branchi era per fame o disperazione, se eseguivano ordini lo facevano perché sottomessi con la forza. Quando questo accadeva, quando cioè un padrone riusciva a soggiogare quelle creature ripugnanti, allora esse donavano alla mano che le teneva al guinzaglio ogni briciola delle proprie energie, ogni fibra del proprio meschino intelletto. Un osservatore superficiale avrebbe potuto dire che i Caghoulard, una volta resi schiavi, provavano per il carceriere un sentimento affine a quello che le creature diurne chiamano affetto o addirittura amore.

Nulla di più sbagliato, e il Cid lo sapeva bene. Circolavano molte voci sui Caghoulard, e nessuna che non li descrivesse come crudeli e brutali.

I Caghoulard possedevano una lingua molto rudimentale, una grammatica intessuta di violenza, semplice quanto una martellata in pieno viso e altrettanto incomprensibile. Ma non uno fra i crudi vocaboli di quel linguaggio gracchiante si poteva accostare anche solo in maniera approssimativa alla parola affetto o a un suo sinonimo.

Perché tutto in loro era crudeltà.

Il Cid deglutì a vuoto.

Le voci attorno a lui si facevano sempre più numerose. A un richiamo rispondeva un secondo, poi un terzo e così via. Dovevano essere centinaia.

Quando l'orrido concerto fu al suo apice, quando il Cid avrebbe giurato di avvertire il sangue schizzargli dalle orecchie, i Caghoulard si zittirono all'improvviso.

Nel silenzio che ne seguì, udì i passi di qualcosa che si muoveva fra i rottami e le cianfrusaglie. Passi pesanti, strascicati. Accompagnati da un miagolio flebile, quasi l'uggiolare di un cucciolo in preda agli incubi.

Trattenendo il respiro, cercò di individuare chi si stesse lamentando. Per quel poco che poteva vedere, la sala nelle viscere di rue Félix numero ottantanove, con quella sua tetra luminosità verdastra, il sentore di acqua marina e alghe putrefatte, era stipata di Caghoulard.

Il Cid era allibito.

Non si era mai sentito di Caghoulard che restassero insieme senza cavarsi gli occhi l'un l'altro. Mai avrebbe pensato di assistere al dispiegamento di un vero e proprio esercito. Non solo erano un paio di centinaia, a giudicare dall'ansito dei loro respiri oltre che da quel poco che riusciva a vedere, ma erano anche disciplinati e silenziosi. Tutti i loro sguardi erano puntati in una direzione che lui non riusciva a cogliere.

Lentamente, lentissimamente, voltò la testa verso destra, un millimetro alla volta, cercando di non farsi notare. Il collo, indolenzito da chissà quante ore di stordimento, rispondeva a fatica ai comandi, e ogni volta che lo faceva gli inviava scariche di dolore quasi insopportabili. Strinse i denti e resistette senza fiatare. Ne andava della sua vita.

E di quella di Paulus.

Non doveva dimenticarlo. Se Paulus era lì, se era ferito (o morto) lo doveva alla sua stupida avidità. Era caduto in trappola. Era ovvio. Uno stratagemma di un'ovvietà quasi offensiva.

Gli sconosciuti che parlottavano a voce abbastanza alta perché lui li potesse sentire. Sconosciuti intabarrati per non farsi riconoscere. La refurtiva incustodita...

Mentre volgeva il capo verso il fulcro dell'attenzione dei Caghoulard, la schiena madida di sudore per lo sforzo e la paura, il Cid pregò e interpellò tutti i santi, i diavoli e i demoni che gli venivano in mente, senza fare distinzione. Persino un'eternità di dannazione era preferibile ad anche un solo secondo di rimorso per aver portato il fratello alla morte. Paulus era l'unica persona che gli avesse mai voluto bene.

Finalmente vide.

Un Caghoulard particolarmente repellente, a capo scoperto, con il corpo deturpato da cicatrici e infibulazioni, se ne stava sulla sommità di una cassa di legno tramutata in improvvisato palchetto, la testa china, dondolandosi leggermente da un piede all'altro. Accanto a lui, alla base della cassa, un secondo Caghoulard ghignante, un filo di bava nerastra che gli colava dalle mascelle irte di zanne, stringeva una catena arrugginita. L'estremità della catena era arrotolata attorno alla gola del primo Caghoulard.

Un movimento serpeggiò fra i Neri Incappucciati che assistevano a quella gogna. Le teste si mossero, le mani si sfregarono, i piedi strusciarono.

Le lame e i chiodi infilati nei loro corpi emisero un bagliore sinistro mentre cambiavano posizione rispetto alla luce spettrale del sotterraneo di rue Félix.

Quelli più vicini all'incatenato presero a battere i piedi, e ben presto tutti seguirono il loro esempio. Il palazzo tremò.

— Mann... Mann... Mann...

Grugnivano.

— Mann... Mann... Mann...

Cantilenavano, a voce sempre più alta.

— Mann... Mann... Mann...

Squittivano, gracchiavano, imploravano.

— Mann... Mann... Mann...

Un'invocazione che non poteva essere definita un vero e proprio coro, e forse neppure un'invocazione.

Era troppo carica di dolore, eppure in essa c'era anche amore, speranza. Voluttà. Erano gemiti d'orgasmo e gemiti d'agonia fusi insieme. Qualcosa di così osceno e bestiale che al Cid si rizzarono i capelli sulla testa.

— MAAAANN!

Urlarono.

La luce si fece più forte. Quasi un'esplosione. Poi comparve il Venditore.

La figura piccola, tonda, pingue, con il cappello a cilindro e il naso a becco, minuscolo, quasi inesistente, quella figura che incuteva timore nonostante il sorriso smagliante, una smorfia di lattice e menzogna, era lì davanti al patibolo, le mani dietro la schiena. Comparsa dal nulla.

La sua presenza costringeva le ginocchia a piegarsi nonostante sembrasse buffa, del tutto innocua. Era vestito di rosso e di bianco, e sia il rosso sia il bianco erano sovraccarichi. Il rosso era sangue su sangue e il bianco insostenibile. Aveva occhi... Quella era la cosa peggiore.

Occhi come monete antiche. Grandi, perfettamente tondi. E privi di pupilla. Privi di iride. Piatti. Scavati nelle orbite. Privi di altra luce che non assomigliasse alla monotona e liscia e inesorabile bidimensionalità di uno specchio. Non era un uomo, pensò il Cid. Non poteva esserlo.

— Miei cari... — esordì con quella voce che il Cid, fosse campato cent'anni, mai si sarebbe permesso di dimenticare. — Miei cari, è un giorno molto, molto triste per noi. E sebbene — proseguì senza perdere il sorriso — persino la tristezza e il rammarico siano beni di grande valore, sebbene angoscia e mestizia abbiano un significato molto, molto più importante di quello che voi creaturine possiate mai concepire... — sempre quel tono, quella voce — nonostante questo, lasciatemi dire che sono profondamente deluso.

Lo disse con un'intonazione che faceva venire le lacrime agli occhi, tanta era la tristezza che trasmetteva. Eppure il suo viso non mostrava alcuna emozione.

Il suo sorriso rimase fisso, immobile. Smagliante. Assassino. Inumano. Era il vero volto del Venditore, quello che Caius aveva solo sfiorato.

— Ogni mondo e ogni creatura ha la sua moneta, è la

regola su cui si basa l'intero universo — proseguì dopo qualche secondo di silenzio, in cui il Cid poté constatare sgomento con quale facilità l'imbonitore riuscisse a tenere a bada quelle bestie schifose. — Ogni moneta ha il suo prezzo e ogni prezzo, permettetemi di dirlo, io lo conosco. Conosco il prezzo di qualsiasi memoria. Pensate a questo...

Indicò la creatura sul patibolo, singhiozzante. Herr Spiegelmann aveva mani piccolissime, bianche come porcellana e dalle dita infinitamente ossute e lunghe. Tutte, a parte il pollice quasi invisibile, della stessa lunghezza.

— Pensate all'onore, per me, di conferire a uno dei vostri confratelli ciò cui più ambisce...

La folla di Caghoulard mugolò, estatica.

— Qualcosa per cui voi, miei fedeli, preziosi, infinitamente amorevoli compagni di avventura, uccidereste.

Il mugolio divenne grido.

— Sbranereste!

Il grido si fece urlo.

— Senza neppure l'ombra di quella facezia che chiamano pietà!

L'urlo si fece terremoto.

Un gesto, e il terremoto si ridusse al battito d'ali di una farfalla.

— Un nome — sussurrò Herr Spiegelmann. — Questo è ciò a cui voi ambite. Possedere un nome che vi elevi. Che vi renda eletti agli occhi del Padrone.

La folla di Neri Incappucciati prese a ondeggiare. Estatica.

— Un nome! — gridò Herr Spiegelmann, voltandosi verso il Caghoulard alla gogna che, unico, restava immobile di fronte alla sua eloquenza. — Cosa ci può essere di più amorevole, utile, tenero, prezioso, sublime, raro, magnifico, importante, pregiato, bello, di un nome?

Accarezzò la testa piegata del Caghoulard.

La folla restava in silenzio. Assaporava il momento.

— Un nome si guadagna con fatica. Con sudore. Sbranando e uccidendo. Ma soprattutto, obbedendo.

— Mann… Mann… Mann… Mann…

La folla riprese a mugolare la cantilena.

L'ometto la lasciò fare, beandosi di quel suono che invece faceva arricciare le budella al Cid.

Poi, con un gesto pigro, li fece tacere.

— Il Padrone sa sempre quello che può chiedere e quello che non può chiedere. I Caghoulard lo sanno bene, fa parte del patto — spiegò a quella massa di decerebrati, quasi si trovasse a un'audizione di qualche comitato di eruditi. — Il Padrone rispetta i patti. Il Padrone non sbaglia mai, è nella sua natura di Padrone non sbagliare.

Una pausa.

— Allora perché…

Le sue parole riecheggiarono troppo a lungo nella sala perché fosse solo una mera questione di echi.

— … perché i suoi desideri non vengono esauditi proprio da colui che… — abbassò la voce, l'abbassò e la cambiò nel suono di un flauto, carezzevole. — … colui che ha ricevuto il dono più prezioso? Bellis! — tuonò.

Sentendosi chiamato, il Caghoulard miserevole alzò la testa.

— Bellis…

Le mani gli accarezzavano il cranio lurido. Le dita trovarono un ciuffo di peli stopposi. Ci fu un rumore orribile. Il ciuffo sanguinolento fu mostrato alla folla.

— Bellis, perché?

Il panico rendeva nitidi anche i più piccoli particolari.

Il Cid non poté evitare di fissare ciò che all'improvviso era comparso sul palmo di quelle mani dalle dita lunghe e bianche.

Tre carte da gioco. Su ogni carta un ritratto. Il ritratto di una donna e quello di due uomini. Uno degli uomini portava tatuate sul collo due croci.

Sul volto della donna e su quello dell'altro uomo era tracciata una grossa X.

— E un ragazzino — sussurrò l'ometto sorridente. — Un tenero germoglio. Prezioso, vero Bellis?

— Prezioso… — piagnucolò la creatura. — Prezioso.

— Tre bersagli. Tre semplici bersagli.

Una pausa.

— Tre bersagli da abbattere.

Una pausa.

La pausa si prolungò.

— L'errore di Bellis, miei cari: la vanità. Bellis ha pensato. E ciò che ha pensato, purtroppo, non era quello che il Padrone aveva ordinato. Questo è male. È, addirittura, insultante. — Un mormorio di assenso da parte della platea. — Bellis ha pensato di ritirarsi. Ha fallito la missione e non è tornato cadavere come i suoi compagni valorosi. Bellis è scappato di fronte al nemico. Un insulto al valore dei suoi compagni. Un insulto per il Padrone.

Un mormorio, fra i Caghoulard.

— Qual è la pena per chi insulta il Padrone? Qual è la pena per chi, come Bellis, non ha eseguito gli ordini? Per chi è fuggito? Per chi ha… fallito?

Sputò quella parola come fosse stata veleno.

— Quale prezzo dovrà pagare? La vita? — La voce del Venditore divenne un sussurro. — Io credo che non valga abbastanza.

Silenzio.

Si voltò verso la creatura tremante che, intuendo il destino che l'attendeva, si dibatteva e spruzzava muco, implorando in una serie insensata di suoni strozzati.

— Bellis non ha più nome. Bellis non esiste — sentenziò il Venditore. — Voglio che sia uno fra tutti, senza nome. E voglio... — bisbigliò dopo una pausa — che il suo viso sia irriconoscibile. Lasciatelo in vita, ma senza faccia e senza nome...

La voce di Herr Spiegelmann divenne tuono. Esplose con tanta forza che il Cid strinse gli occhi, inorridito.

— *Mangiategli la faccia!*

— Cid...

— No... — piagnucolò lui.

La benda gli fu strappata. Le monete senza iride né pupilla lo fissavano.

— Cid. Bene. — Sorrise. — Ricordi il mio nome?

— No.

— No? — chiese l'altro, e sembrò sinceramente dispiaciuto. — Non ricordi i bei momenti passati insieme? Davvero non ricordi il mio nome?

— Io... — balbettò il Cid mentre il viso lunare si faceva più vicino, sempre più vicino, finché riuscì a distinguere il proprio viso distorto in quegli specchi terribili.

— Io...

— Forse non sei abbastanza stimolato. Forse dovrei incoraggiarti...

Allungò la mano. La mano divenne farfalla, la farfalla colomba. Il Cid rabbrividì. Da farfalla a polipo, da polipo a creatura viscida, informe.

Il Cid non voleva che quelle dita lo toccassero.

— Herr Spiegelmann! — urlò, quando mancavano pochi millimetri al tocco ributtante. — Herr Spiegelmann, il Venditore. Sì, lo ricordo, lo ricordo. Ricordo tutto! Non toccarmi, non toccarmi, no...

— Non lo farò. Se non mi costringerai. — Distrattamente si fece da parte, giusto il tempo di mostrargli quello che i Caghoulard stavano facendo a Bellis. — Ma noi siamo uomini di buona fede, vero? Noi rispettiamo i patti, non siamo esseri inferiori come quelli. Fra uomini di buona fede non serve troppo incoraggiamento.

— Sì. No, non serve. Okay. Sì — ansimò il Cid.

Herr Spiegelmann applaudì. — Bene. E tuo fratello, Paulus, lui lo ricordi?

Il Cid gemette.

— È morto? — chiese.

— Dipende — rispose Spiegelmann, ambiguo. — Trattiamo: quanto vale la vita di tuo fratello?

Il Cid sentiva le lacrime rigargli il viso. Lacrime amare e penose. Deglutì un paio di volte prima di replicare: — Non... non capisco...

L'uomo con il cappello a cilindro mosse un passo verso di lui. — *Do ut des.* Trattiamo, mercanteggiamo — spiegò, cinguettando. — Ti piace mercanteggiare, Cid? — gli chiese. — Oh, io adoro mercanteggiare! — esclamò, senza attendere risposta. — Ne faccio un vanto e una filosofia di vita, se proprio lo vuoi sapere.

Allungò una mano e mostrò una moneta che ruotava pigra in bilico sulla punta dell'indice. Brillava come una stella.

— Dunque, mi ripeto. La domanda è semplice, Cid. Concentrati, per favore. — Si esibì in una pausa tanto plateale quanto fasulla, trasse un lungo respiro e domandò, quasi canticchiando: — Quanto vale la vita di tuo fratello, Cid?

Il Cid non dovette pensarci. — Tutto — rispose in un soffio.

Herr Spiegelmann sorrise. — Risposta esatta, Cid. La regola è semplice. Esegui e non pensare. Obbedisci e riavrai tuo fratello sano e salvo.

Gli occhi di Spiegelmann divennero tutto l'orizzonte. L'orizzonte si fece fumo penetrante come una trama di aghi e il Cid rabbrividì. Tradito da nuove lacrime che andarono ad aggiungersi a quelle già versate.

— Lacrime — bisbigliò Herr Spiegelmann in un soffio. — Così preziose, così costose, così pregiate. Lacrime per suggellare un contratto. Lacrime, sì.

— Lacrime! — E quell'ultimo ruggito fu sommerso dal boato di centinaia di Caghoulard che esultavano.

10

Il Dent de Nuit non era troppo lontano da Montmartre: rue des Dames si snodava fino a sfociare in boulevard Chroniques, infrangendo la sua aria perdutamente bohémienne contro vetrine sgargianti, chioschi dall'aria lugubre, minimarket gestiti da immigrati cinesi, pasticcerie invitanti, caffè sempre vocianti e gli immancabili negozi di ninnoli e chincaglierie. Svaniva, inghiottita dal Dent de Nuit. "Giù, nel Dent de Nuit", come avrebbe detto la gente del quartiere.

Un luogo contraddittorio e pieno di meraviglia.

Boulevard Chroniques era un lungo stradone costeggiato da caseggiati abitati da lavoratori senza grilli per la testa, gente che scandiva la propria vita secondo i rigidi dettami della guida TV. Uomini e donne che si alzavano presto e chinavano la testa, rialzandola solo alle sei di sera. Gente ordinaria che spesso era convinta di abitare nell'ultima propaggine di Montmartre o lungo i bordi del Marais.

Boulevard Chroniques era una specie di piccola autostrada incistata nel pieno della città. Era una via trafficata e rumorosa sin dalla nascita, negli anni Cinquanta, quando aveva seppellito con asfalto e cemento un agglomerato di minuscole ville settecentesche circondate dai larici.

Boulevard Chroniques tagliava quasi perpendicolarmente il Dent de Nuit, intersecandosi, verso la fine della sua traiettoria, in direzione nord-est, con la famigerata rue Guignon, breve tratto di acciottolato semisommerso dai rifiuti, il quale, dopo aver superato rue Clive Barker, sboccava in rue Félix. Là dove gli affreschi bruciavano l'intelletto.

Rue Guignon godeva di una certa fama perché si diceva che lì Baudelaire avesse consumato il fatale amplesso con il morbo della sifilide, una chiacchiera che, come tante, pur non avendo alcun fondamento, serviva ad attirare visitatori privi di buon gusto, fuori di testa e poeti in erba.

A volo d'aquila fra rue Guignon e rue d'Auseil, c'erano poco più che settecento metri compressi in un budello di vicoli e vicoletti, canali di scolo straripanti e androni senza numero civico. Il rifugio perfetto per malviventi e solitari.

Rue d'Auseil numero tredici sbucava all'improvviso davanti al passante, distogliendolo da tristi ricordi o da piacevoli elucubrazioni. Era difficile non notarlo. Una palazzina di quattro piani, vecchia, ma non decrepita.

Sembrava che le mura originarie risalissero all'epoca di Napoleone III, ma da allora era stata ristrutturata più di una volta. Era uno strano mélange di stili, con qualcosa di liberty nelle rifiniture e una spruzzata di modernismo negli infissi esterni. Balconi tondeggianti di metallo nero, finestre strette e alte, e allo stesso tempo grondaie di alluminio e appariscenti lucernari decorati come rosoni di chiese. Sotto il tetto spiovente, nidi abbandonati. Sopra, il gracchiare dei corvi.

Nello scantinato, qualcuno stava cucinando.

L'odore era inebriante.

Primo mattino d'inverno in un posto sconosciuto, caldo, ma non confortevole. Caius borbottò qualcosa nel sonno e aprì gli occhi. L'aria sapeva di caffè. Il suo corpo reclamava energie, il profumo gli portò alla mente ricordi di struggente normalità. Fu l'inquietudine a svegliarlo del tutto.

La luce filtrava da una finestrella sopra di lui. Una luce azzurrina, grigia. Fredda. Illuminava una stanza ampia, dalle pareti imbiancate di fresco. Non un vero appartamento, piuttosto uno scantinato sgomberato e adibito ad abitazione. L'aria sapeva un po' di chiuso, ma non di polvere.

Lo avevano adagiato su una brandina, tenuto al caldo da una coltre morbida di coperte. Potevano essere le sette del mattino come mezzogiorno.

Le coperte profumavano di bucato. Aspirandone la fragranza, Caius provò una nuova e più crudele fitta di nostalgia.

I due uomini parlottavano a bassa voce attorno a un tavolo, ed entrambi apparivano stanchi. Buliwyf non indossava più il pastrano scarlatto, ma il corpetto era ancora al suo posto. Gus beveva lunghe sorsate da una bottiglia di birra, e una vistosa fasciatura gli avvolgeva la mano.

Era lui quello che, fra i due, sembrava il più rilassato. Buliwyf sottolineava le proprie parole stringendo l'aria nei pugni e scoprendo i denti.

Caius rabbrividì.

Nella sua memoria era ancora vivo lo spettacolo di ciò che quelle mani e quei denti erano diventati e avevano fatto. Distolse lo sguardo da Buliwyf.

Non furono i due uomini i primi ad accorgersi del suo risveglio. Fu una donna.

Caius non aveva mai visto una simile bellezza, neppure sulle riviste di moda o nei film di Hollywood. Non era solamente carina come certe attrici abili a camuffare difetti e a mettersi in posa, e neppure artificiosamente affascinante come certe indossatrici immortalate dagli artisti della fotografia. Quella donna era bella nella maniera in cui può essere bello e struggente l'autunno o le albe piene di quiete.

Soltanto guardandola trasmetteva serenità e pace, ma anche un languore sottile, salato come certe lacrime. Era giovane. I capelli biondi, lunghissimi. I suoi occhi, pensò Caius, erano la cosa più blu che avesse mai visto.

Ma anche la più triste.

— Ti ho preparato qualcosa da mangiare. Ti piacciono le crêpe alla marmellata?

La voce era lo stormire di un campo di grano.

— Chi sei? — non poté fare a meno di chiedere il ragazzino.

La donna sorrise.

Caius, stupidamente, si sentì orgoglioso di quel sorriso.

— Mi chiamo Rochelle — rispose.

— Bentornato fra noi — lo accolse ironico Buliwyf.

Gus rimase in silenzio, volgendogli la schiena.

— Io...

— Sei svenuto. Più che comprensibile — tagliò corto Buliwyf.

— Dove siamo?

— A casa mia. Rue d'Auseil numero tredici — fu la risposta.

Caius scosse la testa. — Non l'ho mai sentita.

Rochelle gli porse un piatto e un bicchiere di latte caldo. — Mi sarei stupita del contrario — replicò, sedendosi sulla brandina. — Siamo nel Dent de Nuit. Ne hai mai sentito parlare?

Il nome non gli era nuovo, ma invece di rispondere, Caius, affamato, si limitò a scuotere la testa. Poi si gettò a capofitto sulla crêpe.

Rochelle rise e Caius si sentì avvampare.

— Non troppo lontano da Montmartre, comunque.

Alla fine della colazione, Rochelle gli aveva consegnato dei vestiti piegati e un paio di scarpe da ginnastica. Poi gli aveva indicato il bagno e Caius l'aveva ringraziata.

Rochelle si era congedata con un sorriso, riservando però tutto il suo calore a Buliwyf. I due si amavano, era evidente. Una tale forza non poteva passare inosservata. E forse neppure impunita, perché nell'occhiata che i due si erano scambiati, Caius presentì l'ombra cupa della tragedia.

Rifugiatosi in bagno, imbarazzato come avesse messo il naso in qualcosa di intimo e privato, Caius si sciacquò il viso con l'acqua fredda e tentò di lavarsi i denti con le dita. Infine, con un verso di disgusto, si sbarazzò del pigiama incrostato di fango e sangue. Gli abiti che Rochelle gli aveva portato erano quasi della sua taglia, a parte la felpa che gli pendeva dalle spalle e gli copriva metà delle mani. Caius si rimboccò le maniche fino ai gomiti. Le scarpe, per fortuna, erano della sua misura. Chinato ad allacciarle, si rese conto che Gus e Buliwyf stavano parlando ad alta voce.

Litigavano.

— Ti dico che devi andare. — La voce di Gus, più roca del solito.

— Può andarci qualcun altro...

— Chi?

— Possiamo telefonare, allora.

— Il telefono non è una buona idea. Devi andarci di persona.

— Suez è fidato, conosce il mio nascondiglio. Può venire qui. Lo farebbe volentieri.

— Certo che lo farebbe volentieri, ma darebbe nell'occhio. E poi è troppo pericoloso. Potrebbero arrivare da un momento all'altro.

— Casa mia è sicura — protestò Buliwyf, irritato.

— Nessun posto è sicuro. L'hai visto anche tu, no?

Una pausa.

Caius tratteneva il fiato. Il cuore gli batteva come un tamburo.

— Non riesco a capire come abbiano fatto a trovarti.

— Me lo chiedo anch'io. Ti posso assicurare che...

— È ovvio. Ti conosco. Non possono averti seguito.

La risata di Gus, strozzata. — Sono settimane che me ne sto rintanato laggiù. Esco solo di notte e solo quando è indispensabile. Una volta mi hai dato del paranoico integrale. Pensi che sia cambiato?

— Quello che non capisco — e la voce di Buliwyf si abbassò di tono, divenendo più aggressiva — è perché non mi hai chiamato.

— Ero mezzo morto.

— Motivo in più per farlo. Non sapevamo più come muoverci.

— Ci sono andato vicino. Ma non sono morto.

— Io e Rochelle avremmo potuto aiutarti.

— Non ha più importanza, adesso.

Buliwyf diede una manata sul tavolo. — Invece sì. Charlie ed Emma sono morti. Tu sei quasi morto. È lui? Siamo sicuri che sia lui?

— Ne sono certo. È stato lui a farmi questo.

— Devi raccontarmi quello che è successo. Dove, come e quando. Tutti i dettagli.

— Non ora. Quello che devi fare è andare da Suez. Parlargli. Chiedere. I furti forse sono una pista importante, dobbiamo saperne di più. Adesso.

— E il ragazzo?

— Ci penserò io a fargli da balia. Non sono messo così male.

— Hai bisogno di dormire. Sei ferito.

— Dormirò quando questa storia sarà finita.

— Potrebbe non finire mai — rispose Buliwyf, tetro.

— Tanto peggio. Vorrà dire che mi abituerò.

— Il ragazzo farà domande. Dobbiamo parlargli. Spiegare.

La risata di Gus fece sussultare Caius. — Raccontargli cosa, Buliwyf? Cosa?

Silenzio.

Poi: — Non lo so.

— Non abbiamo tempo. Non capirebbe.

Ancora una pausa.

Di nuovo Gus: — Dobbiamo scoprire quello che sta succedendo. Va' da Suez.

Rochelle aveva fatto un salto nello scantinato verso mezzogiorno. Aveva lasciato sul tavolo dei panini, una lattina di Coca per il ragazzo e una confezione di birra per l'uomo. Non aveva neppure fatto in tempo a chiudere la porta alle sue spalle che Caius già la rimpiangeva.

A parte il caffè, per tutta la mattinata Gus non aveva toccato altro che birra, vino e cognac. Aveva metodicamente svuotato il frigorifero di tutti gli alcolici presenti e aveva fumato una gran quantità di sigarette. L'aria nella stanza ne era impregnata. Di tanto in tanto borbottava fra sé e sé, imprecando e dando manate sul tavolo. Sembrava un esaltato che litigava con i fantasmi. Caius udì almeno un paio di volte il nome dei suoi genitori.

Emma e Charlie.

Quei nomi avevano portato il ricordo della notte. Ricordi dolorosi, da fargli sanguinare l'anima. Ricordi dolorosi che avevano fatto tornare la paura, le incertezze e i dubbi. Così aveva rotto il silenzio, provando a interrogare Gus. Non aveva ottenuto che grugniti indecifrabili. Poi, quando aveva provato a farsi insistente, altre imprecazioni.

Aveva desistito.

Le ore erano trascorse in silenzio. Gus seduto al tavolo a sorseggiare birra e a fumare, Caius steso sulla brandina a pensare. La notte non gli aveva lasciato soltanto paura e domande, ma anche lividi e contusioni.

Benché la colazione di Rochelle ne avesse lenito il dolore, le sue ferite – per quanto superficiali – non gli permettevano di addormentarsi come, sfinito da quel rimuginare ossessivo, si era augurato.

Qualsiasi movimento gli causava una fitta, ora alla spalla, ora alla schiena o alle gambe. E l'immobilità era impossibile. Ogni ferita non accettava la pressione del suo corpo per più di cinque minuti. Così non gli restava che pensare.

Come la lingua al dente cariato e l'unghia alla crosta (questo, aveva scritto un grande poeta), così la sua mente tornava sempre allo stesso punto.

Naturalmente, quello più doloroso. Il temporale. La finestra distrutta. Il Tarlato dagli occhi rosa e l'aurora che l'aveva spazzato via. I Caghoulard e il mausoleo. Pensava a Buliwyf. Pensava ai suoi genitori. Pensava a ciò che era accaduto a scuola. Pensava a Pierre e a Victor e ai loro scherzi. Pensava alla normalità che gli era stata sottratta. Irrimediabilmente. Non mancò di pensare a Herr Spiegelmann. Così i suoi pensieri divennero frenetici.

Sempre più cupi. Dalla cupezza nacque la rabbia. E dalla rabbia, la risolutezza.

Infine, quando sentì il sonoro russare di Gus, la risolutezza divenne azione.

11

Il ragazzino pelle e ossa intabarrato in una felpa di parecchie taglie più grande non attirava gli sguardi dei passanti. E se lo faceva, era solo di sfuggita, perché pioveva e bisognava fare attenzione alle buche e alle pozze.

Nell'aria c'era qualcosa di sgradevole. Qualcosa che spingeva alla fretta e alla prudenza. Si camminava dritti e veloci, in quel primo giorno d'inverno.

Arrivato davanti al palazzo in cui era nato e cresciuto, al numero uno di rue des Dames, Caius si fermò, interdetto. Aveva visto abbastanza polizieschi da capire che qualcosa non andava per il verso giusto.

Nella sua testa aveva già previsto tutto.

Scappato da rue d'Auseil e arrivato in rue des Dames avrebbe trovato una pattuglia. Poliziotti veri. Non pretendeva Jack Bauer o il commissario Florent. Gli bastava qualcuno con un distintivo e una divisa addosso.

A quel punto non avrebbe dovuto fare altro che presentarsi e tutto sarebbe finito, la faccenda sarebbe passata in mani più capaci delle sue e lui avrebbe riavuto la propria vita. La polizia avrebbe fatto chiarezza.

Quel pensiero, unito alla paura che Gus si fosse svegliato e fosse già sulle sue tracce, gli aveva messo le ali ai piedi. Più si era allontanato dal Dent de Nuit più si era convinto che tutto ciò che Gus e i suoi compagni gli avevano detto era una menzogna. I suoi genitori non erano morti. E non esisteva neppure un quartiere con quel nome strambo.

I Tarlati e i Caghoulard? Tutte invenzioni.

Invece, davanti al palazzo non c'era nessuno. Né poliziotti né auto con i lampeggianti accesi. Solo un colombo che tubava in lontananza.

Caius non perse le speranze. Fece ampi cenni alla vecchietta nel gabbiotto della portineria, aspettò che lei lo riconoscesse, che abbandonasse la rivista che stava sfogliando e facesse scattare la serratura, quindi si infilò nel portone e si scostò i capelli dalla fronte, trafelato.

— Caius Strauss — lo riconobbe la vecchia.

Si chiamava Maxime. Era più larga che lunga e aveva sempre una caramella a portata di mano. Vestiva a fiori e non faceva altro che lamentarsi del tempo, era il suo hobby. Col sole era troppo caldo, d'inverno faceva troppo freddo. La sua presenza massiccia lo rassicurò.

— Caius. Strauss — gracchiò la vecchia, annuendo.

Sembrava spenta, forse malata.

— Sta bene, signora Maxime? — chiese lui, interdetto.

— Caius. Strauss. Caius — ripeteva la vecchia.

— Vuole che... chiami qualcuno?

Lei lo fissò con occhi spenti, vacui. — Caius. Strauss. Caius.

Non c'era barlume di vita in quegli occhi.

— I miei... genitori. Signora Maxime, la polizia...?

La vecchia puzzava. Di sudore, soprattutto. Ma anche di escrementi. — Caius. Strauss. Caius. Caius. Strauss.

— La vecchia si dondolava sullo sgabello gracchiando il suo nome. — Caius Strauss. Caius Strauss.

Il fetore era insostenibile. La portinaia sembrava non riuscire a far altro che ripetere il suo nome. Inutile continuare a interrogarla, meglio andare a vedere di persona. Caius prese a salire le scale, il respiro rotto.

Sui pianerottoli non incontrò nessuno. L'edificio sembrava disabitato. Neppure un suono. Nemmeno i suoi passi producevano rumore. La sensazione di irrealtà si ripresentò, più forte della notte al cimitero.

— Smettila — si rimproverò, accelerando.

La porta di casa era accostata. Da dentro gli parve di udire delle voci. L'aria era gelida e puzzava di carogna. Come la signora Maxime, ma mille volte più intensamente. Nessuno andò ad accoglierlo.

Caius rimase fermo sulla soglia. Alle sue narici arrivò, immediato, l'odore del Tarlato bruciato. Sentiva sibilare il vento. Le finestre non erano state aggiustate. Non c'erano segni che testimoniassero le indagini della polizia. Niente orme di fango sul tappeto, niente nastri colorati a delimitare le stanze, niente sigilli bicolore o tracce di polvere per il rilevamento delle impronte digitali. Neppure mozziconi di sigarette o altro. La casa era esattamente come l'aveva lasciata.

Esattamente.

Legni e intonaco esplosi, compresi. A Caius scappò un singhiozzo.

— Mamma? — chiamò. — Papà?

In fondo al corridoio, il Tarlato emetteva bagliori di brace.

— Sono io — disse a voce alta, per allontanare la paura.

Nessuno rispose, solo il suo cuore accelerò i battiti. Il

suo corpo gli gridava di andarsene da lì. Ma Caius si impose di proseguire. Doveva vedere.

Superò la sua stanza, superò il bagno. Superò il piccolo studiolo in cui sua madre si divertiva a imbastire piccoli pupazzetti di lana e che suo padre usava per sbrigare le faccende burocratiche. Alla parete c'era una fotografia della famiglia Strauss al completo. Tutti e tre sorridenti. Era una fotografia vecchia, al sorriso di Caius mancavano entrambi gli incisivi.

Arrivato a pochi metri dalla camera da letto dei suoi genitori, Caius si inchiodò.

— Mamma?

Ancora un passo. Per poco non scivolò, il pavimento era ricoperto di frammenti di legno e vetro. Caius non se ne accorse neppure.

C'era un piede, a terra. Il piede era attaccato a un polpaccio dalla curva morbida velato da una calza. Il ragazzino non aveva occhi che per quello.

Caius mosse mezzo passo ancora, senza smettere di guardare. Il ginocchio scoperto. C'erano delle piccole vene azzurrine in rilievo. Caius le ripercorse. A metà coscia, una vestaglia azzurra. Caius alzò lo sguardo.

— Mamma?

Il viso di Emma era trasfigurato in una maschera di dolore. Quasi masticato, dove la bocca dell'essere fatto di ali di mosca l'aveva toccata.

Si tappò le orecchie, ma la voce di Gus, comparsa all'improvviso nella sua testa, prese a recitare. "Il Tarlato ti bacia. Un bacio, ragazzino. Ma non un semplice bacio."

I bordi di quelle ferite si piegavano all'indietro, flaccidi come alghe appena pescate. Una leggera schiuma li circondava. Caius non poteva fare a meno di guardare.

Di nuovo la voce di Gus. "Il suo veleno attraversa la ferita ed entra in circolo. All'istante. Senza lasciare scampo." Caius aveva smesso di respirare.

Più guardava, meno riusciva a controllare l'immaginazione. Era un circolo vizioso a cui era incapace di sottrarsi. Più guardava, più la sua mente gli inviava le immagini della morte di sua madre. La donna aveva cercato di reagire. Aveva lottato. Sulle braccia erano numerosi i segni di quei baci.

"Scioglie le ossa, i muscoli. Ma non i nervi. Sai cosa significa? Significa che mentre il bacio si mangia la tua carne come un acido, i tuoi nervi sono ancora attivi, funzionanti. E strillano, ragazzino. Strillano... per il dolore."

Caius rantolò come un animale ferito.

"Strillano per il dolore."

— Non è vero...

Era menzogna quella carcassa che puzzava di carne grigliata e fogne e inferno? Era menzogna il cadavere di sua madre? Erano menzogna quei segni sulla sua carne? Era menzogna l'aria di morte che respirava in quella casa?

— Basta! — urlò Caius. — *Basta!*

Ma c'erano altri dettagli che reclamavano la sua attenzione. Miriadi di dettagli che lo spingevano verso un abisso di follia e dolore. C'era la spallina del reggiseno che lasciava scoperta una spalla, in una posa quasi provocante che mai sua madre si sarebbe sognata di sfoggiare in sua presenza. C'erano le sue dita, contratte sul parquet, e i segni delle unghie su di esso, inequivocabili scie scavate con la forza della disperazione. Quale dolore poteva spingere un essere umano a conficcare le unghie nel legno? Quale sofferenza poteva rendere tanto insensibili da ignorare il dolore delle unghie spezzate alla radice?

Negava? Continuava a voler negare? Era tutto concreto. Reale. Ne voleva ancora? Non era sazio di dettagli? Bastava spostare lo sguardo poco più avanti. Seguire il sangue, litri di sangue, fino ad arrivare…

Caius scosse la testa, con violenza. — No. — Si portò una mano alla bocca. — No.

I suoi occhi arrivarono al letto. Videro altro sangue e lo seguirono, come segugi. Il sangue aggiunse altri dettagli che Caius non riuscì a evitare. C'era un uomo steso sul materasso e il ragazzino, per un attimo, quasi non lo riconobbe. Era un uomo morto, con le braccia squarciate.

— No.

Caius si lasciò cadere a terra.

— No.

Tutto quel sangue che lo circondava era qualcosa di così definitivo che Caius si sentì morire. Con le dita sfiorò la carne di sua madre. Era fredda, così irrimediabilmente fredda da fargli desiderare di non aver mai compiuto quel gesto. Suo padre e sua madre erano morti.

— No.

Erano morti. Uccisi.

Assassinati.

Prima che il mondo si ribaltasse e una nuova follia facesse irruzione nella sua vita, Caius non riuscì a formulare che un pensiero coerente, freddo e concreto come la lama di uno stiletto. "Sono rimasto solo."

Poi il mondo si ribaltò.

12

Erano in due e un tempo forse erano stati esseri umani. Ora appartenevano alla tribù dei tormenti. Assieme al Tarlato e ai Caghoulard. Assieme al Calibano, che ora Caius ringraziava di non aver visto.

Forse umani lo erano stati un tempo, perché degli uomini mantenevano le proporzioni, più o meno intatte. Due braccia, due gambe, un tronco e una testa. Sfregi bluastri solcavano le loro membra.

Ora non lo erano più.

Erano più che nudi, visto che la loro anatomia, scuoiata, era quasi esibita con ferocia. Non avevano espressione. Non avevano volto. E niente occhi, solo due cavità. Nelle cavità, qualcosa che sembrava la coda di un pavone. Erano quelli che Buliwyf e Gus avevano chiamato Fobici.

— Caius Strauss — esultò uno dei due Fobici.

Non gli lasciarono neppure il tempo di lanciare un'ultima occhiata ai cadaveri dei suoi genitori. Lo ghermirono affondando le unghie nella carne viva e lo sollevarono di peso. Lo trascinarono fra i vetri e i cadaveri di Caghoulard sparsi lungo il corridoio. Divelsero ciò che restava della porta d'entrata e sbucarono sul pianerottolo, vuoto e silenzioso.

Caius provò a scalciare, inutilmente. I due Fobici lo lasciavano fare. La superiorità delle loro forze era così schiacciante da rendere patetici i suoi tentativi di fuga. Una volta fuori dall'appartamento, però, i due Fobici esitarono. A Caius parve quasi di sentire il ronzio concitato dei loro pensieri che s'intrecciavano. Poi si fermarono.

Qualcosa li stava spaventando. Caius sentiva i loro corpi tremare.

Dal silenzio emerse un rumore, ritmico.

Tump. Tump. Tump.

Qualcuno stava lentamente salendo le scale, andando loro incontro.

Tump. Tump. Tump.

Legno su pietra. Qualcuno con un bastone.

Uno dei Fobici parlò. — Pilgrind. — disse.

L'altro ripeté la stessa parola cruda. — Pilgrind.

Lasciarono la presa e Caius rovinò a terra.

Quando il ragazzino pelle e ossa rialzò la testa, lo sconosciuto con il bastone era lì davanti a lui. I due Fobici si erano gettati a terra.

In ginocchio, chiedevano pietà.

C'erano schiere di testimoni pronti a giurare su quanto avevano di più sacro che qualcosa, quando il Barbuto era nei paraggi, succedeva sul serio.

Ovviamente, molti di quei testimoni millantavano un credito che nessun uomo sano di mente avrebbe affidato loro: in fondo si trattava di avvinazzati, poeti, perditempo e vagabondi.

Una stretta minoranza fra quei bizzarri personaggi, tuttavia, era troppo lucida nell'esporre i fatti per non suscitare almeno un dubbio nel cuore dello scettico, per quanto pazzeschi potessero apparire quei resoconti.

Si diceva che quando il Barbuto si aggirava per le vie dei sobborghi e non aveva voglia di essere visto o infastidito, riuscisse a spegnere con la sua sola presenza i lampioni e le insegne luminose; qualcuno si spingeva persino ad affermare con sicurezza che, quando il Barbuto non voleva essere riconosciuto, usava il potere di convincere le ombre a coprirlo come una coltre, rendendolo di fatto invisibile.

Queste, fra le leggende che circolavano su di lui, erano le meno paradossali. Per tacere di quelle che lo vedevano protagonista di atroci torture e sanguinosi omicidi. Che erano la maggioranza, in effetti.

Non sempre le leggende che fiorivano sul suo conto erano cruente o tenebrose; in tal caso, infatti, non si sarebbe parlato di lui in tono di ammirazione.

Se il Barbuto fosse stato una sorta di demone uscito dall'inferno, la sua figura sarebbe stata usata come uno spauracchio notturno qualsiasi. Sarebbe diventato un Uomo Nero da quattro soldi, privo di attrattiva.

C'erano altre storie su di lui che lo rendevano, agli occhi dei disadattati, una sorta di talismano contro gli incubi. Una difesa contro l'oscurità.

Fra quelli la cui mente era naufragata nelle torbide acque della pazzia, il suo nome era usato come mantra, come preghiera contro le fissazioni più ripugnanti. Il suo arrivo agognato e propiziato con semplici e grotteschi sacrifici. Ragni venivano immolati, lacrime sparse alla luna in interminabili notti insonni, digiuni e privazioni di ogni sorta sopportati in suo onore.

Così, quando il Barbuto comparve all'improvviso con il pastrano che grondava acqua e lo sguardo di fuoco, non fu strano sentire in lontananza le grida dei folli mescolarsi al miagolare dei gatti in un'unica tetra litania. Gatti e folli recitavano uno a uno i suoi tanti nomi. Barbuto, infatti, era solo uno di questi. Pilgrind era quello più comune. "Salvezza", di tanto in tanto, il suo significato.

Caius batté le palpebre.

Tump.

Aveva già visto quell'uomo grande come un orso. Conosceva le mani nodose strette al bastone di quercia. Conosceva quell'impermeabile verde, sdrucito da mille piogge. La barba macchiata e sporca – aggrovigliata in una matassa di un colore indefinibile tendente al rosso, se non fosse stata così unta – gli era altrettanto familiare. Conosceva quel sorriso storto e sfregiato dal vento.

Un ghigno da lupo comparve sul volto del Barbuto. Denti guasti ma estremamente affilati scintillarono nella penombra del pianerottolo. *Déjà vu.* Ancora quella sensazione: lo aveva già conosciuto. *Déjà vu.* Già visto.

E assieme a quella sensazione inquieta, l'odore dell'umidità, e freddo. Sensazione fugace, rapido quasi-ricordo. Scomparve. Caius fissò Pilgrind, il Barbuto. Impaurito poco meno dei due Fobici genuflessi.

Pilgrind aveva un occhio guercio, solcato da una profonda cicatrice mal ricucita, mentre l'altro, di un azzurro gelido, luminosissimo, fissava i due Fobici trafiggendoli da parte a parte. Abbassò il bastone.

TUMP.

Il tonfo fece tremare la casa sin dalle fondamenta. Muri s'inclinarono saettando all'indietro, per poi vibrare come molle in cerca dell'originale posizione. Cornicioni caracollarono, vetri s'incrinarono. Qualcuno si ruppe. Quello delle finestre che andavano in frantumi fu l'unico rumore a turbare il silenzio del palazzo di rue des Dames.

I due Fobici si accasciarono a terra. Il capo staccato di netto, ghigliottinato. Le orbite vuote come caverne erano ora popolate da larve, non c'erano più i colori del pavone.

Pilgrind ghignò. — E così tu saresti Caius, vero?

— Caius Strauss.

— Mi chiamano Pilgrind. Abbiamo molto di cui discutere, tu e io. O ancora non credi?

— Non capisco...

— Vuoi risposte? Sono qui per questo. Ma se vuoi risposte, devi prima credere. Hai visto abbastanza? Io penso di sì. Sei fuggito da rue d'Auseil per cercare risposte. Perché pensi che Gus ti abbia lasciato fuggire? Devi credere se vuoi risposte. — Caius spalancò la bocca, ma Pilgrind non gli lasciò il tempo di ribattere. — Seguimi, l'odore di questi due mi disgusta.

Il Barbuto gli posò la mano sulla spalla guidandolo verso il salotto, da dove non avrebbe potuto vedere i cadaveri di Charlie ed Emma né l'essere che Gus aveva chiamato Tarlato.

Quando si separarono per sedersi l'uno di fronte all'altro alle due estremità del divano, Caius provò una sensazione inaspettata. Come di abbandono. La figura di Pilgrind, per quanto inquietante, in qualche modo lo rassicurava.

Pilgrind si accomodò con un gran cigolio di molle.

Caius sussultò, richiamato alla realtà. — Conosci Gus? — chiese.

— Si può dire che lavoriamo insieme da molto tempo. Molto.

— Hai detto che...

— Sì, ti ha fatto fuggire di proposito. — Un sorriso divertito si aprì sul viso del Barbuto. — O credi davvero di essere così in gamba da poter fregare uno come Gus Van Zant?

Caius avvampò. — Io non...

— Non devi provare vergogna, Caius. Sei spaventato. Sei solo. I tuoi genitori sono morti. È naturale che sia difficile credere a... — Pilgrind si grattò la barba, pensoso — ... a certe stranezze.

— Come la... Permuta?

— Vuoi sapere della Permuta? — Pilgrind era mortalmente serio.

Caius annuì. — Della Permuta e del Dent de Nuit. Rochelle ha detto che...

Il Barbuto alzò la mano, bloccandolo. — Una cosa alla volta. Non possiamo parlare del quartiere se prima non parliamo della Permuta. E non possiamo parlare della Permuta se prima non parliamo dei Cambiavalute. Non esiste Permuta senza Cambiavalute, e viceversa.

— Sì.

Pilgrind afferrò qualcosa da una tasca, una piccola sacca di panno scuro. L'aprì e ne estrasse del tabacco profumato. Prese ad arrotolarlo dentro un pezzetto di carta di giornale. — La Permuta non è magia. Può sembrarlo, ma non è magia. La magia non esiste. Esiste l'illusione, quella dei prestigiatori e dei romanzieri, ma la magia non esiste. Esiste la Permuta del Di Qua. Permuta è la capacità di un Cambiavalute di manipolare le regole della fisica che reggono questo mondo. Più è potente e dotato, più ha la possibilità di praticare Permute potenti e sofisticate. — La borsa sparì in una delle mille tasche dell'impermeabile. — Manipolare le leggi della fisica è un potere immenso, questo lo capisci?

— Sì.

E lo capiva davvero. Ripensò all'aurora che aveva spazzato via il Tarlato e annuì con maggiore convinzione. Voleva che Pilgrind proseguisse. La sua mente era affamata di spiegazioni e risposte.

— Ma la Permuta ha un prezzo. Qui sta la differenza che separa la Permuta del Di Qua dalla magia e dalla leggenda. La Permuta ha un costo.

— Quale?

— La cosa più preziosa — affermò Pilgrind, tetro. — La cosa più preziosa che un uomo possegga.

— La... — mormorò Caius — ... vita?

Pilgrind sorrise. — Se così fosse, non esisterebbero Cambiavalute, e senza Cambiavalute — schioccò le dita — niente Permuta.

Sfregò un cerino e accese la sigaretta.

La nuvoletta di zolfo salì fino al soffitto, poi scomparve.

— Cosa ci può essere di più prezioso della vita? — domandò il ragazzo.

Con un gesto vago, Pilgrind mosse la mano verso la porta dell'appartamento, là dove i cadaveri dei due Fobici si stavano decomponendo a velocità impressionante.

— I Fobici sono morti. Eppure si muovono. E uccidono. La vita è sopravvalutata.

— Morti? Adesso sì, li hai uccisi tu, ma prima erano vivi. Mi hanno preso e...

— I Fobici sono la chiave per capire la Permuta — spiegò Pilgrind — e il suo prezzo. Soprattutto il suo prezzo. Sei giovane, Caius. Forse troppo giovane per capire tutto ciò che ti sta accadendo. — Aspirò una lunga boccata. — E che accadrà in futuro. Risponderò io per te. La cosa più preziosa che un uomo possiede, la cosa che più del sangue e della sua anima ha valore, è la sua memoria.

Caius inarcò le sopracciglia. — La memoria?

— La memoria — ripeté il Barbuto, la sigaretta stretta fra i denti irregolari. — Il Cambiavalute può ottenere il potere di manipolare l'essenza stessa della realtà fisica se lo desidera, ma in cambio deve bruciare i suoi ricordi. Più i ricordi sono importanti, più la Permuta sarà potente ed efficace. Ma una volta usati, quei ricordi spariranno per sempre.

Lasciò a Caius il tempo di digerire queste informazioni. Aspirò. Espirò.

— Non ci saranno più — continuò. — Se un Cambiavalute desidera accendere una sigaretta usando la Permuta, può semplicemente impiegare il ricordo di quello che ha mangiato a colazione o quello delle chiacchiere che ha scambiato con la cassiera al supermercato. Ricordi futili, poco importanti. Ricordi che di solito dimentichiamo in fretta. Ma se desiderasse distruggere questo palazzo o una montagna, allora dovrebbe impiegarne molti di più. E non ricordi qualsiasi, ma ricordi preziosi. Liberarsi di ricordi come quello del primo amore oppure del primo bacio. E forse non sarebbe ancora in grado di farlo. Capisci?

Caius iniziava a farsi un'idea. — Oppure — mormorò rabbrividendo — il ricordo del viso della propria madre.

— Esatto.

— Ma potrebbe usare solo ricordi brutti — esclamò d'un tratto il ragazzino. — Non sarebbe male sbarazzarsi dei… brutti ricordi, no?

Pilgrind gli porse la sigaretta. Indicò la brace. — Vuoi toccarla?

— No.

— Perché non vuoi?

— Perché mi brucerei.

— E come fai a saperlo?

— Perché…

D'un tratto l'idea di svuotare la propria memoria cominciava ad apparirgli sinistra, quasi maligna. — Perché ho imparato scottandomi. Certo, anche i brutti ricordi sono importanti.

— Forse anche più di quelli belli. A cosa stai pensando, Caius?

Il ragazzino lo fissò negli occhi.

Non mentì.

— Che la Permuta è terribile.

Pilgrind annuì, serio. — Molti Cambiavalute preferiscono non esercitare mai la propria capacità. Ma molti altri, troppo ambiziosi e troppo sciocchi, non la pensano così. Riesci a seguirmi?

Lasciò che fosse Caius ad arrivarci. Ci mise poco. Non era uno stupido. — I Fobici?

— I Fobici erano esseri umani. Proprio come i tuoi genitori, Cambiavalute. Cambiavalute che hanno bruciato ogni ricordo, ogni momento della loro vita fino a dimenticarsi persino della morte. Così muoiono, ma non lo sanno, e allora vengono catturati da Cambiavalute ancora più malvagi di loro, ma meno sciocchi, e usati come schiavi. Feroci come la morte, non conoscono dolore. Sono avversari da cui è meglio fuggire.

— Gus ne ha uccisi due, ieri notte.

— È stato avventato. È ferito.

Caius scosse la testa. Una lacrima gli scivolò sulla guancia. — Lui ha detto che i miei genitori erano Cambiavalute. Lo hai detto anche tu, adesso. Lo erano davvero?

— Lo erano.

— E io? — chiese Caius, guardandosi le mani. — Sono anch'io un Cambiavalute?

— Non possiamo saperlo. Ci sono dei modi per scoprirlo, dei test. Ma per ora è meglio tenerti alla larga dalla Permuta del Di Qua. Potrebbe essere pericoloso.

Caius sospirò. Quel divieto non gli pesava affatto. Stava pensando ai Fobici.

La sua mente formulò una nuova domanda. — Perché Permuta del Di Qua?

— Esiste una Permuta del Di Qua e una Permuta del Di Là. Ancora più oscura e ancora più pericolosa. Solo i Cambiavalute più avventati la praticano. Di solito gente abietta e perversa. La Permuta del Di Qua può essere esercitata soltanto da un Cambiavalute, l'altra si imprime agli oggetti. Chiamiamo questi oggetti Manufatti.

Caius trasalì.

— Hai già sentito questa parola?

— Forse. Non ricordo bene.

Cartaferina. Certo, la libreria.

— Ti verrà in mente. Un Manufatto è un oggetto permutato. Può essere un oggetto qualsiasi: un pugnale, un orologio, un pupazzo a molla. Qualunque cosa. Un Manufatto solitamente è concepito su ordinazione. Per compiti malvagi, sempre.

Un gesto secco della sua mano spazzò l'aria. Un po' di cenere cadde sul tappeto.

— Immagina di essere un assassino — proseguì Pilgrind. — Immagina di voler uccidere qualcuno ma di volere anche la certezza di non essere incarcerato. Se hai abbastanza fegato e conosci qualche Cambiavalute, puoi ordinargli un Manufatto. Immagina di voler uccidere una donna. Un Manufatto a forma di rossetto potrebbe fare al caso tuo. Il Cambiavalute potrebbe usare la Permuta del Di Là per trasformare un semplice cosmetico in un'arma perfetta. Solo un Cambiavalute potrebbe far risalire quell'omicidio a un Manufatto, ma non ci sono Cambiavalute in polizia. — Pilgrind spense il mozzicone fra le dita e lo intascò. — C'è un'altra differenza, inoltre. Molto importante. La Permuta del Di Là funziona con il sangue. Non usa ricordi, usa il sangue. E crea dipendenza.

— Dipendenza?

— È una droga. Difficilmente chi inizia a usare Manufatti smetterà dopo il primo tentativo. Così si indebolirà, fin quasi a morire. Ma la Permuta del Di Là è subdola e non uccide. Rende deboli, ma non uccide.

Pilgrind si grattò la barba arruffata.

— Usi un Manufatto e quello ti succhia il sangue. Lo usi ancora perché i suoi vantaggi sono enormi, e lui ti spilla sangue, ancora e ancora. Quando sarai una creatura priva di volontà bloccata su un letto, magra e sporca, e non potrai più fare a meno di quegli oggetti, allora il Manufatto ti avrà in sua balia. — Una pausa. — E inizierà a succhiare la tua disperazione. Fino a che...

— Fino a che? — ripeté il ragazzo, in attesa.

Pilgrind gli scoccò un'occhiata piena di sottintesi. — Fino a che non deciderai di farla finita. Ma ci vuole tempo per prendere una decisione del genere.

— Il Dent de Nuit — disse Caius. — Parlami del Dent de Nuit.

— È il quartiere in cui hanno trovato rifugio i Cambiavalute di questa città.

— Non è segnato su nessuna cartina. Io non ne ho mai sentito parlare, eppure sono nato e vissuto qui, a pochi isolati di distanza. Com'è possibile?

Pilgrind si rabbuiò. Il suo sguardo parve assorbire la poca luce presente.

— Proprio tu, Caius, sei l'ultima persona al mondo che si dovrebbe porre certi quesiti. Si tratta di una Permuta molto antica. Nessuno sa quanto. Una Permuta permanente che deve essere costata... — Scosse la testa. — È impossibile sapere quanti sono morti nel praticarla. Ma erano tempi bui. Molto bui.

— Eppure il Dent de Nuit non è invisibile.

— Esatto. E non tutti quelli che vi abitano sono Cambiavalute. Ci sono anche persone normali, impiegati, operai, spazzini. Sono la maggioranza, in verità. Questa è la genialità di chi ha pensato il Dent de Nuit. È, eppure non è.

"È, eppure non è" pensò Caius. — Ho visto... delle creature. Non solo Fobici, ho visto... Caghoulard. Ho visto un... — anche solo riportare alla mente l'immagine del Tarlato gli provocò fitte terribili. Si sforzò di non piangere. — Un Tarlato. È lui che ha ucciso...

— Lo so.

— Anche loro vengono dal quartiere? Cosa... cosa sono? Hanno a che fare con la Permuta come i Fobici?

— No. I Caghoulard vivono dappertutto. Sono ovunque. Come i ratti, come le mosche, come gli scarafaggi. — Il tono della voce di Pilgrind si era fatto duro. — Noi Cambiavalute chiamiamo i Caghoulard Neri Incappucciati. Sono bestie schifose. Esseri disperati che non sanno di esserlo, e per questo crudeli. Come gli uomini, in fondo. Forse è questo che ci disgusta di loro. Sono uno specchio fin troppo fedele. Bramosia, appetito. Solo questo conoscono. E violenza. Violenza e crudeltà. I Tarlati invece... — Pilgrind agitò le mani, cercando le parole adatte — ... sono armi. Non sono creature. Non si incontrano in natura, a meno che non siano sfuggiti al controllo del Cambiavalute che li ha evocati. Sono fatti di putridume. Ali di mosca e pane raffermo. Latte irrancidito e sputo. E memoria, naturalmente. Sono il frutto di una Permuta molto oscura e molto difficile. Armi evocate per un unico scopo: uccidere.

— Con il bacio.

— Con il bacio, proprio così.

— Fa male? — volle sapere Caius.

Pilgrind non mentì. — Sì, molto. Ma è finita — disse, sfiorando dolcemente il viso contratto del ragazzino. — È finita. Il dolore finisce, credimi. Tutto finisce, io lo so bene.

Caius si asciugò gli occhi. — Ho anche visto un... un lupo mannaro.

Pilgrind emise una lunga risata, battendosi le mani sulle cosce grosse come tronchi. Tutto il divano sussultava seguendo la sua ilarità. — Hai conosciuto Buliwyf, immagino.

— Lui, sì.

— Non si chiamano lupi mannari. È come per la parola "magia". Un'espressione infelice, errata. Si chiamano Licantropi. Lupi in forma di uomo, ibridi. Ce ne sono pochi ormai. Vengono cacciati e uccisi da chi sa della loro esistenza, non molti per fortuna. Tendono a vivere in disparte. Buliwyf è uno di loro. Un guerriero. Un vero guerriero. — C'era più che ammirazione nella voce del Barbuto. — Hai visto di cosa è capace?

— Sì — rispose Caius, asciutto.

— Bene. Allora portagli rispetto. Immagino che tu abbia conosciuto anche Rochelle.

— Rochelle, sì. — Il ragazzino arrossì.

— Cosa pensi di lei?

Caius non dovette pensarci due volte. — È la donna più bella che io abbia mai visto.

— Solo bella?

— No, anche triste. Molto triste.

— È una Rarefatta. Scommetto che non ti ha mai sfiorato, vero?

Caius pensò a tutte le volte che la donna gli si era avvicinata. — No, mai.

— Perché non può. È nella natura dei Rarefatti. Non possono toccare esseri viventi, solo oggetti inanimati.

Caius si portò le mani alla testa. Se la sentiva scoppiare.

Restava un'unica domanda da porre. — I miei genitori...

— Charlie ed Emma.

— Li conoscevi?

— Sì. Non eravamo amici. Non sono un tipo socievole, io. Ma li conoscevo. Erano Cambiavalute talentuosi.

Caius strinse i pugni, il viso contratto in una smorfia.

— Chi li ha uccisi?

— Ha molti nomi. Herr Spiegelmann è uno di questi. Ma non è bene parlare di lui al di fuori del quartiere.

— Herr Spiegelmann.

Caius spalancò gli occhi, stupito.

Herr Spiegelmann. Il Venditore.

Si tastò le tasche. La moneta non c'era.

— Voglio sapere.

Pilgrind apparve terribile come doveva esserlo sembrato ai Fobici.

C'era fuoco nei suoi occhi.

— Non qui.

Caius non distolse lo sguardo. — Loro erano i miei veri genitori?

— Chi è il vero genitore? Quello legato dal sangue o quello che condivide con il figlio l'universo intero?

Caius non ribatté. Era una risposta più che efficace.

Adottato. Orfano.

Pensò al viso di Emma. Poi a quello di Charlie. All'odore rassicurante di dopobarba che trovava la mattina in bagno e alla carezza delle labbra di sua madre quando la febbre lo divorava. Pensò a Emma che gli leggeva le fiabe finché non si addormentava. Pensò alle serate passate seduto fra loro, a guardare un film e sgranocchiare semi di zucca. Pensò a sua madre che lo accompagnava a scuola. Alle ore che i due avevano passato al suo capezzale, nelle cliniche, quando sembrava che i suoi polmoni lo avrebbero ucciso. Ore d'angoscia, lo sapeva. All'amore che gli avevano dimostrato infinite volte in infiniti modi.

No. Emma e Charlie erano i suoi genitori. I suoi veri genitori.

Si toccò la tasca, di sfuggita. La moneta non c'era. Pensò al viso lunare di Herr Spiegelmann. Alla sua voce zuccherosa. Chiuse gli occhi. L'avrebbe ucciso, pensò. Con le sue mani. Lo avrebbe fatto. A costo di morire.

Pilgrind mormorava qualcosa a occhi chiusi.

— Cosa… cosa devo fare, adesso? — chiese Caius.

— Hai visto. Hai toccato. Sei persino stato ferito. Dimmi la verità Caius, adesso credi?

Credeva.

— Sì.

Pilgrind sembrò soddisfatto. — Dobbiamo tornare al Dent de Nuit. C'è ancora molto da discutere. Battaglie da preparare, informazioni da condividere. Ma prima, se vuoi, c'è un'ultima cosa che potrei fare per te. Ma solo se lo vorrai. E solo se sarai abbastanza forte.

— Cosa?

Il Barbuto si alzò, ergendosi in tutta la sua statura.

Caius si sentì minuscolo.

— Posso farti ascoltare gli ultimi pensieri di tua madre.

— Gli ultimi… pensieri?

— È morta da poco. Posso farlo. Farti parlare con i suoi ultimi ricordi. È una Permuta difficile, ma io so come praticarla. Solo se tu lo vorrai, però. E solo se sarai abbastanza forte. Potrebbero essere pensieri senza senso. È morta uccisa da un Tarlato, ricordalo. Ha sofferto molto.

Caius si alzò, risoluto.

Fossero stati anche solo gemiti d'agonia, li avrebbe ascoltati. Li avrebbe ascoltati e li avrebbe incisi nella memoria, perentori come le Tavole della Legge. Li avrebbe ascoltati e riascoltati, per ricordare a se stesso ciò che doveva fare.

Uccidere Herr Spiegelmann.

Il Venditore.

— Lo voglio.

13

Una mosca dai riflessi verdi, oscenamente grassa, si era posata sullo squarcio a T lungo le braccia di Charlie. A Caius sembrava stesse ammiccando.

Condividevano un segreto, diceva quell'occhieggiare malizioso. Il segreto della vita e della morte. Male per te, diceva la mosca, buon per me.

Con il cuore in gola, Caius continuava a ripetersi di essere forte. Forte. Se voleva davvero vendicare la morte dei suoi genitori doveva imparare a essere forte.

Superò il cadavere di sua madre senza avere il coraggio di guardarla. Non indugiò neppure davanti alla salma di Charlie. Con un gesto della mano scacciò l'insetto. La mosca ronzò in cerchio e tornò al suo posto.

L'aria era opprimente. Non solo a causa dell'odore del sangue, non solo per i bagliori di cenere scura del Tarlato. Era come se le mura riverberassero ancora la violenza di quelle morti. La stanza urlava.

Anche questo era un segreto che univa la mosca al ragazzino. Il male echeggia. In eterno. Irride i viventi in modi raffinati e crudeli. E dove ci fosse stato il male, dove la morte avesse portato il suo tocco, lì ci sarebbero state mosche. Ad ammiccare e a svelare i segreti dei morti.

Svelato il segreto, finalmente soddisfatta, la mosca ronzò lontana. Non infastidita, paziente. Ci sarebbero stati altri insegnamenti in futuro.

Caius rivolse a Pilgrind uno sguardo interrogativo. Lui annuì. Afferrò il bastone con entrambe le mani e vi appoggiò la fronte, concentrato.

In principio il ragazzo non vide nulla. L'aria era fredda. Il temporale aveva ripreso con forza, fuori. Fuori significava lontano, lontanissimo.

Il ronzio demente della mosca era più forte degli strepiti dei tuoni.

Il primo indizio fu l'appannarsi delle finestre. La condensa si srotolò con grazia, fino a offuscarle quasi completamente. Minuscole goccioline disegnavano arabeschi e scarabocchi. Da svolazzi e fregi, i segni divennero visi.

Visi triangolari i cui lineamenti erano poco più che tagli, vergati con troppa fretta, come se l'urgenza di palesarsi fosse stata più forte della necessità della verosimiglianza. Altri visi erano completi di ogni dettaglio: nasi, bocche corrucciate, capelli svolazzanti. Altri ancora monchi di tutto tranne che delle lacrime. Quasi tutti stavano piangendo.

Poi Caius sentì un soffio dietro la nuca. Il soffio portò una voce.

Caius.

Si voltò di scatto. Pilgrind era immerso in se stesso, nella Permuta. La polvere danzava. Pulviscoli e limature si cercavano, si stringevano, s'inglobavano, poi si abbandonavano ricominciando il cerchio, all'infinito.

Un grosso frammento di cenere gli si posò sulla bocca, il tocco dell'ala di una falena. Se lo strappò via con un gemito di disgusto, sfregando le labbra fino a infiammarle. Dietro di lui non c'era nessuno.

Udì ancora la voce. Flebile. Immensamente fredda.

Caius.

La luce si abbassava. Non era solo uno scherzo della vista. Non era la conseguenza della condensa alle finestre. Caius aveva i capelli ritti sulla testa. C'era elettricità nell'aria. Il fiato si condensava in nuvolette.

Qualcosa lo sfiorò sulla nuca.

Caius.

Si voltò, ma ancora non vide nulla. L'armadio. La parete. Pilgrind, in un angolo. Raccolto in se stesso. Il cadavere di sua madre. Di una brutalità immane, sul pavimento. Non riuscì a distogliere lo sguardo.

I segni dei baci. Il sangue, ormai bruno. Sempre più scuro man mano che la luce scivolava via. Sempre più buio. Sua madre aveva sanguinato liquidi notturni, pensò.

— Caius.

Questa volta non era un'illusione. Questa volta la voce c'era stata davvero.

Cigolante. Metallica. Ovattata, come provenisse da un'infinita distanza.

— Mamma? — sussurrò.

La vide con la coda dell'occhio, un riflesso sfuggito. Subito scomparve, non appena lui si voltò.

— Mamma? — chiamò.

Nulla.

— Mamma, non essere arrabbiata con me. Io... io non sapevo.

L'aria prese a scoppiettare. Piccole scintille azzurrine fiorivano nel buio.

— Mamma, ti prego... Mamma.

Un tocco gelido.

Dietro il collo.
— Mamma?
— Caius.
Caius non trattenne le lacrime. — Mamma...
— Non voltarti.
— Voglio vederti. Un'ultima volta.
— Sono morta?
Quella domanda lo lasciò senza parole.
— Sono morta, Caius?
L'insistenza di quell'interrogativo era enorme.
— Sono morta?
— Sì.
Un gemito. O forse solo il ronzio della mosca. Beffarda.
— Perché sono morta?
— Non lo so. È stato...
— So chi è stato.
La disperazione di quella frase indusse Caius a un movimento, subito bloccato dal tocco gelido. — Non farlo.
Voleva abbracciarla, per l'ultima volta. Voleva piangere immergendosi nel suo odore. Non l'odore della morte, ma l'odore di sua madre. Quello vero.
— Ti voglio bene, Caius.
— Anch'io, mamma.
— Io non sono veramente qui, questo lo capisci?
— Sì. — Poi scosse la testa. — No.
Il tocco sul collo. Freddo.
— Mamma...
— Sì?
— Non essere arrabbiata con me.
Le dita gli accarezzarono il collo.
Fredde, in contrasto con il calore del suo corpo.
— Non sono arrabbiata.
— Ho paura.

— Non devi. Io ti amo, piccolo mio.

Le dita indugiarono, accarezzando il suo tepore. Erano gelide.

— Ti vendicherò. Vendicherò papà...

— Non dirlo, Caius. Non dirlo nemmeno. Tuo padre era un uomo forte. Forte.

— Sì...

Il gelo gli si mescolava al sangue, saliva nel cervello, intorpidiva la faccia e scendeva fino al cuore.

— Era un uomo che sapeva ciò che doveva essere fatto, lo capisci questo?

Caius tossì. — Mi fai... male...

L'aria si fece solida. La temperatura precipitò. Caius sentì Pilgrind mugolare qualcosa, contrariato. Forse addirittura spaventato. Lui lo era di certo.

— Ti faccio male? — chiese la voce. — Chi pensi di essere per impartire lezioni sul dolore a *me*?

— Mamma... — gemette Caius.

D'un tratto, la follia.

Un turbine ghiacciato lo investì attraversandolo da parte a parte. Il cadavere di sua madre, ai suoi piedi, si contorse come in preda a un attacco epilettico. Qualcosa di gelido stava riempiendo di rabbia quel misero involucro di carne.

Le braccia e le gambe di Emma si agitavano come quelle di un ragno, disarticolate e scomposte. I muscoli si contorcevano in spasmi brutali piegando quell'anatomia sgraziata in forme sempre più innaturali.

Il viso di Emma, il dolce viso di sua madre, era reso irriconoscibile da una smorfia di odio e sofferenza. Tanta da poter ingoiare il mondo intero.

— Ti faccio male? — gridò il cadavere davanti a lui. — Sono morta e fa ancora male, morta e fa male. E fa male!

Male! E non smette — urlava il cadavere di sua madre, rovesciando gli occhi e afferrandolo per il collo. — Non smetterà mai! Non smette e non smetterà mai!

Urlò, poi qualcosa colpì il pavimento.

TUMP!

Il cadavere tacque.

— Ora basta, Emma — ordinò Pilgrind. — Il dolore è finito. Non ti è stato inflitto da Caius. Lui non ha colpe.

Il cadavere reagì alle parole di Pilgrind sibilando come una vipera. Dalle labbra schizzò sangue, minuscole goccioline carminio che chiazzarono il viso di Caius.

— Cosa stai facendo, vecchio? — gridò il cadavere della donna, agguantando l'aria in direzione del Barbuto. — Cosa vuoi fare? *Cosa stai facendo?*

— Perdonami, perdonami… — gemeva Caius.

Il cadavere ghignò.

Emetteva versi come gorghi di acqua infetta.

— Vattene, vecchio! — ragliò la morta, con tanta forza da spezzarsi le labbra. — So quello che stai facendo, lo so! Smettila di intrufolarti nella mia testa! Maledetto imbroglione! Non vuoi che il tuo pupillo…

Pilgrind batté ancora il bastone sul pavimento.

TUMP!

Le mani del cadavere sussultarono e si posarono a terra. Innocue.

Caius annaspò.

— Ora basta. C'è di peggio che la morte, Emma.

— Cosa ne sai, vecchio? — sussurrò lei, con evidente difficoltà.

Il cadavere della donna s'inarcò verso la figura ieratica del Barbuto, che sembrava invecchiato di cent'anni. Fiamme magenta e lapilli azzurrini avvolgevano il suo corpo.

— Conosco il dolore e la morte più di te — disse Pilgrind. — Conosco la pietà. Ciò che va fatto — aggiunse. Quindi addolcì la voce. — Caius è qui. Con te. Per l'ultima volta. Vuoi che ricordi solo lividi e paura? Vuoi dargli un ultimo ricordo così doloroso? È questo che vuoi per tuo figlio, Emma?

Il cadavere fu scosso da una serie infinta di spinte.

— Smettila — implorò con quella voce straziata. — Smettila!

— Emma, per favore. C'è qui Caius. Vuoi parlare con lui per l'ultima volta?

I lineamenti di Emma si atteggiarono in una smorfia di infelicità pura. Dalla sua pelle essudò un liquido ambrato, più simile a vino che a sangue. Poi si rilasciò. Non fosse stato per gli occhi di cera, spenti, in quel momento a Caius sarebbe sembrata viva. Nell'aria un profumo che il ragazzino conosceva e amava: l'odore della pelle di sua madre.

Finalmente.

— Caius.

Era la sua voce. La voce di sua madre. Non quella del cadavere.

— Mamma? — mormorò.

— Scusami. Scusami. Non volevo farti del male.

— Non devi scusarti.

— È tutto molto confuso, qui. Ti amiamo. Io e Charlie. Ti amiamo. Non dimenticarlo.

— Non lo farò.

Lacrime calde sul suo viso. D'impulso afferrò la mano di Emma e se la portò al cuore.

Era fredda.

— Pilgrind ti aiuterà. E lo farà anche Gus. Sono amici.

— Sì.

— Vuoi lasciarmi andare?

— No — piagnucolò Caius. — Resta con me.

— Devo andare.

Con dolcezza lei gli sfiorò il viso, asciugando le lacrime. Sussurrò parole che Caius conosceva a memoria. Parole segrete che avevano sempre avuto il potere di addolcire le sue amarezze e scacciare gli incubi.

— Mamma.

Poi, mentre Caius si abbeverava di quella tenerezza riempiendosene il cuore (perché quella era l'ultima carezza, l'ultima vera carezza che mai avrebbe ottenuto da sua madre), ricomparve – trionfante – la crudeltà.

Il viso di Emma si contrasse nel ghigno del cadavere che aveva urlato e sbraitato. La carezza divenne morsa. Il cadavere lo ghermì per i capelli, crudele come un demone. Il demone eruttò sangue nero, sghignazzando.

Caius urlò. — Mamma, no!

Pilgrind ruggì una bestemmia e la faccia del demone si aprì in un'espressione di gioia maligna.

— Chiedi al Barbuto del Ventriloquo — gridò, con la voce di un'aquila. — Il...

TUMP!

E nient'altro.

Il bastone era calato. Il cadavere tornò cadavere. Era finita. L'aria tornò a riempirsi di normali rumori. Il temporale. Le auto di passaggio. Il respiro corto di Caius, quello più raschiante di Pilgrind.

— Mamma?

— È finita, Caius.

Il ragazzino sollevò gli occhi verso la mano che Pilgrind gli tendeva. — Cos'è successo?

— Ti avevo avvertito. Non hai parlato con tua madre. Hai parlato con i suoi ultimi ricordi. Hai parlato con il suo dolore quindi, ma anche con il suo amore. Lo hai sentito?

— Sì. — Era consapevole della mano che gli stava tendendo il Barbuto, a mezz'aria. — Cosa significa quello che ha detto? Chi è il Ventriloquo?

Pilgrind si fece duro. — Avevi detto che saresti stato forte, Caius. Dimostramelo.

— Come?

— Cerca di capire a chi vuoi prestare orecchio. Al dolore o all'amore?

Caius accettò la sua stretta.

— Torniamo al Dent de Nuit, vuoi?

14

Buliwyf riuscì a scambiare due parole con Suez soltanto verso la seconda metà del pomeriggio, quando la folla di sfaccendati e vagabondi lasciò l'Obsesso in cerca di fortuna, di carte migliori o di liquori più a buon prezzo.

Lo chiamavano Suez, ma la ragione di quell'appellativo era stata dimenticata.

Dicevano che fosse un osso duro, ed era vero. Nessuno lo aveva mai messo al tappeto. Per questo all'Obsesso nessuno si sognava di alzare la voce o attaccare briga. C'era da farsi male. L'Obsesso era un posto chiassoso che attirava una clientela composta dalle peggiori canaglie del quartiere, ma la sola presenza del proprietario bastava a intimidire i più facinorosi.

Dietro al bancone, Suez aveva appeso uno scudo di legno privo di fregio. Là dove ci si sarebbe aspettati di vedere la testa di un cinghiale, la corona di un cervo, una spada fiammeggiante, erano incise tacche profonde, almeno una dozzina. Ogni tacca, una testa spaccata. Crani rotti. Rompiscatole con la testa squarciata in due. Crepe aperte, canali di Suez, appunto. Usati come *memento* per i più rissosi.

Era veramente questo il motivo di quel soprannome, si era chiesto Buliwyf leggendo e guardando dove pochi sapevano leggere e guardare? Non poteva avere a che fare con quei due occhi verdi, di una femminilità splendente, tatuati sulle nocche del barista? Non poteva avere a che fare con la piega amara della sua bocca? Suez: crani rotti e teste spaccate, certo. Ma non poteva avere anche un secondo significato? Un significato che, se svelato, avrebbe reso meno minacciosa la sua figura?

I crani fracassati e i pugni che sconquassavano le ossa come magli avevano tutto il diritto di rivendicare la paternità del suo battesimo ma, a pensarci bene, a pensarci davvero bene, qual era la ferita che più di ogni altra avrebbe potuto ridurre un uomo, qualsiasi uomo, persino un uomo grande e grosso come il proprietario dell'Obsesso, a un'agonizzante anima tormentata, spaccata, scissa in due metà doloranti?

Questo capì Buliwyf, guardandolo negli occhi: Suez era un suo simile.

Poi Suez prese a raccontare.

Gus aveva visto giusto: erano stati ciechi e stupidi, e la loro cecità era stata la migliore alleata in cui Herr Spiegelmann avesse potuto sperare.

Cose oscure tramavano nelle notti del Dent de Nuit da molto, troppo tempo. Strani furti. Sempre di notte, quasi sempre senza testimoni.

Furti che nessuno avrebbe denunciato, un po' per la secolare avversione alle autorità degli abitanti del quartiere, un po' perché il valore della refurtiva era tale da indurre al sorriso, o tutt'al più alla sorpresa.

Carabattole, inezie. Cianfrusaglie dimenticate. Per questo in pochi se n'erano accorti, e quei pochi avevano fatto finta di nulla. Erano tutti oggetti privi di valore, oggetti di cui si era dimenticata persino l'esistenza.

Che importanza poteva avere un calzino spaiato, un temperino senza lama o una sveglia le cui lancette avevano smesso di scandire minuti e ore?

Nessuna, appunto.

Ma come Suez riferì al Licantropo, ciò che lasciava interdetti gli abitanti del quartiere era che a commettere quei furti erano state mani dotate di artigli, mani di Caghoulard.

Caghoulard in veste di ladri erano una bizzarria persino per il piccolo popolo dei Cambiavalute, che pure di stranezze aveva fatto il proprio pane quotidiano.

I Cambiavalute amavano le dicerie, e ancora di più le dicerie misteriose. Amavano, soprattutto, far fiorire ipotesi. Suez le aveva raccolte tutte, e tutte le offrì a Buliwyf. Ipotesi che andavano dal grottesco al divertente, dal ripugnante al farsesco. Ma si trattava di chiacchiere, aveva concluso il barista, nient'altro che chiacchiere. Il Licantropo aveva annuito. Suez gli aveva offerto una seconda birra.

Poi aveva avanzato la possibilità che i Caghoulard fossero manovrati da qualcuno.

Un piccolo esercito di Neri Incappucciati mossi da un Cambiavalute potente (oh sì, tanto potente da evitare che i Caghoulard si sbranassero l'un l'altro) che aveva come unico scopo quello di sottrarre ninnoli e, a volte, pura immondizia. Il nome di chi possedesse tanto potere non fu pronunciato per paura di orecchie indiscrete. Saettò dal Licantropo all'omone dal cranio lustro sotto forma di elettricità.

Buliwyf conosceva per certo il nome di quel qualcuno. Suez lo poteva solo supporre ma, poiché era il miglior barista del quartiere e forse della città intera, riferì senza interrogare. La domanda vera era: per quale motivo?

Anche a Suez era stato sottratto qualcosa. Senza le voci e senza le impronte di Caghoulard sulla sua finestra, aveva detto al Licantropo, non se ne sarebbe mai accorto.

Gli era stato rubato un vecchio boccale con il logo della Guinness, souvenir di un viaggio in Irlanda. Un semplice boccale di birra. Vetro di infima categoria. Un oggetto da gettare senza alcun rimpianto: solo un altro stupido boccale di birra.

Ora quell'assenza lo inquietava.

Da quell'incontro Buliwyf ricavò un'idea a suo modo malinconica: a ogni ora seguiva il suo prodigio.

Alcuni fra i prodigi partoriti dalla notte erano crudeli, con zanne e veleno in punta di coda, i più erano bizzarri, altri semplicemente tristi.

Quando il Licantropo, dopo aver ringraziato Suez per le informazioni, uscì dall'Obsesso, l'aria di Parigi era gelida, bagnata da tremendi scrosci di pioggia.

Si avviò verso rue d'Auseil, pensando ai furti. Pensò agli occhi verdi tatuati sulle nocche di Suez. Pensò che a ogni ora seguiva il suo prodigio e a ogni alba il suo risveglio. Pensò a Gus e alla sua rabbia. Pensò a Pilgrind, che aveva dimenticato la differenza fra verità e menzogna.

Pensò a Caius.

Pensò a Rochelle, e il suo cuore si riempì d'angoscia.

15

Era sera inoltrata quando Pilgrind e Caius arrivarono nello scantinato di rue d'Auseil. Entrambi erano bagnati fino alle ossa. Ad attenderli, il viso accigliato di Gus.

Avevano tardato, spiegò Pilgrind mentre Caius scivolava silenzioso nel bagno dove Rochelle gli aveva preparato vestiti puliti e asciutti, perché aveva voluto mostrare un po' della topografia del quartiere al ragazzino.

Era vero solo in parte.

Di certo il Barbuto aveva raccontato decine di aneddoti per ogni metro di strada percorsa: per ogni vicolo imboccato un morto ammazzato o un amore sbocciato, per ogni finestra indicata una famiglia dal passato sinistro o un Cambiavalute dai bizzarri appetiti (Caius aveva pensato che Pilgrind avesse una storia da raccontare per ogni cubetto di porfido del quartiere, ed era nel giusto), ma non sempre il ragazzino aveva prestato la dovuta attenzione. Aveva sfruttato quella passeggiata sotto la pioggia per purificarsi dalla morte del palazzo di rue des Dames. Lo aveva capito solo quando la pioggia negli occhi gli aveva annebbiato la vista. Aveva capito che si stava ripulendo.

Era grato al Barbuto per quelle ore passate sotto il temporale. Non che il suo dolore si fosse affievolito, questo era impossibile. Ci sarebbero voluti anni, e forse anche a distanza di decenni il dolore per la perdita di sua madre e di suo padre (e della sua normalità) si sarebbe fatto sentire cattivo come ferro sulle ossa, ma l'acqua e le storie di Pilgrind avevano spazzato dalla sua mente l'odore della morte e persino il fiato, meno concreto ma più subdolo, della violenza. Via, lavato via.

Acqua, storie. E lacrime.

Ma solo un po', e di nascosto.

Il fatto che nessuno fra i passanti avesse dato l'impressione di poterli vedere non lo aveva preoccupato. Aveva detto bene Pilgrind. Fra tutti, lui era il meno indicato per dire ciò che era e ciò che poteva essere.

Permuta, giusto? Magia. Nonostante la spiegazione, i due termini per Caius restavano equivalenti. Il fatto di dover bruciare brandelli di memoria per poter estrarre il coniglio dal cilindro non era che il trucco dietro l'illusione, il doppio fondo della valigia. Ci sarebbe voluto tempo perché il ragazzino, che ora sedeva al tavolo sbocconcellando un sandwich e ascoltando rapito il racconto di Gus, avesse modo di ricredersi.

Toccava a Gus raccontare, ora.

All'inizio, disse, non aveva dato peso ai sussurri. Avrebbe dovuto, perché sapeva che dietro ai bisbigli (soprattutto dietro a certi bisbigli) si nascondevano le catastrofi. Era dal pigolare di un sasso che nasceva il crollo della montagna. Ma quei mormorii erano poco più che brezze provenienti dal proscenio, da dietro le quinte, e lui era stanco di far parte di quello spettacolo.

Infinitamente stanco.

All'inizio, raccontò, le voci si erano manifestate in maniera circospetta, per questo le aveva sottovalutate. Una canzone composta a Lisbona e sparata dall'autoradio di qualche metallaro in vacanza, una lettera mai affrancata e abbandonata su un tavolino da ping pong, una scritta vergata con un pennarello sulla tomba di qualche sconosciuto poeta. Gus era stato sordo a quei sussurri. Così le voci si erano unite in coro.

Volevano essere ascoltate.

Il postino che suonava il campanello con troppa insistenza, lo stormo di passeri e caprimulgi che intonavano nenie sotto le finestre dei suoi sempre diversi nascondigli, lo sguardo un po' troppo insistente dell'uomo d'affari seduto al bistrot. Tutto cospirava perché Gus capisse. L'ammiccare di una ragazza dallo sguardo impudico portava a galla ricordi sgradevoli, l'acqua che colava dal parabrezza di un'auto di lusso gli rammentava che dietro la facciata si nascondeva sempre qualcosa di tagliente, oppure era lo strimpellare di un suonatore storpio lungo la Senna a mettere in dubbio qualsiasi certezza.

Gli indizi si erano accumulati l'uno sull'altro, e quando Gus aveva deciso di prestarvi attenzione, si erano trasformati in una vera moltitudine. Ma il tempo li aveva resi difficili da catturare. Come il corallo sottomarino, i sussurri erano diventati duri e refrattari allo sguardo.

Gus aveva potuto ammirarne le sfumature e coglierne il richiamo sempre più potente, ma aveva impiegato mesi per potervi accedere senza correre il rischio di distruggere tutto. Le voci erano tesori fragili.

Due chiacchiere scambiate con un pachistano che si diceva avesse il potere di ipnotizzare le rondini, una parola mormorata dietro le grate del confessionale con un prete in odore di eresia, un boccale di birra e uno di whisky con una banda di motociclisti, una filastrocca portata dal vento, una lettera a un ergastolano che passava il tempo mangiando lamette da barba.

Bisbigli.

Qualcosa stava accadendo.

Gus, allora, si era inoltrato ancora di più nel corallo, attento a non rompere neppure una ramificazione. Attento a non sottovalutare nulla, neppure i pesci più piccoli e quelli più insignificanti. Erano stati mesi duri, difficili. In cui ogni respiro poteva significare morte e ogni parola poteva essere menzogna.

Ma era andato avanti.

Da una casella postale di Île Saint-Louis aveva ricavato la parola d'ordine per poter scambiare due chiacchiere con un sassofonista nel retro del Caveau de la Huchette, il posto in cui durante la Rivoluzione si torturavano nobili e meno nobili (fra cui anche il misterioso disegnatore del Rana). Il sassofonista gli aveva suonato un bizzarro componimento e indicato il modo per rendersi gradito a Isabel, l'*étoile*.

Isabel, libertina dell'Opéra e leggiadra ballerina, era stata entusiasta di quell'omaggio e lusingata dal suo scontroso ammiratore. Sebbene di quel dono Gus portasse ancora le cicatrici sulla schiena, ciò che la diafana gli aveva suggerito era stato di grande aiuto. L'*étoile* aveva fatto parte di un certo circolo di iniziati, gente annoiata e di alta classe, ma che aveva il pregio di sovvenzionare artisti infelici e pieni di talento. Da uno di questi artisti, un intagliatore di ossa, Gus aveva ottenuto la certezza che sì, qualcosa stava succedendo. E non solo.

L'artista dallo sguardo stralunato gli aveva indicato la strada per raggiungere il nucleo del corallo, il suo cuore. Un luogo che era un santuario.

Percorrendo strade secondarie e poco battute, sfruttando poche amicizie e riscuotendo molti favori, Gus era arrivato in quel santuario giusto in tempo per raccogliere gli ultimi tasselli del puzzle e finire quasi ammazzato.

Il Bunker 18 era stato costruito a cinquecento metri dal bagnasciuga, poco sotto la scogliera, e nonostante i chili di tritolo sganciati dai bombardieri era ancora pressoché integro. Dalle sue feritoie anonimi soldati della Wehrmacht avevano cambiato il colore della sabbia sputando piombo su altrettanto anonimi soldati venuti da Oltreoceano.

Un luogo sacro e, per questo, pericoloso.

Omaha Beach, Normandia.

Adesso ci viveva qualcuno, aveva detto l'artista. Un eremita. Uno spirito inquieto, dicevano alcuni. Se non se lo fosse inimicato, ne avrebbe tratto risposte.

Gus aveva raggiunto il Bunker 18 durante una notte di luna piena. Non aveva incontrato nessuno spirito, solo un uomo in carne e ossa. Avevano spezzato il pane insieme e quando l'eremita aveva raccontato di come avesse visto risorgere un uomo tanto grasso da sembrare finto, allora Gus aveva saputo che tempi bui si stavano avvicinando.

Spiegelmann non era morto.

— È stato lui a ferirti? L'eremita? Era pazzo?

Gus scosse la testa. — Forse era pazzo, ma quel poveretto era innocuo. Aveva passato la vita a raccogliere indizi, come me. Come noi — si corresse. — E il bunker era completamente invaso da ritagli di giornale e quaderni. Un vero tesoro. A volte mi chiedo se in quegli appunti non ci potesse essere qualcosa di utile. Di mortale, per quel figlio di puttana.

Non c'era bisogno di specificare a chi si riferisse.

— Tutto andato, vero? — chiese Pilgrind, che seguiva il racconto con un'espressione di rapimento e le braccia conserte sul petto. Ancora non si era disfatto dell'impermeabile verde.

— Bruciato. Avrei potuto salvarlo. Se solo fossi stato meno stanco...

— Inutile pensarci — disse Buliwyf.

La vodka e i chilometri percorsi in quei giorni avevano reso Gus vulnerabile e con le difese abbassate.

Non aveva avuto sentore della trappola se non all'ultimo, quando i chili di carta avevano preso a levare fiamme tanto alte che per lui tutto sembrava giunto al termine.

Come avesse fatto a uscire dal bunker senza restare ustionato a morte, non sapeva spiegarlo. Ricordava il calore, però. E le urla dell'eremita, intrappolato.

Sfuggito alle fiamme, Gus si era trovato di fronte ai sicari mandati da Spiegelmann. I Fobici l'avevano attaccato appena uscito dal bunker. Non gli avevano concesso alcun vantaggio. Gli si erano avventati contro, squarciando e tagliando. In silenzio, perché erano lì per elargire tenebra e la tenebra richiedeva rispetto. Ma Gus era stato più forte.

Non tanto da riuscire a trarre in salvo l'eremita, ma abbastanza da uccidere, solo, quei mostri dagli occhi di pavone. Sapeva di Herr Spiegelmann, a quel punto. Sapeva che, presto, una nuova guerra avrebbe avuto inizio. Questo gli aveva dato la forza di sconfiggere i due sicari del Venditore: sapeva di non potersi concedere il riposo della morte.

Così aveva ucciso i Fobici e l'alba lo aveva trovato ferito e singhiozzante sulla spiaggia che da decenni puzzava di gloria e sangue. Si era nascosto fra gli scogli, impazzendo per il dolore e la sete. Cibandosi di gabbiani poco svelti e di quello che la marea gli portava. Pesci morti, per lo più. Si era trascinato fino a un piccolo villaggio, nascondendosi nei casolari abbandonati e nutrendosi di bacche e insetti. Nel villaggio aveva trovato un ambulatorio ben attrezzato e con l'aiuto degli antidolorifici la sua fuga era diventata più semplice.

Era stato Herr Spiegelmann a mettere in giro la voce che Gus era morto. Suonandolo ai citofoni, soffiandolo nelle orecchie dei musicisti, spiegandolo ai cronisti ubriachi, urlandolo allo stadio, suggerendolo ai poeti di strada.

Persino i suoi amici, nei giorni tremendi che erano seguiti alla sua scomparsa, avevano avuto la tentazione di credere a quella voce. Ma Gus non era morto. Aveva vagato a lungo sul confine che separava la tomba dalla vita, ma alla fine era sopravvissuto. Era il suo destino, quello: sopravvivere nonostante tutto. Sempre. Forse non "destino", si era corretto tenendo lo sguardo fisso in quello di Pilgrind, mentre terminava il suo racconto. Forse sarebbe stato più corretto dire "maledizione".

— Avresti dovuto chiamare. Chiedere aiuto — lo sgridò Buliwyf, e non per la prima volta.

— Non potevo. Non solo perché ero ferito e perché passavo le giornate sbronzo o fatto di antidolorifici, ma anche perché sarebbe stato stupido.

— Stupido?

— Sì, stupido. Nonostante...

— Mia mamma e mio papà — mormorò Caius, interrompendo quel dialogo. Si erano quasi dimenticati della sua presenza. Pilgrind gli posò una mano sulla spalla.

— Sì! — esclamò Gus con rabbia. — Nonostante questo. Ormai avevo capito che qualcosa stava succedendo.

Meglio che Spiegelmann mi credesse troppo ferito per farmi avanti. Meglio che mi pensasse morto. C'erano voci da ascoltare e informatori da interrogare. Questo ho fatto. E ho sentito dei furti. E dei Caghoulard. Dei Fobici...

— Tu lo sapevi? — chiese Buliwyf a Pilgrind.

— Sì. Gus ha ragione. Bisognava pianificare. Raccogliere informazioni.

— A costo della vita di Charles ed Emma?

— Sapevano quello a cui andavano incontro. Spiegelmann è stato abile. Tra i furti e le apparizioni dei Fobici, nessuno aveva pensato che il vero obiettivo fossero loro.

Caius spalancò gli occhi. — Loro? Io credevo...

— Pensavi volesse uccidere te? — chiese Gus.

— Sì.

— No. Non adesso, almeno. Prima voleva uccidere me. Poi Charles ed Emma. Chi lo sa a chi sarebbe toccato dopo?

— Ma se non voleva uccidermi, perché...?

— Non voleva ucciderti, ragazzino. Voleva rapirti.

Silenzio.

— Per quale motivo?

Gus si alzò, muovendo rumorosamente la sedia. — Birra — disse.

Fu Pilgrind a rispondere. — Questa è un'altra cosa che dobbiamo scoprire.

Caius non ribatté, ma notò che Gus cercò subito di cambiare discorso. — Hai parlato con Suez?

Buliwyf accettò la lattina che gli stava tendendo, si asciugò la bocca con il palmo della mano e rispose, annuendo: — Sì. Ha fatto un ottimo lavoro. A quanto dice lui, ci sono stati almeno una settantina di furti.

Gus fischiò.

— Sempre la stessa roba? — Pilgrind era teso.

— Sempre la stessa roba. Cianfrusaglie di poco conto.

— Il che ci fa pensare...

Buliwyf annuì con foga. — Sì, che la gente non si sia accorta di nulla. Quindi il numero dei furti va raddoppiato. Forse triplicato.

— Triplicato, sei sicuro?

— Suez ne è sicuro — sottolineò il Licantropo. — E se Suez ne è sicuro, non vedo perché non dovremmo esserlo noi.

— Hai ragione. Tutti Caghoulard?

Buliwyf allargò le braccia. — Non possiamo esserne certi al cento per cento, ma...

Gus fece schioccare le dita. — È lui, non ci sono dubbi.

— La vera domanda è: perché?

Sia Gus sia Buliwyf spostarono lo sguardo su Pilgrind, fissandolo.

— Erano tutti Cambiavalute, vero?

— Così pare.

— Forse c'è un legame fra loro.

Gus scosse la testa. — Impossibile. Fossero stati quattro o cinque, ma settanta o addirittura un centinaio? Non lo credo. E non lo credi nemmeno tu.

— No — fu la risposta del Barbuto. — Non lo credo nemmeno io.

Buliwyf si alzò di scatto. — È maledettamente frustrante non riuscire a capire cosa passi per la testa a quel bastardo.

— È il suo modo di fare: scatole dentro scatole che stanno dentro altre scatole.

— È che... — Buliwyf si calmò non appena nella stanza fece la sua comparsa Rochelle.

— È tardi — disse lei. — Caius ha bisogno di dormire. Continueremo questa conversazione da qualche altra parte, o domani.

Il ragazzo stava per protestare, ma appena provò ad aprire bocca, gli uscì uno sbadiglio. Guardò l'orologio: erano le tre di notte. Nonostante l'orrore di rue des Dames, aveva sonno. Gus e Buliwyf si congedarono senza un saluto. Pilgrind gli rivolse un cenno, Rochelle un sorriso.

Caius sognò.

Sognò la Rosa.

16

Il mondo era svanito.

Il mondo era svanito e lui galleggiava nei flutti morbidi del nulla. Niente aveva significato, in quella vastità buia. Niente voleva avere significato, neppure l'oscurità che lo avvolgeva. I perché erano banditi.

Era una sensazione magnifica, liberatoria. Non sentiva più il fardello della stanchezza o quello ben più greve dell'angoscia. Non sentiva neppure più il proprio corpo, se n'era liberato. Non c'era più la pressante pesantezza del ventre o la rigidità delle giunture costrette dalla forza di gravità.

Non aveva neppure più bisogno di respirare in quel magma dolce, e non lo faceva. Semplicemente, proprio come per le parole, la grammatica e il mondo intero, se n'era del tutto scordato. Quel continuo inspirare ed espirare era un esercizio tanto futile quanto insensato, ora lo comprendeva. Il respiro era solo un ritmo. Una cadenza di cui sentiva di poter tranquillamente fare a meno perché c'era un altro ritmo a cui accordarsi, una soffice percussione proveniente dal fulcro del nulla. Il palpitare spugnoso di quel luogo di pace.

Lo seguì. Per quanto? La logica dei sogni non permette una simile domanda. Quando la vide, c'erano solo il buio, il nulla e pollini luminescenti.

La vibrazione che aveva sentito più con la mente che con le orecchie proveniva da lei.

Era una rosa.

No, pensò Caius ritrovando il piacere delle parole (ma sentendosi immediatamente più pesante e goffo, quando scaturirono in lui e da lui), non era una rosa.

Non assomigliava neppure lontanamente a una rosa da giardino, e neppure agli esemplari rari esposti nei giardini botanici o coltivati gelosamente dai collezionisti.

Era una rosa ed era anche una margherita. Era genziana ed era primula. Era gelsomino ed era papavero. Era tutti i fiori del mondo e altri ancora solo immaginati. Eppure era una rosa. Era *la* Rosa. La Rosa aveva un nome.

Il nome era: Rosa di Algol.

Come facesse a sapere quel nome, non se lo chiese neppure. Le domande sarebbero venute dopo. Con la Rosa arrivarono nuovi dettagli di ciò che lo circondava. Tornò la luce e tornò il buio. Con i dettagli tornarono la pesantezza e la gravità. Tornarono il sopra e il sotto.

Caius non se ne curò, era in contemplazione.

La Rosa di Algol era grande più o meno come un geranio, con piccole foglie merlate alla base e uno stelo che si biforcava alla sommità. Entrambi gli steli culminavano in due sferette grandi come more, simili a boccioli. Una delle due, quella attaccata al fusto principale, era leggermente più grande dell'altra. La Rosa era interrata in un'urna e l'urna era poggiata su un basamento di marmo splendente.

L'oro con cui era intarsiata l'urna sembrava scialbo se paragonato alla lucentezza della Rosa. Nulla poteva essere più bello della Rosa.

Caius sospirò.

I due frutti della Rosa (o erano semi? o boccioli? o fiori?) presero a muoversi. La sfera più grande, quella al centro, ruotava su se stessa in un movimento di rivoluzione perfetto, quasi regale. La piccola, quella più in alto, vorticava veloce usando la maggiore come centro di gravità.

Poi, quando i primi rumori arrivarono alle orecchie di Caius, i due frutti presero fuoco. Avvamparono rischiarando l'oscurità, bruciando di colori che andavano dal vermiglio al bianco. Quel calore rese nitidi i rumori. Dettagli si aggiunsero a dettagli. Dalle piccolezze sorsero grandezze. E il viso. Lo riconobbe all'istante, non avrebbe potuto fare altro.

Caius urlò.

Il Venditore era lì, a terra. Accanto a lui. Il suo viso lunare era chiazzato di sangue, i suoi occhi gelidi erano fissi sulla Rosa e le sue mani erano protese.

Sbuffava bolle disgustose dalla bocca e dalle narici, colpito a morte, eppure arrancava. Non si era accorto della presenza di Caius. Arrancava.

Il suo corpo sformato sembrava macellato da una mano distratta. Caius non ebbe il coraggio di soffermarsi sulle ferite che erano state inflitte al Venditore: viscere srotolate e ossa esposte erano uno spettacolo insostenibile. Tutto quel dolore, tutto quel sangue e quell'arrancare caparbio gli fecero provare inaspettatamente una fitta di compassione.

La compassione divenne pietà, e Caius si ritrovò in lacrime. Spaventato dal sentimento che suscitava in lui la vista dell'uomo che aveva giurato di uccidere. Il Venditore era ridotto a una massa informe, eppure, vivo, si trascinava. C'era un che di commovente in quella determinazione.

— Mia — diceva. — Mia.

Arrancava.

— Mai — diceva. — Mai.

Sbuffava.

— Così poco — diceva. — Così poco.

Strisciava.

— Ancora — diceva. — Ancora.

E di nuovo arrancava.

Il suo sangue sfrigolava, e il suo viso si contorceva per il dolore, ma il Venditore non vi si abbandonava. La sofferenza doveva essere mostruosa, ma non poteva nulla contro la sua implacabile forza di volontà. Voleva la Rosa e la Rosa percepiva il suo desiderio, fiammeggiando ancora e ancora.

Qualcosa si muoveva, al centro della Rosa. Nel vortice cristallino che era la sua sommità. Il palpitare della Rosa si era alzato di volume, divenendo il furibondo tuonare delle pale di un elicottero. Caius lo sentiva nelle ossa.

Quando le dita del Venditore furono a pochi centimetri dalla Rosa, qualcuno urlò. Un urlo di furore che non era né di Caius né di Herr Spiegelmann. Era l'urlo di una creatura oscena, carne esposta, aculei e lezzo di fango. La creatura si avventò sul Venditore, scagliandolo lontano.

I due, la creatura e Herr Spiegelmann, abbarbicati come amanti, si scontrarono con tale violenza che Caius se ne sentì nauseato. Denti sfilacciavano tendini e unghie squarciavano carni e nervi. I colpi inferti venivano subito restituiti, in un vorticare infinito di grida e ragli.

Sangue sprizzava come vino a un banchetto, ma la morte non sopraggiungeva né per l'una ne per l'altro.

D'un tratto la creatura di fango e aculei emise un grugnito di esultanza: i suoi denti avevano trovato la gola del Venditore. Herr Spiegelmann vomitò un fiotto nero come pece e cercò di staccarsela di dosso, infilandole i pollici nelle orbite e premendo con quanta forza gli era rimasta in corpo.

La creatura di fango e aculei resistette. Serrò con più energia le fauci, finché la testa di Herr Spiegelmann non si rovesciò, staccata dal collo. Quando il corpo del Venditore toccò il pavimento, divenne polvere. La testa, invece, ancora intatta, rotolò a pochi centimetri da Caius.

Sorrideva.

— Hai visto? Hai visto?

Caius urlò.

La pietra si crepò, sassi precipitarono dall'alto.

— Hai visto? Hai visto?

C'era trionfo nella voce della testa mozzata.

— Hai visto? Hai visto? — urlava Herr Spiegelmann in deliquio.

— No! — gridò Caius.

Gridando, si svegliò.

Gridando, la sua mente riuscì a cancellare il rumore terribile della Rosa che si spezzava in due. Un rumore che era un urlo e uno strepito insieme. Gridando, cancellò il rumore della fiamma che ne scaturì. Il vagito immane di un rogo apocalittico.

Naturalmente, al risveglio, la moneta d'argento era tornata.

17

Difficile dire come, e difficile dire perché, ma tutti gli abitanti del Dent de Nuit avevano sentito parlare del Giorni Perduti. Non era un luogo di ritrovo celebre come la Fontana del Rana. Con quell'insegna scarna poi, un semplice sole di legno, sembrava quasi non volesse essere notato. Se ci si arrivava era perché morti e miracoli, prima o poi, finivano per convergere sotto le sue travi scurite dal fumo. Racconti di morte, storie di prodigi. Chiacchiere, pettegolezzi.

Non meno raramente, confessioni. Il Giorni Perduti era un luogo di segreti.

Chi vi entrava lo faceva per provare il raffinato sapore della solitudine, piacere costretto alla clandestinità nell'epoca delle luci sintetiche. Ecco spiegato perché, prima o poi, senza un come e un perché, quando i pensieri assillavano le menti, quando i sentimenti diventavano feroci e la sete di tranquillità si faceva imperativo, gli abitanti di rue d'Auseil e del Dent de Nuit finivano per sedersi a uno di quei tavoli, se non in prima persona, almeno in racconto. Era un luogo di fantasmi.

Sebbene fosse mezzogiorno, il primo fantasma di quella

giornata era stato il sole, nascosto dalla coltre di nubi e dagli aghi della pioggia che continuavano a martellare Parigi.

Mezzogiorno era il momento in cui le vetrate del Giorni Perduti si animavano di colori e chimere. Raccontavano una storia antica usando luci e ombre come verbi e sostantivi, spazio e tempo come punteggiatura.

Tutti gli avventori – il grassone con la faccia rossa, il tizio in maniche di camicia, la donna dall'aria sciupata che sorseggiava del gin con gran smorfie sul viso segnato – tutti stavano cercando di indovinare quale fosse la parabola contenuta nelle vetrate, mescolando alle figure rigide i propri ricordi, alla lucentezza del vetro l'opacità della propria vita.

Qualcuno entrò, portandosi dietro l'odore della pioggia. Si sedette e si unì al paesaggio, come un camaleonte. Il Cid era un vero maestro nel diventare invisibile. Senza farsi notare, avvicinò la sedia al tavolino accanto, dove il grassone divorava una frittata di funghi ingollando micidiali quantitativi di vino rosso. Rochelle gli si avvicinò, silenziosa, e il Cid non poté fare a meno di notare quanto fosse bella. Balbettando, ordinò una birra e l'attese con il cuore in tumulto.

Rochelle, la Rarefatta. Era la prima volta che ne vedeva una. Si chiese se fossero tutte così.

— Ci conosciamo?

Il Cid tese la mano, sorridendo. — Ancora no. Mi chiamo Cid. Il Cid, se ti va.

A disagio, il grassone rispose alla stretta. — Ambrose.

— Brutto tempo, vero? Mi si sono congelate le chiappe.

— Già.

— Quei due mi mettono la nausea, a te no? — disse il Cid, indicando le figure centrali della vetrata.

— No. Per niente.

Il Cid sospirò, roteando gli occhi. — Un altro inguaribile romantico. Io li trovo disgustosi. La gente viene qui solo per guardarli. Questo posto sarebbe chiuso senza tutte quelle smancerie — spiegò. — E il vino fa schifo, diciamocelo. Posso offrirti qualcosa di più robusto?

— Ne ho a sufficienza. — rispose il grassone, accigliato. Poi, quasi ripensandoci, lo ammonì. — E adesso lasciami in pace. Sparisci.

— Io?

— Esatto! — esclamò il grassone, bellicoso. — Sparisci da questo tavolo. Non ho voglia di compagnia. Vattene via. In quante lingue te lo devo dire?

— Che brutto carattere, amico.

— Non sono tuo amico — l'apostrofò lui.

— Certo che no, con il caratteraccio che ti ritrovi. Peccato, mi sembrava che la vetrata ti interessasse. — Il Cid fece schioccare la lingua. — Un vero peccato, ne so una che...

Ambrose lo fermò, seccato. — Se ne sentono in continuazione di tutti i colori. Lascia perdere.

— Già, lo so bene. Ma scommetto che nessuno ha mai parlato con Jensen. Nessuno a parte me. Nessuno conosce la vera storia della vetrata. A parte il sottoscritto, s'intende.

— Chi diavolo sarebbe questo Jensen?

Il Cid indicò un piccolo riquadro arancione nel margine inferiore di una delle due vetrate. — Ci vedi fino laggiù?

— No.

— Allora dovrai fidarti di me. Lì c'è la sua firma. Jensen era l'olandese che ha costruito quella meraviglia. Perché è una meraviglia, giusto?

Il grassone annuì, improvvisamente sorridente. Forse aveva sbagliato nel giudicare quel tizio con la faccia da ratto, si disse, magnanimo.

L'idea di carpire qualche nuovo aneddoto sulla vetrata lo stuzzicò a tal punto da convincerlo che, dopo tutto, avrebbe potuto sorvolare sui modi da scocciatore dello sconosciuto. In fondo, avrebbe dovuto sopportare la sua compagnia solo il tempo necessario per ascoltare una storia.

— Sì, una meraviglia... — rispose, e tanta era la curiosità che gli brillavano gli occhi. Poi, senza avere timore di nascondere il suo interesse, Ambrose aggiunse: — Davvero hai conosciuto quello che ha costruito la vetrata?

— Quando ero piccolo. Undici, dodici anni. Lavoravo come garzone in un postaccio come questo. E Jensen era ormai un beone. Sembrava un vecchio, anche se non aveva raggiunto neppure la quarantina. Hai presente il tipo, no? Simpatico, tranne quando alzava troppo il gomito, se mi capisci.

Il grassone sorrise.

— Certo.

— Insomma, non voglio farti perdere troppo tempo, però... — E qui il Cid si esibì in una pausa studiata, bagnandosi le labbra con la birra. — Mi aveva preso in simpatia. Io pulivo i cessi e i pavimenti, la mia famiglia era un vero disastro e non mi dispiaceva fare gli straordinari per racimolare un po' di soldi. A casa tirava una brutta aria e io ero sempre al verde. Mi sembrava di prendere due piccioni con una fava, come si dice.

— Non eri un po' troppo giovane?

Il Cid sorrise con l'aria di chi la sa lunga. — Era una buona scusa per pagarmi meno.

— Raccontami di Jensen... — lo incalzò il grassone.

Il Cid era lì per questo.

Così iniziò.

— Ti sei mai innamorato, Ambrose? — esordì. — Voglio dire, amore vero, non quella spruzzatina di passione che al giorno d'oggi viene scambiata per amore. Dico amore come potrei dire incendio, distruzione di ogni facoltà di raziocinio. Dico amore come potrebbe dirlo un poeta o il pilota di un bombardiere che sta per sganciare un'arma nucleare. Dico amore alla maniera dei vecchi saggi con la schiena di ferro, non alla maniera dei cantanti dal cuore di plastica. Amore. Amore profondo e doloroso, una carie del cuore, come soleva dire un mio amico suicida. Amore come perdizione, amore come labirinto in cui non trovarsi più, in cui ogni sguardo, ogni carezza, ogni parola assume un significato che spiega l'universo. Amore che non perdona.

Il grassone, ammutolito, lo fissava, dimentico di tutto tranne che del suo racconto.

— Quella vetrata parla proprio di questo. Parla di amore. Amore che il vecchio Jensen diceva di aver visto solo una volta e solo di sfuggita. Diceva di averlo incontrato in una bettola come questa, nel Dent de Nuit, ma non mi disse mai quale, né il nome di chi gliel'avesse mostrato. Disse solo che si trattava di una donna che non si lasciava neppure sfiorare. Una donna tanto bella quanto triste. Una Rarefatta. Conosci questa parola?

— No.

— Non ha importanza. Neppure io. È la storia, giusto? Non è la verità che cerchiamo, adesso.

Il grassone annuì convinto.

Il Cid scolò la birra. Poi proseguì: — «Da cosa nasce l'amore?» mi chiedeva Jensen senza pensare che si stava rivolgendo a un ragazzino di undici anni che sapeva a malapena scrivere il proprio nome. Non aveva importanza la mia risposta: quando il vecchio si metteva a raccontare, l'unica cosa che potevi fare era stare zitto e ascoltare. Jensen era nato a Haarlem e discendeva da una famiglia di vetrai antica come il mondo, se ci vuoi credere. Io ci credevo e ci credo ancora, hai visto il suo capolavoro, no? Ti sembra l'opera di uno sbruffone?

— Già, quell'olandese era un genio.

— Ma si era ridotto a un poveraccio per colpa del bere. Tutti i soldi che aveva guadagnato se li era scolati e aveva trovato rifugio nel quartiere, come tutti noi, suppongo. Passava le giornate a rimuginare su quello che aveva perduto, e se non si stava attenti c'era il rischio che ti mettesse le mani addosso anche solo per un'occhiata sbagliata. Ma quando raccontava della vetrata, di questa vetrata, si trasformava. Lo vedevi come doveva essere stato al tempo dei suoi giorni migliori. Bello, altero, un artista venerato e rispettato. Te l'ho detto che questo è stato il suo ultimo lavoro? Mi disse che dopo, nulla gli era sembrato avere più importanza.

Scrollò le spalle.

— Bizzarrie d'artista.

Tornò alla storia.

— Dicevamo dell'amore. Nessuno, io credo, sa veramente quando inizia l'amore. Hai mai notato che i libri sono pieni di colpi di fulmine e sguardi infuocati? È un trucco, secondo me, una bella immagine per spiegare cose che non sono spiegabili. Come la luce del sole, come fai a spiegarla? Usi la matematica e la scienza e l'astrofisica, ma sono solo parole e numeri che non spiegano un bel niente, te lo dico io. L'amore, diceva il vecchio Jensen, è un'ossessione, e come tutte le ossessioni non ha inizio, solo conseguenze. Quali, le conosciamo bene. Questa vetrata parla di una Rarefatta. Viva da secoli.

Il grassone mugugnò.

— Non fare quella faccia Ambrose, è una storia, no? La vuoi sentire o vuoi che me ne vada?

— Resta, resta...

Altri avventori si erano avvicinati, calamitati dalla storia del Cid.

Compiaciuto, alzò la voce per permettere al suo uditorio di non perdersi neppure una sillaba.

— I Rarefatti sono creature dannate. Nate nel mondo a causa dell'amore, lo rifuggono. Se l'amore è una fiamma, allora i Rarefatti sono le ombre mosse da quella fiamma. Quando un amore viene maledetto, il suo calore si disperde e da quel calore nascono ombre che spesso sfociano nella tragedia; più raramente, generano Rarefatti. I Rarefatti, diceva Jensen, sono ombre di poesie mai scritte a causa di un amore non corrisposto, o addirittura impedito. Ombre, affermava Jensen, e chi ha mai toccato un'ombra? Non io, non tu e neppure i sapientoni delle università. Ma Jensen sì. L'aveva incontrata in quel postaccio senza nome.

Sospirò.

— Una Rarefatta in lacrime.

Il Cid si sfregò la barbetta rada sotto il mento.

— Devi capire, amico mio, che vedere una Rarefatta in lacrime è più raro di un'eclissi o di un miracolo. Perché i Rarefatti, in quanto ombre di qualcosa di impalpabile, non possono provare sentimenti che non siano l'indifferenza e forse un vago rancore. Ma questa Rarefatta, diceva Jensen, piangeva. Sai come faceva per farmi capire la rarità di quelle lacrime? Diceva che con pochi spiccioli chiunque può andare al Louvre e ammirare la *Gioconda*, ma pochi, davvero pochi, hanno potuto ammirare quel quadro prendere forma. Ecco cos'era una Rarefatta in lacrime.

Era stato il caso, io credo, a far sì che l'artigiano più abile d'Europa e quella creatura si incontrassero, ma Jensen affermava il contrario. Credi al destino, Ambrose?

— Non mi sono mai posto il problema.

— Io non credo al destino, ma Jensen era un fatalista. Diceva che era stato il fato a fargli incontrare la Rarefatta. Il destino che voleva mettere alla prova la sua abilità. E lui aveva accettato la sfida. Come avrebbe potuto altrimenti? Era un artista, il migliore, forse un genio. No, io credo che non avrebbe potuto rifiutarsi. Da come parlava, capivo quanto dovesse essere stato doloroso per lui creare quella vetrata. E quanto orgoglio vi avesse infuso. Ma era la sua ultima opera e lo sapeva. Così diceva. Si sentiva morto. Morto prima di compiere i trent'anni. Terribile, no?

— La vetrata, di cosa parla?

— I Rarefatti non possono essere toccati. Non amano farsi toccare. Perché il tocco di un Rarefatto significa condivisione. Condividere è quanto di più spaventoso si possa trovare in un vocabolario. Jensen è stato uno degli sfortunati a condividere l'anima di quella Rarefatta in lacrime, per pochi istanti, ma lo ha fatto. Perché in lacrime, Ambrose? Mi sembra che a questo punto tu possa intuirlo da solo, non credi?

Preso in contropiede, il grassone non seppe cosa rispondere. Fu invece la donna sciupata a rispondere al suo posto. — Poverina. Era innamorata.

— Sì.

Calò il silenzio.

— Di chi?

Il Cid non rispose, si limitò a indicare. Il grassone, il tizio in maniche di camicia e la donna dal viso sciupato seguirono il suo dito fino al centro del capolavoro dell'olandese, là dove una madonna eterea abbracciava un lupo.

— Di un lupo?

Il Cid annuì. Fece per aggiungere qualcosa, ma l'arrivo di Rochelle spezzò l'incantesimo.

— Fuori di qui — ordinò. — Vattene.

Il grassone si tirò indietro, spaventato, facendo rumoreggiare la sedia. La donnina dai capelli arruffati e l'alito che sapeva di gin si alzò scompostamente, rifugiandosi nella toilette. Il tizio in maniche di camicia lasciò qualche moneta e una banconota sul tavolo e infilò la porta.

Il Cid e Rochelle si fronteggiarono.

— Non sei il benvenuto. Fuori di qui.

— Adesso non fare l'offesa — rispose lui, sorridendo. — Ho solo voluto divertirmi un po'. Volevo raccontare una storia a un amico. Non penserai mica...

— Ho detto *fuori*!

Rochelle faceva quasi paura. Il blu dei suoi occhi era diventato tempesta.

Il Cid non obbedì.

La paura era un lusso che si sarebbe concesso solo dopo aver riabbracciato suo fratello. Allora avrebbe tremato e strepitato e si sarebbe arreso a ogni genere di incubo, tutte le notti. Ma fino a quel momento, finché non avesse rivisto Paulus sano e salvo, non avrebbe provato nulla.

Niente paura e niente rimorsi.

Sorridendo in maniera arrogante, si passò le dita sui radi baffetti che gli crescevano sotto il naso, poi, con tutta calma, tirò fuori da una tasca un mozzicone di sigaro macchiato di umidità e lo accese.

Aspirò una boccata a pieni polmoni e lanciò in aria un paio di anelli perfettamente concentrici. Rise, felice per quel trucchetto puerile.

— Senti, Giulietta, posso parlare chiaro?

— Vattene. E non tornare mai più se non vuoi guai. E sai di cosa parlo.

La madonna abbracciata al lupo.

Il lupo dalle fauci spalancate. Fauci irte di zanne.

— Okay, mi bastano due minuti. La faccenda è questa. Io sono l'uomo giusto al posto giusto. Se hai bisogno di qualcosa, vieni da me e io lo trovo. Ho un dono, una specie di... fiuto. — Rise, ma i suoi occhi erano disperati. — Tu sai bene che in questo quartiere succedono cose strane, vivono persone speciali. Una bizzarra... concentrazione, direi. Con il tuo lavoro chissà quante ne hai viste di cose così, e io non devo insegnarti niente, certo. Il mio mestiere è quello di risolvere problemi di natura... diciamo commerciale. Nel cinema ci sono quelli che si fanno chiamare trovarobe, giusto? Ecco, io sono il trovarobe del Dent de Nuit.

— Non mi interessa.

Il Cid si fermò un attimo per pensare. — Ho bisogno di Buliwyf.

Rochelle trasecolò. — Come conosci il suo nome?

— Non è questo il punto. Lo so e basta. Ho sentito in giro che sta facendo un mucchio di domande a proposito di furti. Furti un po' particolari. Dicono che stia indagando, e guarda un po', a me è stata sottratta una cosa preziosa. Così mi sono detto, perché non unire le nostre forze?

Curiosità e sospetto combattevano una battaglia senza pietà sul bel viso della Rarefatta.

"Getta l'esca e aspetta" si disse il Cid cercando di capire quale delle due fazioni sarebbe uscita vincitrice da quello scontro. "Non essere precipitoso."

— Cosa intendi per "preziosa"?

Il Cid fu abile a nascondere la sua esultanza.

— Be', in assenza di una vera legislazione, una legislazione esplicita, mi occupo anche di Permuta del Di Là. Non che io ne faccia uso, sai? — precisò. — Però c'è da viverci. Smercio, diciamo. Non sono un Cambiavalute, capisci? Cerco Manufatti e li vendo a chi interessa. Poi però succede che, cercando e cercando ancora, io non trovi sempre solo quello che era mia intenzione trovare, capisci? Mi imbatto in roba curiosa. Così mi ritrovo con la casa stipata di oggetti strani e Manufatti che nessuno ha reclamato. Abito al numero quindici di rue Guignon, sai, dove il vecchio Charles si è beccato la sifilide, e casa mia è un vero forziere, se te ne intendi di quella roba... Quindi, per tornare a noi...

— Troppe parole nascondono sempre una bugia. Il tuo tempo è scaduto — sentenziò Rochelle, le braccia conserte.

— Ma non ho finito! — protestò il Cid.

— Io temo di sì.

Un piccolo solco comparve fra le sopracciglia della Rarefatta e il Cid cominciò a sentirsi strano. Si sfregò la nuca, disorientato. La Rarefatta non smetteva di fissarlo e il Cid cominciò a sentire una pressione spiacevole al cuore. Si sentiva pieno di malinconia, quasi triste.

Dammi ancora un...

All'improvviso parlare gli riusciva difficile. Qualcosa di freddo proveniva dalla Rarefatta e gli si insinuava dentro, facendolo sentire a disagio. Cercò di controllarsi. Herr Spiegelmann lo aveva messo in guardia: «Non badare alle apparenze. I Rarefatti sono pericolosi. Hanno un potere immenso.» Il Cid stava per scoprire a sue spese quanto.

Ben presto il disagio divenne più di un fastidio. Divenne insopportabile.

— Un minuto, ti chiedo soltanto un minuto. Non è tanto. Senti... Queste chiacchiere erano solo per dirti che, in un certo senso, sono un uomo molto ricco. In un certo senso, sì. Qualcuno... Insomma... Mi è stato sottratto qualcosa di grande valore. Qualcosa di inestimabile valore. E... — Il Cid spalancò gli occhi. — Non è po...

D'un tratto gli era sembrato di vedere Paulus, nascosto nell'ombra. Lo fissava con insistenza, mortalmente pallido. Il Cid conosceva quell'espressione. Suo fratello lo stava accusando. Non servivano parole, bastava vedere la smorfia sul suo viso. Una smorfia di delusione e amarezza.

Gli occhi del Cid si riempirono di lacrime. Questo dunque era il potere dei Rarefatti, pensò: usare i brutti ricordi come arma. Cercò di distogliere lo sguardo. Cercò di pensare a Herr Spiegelmann, alle sue minacce.

Ma Paulus lo fissava, accusandolo, e il Cid avrebbe tanto voluto gettarsi ai suoi piedi e implorare perdono. Non era altro che un fantasma quello che gli stava davanti, con quell'espressione di disprezzo, un'illusione, ma ugualmente non riusciva a frenare i singhiozzi.

Con uno sforzo sovrumano che lasciò di stucco persino Rochelle, il Cid riprese a parlare. — La Placenta del Levantino — disse, in un soffio.

La pressione gelida sul suo cuore si allentò.

— La Placenta?

Stupore sul volto di Rochelle.

— Me l'hanno rubata. Dillo al tuo innamorato.

Rochelle s'incupì. Il tono del Cid si era fatto cattivo, più aggressivo, ora che la figura di Paulus era diventata meno concreta e quindi meno dolorosa.

— Forse possiamo accordarci, magari lui sa dove può essere finita. È roba mia, e la rivoglio.

Il Cid si alzò e si diresse alla porta con passo malfermo. Ovunque si voltasse vedeva Paulus ora pregarlo, ora minacciarlo. Persino insultarlo, maledicendo la sfortuna che lo aveva fatto nascere accanto a uno stupido come lui.

— Dillo al lupo, digli della Placenta. Digli che sono stati dei maledetti... — disse il Cid mentre Paulus gridava strisciando accanto a lui. — ... Caghoulard. — Paulus implorava avvolto dai vermi, lo implorava di liberarlo. Il dolore era insopportabile. — Dei... Caghoulard. Dillo al lupo, io...

Il Cid cedette. Qualcosa dentro di lui si ruppe e, in lacrime, si catapultò fuori dal locale. Lasciò Rochelle sola in compagnia dell'abbraccio di vetro della madonna e del lupo. La lasciò sola insieme a mille oscuri presagi.

18

Gus aveva lasciato il ragazzino solo nel rifugio di Buliwyf su suggerimento di Pilgrind. Caius, aveva detto il Barbuto, aveva bisogno di metabolizzare la loro chiacchierata e la solitudine era una condizione essenziale per riappacificarsi con i propri demoni. Gus avrebbe dovuto mostrare comprensione, se non gli fosse riuscita la compassione.

Gus, sprezzante, lo aveva mandato al diavolo, ma aveva seguito il suo consiglio. Grazie all'aiuto di Pilgrind la sua ferita sembrava avviata alla guarigione, e questo lo rendeva più fiducioso nel futuro e smanioso di un po' di aria pulita. Così ne aveva approfittato per sbrigare qualche commissione di non secondaria importanza.

Avendo perso tutto il suo arsenale durante l'assalto al cimitero, aveva rispolverato nomi e indirizzi e fatto qualche compera. Senza armi si sentiva disorientato, ancora più paranoico e guardingo del consueto.

Con sgomento si era accorto che molti dei suoi vecchi contatti (vecchi per modo di dire, aveva meditato, visto che risalivano a meno di sei mesi prima) si erano dati alla macchia. Chi era fuggito per cercare rifugio in qualche paese lontano, chi era morto o chi, semplicemente, gli aveva sbattuto la porta in faccia senza tante spiegazioni.

Nell'aria aleggiava il tanfo del Venditore.

In verità pochissimi erano al corrente della sua esistenza. La maggior parte dei Cambiavalute non conosceva il suo nome neppure per sentito dire. Ma la sua presenza nel quartiere era palpabile, tangibile come un cattivo odore o una malattia. Qualcuno gli aveva raccontato di suicidi imprevedibili, altri di strani sogni che non si dissipavano al canto del gallo, ma anzi rimanevano fissi nella mente con una sinistra persistenza che rendeva stanchi, assonnati e spaventati.

Tutti avevano sentito della sua morte e in molti, anche se mai lo avrebbero detto ad alta voce, se ne erano rallegrati. Gus aveva sfruttato l'effetto sorpresa per spremere le fonti a dovere, ma era rimasto deluso.

Semplicemente, i Cambiavalute più sensibili alle sciagure che alitavano sul quartiere se n'erano andati senza un biglietto, senza un commiato.

Così, un po' amareggiato, dopo pugnali, pistole e munizioni, Gus decise di fare incetta di un altro tipo di arma, perché non tutte le guerre si combattevano con l'acciaio e il piombo. C'erano anche quelle che si potevano combattere con l'unione del sangue, della pelle e dell'inchiostro.

Pilgrind diceva di non aver mai visto un tatuaggio fermare un proiettile o rendere docile una presenza demoniaca. Quella era roba per sprovveduti. Gus lo lasciava parlare e continuava a riempirsi di inchiostro.

Camminò in fretta, fischiettando, con due grosse borse a tracolla stipate di armi.

Aveva sperato che Grünwald non fosse fra quanti erano fuggiti dal quartiere, e fu un sollievo per lui constatare che la tatuatrice era rimasta al suo posto, nello studio ricavato dalla soffitta di uno stabile di boulevard Chroniques.

Entrò senza salutare, si tolse la maglietta, si stese sul lettino e si accese una sigaretta. Grünwald gli tatuò una piccola lucertola bicefala, all'altezza della terza vertebra, spiegandogli che lo avrebbe protetto dagli spiriti che si nutrivano di fuoco. Ce n'erano di cattivi in giro.

Grünwald non si considerava una semplice tatuatrice, anche se pur di sbarcare il lunario non disdegnava di incidere stupidaggini alla moda su braccia di adolescenti palestrati e motociclisti appena usciti di galera. Grünwald si considerava una vera artista. Si rammaricava che della sua opera, in breve, sarebbe rimasta solo polvere.

Gus non sapeva se quella donna dai capelli mogano e dagli occhi profondi fosse o meno quello che diceva di essere, ma di sicuro, se le si lasciava seguire l'ispirazione, ciò che scaturiva dalla sua fantasia aveva un fascino potente.

Colpiva.

Grünwald era stata una Cambiavalute discretamente dotata, ma con pessime compagnie. Aveva trafficato con la Permuta del Di Là e si era spinta troppo oltre con esperimenti di quella che comunemente veniva chiamata Permuta di Evocazione. Si era creduta abbastanza abile da poter ingannare certe potenze e farla franca. Potenze che alcuni neppure nominavano ad alta voce per paura di attirarne le sgradite attenzioni.

Tronfia e ingenua al medesimo tempo, aveva tentato di evocare un Celibe, e questo le si era rivoltato contro. Per poterlo fermare e avere salva la vita, la donna aveva bruciato quasi tutta la propria memoria.

Per questo si era appropriata del nome di un pittore morto: il suo lo aveva dimenticato.

La cicatrice che deturpava il suo bel viso slavo non le

permetteva invece di dimenticare l'errore che aveva commesso. Ecco la ragione per cui nello studio, che fungeva anche da modesta abitazione, non c'erano specchi.

Naturalmente Grünwald conosceva poco o niente di Gus. Lo chiamava "avanzo del settantasette londinese" per quella sua vaga aria da punk e lo considerava più di un amico, tanto da confidargli paure e sentimenti, ma non aveva idea di cosa facesse Gus per vivere, se non che passava le sue giornate impegnato in attività estremamente pericolose e poco chiare. Talmente poco chiare da non volerci mettere il naso.

Era passato per lei il tempo di scherzare con i fiammiferi, si era già scottata una volta.

Con questo tacito accordo la loro amicizia durava da anni. Io non chiedo, tu non rispondi. Per questo era insolito, arrivato il momento di congedarsi, che la tatuatrice gli prendesse la mano fra le sue e gli mormorasse: — In cosa ti sei andato a cacciare, Gus?

— Roba cattiva.

— Lo posso sentire — disse lei, cinerea. Poi si portò le mani di Gus al cuore. — Qui. — Si fece sfiorare la fronte. — E qui.

Un lungo silenzio seguì a quelle parole.

— Lo capisci?

Gus annuì, ma non disse niente.

— I miei tatuaggi non sono abbastanza potenti, Gus.

— Non puoi dirlo.

— Nessuno può dirlo. Ma stai attento.

— Lo sono sempre.

La donna fece una smorfia come se avesse inghiottito una medicina cattiva. — Non abbastanza. Sei stato ferito. Ho visto le bende.

— Sono solo bende.

— E le cicatrici.

— Sono solo cicatrici.

Grünwald si concesse un sorriso. — Sempre il solito, vero?

— Sono troppo vecchio e troppo freddo per cambiare.

Messo alle strette, Gus reagiva sempre con quella battuta.

Lei lasciò la presa. — Dove andrai, adesso?

— È ancora presto. C'è un posto che mi piacerebbe rivedere prima di andare a casa.

Così si congedarono.

Il tramonto esplose rosso fra uno scroscio e l'altro.

Parigi aveva deciso, per quel giorno, di lasciarsi andare alla sua più intima identità: quella dell'attrice. Il tramonto che schizzava magenta e vermiglio e scarlatto come nella tela di un Bacon particolarmente romantico fu un colpo di teatro degno dei migliori spettacoli *grand guignol*. La giornata usciva di scena in un tripudio di colori.

Ma Parigi, come consuetudine fra le stelle, non si concesse troppo ai suoi ammiratori. Le nubi tornarono ad aggiungere tenebra alla tenebra e ben presto la pioggia riprese a bagnare i marciapiedi e a picchiettare sulle grondaie.

Seduto sul tetto di un palazzo di rue de la Lune, Gus si era beato del tramonto trovandolo struggente poi, mentre nuove gocce colpivano i suoi occhiali neri, si avviò per far ritorno nello scantinato di Buliwyf.

Sceso in strada si era sentito stranamente inquieto. L'aria fredda sembrava volergli suggerire qualcosa. Gli pizzicava la pelle pungolandolo ad accelerare. Qualcosa stava succedendo ed era qualcosa di sbagliato. Peggio: se non si fosse dato una mossa avrebbe rischiato di vedere quel qualcosa di sbagliato trasformarsi in qualcosa di pericoloso.

L'inquietudine, man mano che s'inoltrava nel Dent de Nuit, divenne ansia, così Gus aumentò il passo. Sentiva che qualcosa di impercettibile era cambiato nelle vie che lo circondavano e nelle ombre che gli sbarravano la strada, rendendole più scure e meno familiari.

Continuava a guardarsi attorno con lo sguardo di chi è abituato a tranelli e imboscate, ma niente era fuori posto e niente sembrava minacciarlo.

A parte il gelo e la pioggia, lungo tutto il tragitto che separava rue de la Lune da rue d'Auseil, non vide nulla che potesse metterlo in allarme.

Non c'erano indizi a dar ragione a quell'inquietudine. Era solo una sensazione, ma Gus aveva imparato a dar retta al suo istinto. Lo aveva imparato a caro prezzo. Quando si era trattenuto dall'assecondarlo, quando si era finto sordo al suo richiamo, erano state morti e sangue.

Scese le scale ed entrò. L'aria sapeva di ferro. Nonostante il buio le luci erano spente.

— Caius?

Gus si liberò della sacca che portava a tracolla e spianò la pistola impugnandola con entrambe le mani.

— Ragazzo?

Il letto era sfatto e c'era un cuscino a terra. Gus lo scalciò, maledicendo se stesso e il Barbuto. Quel maledetto scantinato era vuoto.

Caius era scomparso.

19

Risvegliatosi dall'incubo della Rosa, Caius aveva trovato la moneta d'argento adagiata sul suo cuscino, sorniona e pericolosa come una tarantola.

Aveva urlato con quanto fiato aveva in gola e si era rannicchiato in fondo al letto, madido di sudore, ad ansimare e aspettare che qualcuno accorresse.

Non arrivò nessuno. Non Pilgrind, non Gus Van Zant, non Rochelle e neppure il Licantropo. Era rimasto solo in compagnia di quella maledetta moneta.

Quando gli fu chiaro che lo scantinato era vuoto e che nessuno sarebbe arrivato in suo soccorso, Caius si era fatto forza e si era avvicinato alla moneta.

Lottando con il ribrezzo, l'aveva afferrata fra indice e pollice, sollevandola con circospezione, e l'aveva scagliata contro la parete, il più lontano possibile da sé.

La moneta era rimbalzata con un tintinnio festoso, aveva piroettato sul pavimento e lì era rimasta, a fissarlo. Non ce l'aveva con lui per quella reazione, gli diceva quell'unico occhio lunare. Con il tempo avrebbero imparato a fidarsi l'uno dell'altro, ne era certo. E di tempo ne avevano a sufficienza, nello scantinato di rue d'Auseil numero tredici.

Dopotutto nessuno sarebbe arrivato a interromperli.

Smettila.

Erano soli. Lui e la moneta. La moneta parlava e parlava. Caius non poteva fare a meno di ascoltare. Alle volte la moneta non usava neppure parole, solo colori e sensazioni. Caius le scacciava, ma era difficile.

Dopo un po' si era trovato a desiderare di stringere fra le mani quella moneta gelida. Di portarsela sul cuore e scaldarla con il calore del suo corpo.

A un certo punto si era persino chinato, allungando la mano per afferrarla.

Con un gemito strozzato si era ritratto all'ultimo momento e si era dato uno schiaffo abbastanza forte da arrossare la guancia. Poi, con un gesto infantile, aveva nascosto la moneta seppellendola sotto il cuscino.

Lei non aveva protestato. Dopotutto stavano facendo progressi e avevano tutto il tempo che desideravano per approfondire la loro amicizia.

Nessuno era arrivato.

E la moneta era lì.

Caius avvertiva la sua presenza farsi sempre più pressante, sempre più asfissiante. E allo stesso tempo sempre più suadente. Questo lo spaventava ancora di più. Conosceva da poco la paura, eppure già aveva capito che il suo vero sapore non era quello arcigno del sangue, bensì quello dolce del miele.

Caius aveva cercato di distrarsi fischiettando un motivetto allegro, ma le note erano sfuggite alla melodia producendo un suono che metteva i brividi. La moneta strappava la melodia e la trasformava in minaccia.

Si era messo a canticchiare, allora, ma il suo tentativo era stato senza convinzione e privo di energie. La moneta stava entrando pian piano dentro di lui, rubandogli la voce.

L'influenza che esercitava sulla sua volontà si faceva di secondo in secondo più forte. Prometteva calore là dove il ragazzino sentiva solo gelo, speranza dove la notte aveva divorato quanto gli era di più caro.

La moneta d'argento giurava che mai più Caius avrebbe sofferto, che mai più avrebbe avuto paura dell'ombra. Gli assicurava, anzi, che se si fosse abbandonato, l'ombra sarebbe diventata per lui rifugio e fortezza.

C'era un'immagine ricorrente che la moneta faceva sorgere nella mente di Caius: le onde tiepide di un mare infinito. Quel mare, diceva la moneta alla parte più nascosta e vulnerabile del ragazzino pelle e ossa, avrebbe curato ogni sua ferita. Avrebbe cancellato ogni sua paura.

Lo avrebbe reso forte.

Caius non si era arreso, non ancora. Aveva aspettato tendendo l'orecchio alla porta. Nessuno era sceso nello scantinato. Aveva sperato in Rochelle e in Pilgrind, ma anche Gus e il Licantropo sarebbero andati bene. Invece era solo insieme alla maledetta moneta d'argento.

La moneta era ovunque.

Per tutto il pomeriggio Caius cercò disperatamente di ignorarne la presenza. Solo, nello scantinato, a combattere contro gli influssi malefici della moneta. Neppure per un istante gli passò per la mente che la cosa più logica da fare sarebbe stata quella di prendere la porta e uscire di lì.

Non lo sapeva, ma la moneta aveva già conficcato gli artigli nella sua coscienza.

Caius aveva combattuto.

Lunghe ore passate in solitudine a combattere un potere più grande e più forte di lui.

Aveva ascoltato qualche programma dalla vecchia radio a transistor di Buliwyf e aveva fatto qualche solitario con un mazzo di carte. Ma né la radio né le carte erano riuscite a distoglierlo dal rompicapo.

Aveva assistito al tramonto dall'unico pertugio che si affacciava all'esterno, sentendosi prigioniero di quello scantinato lugubre e spoglio.

Infine, alla vista dei raggi del sole inghiottiti dalla notte, lo aveva preso lo sconforto. E cavalcando quello sconforto la moneta aveva sbaragliato definitivamente le sue ultime difese, ammaliandolo con il suo richiamo.

Alla fine la moneta aveva vinto.

Caius aveva sollevato il cuscino e si era perso nell'argento. La moneta era calda, per la prima volta, al tocco della mano, quasi confortante.

La moneta si era trasformata.

La moneta era diventata una bussola. Caius aveva accettato la bussola con la stessa mansueta consapevolezza con cui, subito dopo, aveva infilato giubbino e scarpe ed era uscito. La bussola lo aveva condotto fuori dal Dent de Nuit. Lo aveva trasformato in viaggiatore inesperto e sprovveduto. E dove finisce irrimediabilmente lo sprovveduto e l'inesperto?

Nel luogo più pericoloso di tutti: nel passato.

Caius camminò come un sonnambulo per il dedalo di stradine e vicoli puzzolenti che lo portarono fuori dal Dent de Nuit, lontano da rue d'Auseil.

Camminò senza pensare a Gus, a Pilgrind e a Herr Spiegelmann, senza pensare ai Caghoulard e al Tarlato che aveva baciato sua madre. Senza pensare, la volontà azzerata.

Con gli occhi spalancati e un piacevole calore nelle membra spossate, attraversò tutta rue des Dames, senza rendersi conto dei passanti e delle vetrine.

Camminò senza avvertire stanchezza, anzi, sentendosi più forte a ogni passo. Camminò seguendo la moneta che era diventata bussola, lungo un tragitto che, fosse stato sveglio, avrebbe riconosciuto all'istante.

Stava andando a scuola.

Nonostante l'ora, il portone d'ingresso era spalancato e incustodito. Evidentemente qualcuno lo aveva lasciato aperto solo per lui. Persino questo particolare inquietante faticò a penetrare nella sua coscienza.

Caius seguiva la moneta che si era trasformata in una bussola. Nient'altro aveva importanza. La bussola lo spinse a entrare senza timore e Caius obbedì.

Entrò.

Mentre Parigi s'immergeva nella solita sintassi serale fatta di languori, appetiti e festeggiamenti, Caius entrò in un istituto molto poco somigliante alla scuola che aveva frequentato assieme a Pierre e Victor.

Caius varcò la soglia di una scuola e si trovò a camminare in un orfanotrofio. Un orfanotrofio infestato. Anni e secoli riemergevano dal nulla e si confondevano davanti ai suoi occhi, sovrapponendosi gli uni agli altri.

L'aria era immobile, vagamente salmastra. I soffitti altissimi erano rischiarati da lumi che emanavano uno sgradevole sentore di petrolio.

La luce sfuggente dipingeva figure scure ai margini del suo spettro visivo, l'odore del petrolio lo inebetiva e il calore lo faceva sudare. Più si inoltrava, più le silhouette scure prendevano consistenza.

C'erano spiriti in ogni angolo. Forme opalescenti a ogni arcata. Sensazioni come sospiri in lotta con l'inesorabile arrancare del tempo. Pianti e gemiti dietro ogni porta.

Da qualche parte, ossessiva, una pendola batteva un'eterna mezzanotte. Lumi a petrolio alle pareti. E quadri di santi. Una lunga pletora di martiri.

Insegnanti dal colletto rigido e dalla bacchetta flessibile cantilenavano tabelline e nozioni di biologia. Camminavano avanti e indietro, attraversando le pareti o inabissandosi nei pavimenti, là dove scalinate smantellate chissà quanti anni prima conducevano ai piani inferiori.

Cuoche dallo sguardo spento e i capelli arruffati spingevano carrelli cigolanti fra banchi di mense stipati di bambini e adolescenti dagli occhi rossi e cerchiati. Suore dall'aria arcigna vagavano con le mani giunte, salmodiando.

Odore di minestra, di erbe amare e pane raffermo. Odore di escrementi, odore di sudore. Odore di paura e frustrazione. Mentre avanzava in bilico fra i secoli, spinto dalla moneta che era diventata la sua bussola, Caius riusciva addirittura a cogliere brandelli di dialoghi passati.

Erano echi lontani. Lontani, ma presenti grazie alla moneta d'argento.

A volte si trattava di raccomandazioni o esortazioni, a volte di lunghe tirate evangeliche, a volte di grida stentoree, a volte di tristi invocazioni di pietà.

Queste ultime erano più vive e dolorose che mai. "Tienilo lontano da me" implorava un bambino avvolto in una vestaglia tutta macchiata che gli arrivava fino alle caviglie. "Lasciatemi in pace" pregava un altro, con il naso che spruzzava sangue, attorniato da altri fantasmi, che ridevano.

"Avrai ciò che ti meriti" tuonava uno spiritato senza volto, lungo e dritto come un abete.

"Nel nome di Nostro Signore." "Non sono stato io, non sono stato io." "Sei solo un..." "Mangiate e..." "Ladro! Mi hai rubato le scarpe! Ladro!" "Strega! Mi hai..." "È un onore per noi tutti..." "Lo dirò alla signorina Evangeline, e vedrai se..." "Non esiste alcuna Permuta! Smettila di..." "Abbiamo un caso di tubercolosi e non credo che..." "Il carbone costa, mia cara, non pensi che..." "È un depravato, alla sua età già..." "Vuoi che ti faccia il solletico, eh? Lo vuoi?" "In questo istituto non è ammesso." "Lo voglio fuori di qui entro..." "Panzane, mio caro, panzane..." "Per quel che riguarda la direzione, non c'è mai stato alcun incidente..." "Hai ridotto il..." "Non sarò più cattiva, lo prometto, io..." "Voglio uscire voglio uscire voglio uscire di qui!"

Raramente risa. Sempre soffocate.

Proibite, fra quelle mura.

Caius salì le scale, sonnambulo, fino al terzo piano.

L'aria era più fredda, lassù.

La porta era in legno massiccio, imperiosa. Una targa sbalzata recitava: DIREZIONE.

20

Buio, dall'altra parte della città.

Un'oscurità carica di attesa. Vibrante di violenza, violenza che bramava le sue mani, i suoi artigli, il suo cuore, la sua innegabile, atavica furia.

Oscurità in cui poteva sentire la luna, non ancora piena, nascosta dalle nuvole e dalla pioggia, invocare sacrifici.

La luna, allo stesso tempo sua madre, la sua amante, la sua dea, la sua puttana: non c'era nulla di più enigmatico e scintillante, nell'intero universo. Non c'era nulla al di fuori del suo splendore. La luna, padrona e schiava. Crudele ed esigente, quanto dolce e morbida compagna. Poesia e oggetto di poesie. Semplicemente lei, l'argento del cielo.

La luna.

Buliwyf cercava vendetta per la sua stirpe. Avrebbe scatenato un olocausto, se ne avesse avuto la possibilità.

La villa isolata era circondata da un alto muro. Il filo spinato e le punte acuminate sparse sulla sua cima non erano che il più primitivo fra i sistemi di sicurezza a disposizione di coloro che vi abitavano. Telecamere a circuito chiuso, sensori e fotocellule posti in modo da non lasciare scoperto neppure il più improbabile degli spiragli. Vani gingilli per trastullarsi con l'idea, folle, di poter tenere a bada la morte.

Lui era la morte.

Non esisteva un luogo veramente inespugnabile, così come non esisteva una prigione le cui sbarre non si potessero domare con la volontà e la tenacia. C'erano stati arbusti che, crescendo, avevano ostruito il laser delle trappole, giardinieri troppo pigri o troppo ottusi per comprendere la pericolosità della loro incuria, e c'era stato l'avvicendarsi del giorno e della notte, il susseguirsi delle stagioni – caldo, freddo, umido e torrido – che avevano eroso la capacità di reazione di alcuni allarmi.

E poi, naturalmente, c'erano i cani, indolenti, grassi. Fu un piacere per Buliwyf farli fuori con rapidità e indifferente ferocia. Una torsione della mano, un rumore ovattato. Nessun guaito. Era dentro. Buliwyf sogghignò.

Morte. Sangue.

Quella notte avrebbe visto tutte e due le cose, a profusione.

Pilgrind gli aveva parlato dei Collezionisti. Gli aveva detto i nomi, nomi che già erano giunti in passato alle orecchie del Licantropo. Pilgrind li aveva estorti a due ricettatori, al suo ritorno a Parigi. Non aveva specificato che fine avessero fatto, e Buliwyf non aveva voluto sapere. Pilgrind aveva fornito indirizzo e ogni dettaglio necessario. Senza chiedere nulla. Perché non c'era nulla da chiedere. I Collezionisti compravano pelli di Licantropo. Buliwyf era un Licantropo.

I Collezionisti sarebbero morti.

Tutto ciò che c'era da sapere su quella fortezza Buliwyf lo aveva bene impresso nella memoria. Ogni angolo, ogni anfratto, ogni asperità del terreno. Il Barbuto era stato prodigo di particolari. In qualche modo il Licantropo poteva sentirne la presenza, invisibile, accanto a lui. Non ne era infastidito. Che Pilgrind si godesse lo spettacolo: non sarebbe stato deluso.

Si nascose dietro la mole della statua di Amore e Psiche. Il sangue gli bolliva nelle vene mentre, come sempre accadeva quando cacciava, una calma soprannaturale si impossessava della sua mente, sgombrando pensieri ed emozioni. Perfettamente concentrato, viveva e uccideva secondo principi basilari affinati di generazione in generazione.

Mai dare le spalle a una finestra. Mai viaggiare controluce. Mantenersi sempre lungo l'asse del sole. Privilegiare la notte. Confondersi con essa. Diventare la quintessenza delle tenebre. Assicurarsi sempre di avere almeno una via di fuga. Mai dormire due volte nello stesso posto. Mai camminare nel senso del vento. Mai fidarsi di niente e di nessuno. Ascoltare sempre ciò che il sangue detta.

Il sangue non mente. Ciò che l'anima cela, il sangue racconta.

Immobile, divenne pietra guardinga. Ascoltò ciò che gli spiriti dell'aria avevano da riferire, annusò l'odore degli uomini, tronfi, illusi, che si credevano al sicuro avendo confuso la cartapesta con l'acciaio. Più lontano, l'odore del custode, al caldo nella sua stanzetta accanto alla porta d'entrata, mescolato con l'odore dell'olio della pistola e quello della polvere da sparo. Sghignazzò, pregustando la strage.

Ora di muoversi.

Mantenendo il profilo più basso possibile, lasciò i due amanti di marmo al loro infinito tubare e si precipitò dietro una quercia con il tronco coperto di muschi. Ombra fra le ombre, ombra incisa nella notte.

Silenzio.

Si rannicchiò fra le radici nodose, vigile. Buliwyf aspettava. Poi, finalmente, qualcosa si mosse alla sua destra. Una seconda ombra nella notte. Macchia scura, il vero custode della villa. Pilgrind lo aveva messo in guardia.

I Collezionisti vivevano sempre nella paura. La paura costante era la loro unica ragione d'essere. Scherzavano con il fuoco, lo aizzavano, stuzzicavano le fiamme, consapevoli dei rischi di cui quel genere di pratiche sono foriere. Eppure erano troppo stupidi o troppo avidi per fermare la loro ingordigia. Pagavano profumatamente per ogni pelle, per ogni testa, persino per un paio di orecchie mozzate. C'erano sempre cacciatori improvvisati allettati dal loro oro, e poi c'erano i professionisti, Cacciatori a tutto tondo, depositari di leggende e antiche tecniche per catturare quelli della sua stirpe. Uomini che uccidevano lupi. Bracconieri che vivevano di quei turpi traffici. Grazie a loro, i Collezionisti si facevano sempre più arditi ogni giorno che passava. Ma era così dalla notte dei tempi.

Non ci sarebbe stata pietà.

Il Chanyde attaccò.

I Chanydi, soprattutto i migliori, sapevano essere pericolosi. Quell'esemplare era veloce e mancò Buliwyf di un soffio. Aveva sfruttato angoli ciechi e correnti d'aria per fargli credere di avere il gioco sotto controllo. Per poco non lo aveva colpito. Ma pericolosi non era sinonimo di mortali. I Chanydi avevano perso l'istinto della guerra, cacciavano come se stessero giocando. Solo che non si trattava di un gioco, e Buliwyf era pronto a dimostrare a quello schiavo chi era davvero il cacciatore, fra loro due.

Grugnendo, scartò di lato. Morse l'aria.

Gli artigli del Chanyde stridettero contro il suo corpetto, lasciando segni larghi come solchi. Il Chanyde ringhiò, esaltato da quella prima vittoria. Buliwyf fu lesto a rimettersi in piedi. Squadrò un istante il suo avversario per valutarne forza e resistenza. Era un bell'esemplare: i Collezionisti non avevano badato a spese. Era grosso. Era muscoloso, ma non gonfio di steroidi e anabolizzanti. Era forte.

Pur sempre un Chanyde, però. Come tutti i suoi simili, era incapace di trattenere le sue vere fattezze, e così il viso allungato da lupo, i denti aguzzi e ritorti come dita umane, il filo di bava che gli scendeva a imbrattare l'aspra peluria del muso stavano a testimoniare una ferocia coltivata con cura e una sete di sangue addestrata con non meno impegno. I suoi occhi – gialli, itterici – confermavano che l'umanità di quella bestia era svanita. Buliwyf ne aveva visti molti così.

Sapeva che, in cuor suo, avrebbe dovuto nutrire un certo sentimento di empatia per quella genia sfortunata. Sapeva che nei suoi pensieri avrebbe dovuto trovare posto per un barlume di pietà, e sapeva anche che, prima o poi, quella totale mancanza di sensibilità del suo animo avrebbe chiesto tributo. Presto o tardi avrebbe posato gli occhi sulle dolci fattezze di Rochelle e allora si sarebbe vergognato della furia che viveva in lui. Ma il disgusto, in quel momento, era più forte. Odiava i Chanydi perché così il suo sangue gli comandava di fare.

Li odiava perché erano servi. Schiavi.

— Fammi vedere che sai fare — lo canzonò.

Il Chanyde si fece avanti, con un balzo.

Era agile, e le sue mascelle scattarono a pochi centimetri dalla gola di Buliwyf che, con uno scrollone, fece una finta e saltò in avanti. Dieci metri di salto, senza sforzo. Atterrò sull'erba senza perdere il sorriso.

Il Chanyde si guardò attorno, gli occhi spalancati.

Buliwyf lo chiamò. — Sono qui, stupida bestia.

Il Chanyde si voltò, schizzi della sua saliva colpirono

il Licantropo che lo percosse sul muso, non forte, un buffetto in segno di sfida. Li odiava. Li disprezzava. Voleva prendersi gioco di quell'essere maledetto dalla luna, prima di finirlo. Il Chanyde uggiolò, confuso, poi esplose in un latrato terrificante, da far scuotere i muri. Attaccò di nuovo, e di nuovo Buliwyf lo superò con un balzo.

— Forza!

Ma il Chanyde non era ottuso e si era aspettato una mossa del genere. Ringhiando, con una violenta torsione del busto riuscì ad allungare gli artigli in aria e infine ad afferrarlo per la caviglia. Lo schiacciò a terra.

Buliwyf colpì duro il terreno gelato e per un attimo non vide che macchioline scure. Poi, il dolore. Il Chanyde aveva affondato gli artigli nella carne. Il Licantropo imprecò. Scalciò. Lo colpì sul muso. Il Chanyde lasciò la presa, ma non perse tempo a uggiolare. La vista del sangue lo aveva reso ancora più feroce. Il primo affondo, con la destra, raggiunse Buliwyf al fianco. Il secondo lo paralizzò a terra, senza fiato. Ma la ferocia cieca aveva reso il Chanyde incauto. Aveva lasciato il petto scoperto e vulnerabile.

Buliwyf colpì al plesso solare, con entrambe le gambe, scagliandolo lontano. Ansimando, il Licantropo si alzò, senza smettere di sorridere.

— Ne hai abbastanza, cagnolino?

Mentre il Chanyde tornava ad attaccare a testa bassa, il Licantropo pensò a tutti i Chanydi che aveva abbattuto nel corso della sua vita, delle sue peregrinazioni. Qualcuno di loro si era mai arreso? No, non ne avevano mai abbastanza.

Stupidi. Inutili.

Schiavi.

La furia tenuta a bada fino ad allora.
La furia che era la sua maledizione e il suo sangue.
La furia che era il lupo.
La furia si scatenò.
Buliwyf la lasciò libera di colpire.
Sorella furia.

Dalla gola del Licantropo proruppe un suono animalesco, primordiale. Un antichissimo incubo uscito dalle nebbie dei secoli. Un ululato che era grido di battaglia, preghiera alla stirpe e, allo stesso tempo, sublime canzone d'amore per la luna che, sempre nascosta, invocava altro sangue, altra violenza. L'ululato paralizzò il suo aggressore. La bocca spalancata, gli occhi velati. Sembrava stesse ricordando. Aveva forse riconosciuto in quel verso un barlume di senso? Vi aveva forse scorto le vestigia di un passato ancestrale che, un tempo, era stato appannaggio anche del suo sangue, della sua stirpe, della sua vita?

Buliwyf non pensò.

Colpì.

Uno, due, tre colpi, in rapida successione, che crearono una breccia nelle difese dell'avversario. Poi, ancora. Gli artigli entrarono nella carne del Chanyde poco sotto il capezzolo, con la facilità di una lama, squarciando, aprendo, spalancando e schizzando sangue. Voleva strappargli il cuore per mostrarlo, palpitante dell'ultimo battito, alla sua padrona.

Era certo che la luna avrebbe apprezzato quella visione. Il sangue sgorgava e spruzzava, mentre il Chanyde non si ribellava al suo assalto, inerte. Buliwyf poteva avvertire l'afrore del sangue nelle narici, poteva gustarne il sapore (dolce, oh, quanto dolce!) nella bocca e persino vedere giochi d'ombra tra i fumi di vapore che salivano dalle ferite aperte. Il Chanyde uggiolò. Buliwyf colpì ancora, ridendo. Il Chanyde cadde a terra, crollò. Fissò Buliwyf in un interminabile istante di comprensione.

Con uno sbuffo mostrò la gola.

— Finiscimi — implorò.

Era la prima volta che Buliwyf sentiva un Chanyde parlare. Aveva sempre pensato che il dono della parola fosse stato loro abraso, con l'argento e la violenza, durante l'addestramento. Nessuno gli aveva mai riferito di Chanydi che conservassero quel dono. La parola. La parola era comprensione, pensiero. La parola non era per gli schiavi. Eppure il Chanyde, immobile, la gola scoperta, le braccia rilassate lungo i fianchi, il puzzo della paura addosso, aveva parlato. Aveva implorato.

Buliwyf non rideva più. La furia era svanita.

Sguainò il pugnale d'argento.

— Così sia — lo battezzò, prima di lacerargli la giugulare.

Aspettò che morisse, tenendogli il capo nella mano.

Poi si alzò. I Collezionisti avrebbero pagato anche per quello.

Sentiva voci concitate. Scorgeva il fascio di una torcia in lontananza.

Si spogliò della sua umanità.

L'alba era lontana.

21

Caius poggiò le dita sulla porta in legno massiccio. Sembrava vibrare. DIREZIONE, recitava la targa d'ottone. Caius non ebbe il coraggio di sfiorarla.

Ogni luogo possiede un passato ed è il passato il luogo più pericoloso. È nel passato che si annidano i pericoli per il viaggiatore inesperto o per lo sprovveduto. In un certo senso Caius apparteneva a entrambe le categorie.

Era allo stesso tempo uno sprovveduto e un viaggiatore inesperto.

Occorre una bussola per potersi inoltrare nel passato. Una bussola consente di trovare sempre il Nord ed evitare di smarrire la strada.

Caius possedeva la bussola: la moneta, che era ritornata. La moneta che si era trasformata. La moneta d'argento. Ancora. La moneta era stata bussola e ora era chiave. Si era trasformata. Una chiave d'argento. Caius la inserì nella serratura dell'ufficio. Calzava a pennello.

La girò.

Spinse ed entrò.

Il Direttore lo studiava da dietro una scrivania di proporzioni ciclopiche, con penne e fogli di carta perfettamente allineati, un crocefisso nero e scarno come unico ornamento di un ufficio spartano quasi come la cella di un monaco. L'aria sapeva di chiuso.

Il Direttore aveva un volto diverso per ogni sguardo: pingue o scavato, con i baffi arricciati o con i favoriti, glabro o barbuto, vestito di nero o vestito di grigio, col fazzoletto che sporgeva dal taschino o con la cravatta stretta al collo.

— Vieni avanti, caro.

Il Direttore parlò con le voci di tutti coloro che avevano occupato quella scrivania sin dalla costruzione dell'edificio. Voci maschili e voci femminili. Caius tentennò. Qualcosa gli sussurrava di non fidarsi né del cerone sul viso del Direttore né del tono allegro con cui lo apostrofava.

— Non avere paura. — Disse questi, tendendogli la mano dalle dita lunghe e dritte. Caius avanzò di un passo. Alle sue spalle la porta cigolò. C'era una targa sulla scrivania: RANDOLPH CARTER. Ma Caius lesse: HERR SPIEGELMANN. — Vieni avanti, Caius. Chiudi pure la porta.

Caius non si mosse.

Herr Spiegelmann schioccò le dita. — Dobbiamo parlare, piccolo mio. Voglio raccontarti la verità.

— La verità? — chiese Caius cercando di combattere l'intorpidimento che gli impediva di ragionare lucidamente. Il nome scritto sulla targhetta significava morte e dolore. Lo sapeva. Ma non riusciva a fare altro che restare in piedi davanti alla scrivania, la bocca semiaperta e gli occhi spalancati, mentre le parole del Venditore, dolci come miele, smantellavano pezzo per pezzo quella sua ultima resistenza.

Solo la verità, Caius.

Verità, era una parola invitante. La più dolce che il Venditore gli potesse offrire. Herr Spiegelmann sapeva che la promessa della verità, dopo tanti dubbi, sarebbe stata tanto attraente da convincere Caius a cedere alle sue lusinghe.

Ma l'istituto in cui si trovavano, a metà fra più mondi e più tempi, era stato un orfanotrofio identico a una prigione, e ogni prigione crea nuovi ribelli.

I ribelli erano stati castigati, ammoniti, colpiti in mille modi diversi. Ma a ogni colpo di frustino, a ogni percossa, a ogni urlata, a ogni sibilo di bacchetta, la ribellione cresceva e cresceva. Così, nel passato dell'Istituto delle Piccole Madri, non si nascondevano soltanto lutto e disperazione.

C'era anche il fuoco della ribellione. Anche la ribellione aveva impregnato mura e pavimenti assieme alle lacrime, alle umiliazioni e alle preghiere.

Le voci dei ribelli esplosero nella testa di Caius come una cannonata.

"No!" "Mi nasconderò nel..." "Hai visto quella finestra dove..." "Lo rifarò, lo rifarò appena..." "C'erano biscotti allo zenzero, mai visti tanti..." "E quando si è voltato io..." "Non è vero che..." "Perché?" "Le ho alzato la sottana e sono..." "Schizzato via."

"Mi ha fatto un..."

"Vai..."

Mani invisibili, mani di bambino, lo afferrarono per le braccia e lo spinsero oltre la porta, lungo il corridoio. Caius era circondato da una torma ululante di bambini e ragazzini, vestiti secondo le fogge più strane. Chi alla moda vittoriana, chi in divisa, chi con calzoncini corti, chi con la sciarpa al collo. Vestiti luridi, lisi, vestiti con la cravatta allentata e con i calzettoni bucati. Bambini che ridevano e saltavano e rompevano le lampade al suo passaggio. Una sfilata entusiasta. Caius ne fu travolto.

— NO! — tuonò Herr Spiegelmann.

I bambini spingevano Caius urlandogli di sbrigarsi, in mille dialetti diversi. Gli urlavano di uscire di lì altrimenti – tutto un affastellarsi di nomi maschili e femminili – lo avrebbero trovato e punito.

Ridevano.

— Sarete puniti, maledetti! — strepitò il Venditore.

Ma la punizione, per quei visi emaciati e sporchi, non sembrava tanto un castigo quanto un premio. Ogni livido e ogni goccia di sangue erano una vittoria, un modo per ripetere ancora un volta "io esisto, io esisto, io ci sono, nonostante tutto io sono qui". Le minacce di Herr Spiegelmann resero la folla dei fantasmi ancora più esuberante.

"Presto..."

Quasi lo fecero rotolare giù per le scale, ma Caius non aveva paura. Spinto da quell'energia festante, si sentiva libero, forte come non mai.

Più forte della moneta d'argento che era diventata bussola e poi chiave. Più forte di Herr Spiegelmann. Più forte di chiunque altro al mondo.

Caius stava assaporando il senso perduto dell'immortalità, quel senso di onnipotenza che solo l'infanzia può conoscere e che già l'adolescenza inizia a logorare.

Quindi arrivò la voce, e la voce divenne il signor Kernal.

— Bene, bene, bene. — Il Bastardo uscì dall'ombra. La testa reclinata di lato, la sigaretta stretta fra le labbra. Un lungo bastone in mano, tenuto con noncuranza. — Caius Strauss. Sapevo che saresti tornato.

Il bastone falciò l'aria. Alcuni spiriti svanirono.

Il Bastardo mosse verso di lui. — Ora riceverai la tua punizione.

— No — mormorò Caius.

I bambini lo istigarono ad alzare la voce. La loro forza era la sua forza, la loro baldanza il suo coraggio.

— No — disse Caius, sorridendo.

Il Bastardo soppesò il bastone, sogghignando.

— No! — gridò Caius con tutte le sue forze.

Il Bastardo sorrise. — Cosa hai detto?

"Ha detto no!" cinguettò una voce. "Ha detto no" gridò di rimando una seconda voce, femminile questa volta. "Ha detto no, zoticone rapa in culo" ridacchiò una voce maschile. "Rapa in culo! Rapa in culo!" cantilenò qualcuno. "Ha detto no. Ha detto di levarti di lì, puzzone."

— Piccoli insolenti — muggì il Bastardo.

Mosse ancora un passo, e il tono delle voci si alzò, facendosi ostile. "Ha detto di no." "Sei sordo, bastardo?" "Sei vecchio e sordo?" "Sordo e vecchio, vecchio e sordo, sordo e vecchio, vecchio e..." "Noi siamo morti, stupidone, pensi di poterci fare del male?" "Con quel bastone?" terminò una voce squillante. "Ultimo avvertimento. Togliti di lì."

Il Bastardo schiumava rabbia. I suoi occhi roteavano impazziti.

Caricò a testa bassa.

— Prendi...

Poi la sua voce si perse in un mare di risa e strilli. Sommerso dai bambini che gli si avventarono contro. Denti da latte e denti scheggiati, dita poco più che scheletriche e unghie mangiate fino alla radice, e labbra strette, labbra screpolate e labbra a forma di cuore gli strapparono i vestiti, la pelle e le carni. Il Bastardo urlò di dolore, mentre dita e mani gli sradicavano i capelli, la barba e le narici. Mentre dita invisibili graffiavano la pelle e gli asportavano i bulbi oculari. Mentre la nuvola di polvere diventava tempesta di sabbia, costringendo Caius a socchiudere gli occhi. Festosi, gioiosi, allegri come mai durante le loro tristi esistenze, i bambini cantavano e ridevano, facendo a pezzi il Bastardo. Quando la nuvola si diradò, del bidello era rimasto ben poco.

"Ops..." rise una voce di bambina.

Un'altra vocina ruttò. Risate.

Caius aveva il volto viscido di sangue.

"Sta arrivando." "Devi andare." "Scappa di qui." "Esci, e non..." "Esci e scappa." "Fuggi, lui è qui..." "Sta arrivando." "... voltarti indietro." "Come aprire un pesce..." "Muoviti, è stato facile ma..." "Il Direttore! Il Direttore!" "Non puoi restare qui, devi..." "Sei sordo?" "Sbrigati sbrigati sbrigati sbrigati..." "Forza." "Se resti fermo lui..." "Sta arrivando. Non senti che sta..." "Arriva." "È arrabbiato, è molto..."

"Cattivo cattivo cattivo."

"Devi scappare."

Caius schizzò via. E quasi ci riuscì.

Poco prima di raggiungere il portone d'ingresso scivolò e cadde. Quando si rialzò, a poco meno di due metri dalla salvezza, si voltò e lo vide.

Herr Spiegelmann sorrideva.

— Non lo vuoi vedere il Mare? Ti piacerà, ne sono sicuro.

Herr Spiegelmann non smetteva di sorridere. — Non lo vuoi vedere il Mare?

— Non mi fai paura — rispose Caius. Non era vero. Stava tremando come una foglia. I bambini erano scomparsi e senza la loro presenza si sentiva più impaurito che mai.

— Non voglio spaventarti, piccolo mio. Io sono tuo amico.

— Non sei mio amico.

— Hai ragione — disse Herr Spiegelmann. — Non sono tuo amico. Sono più un servitore, se vuoi.

Caius indietreggiò. Caghoulard, alle sue spalle, sghignazzarono impedendogli il passaggio.

— Mandali via.

— Sarebbe scortese.

Caius trasse un lungo respiro, imponendosi la calma. — Cosa vuoi da me?

— Parlare — fu la risposta del Venditore.

E la sincerità di quelle parole era disarmante.

— Hai ucciso i miei genitori — lo accusò il ragazzo puntandogli il dito contro.

— Genitori adottivi — lo corresse Herr Spiegelmann. — Poco più che custodi. Guardiani, direi.

— Mi amavano.

— Tu dici? Io non credo. Io credo che invece avessero paura.

— Menti. Ho parlato con... con la mamma.

Era ancora troppo recente quel dialogo perché la voce non gli si spezzasse.

Herr Spiegelmann sembrava afflitto quanto lui. — Dev'essere stato doloroso per te...

— Brutto...

Il Venditore non lo lasciò continuare. — ... Essere truffato in quella maniera.

Caius s'irrigidì.

— Devo ammettere che Pilgrind è un osso duro. Molto abile. Un Cambiavalute davvero talentuoso. Quasi come il sottoscritto — ridacchiò Herr Spiegelmann senza che i suoi occhi d'argento mostrassero alcun barlume di divertimento. — Ma il suo vero talento è un altro, sai? Il Barbuto è un attore nato. Anche in questo momento... — inspirò dalle narici — ... lo posso sentire. All'Obsesso. Sta dando spettacolo, come al solito. È al gran finale. La parte che preferisce. Un attore nato.

— Taci.

Ma Herr Spiegelmann non tacque. Continuò, con quel suo tono mellifluo. Così zuccheroso. Così convincente. — Chiedigli qual è il suo trucco migliore. Chiediglielo, visto che a breve sarà qui. Sento il suo passo pesante. Quel libraio lo ha messo sulla pista giusta. Pazienza. A meno che tu non voglia venire via con me. A vedere il Mare.

Caius serrò i pugni, preparandosi a dar battaglia. La lotta sarebbe stata impari e di certo votata alla sconfitta, ma non avrebbe permesso a quell'individuo viscido di mettergli le mani addosso e trascinarlo via senza combattere.

Perché solo così Herr Spiegelmann avrebbe potuto portarlo a vedere il Mare, qualsiasi cosa significasse quella frase. Trascinandolo in catene.

— Non verrò da nessuna parte.

— Vedo che credi ancora a quello che la povera Emma ha detto. O meglio, a quello che Pilgrind le ha fatto dire — insinuò il Venditore con una strizzatina d'occhio.

— Cosa? — Caius per poco non si strozzò. — *Cosa?* — ripeté.

— È quello che sto cercando di dirti da un sacco di tempo, piccolo mio — esclamò Herr Spiegelmann fingendosi sconcertato per la sua sorpresa. — E che ti avrei detto lassù, nel mio ufficio, se solo quegli… insolenti non mi avessero interrotto con tanta sfrontatezza… Arrivando persino a privarmi — un gesto svagato come a dire che però non serbava rancore per quel dettaglio — di un mio prezioso collaboratore.

— Non voglio ascoltare.

Caius fece per girarsi. I denti dei Caghoulard stridettero. Uno di loro gli mostrò gli artigli. Era circondato.

— Invece devi, Caius Strauss. Devi ascoltare. Per il tuo bene. Pilgrind è un grande narratore, un ottimo Cambiavalute e un attore nato. Soprattutto — e gli occhi di Spiegelmann scintillarono come gioielli falsi — un abile ventriloquo.

Un tuffo al cuore. — Cosa vorresti dire, maledetto?

— Oh, sì. Io credo che tu abbia capito molto bene. Ha molti nomi il nostro comune amico. È una cosa naturale per chi, come lui, si muove sul confine ambiguo che separa il sonno dalla veglia, l'ombra dalla luce, il dentro dal fuori. Molti nomi, maggiore potere. È così che funziona. Pilgrind è solo uno dei suoi tanti nomi. Il modo con cui lo chiamano amici e nemici. Poi c'è Barbuto. Errante Ridente, Barbascura, l'Arrotato, Quello della Staffa, Viaggiatore, Vagabondo, Semprepresente, Mangiaratti. Ma vuoi sapere quello che preferisco?

Una pausa. Un sorriso.

Caius tentennò.

Sì.

Il sorriso del Venditore si allargò: — Il Ventriloquo dei Morti.

Caius si passò una mano fra i capelli, incredulo.

— Pilgrind ti ha mentito — disse Herr Spiegelmann. — Come ti hanno mentito i tuoi genitori. Pensaci bene. Pensa a tua madre, pensa a Emma. Pensa a quando le hai parlato. C'era odio in lei, vero? Oh, quanto odio.

Caius pensò alle mani di sua madre che cercavano di strangolarlo. Alle sue parole colme di disprezzo. Cercò di pensare anche a quelle piene di amore e conforto, alle sue ultime raccomandazioni.

Ma non erano forse state pronunciate in maniera un po' troppo meccanica? Quasi artificiosa? Adesso che ci pensava, non cozzavano con la furia del cadavere che aveva cercato di ucciderlo? Furia, sì, ma genuina.

Vera.

— E tu sai il perché di tanto odio? Di tanta paura?

Gli occhi di Spiegelmann sprizzavano faville.

— Perché lei sapeva chi sei veramente, Caius. Lo sapeva e lo temeva.

— Chi sono io? — chiese Caius.

— Tu sei il Wunderkind.

Wunderkind.

Quella parola lo afferrò e lo trascinò lontano. In un vicolo sepolto dal temporale. In un tripudio di tuoni e lampi. Davanti alle fiamme di un falò improvvisato.

Un luogo che spesso aveva popolato i suoi sogni. Dove una voce da incubo recitava sempre la stessa medesima battuta.

— E così — disse una voce bassa e quasi divertita — tu saresti il Wunderkind?

22

La notte era ancora lunga e il freddo rendeva mani e piedi insensibili. L'alcol faceva il resto. Cosa poteva esserci di meglio che raccontare storie mentre si attendeva l'alba?

L'Obsesso era pressoché vuoto. Erano rimasti solo in sei. C'era Suez, naturalmente, dietro il bancone, la testa pesante. Non era mai successo che il suo locale chiudesse quando ancora i boccali erano pieni: regola d'onore, regola di vita. Tamburellava piano con le unghie sporche sul legno logoro, la mente rivolta alla chiacchierata con il Licantropo.

C'era il Monco, che aveva perso tre dita della mano sinistra, appoggiato alla parete, accanto alla porta d'entrata, gli occhi intorbidati, la birra calda davanti. Dimenticata. C'era Arthur, la lunga barba a sfiorare la cintola, il panciotto a fiori, i pori del viso dilatati a causa dell'uso prolungato del cerone, un ex attore di vaudeville così chiamato per via della sua più famosa interpretazione: *I Cavalieri della Tavola Rotonda*. C'erano Philip e Champagne, rubizzo il primo, pallido come un'apparizione spettrale il secondo; vecchio il primo, vecchissimo l'altro, inseparabili amici dall'alba dei tempi. Quello che diceva uno pensava l'altro e viceversa. Conducevano stancamente una partita a carte, il whisky in bilico sulle ginocchia, lo sguardo spento. Poi Fernando il libraio, giunto lì in cerca di risposte. E c'era il Barbuto.

Fernando il libraio voleva parlargli, ma non sapeva come avvicinarsi. Nessuno, a parte lui (perché chi cerca trova), aveva visto entrare Pilgrind. Nessuno l'aveva riconosciuto, neppure Suez a cui nulla sfuggiva.

Il tavolo era sempre stato vuoto, o forse era l'occhio che non vi si era mai soffermato. Invisibile, da chissà quanto, Pilgrind sedeva immobile sotto la trave con la ragnatela.

Accadevano strani fatti quando era nei paraggi. Fatti ambigui, che qualcuno avrebbe potuto interpretare come piccoli miracoli. Ma niente di particolarmente vistoso quella notte. Niente che avesse potuto attirare l'attenzione dei sei avventori.

Non si sarebbe sentito parlare di acquavite moltiplicata o di speranze tornate dalle tombe. Erano solo in sei e non avrebbero mai potuto accorgersi di nulla: dodici occhi, a quell'ora, erano pochi. Eppure, quella sera, quando il Barbuto era entrato all'Obsesso, qualcosa era cambiato.

Quella sera, quei sei avventori sarebbero diventati gli unici testimoni di qualcosa che difficilmente avrebbero dimenticato. E non si trattava dei soliti ubriaconi, idealisti e visionari che frequentavano l'Obsesso: facevano parte di quella stretta minoranza troppo ben vestita e troppo lucida nell'esporre i fatti per non essere creduta.

Uno di essi, ad esempio, era Suez. Anche se mai, a parte con Buliwyf, avrebbe fatto cenno a quello che sarebbe successo di lì a poco. Ma Buliwyf non c'era quella sera. Forse era con Rochelle. Forse la luna era velata di sangue, dietro il temporale.

E poi c'era il Monco, uomo di provata rettitudine: la sua menomazione era il segno della sua sincerità. Non era mai stato uno sveglio, aveva passato la vita a guidare autobus e a guardare il rugby allo stadio, ma si era guadagnato un posto fisso all'Obsesso (mai una volta era stato visto in piedi, mai una volta il suo bicchiere era stato vuoto) grazie a un atto di coraggio di cui, nel quartiere di Dent de Nuit, si parlava ancora.

Le luci, pian piano, si spensero.

Fu come se qualcuno avesse soffiato sulle candele, solo che nessuno aveva soffiato, e Suez mai avrebbe usato candele per illuminare il suo localaccio: il rischio di mandare tutto in cenere era troppo alto.

Ma così fu: una dopo l'altra, le luci si abbassarono, sfarfallarono per qualche istante e si estinsero.

Il Monco bofonchiò qualcosa, Suez imprecò, Fernando sussultò. Già Suez era pronto a infilare le scale che l'avrebbero portato nello scantinato, già malediva l'azienda elettrica e i soliti cali di tensione, quando Champagne (o forse Philip, erano indistinguibili l'uno dall'altro) indicò un tavolo lontano, in fondo. Lì, un'unica luce, potente, si rifletteva sulla figura massiccia di un uomo gigantesco. Il Barbuto.

L'occhio cieco.

Il ghigno strafottente.

— Pilgrind — sussurrò il Monco, riconoscendolo.

— Signori! — esclamò il Barbuto, e con un balzo fu in piedi, agile come un serpente, sopra il legno del tavolaccio. Il tono allegro da imbonitore di folle. — Signori, prestatemi orecchio, la notte è ancora lunga e il freddo rende mani e piedi insensibili. L'alcol fa il resto. Cosa può esserci di meglio che raccontare storie mentre attendiamo il sonno?

Nessuno, ovviamente, ebbe il coraggio di fiatare. Troppo recente era la scomparsa dei due ricettatori, fuori città, e troppe voci sinistre si erano intessute attorno a quell'avvenimento per prendere alla leggera l'apparizione del Barbuto. Non c'era uno degli abitanti del Dent de Nuit che non conoscesse almeno una delle leggende che circolavano sul suo conto. Una più raccapricciante dell'altra, una più grottesca della precedente. Erano tutti attenti.

Agognavano storie, perché ciò che Pilgrind aveva detto era la pura e semplice verità.

Era notte, l'alba solo un miraggio che non avrebbe portato null'altro che grigio, freddo e pioggia. Avevano abbastanza alcol in corpo da non temere la sua comparsa. In seguito, invece, ripensandoci, tutti avrebbero provato sgomento. C'era un che di troppo realistico in quel teatrino cinese.

— Una storia lontana, ma non troppo. Cruenta, come si addice alla notte in cui è avvenuta (e sta avvenendo, per quanto possiate non crederci), triste e gioiosa, come un gentile minuetto di lame sulla vostra testa.

La risata riempì lo spazio dell'Obsesso.

— Volete una storia, non è il sonno che bramate. — La luce si spostò. Da dove venisse, nessuno lo capì mai. Ma erano Cambiavalute, non facevano caso a simili quisquilie. — La storia di Madama Vendetta.

Le mani di Pilgrind erano grandi, vigorose. Coperte di calli. Mani da spezzare un collo come nulla, eppure s'incastravano, si allungavano e si deformavano. Avessero avuto sette nocche o fossero state bisce senza ossa, non avrebbero saputo fare di meglio. Improvvisamente agili come ballerine, quasi fuori luogo attaccate a quella figura, le dita dipinsero l'etere di colori che non esistevano, raccontarono la storia e la mostrarono a quegli occhi sbigottiti. Quella che sarebbe stata tramandata come la storia del lupo. E della sua vendetta.

Quelle dita usarono la luce riflessa sulla parete come schermo. C'era persino una musica a sottolineare i passaggi, in un crescendo sincopato: un semplice battere ritmico all'inizio, e nessuno dei sei si accorse che quel battere proveniva dalle loro mani, dai loro piedi. E i violini, le viole e i contrabbassi? Erano le loro corde vocali a mugolare e cantare.

Il lupo, attore principale.

Fece l'inchino, poi...

Il lupo si alzò su due zampe. Aveva una bocca enorme, grande come una caverna, profonda come uno strapiombo. Ululò, tremendo. Il cane davanti a lui, invece, aveva orecchie flosce e l'aria infelice. Poteva un'ombra, anche se proiettata con arte, possedere un'espressione tanto desolata?

Eppure così fu.

Il cane ululò con il lupo, e l'ululato del lupo inghiottì quello del cane. Il cane si afflosciò e divenne piccolo, piccolissimo, infine sparì. Fu straziante.

Il Monco si asciugò una lacrima.

Arrivò l'uomo, imbracciando un fucile. E l'uomo fu fatto in mille pezzi, senza remore, senza indugio, letteralmente deflagrò. Dita e nocche si separarono con un fragore impressionante. Un'esplosione di neri su bianco uniforme che fece venire la pelle d'oca anche a chi, come Champagne, da coscritto aveva servito nell'infame Algeria. E poi fu il momento del labirinto con le svolte, gli angoli e le piste cieche.

Il lupo correva, annusava l'aria, indovinava la direzione giusta soltanto ascoltando il battito del cuore delle due prede e dei loro servitori. Un battito che pareva pestato dai tamburi. Non sbagliò neppure una curva. La lingua fuori dalle fauci zannute, gli occhi che brillavano come argento. Il labirinto lo portò davanti ai due sfortunati. Cercarono di difendersi?

Naturale.

Le dita di Pilgrind piegavano lo spazio e creavano forme perfette, non descrivevano e non spiegavano: evocavano. Mostravano la paura dei due uomini, la trasformavano in una forma oblunga, a spirale, ricciuta, nauseante. Mostravano come i due cercassero di aiutarsi nel confronto con il lupo gigantesco. Mostrarono con precisione il sudore scorrere e il sangue sprizzare in uno scrupoloso succedersi di ferite. Ferite superficiali, nulla più che tagli, perché il lupo – era evidente – si stava divertendo.

Giocava con loro, si compiaceva della loro paura.

Il lupo uccise il primo. Il lupo ululò.

I due vecchi erano l'ululato.

I denti di Suez: le ossa tremanti del secondo sopravvissuto.

Pilgrind urlò. Il labirinto crollò.

La luna comparve, sorrise e la luce si spense.

Lo spettacolo era terminato. La vendetta del lupo, conclusa.

— Pilgrind, vorrei...

— Non avere paura, io ti conosco.

— Mi conosci? — chiese Fernando, gli occhi strabuzzati.

— Cartaferina, dico bene?

— Vorrei parlarti di una moneta.

— Una moneta? — chiese Pilgrind, asciugandosi uno sbuffo di schiuma dalla barba.

— Una moneta d'argento. Ne avevo ventinove, poi...

— Tu possiedi le trenta? *Quelle* trenta?

Fernando gonfiò il petto. — Quelle. Ne avevo ventinove. La trentesima mi è stata data da un ragazzino. Un regalo. Ma è scomparsa. Dicono che tu te ne intenda di...

— Che ragazzino?

Fernando si ritrasse.

— Non avere paura. Non ti farò del male. Dimmi del ragazzino.

Fernando lo descrisse.

Pilgrind abbandonò il tavolo, veloce come una furia.

23

Caius barcollò portandosi una mano alla testa.

— Ricordi? — Herr Spiegelmann non riuscì a dissimulare l'avidità di quella richiesta.

— No, io…

— Ricordi?

Qualcosa batteva alle tempie di Caius, dolorosamente. Il vicolo divenne una massa confusa. Sembrò sommergersi di acqua. Le fitte aumentarono, stordendolo.

— Ricordi?

Caius combatté contro il frastuono nella sua testa e alzò gli occhi verso il Venditore.

Ne scorse la brama, la cupidigia.

Ne fu disgustato.

— Mi hai già ingannato una volta, non permetterò che tu lo faccia ancora. Tu… hai ucciso i miei genitori. — La sua voce tremava di rabbia.

Herr Spiegelmann si accigliò. — Non ha importanza. Ci sono altri modi per…

I Caghoulard caddero a terra, uno dopo l'altro.

La figuretta atterrò fra Caius e il Venditore.

Piccola, assomigliava a uno spaventapasseri in miniatura. Il ragazzo si sforzò di metterla a fuoco. Era difficile visto che, una volta atterrata, era saltata subito via, sempre in movimento. Aveva la testa triangolare come quella dei serpenti velenosi e per occhi due piume di gallo a V rosso ruggine simili a corna caprine. A Caius parve familiare.

Era stupefacente: piroettava e capriolava in aria, leggera come una piuma, aggraziata come una ballerina. Con movenze di seta saltava di nuovo, in alto, instancabile, superando le luci e immergendosi nelle tenebre del soffitto fino a tornare giù, ancora e ancora, sempre seguendo un ritmo che Caius non riusciva a distinguere.

La figuretta era madida di sangue di Caghoulard.

Herr Spiegelmann applaudì. — Quale onore! Quale onore!

— Caius! — La voce del Barbuto, ancora lontana.

— Quale onore! Re Fil di Ferro in persona. Pardon. In quasi persona. Mi sembra rimpicciolito dall'ultima volta che ci siamo visti, Eccellenza. — La sua risata si perse fra le mura e i corridoi dell'istituto.

— Caius!

Pilgrind era arrivato.

Spalancò il portone facendo tremare i muri.

— Stai bene, ragazzo?

— Sì.

Herr Spiegelmann spostò lo sguardo verso il Barbuto. — Manca solo il pelato e la rimpatriata è al completo, direi.

Caius ne approfittò per nascondersi a fianco di Pilgrind.

— Spiegelmann, il tuo umorismo fa schifo.

— Per servirti, vecchio — trillò il Venditore.

Re Fil di Ferro fece una capriola e atterrò davanti

agli stivali del Barbuto. Le sue braccia scintillarono e si sfregarono l'un l'altra, poi le infilò direttamente nel terreno.

Ci fu un boato. Una lunga crepa si aprì fino ai piedi di Herr Spiegelmann. Questi sorrise corrucciato, e la crepa deviò, raggiungendo la parete e schiantandola. Polvere di calcinacci volteggiò nell'aria.

— Tutto qui?

— Vattene.

— Perché dovrei andarmene, Barbuto? Vengo in pace. Voglio solo fare due chiacchiere con il Wunderkind.

Pilgrind digrignò i denti.

— Che cos'è il Wunderkind? — gli chiese Caius.

— Tu sei il Wunderkind, mio caro — rispose per lui Herr Spiegelmann. — E io il tuo umile servitore, se non mi vuoi come amico.

Pilgrind afferrò Caius e se lo saldò al petto. Da una tasca estrasse un coltellaccio e lo mostrò al Venditore. — Cosa vuoi, Spiegelmann?

— Metti via quell'arma. — C'era una punta di panico nella voce del Venditore.

La lama si posò sulla gola di Caius.

— Pilgrind, non... — Herr Spiegelmann si mosse verso di lui, le mani protese.

La lama pizzicò la pelle. Caius s'irrigidì.

— Ancora un passo — disse Pilgrind calmo, quasi serafico — e ucciderò il Wunderkind.

— No, non lo farai — fu la risposta di Herr Spiegelmann. — Significa troppo anche per te. — Ma si fermò. — Sei vecchio, Pilgrind. Hai scommesso tanto in questa partita. Non perdere quel poco che ti resta, abbandona il tavolo finché sei in tempo.

— Questo non è un gioco.

Una gocciolina di sangue, calda e densa, scese dalla gola di Caius a bagnargli la maglia. Spaventato, cercò di divincolarsi. Ma la presa del Barbuto era ferrea. — Pilgrind, ti prego...

— Hai visto, Caius? Che ti avevo detto? — pigolò il Venditore senza muovere alcun muscolo, neppure la bocca. — A chi credi? Chi ti è veramente amico? — La sua voce arrivava da lontano, direttamente nella testa del ragazzo. — Chi è che vuole ucciderti, io o lui?

— Ancora una parola e lo sgozzo.

Herr Spiegelmann e Pilgrind si squadrarono per qualche istante.

— Lo faresti davvero. — Non era una domanda.

Quella singola goccia, grassa e scura, aveva cancellato ogni dubbio.

Con uno stridio, Herr Spiegelmann si dissolse e, dissolvendosi, l'oscurità si fece meno fitta.

Finalmente solo con il ragazzino, Pilgrind lasciò la presa.

Caius si toccò la ferita. Era pallidissimo e ansimava. — Lo avresti fatto?

— Ti avrei sgozzato seduta stante.

Il coltellaccio tintinnò sul pavimento.

— Perché?

Non fu Pilgrind a rispondere. Fu Gus, trafelato. — Perché tu sei il Wunderkind.

Caius guardò prima lui e poi il Barbuto. — Cosa significa?

— Non lo sappiamo neppure noi — fu la risposta di Pilgrind. — Devi credermi. Sappiamo solo che lui ti vuole — aggiunse.

Caius si morse le nocche, angosciato. — E questo vi basta per uccidermi?

— Lui ti farebbe di peggio.

Gli lasciarono il tempo di pensare. Alla fine fu Caius ad avvicinarsi ai due uomini. Nella mano, la moneta. Ancora una volta era tornata nelle sue tasche.

La tese al Barbuto. — Questa è sua. Di Spiegelmann.

Pilgrind la prese fra indice e pollice. La sua pelle sfrigolò.

— È un Manufatto, vero?

Pilgrind annuì. L'odore di pelle bruciata era tremendo. Superava persino quello del sangue dei Caghoulard.

— Sì. Te l'ha data lui?

— Prima.

Pilgrind si piegò su un ginocchio in modo da poter guardare Caius dritto negli occhi. L'occhio sano rifulgeva come la fiamma di una torcia. — Ti avrei ucciso, Caius. Non voglio mentirti. Ma non ti avrei ucciso senza combattere. Prima di prenderti dovrà ammazzare me, Gus e Re Fil di Ferro.

— E Buliwyf — aggiunse Gus, che osservava la scena a braccia conserte, fumando una sigaretta.

— E Buliwyf, certo — annuì il Barbuto. — Non sappiamo cosa sia un Wunderkind, se non qualcosa per cui Herr Spiegelmann ha ucciso. Molte più persone di quelle che puoi immaginare. Innumerevoli.

— Amici — disse Gus, avvicinandosi. — Troppi amici per permettergli di averla vinta.

— Voglio sapere.

— Anche noi vogliamo sapere — rispose Gus. — Sono anni che vaghiamo e cerchiamo risposte. Soprattutto, sono anni che combattiamo. E ti proteggiamo. Emma e Charles, adesso capisci? Loro ti hanno sempre protetto.

— Senza che io me ne accorgessi — mormorò Caius a occhi bassi.

— Capisci perché è importante?

— Lo capisco.

— Adesso ascoltami, Caius, ascoltami attentamente. Questa moneta è un Manufatto molto potente. Con questa lui ti può raggiungere ovunque tu sia. Oppure può fare in modo che sia tu a raggiungerlo. — La domanda che seguì a queste parole fu tanto secca quanto imprevista. — Vuoi andare da lui? Adesso. Vuoi?

— Se vorrai — disse Gus — ti lasceremo andare. Senza farti del male.

Pilgrind si posò una mano sul cuore. — È una promessa.

Caius scrutò la moneta d'argento e, fissandola, non poté fare a meno di vedere le piaghe che il suo contatto apriva sulla carne del Barbuto. La guardò e pensò a Herr Spiegelmann. Pensò a tutto quello che gli aveva detto e ai dubbi che aveva insinuato nella sua mente. Era stato ragionevole, equilibrato. Le sue riflessioni possedevano una logica ferrea e persino saggia. Aveva attinto ai suoi ricordi e ne aveva messo in luce le contraddizioni, svelandone il mistero. Aveva scavato nelle zone d'ombra piene d'interrogativi e ne aveva tratto risposte assennate.

Poi pensò all'avidità che Herr Spiegelmann aveva dimostrato nei suoi confronti. All'espressione frenetica del suo viso da laido mercante. Alla bramosia con cui lo aveva pregato di ricordare, di accompagnarlo al Mare. Al modo mellifluo con cui gli si era sempre rivolto, pieno di sottintesi e doppi sensi. Ma fu pensando alla schifosa ingordigia del suo viso, all'animalesca bramosia dei suoi lineamenti, così carica di voracità e depravazione, che Caius scelse. E scegliendo, ripeté il suo giuramento.

— Lo ucciderò.

Pilgrind sorrise, e con l'abilità di un prestigiatore fece sparire la moneta.

Caius sentì un peso togliersi dallo stomaco.

Non sarebbe più tornata. Ne era certo.

Non stava solo meglio, ora.

Stava bene.

24

Il Cid non si recò subito nella stamberga di rue Guignon: aveva bisogno di un po' di tempo tutto per sé. Ma aveva paura a restare solo, e quindi cercò un locale affollato in cui rifugiarsi.

Temeva quelli che lo stavano aspettando. Li immaginava bisbigliare nella loro lingua cacofonica, le unghie a picchettare sulle casse degli orologi, attendendo il suo ritorno. Così era stato deciso dal Venditore e così sarebbe stato. Lui sarebbe tornato, loro avrebbero atteso.

E poi? Il Cid non voleva pensarci. Pensare, aveva cantilenato Herr Spiegelmann mentre gli mostrava il martirio cui stava sottoponendo il povero Bellis, era sinonimo di sbagliare, e sbagliare era sinonimo di pagare.

E se proprio doveva pensare a qualcosa, gli aveva suggerito Herr Spiegelmann con quella sua vocetta allegra e intrigante, che pensasse a Paulus. Alle spire che lo avvolgevano. Alla sofferenza di suo fratello.

Era un suggerimento crudele, una tortura. Una minaccia. Ma aveva funzionato al Giorni Perduti e avrebbe funzionato anche dopo, in rue Guignon.

"Non pensare, obbedisci." Da secoli, i grandi imperi

dominavano le vastità con quel motto, perché non avrebbe dovuto funzionare per lui?

Incontrare la Rarefatta e sfidarla nel suo territorio aveva richiesto molto del coraggio che neppure immaginava di avere. Ma ciò che Herr Spiegelmann aveva predisposto per lui, nella stamberga ricolma di cianfrusaglie di rue Guignon, lo spaventava ancora di più. Molto di più.

Il Cid si passò un mano sul viso, temendo di scoppiare in lacrime.

Paulus.

Le ferite che la Rarefatta gli aveva inferto non erano visibili come lividi o squarci, ma non per questo erano meno dolorose. Aveva rivissuto la cattura del fratello con la stessa totale disperazione con cui l'aveva vissuta la prima volta. Ma era stato saldo. Aveva fatto ciò che gli era stato comandato di fare. Non aveva tentennato. Non aveva pensato.

Camminò sotto la pioggia per schiarirsi le idee. Poi, trovato il posto adatto, s'infilò in un localaccio stretto e cupo e si fece servire un paio di bicchieri di qualcosa di forte. Un barista storpio lo guardò con diffidenza, ma poi lo servì e si dimenticò di lui. Il whisky lo aiutò a mettere a fuoco le idee, ma non a dissipare la disperazione. Era la prima volta che si sentiva disperato.

Lui e Paulus avevano passato molti momenti brutti nel corso della loro vita. Della trafila burocratica che aveva accompagnato la morte della madre e del conseguente internamento in un orfanotrofio freddo e puzzolente, il Cid ricordava poco.

L'orfanotrofio era un posto disgustoso in cui alzarsi la mattina si rivelava l'inizio di una battaglia, così, non appena raggiunta la maggiore età, il Cid aveva preso in custodia il fratello e se l'era svignata senza alcun rimpianto.

Una volta fuori, la carriera del crimine gli era sembrata la più ovvia da perseguire. Aveva una propensione innata per le truffe e mani piccole e agili, adatte a scassinare serrature e forzare finestre.

Quando poi aveva scoperto il Dent de Nuit, con i Manufatti, i Cambiavalute e la miriade di bizzarrie che vi si celavano, aveva sentito che quello era il posto per lui. Lì, aveva detto a Paulus, avrebbero trovato un modo per uscire dalla melma. Glielo aveva promesso. E quella speranza era durata a lungo. Per un po' gli era parso che il Dent de Nuit fosse il luogo ideale in cui mettere a frutto i suoi talenti.

In breve tempo si era creato un piccolo giro di ricettazione e si era fatto qualche amico fra i Cambiavalute, da cui aveva imparato termini nuovi e nuove prospettive di guadagno. Qualcuno lo aveva introdotto nei giri loschi della Permuta del Di Là, e il Cid vi si era tuffato con entusiasmo. Aveva indurito la corazza e non aveva badato a scrupoli. Era ovvio che per trovare l'Eldorado si sarebbe dovuto sporcare le mani.

Poi, però, la fortuna gli aveva voltato le spalle.

Per riparare alla sorte che lo aveva quasi spedito dietro le sbarre, il Cid aveva dovuto contrarre un mucchio di debiti, e i debiti lo avevano reso imprudente. Così, preso dalla smania, un bel giorno era passato dal trafficare con i Manufatti al farne uso e aveva scoperto in essi un potere irresistibile.

Era vero, bisognava versare sangue, ma infinite gioie potevano nascere da qualche misera goccia di rosso. Oh, era stato bello. E pericoloso.

I Manufatti lo avevano quasi ucciso.

Per poco non ci aveva lasciato la pelle. Paulus lo aveva salvato. Paulus si era accorto dei suoi tremori e dei suoi repentini sbalzi d'umore. Paulus, che tutti pensavano solo un gradino al di sopra dell'idiozia, era stato abbastanza intelligente da capire in che razza di pozzo senza fondo il fratello fosse precipitato, e lo aveva aiutato a uscirne.

Insieme ce l'avevano fatta. A prezzo di dolore e lacrime, ma il Cid ne era uscito. Niente più Manufatti, aveva giurato. Mai più. In fondo alla sua mente, c'era sempre quella promessa. La promessa fatta a Paulus. Resa ancora più pressante dalla gratitudine che sentiva di dover dimostrare al fratello.

Trovare l'Eldorado e passare il resto della vita tra champagne e auto di lusso.

Era stato facile per Herr Spiegelmann fare leva sulla sua cupidigia. Adesso il Cid se ne rendeva conto. Tremendamente facile. E a pagarne le spese era stato Paulus. Non lui, Paulus. A quel pensiero si fece servire un terzo drink. Lo scolò d'un fiato. Ne ordinò un quarto.

Lo centellinò, pensoso.

Il Cid aveva bazzicato il mondo dei Cambiavalute abbastanza da poter dire di conoscerlo. Sapeva che si trattava di personaggi eccentrici che vivevano le loro vite seguendo regole dettate dai capricci più che dalla ragione. Aveva visto di quali nefandezze potevano macchiarsi e fino a che punto poteva spingersi la loro ambizione. Aveva creduto di conoscere i limiti di quella che essi chiamavano Permuta.

Ora non ne era più così certo. Ciò di cui Herr Spiegelmann era capace lo annichiliva. Non aveva difese contro quel potere. Nessuno era in grado di fronteggiarlo.

Nonostante le minacce, il Cid non poteva fare a meno di interrogarsi. Cercare di capire. Era ovvio che le manovre di Herr Spiegelmann dovevano portare a qualcosa. Per quanto potente e per quanto invincibile, anche lui doveva possedere ambizioni e appetiti. Ma il Cid non riusciva a intuire quali.

Il Cid era un truffatore e l'ingrediente principale di una truffa era la capacità di intuire i desideri del truffato. Fare leva sulla sua ingordigia o sulle sue paure. In questo il Cid era molto abile. Sapeva leggere in un tic l'avidità, in una smorfia l'angoscia. Svelava il santo dietro la facciata del delinquente e l'assassino nel battere di ciglia di un innocente.

Ma Herr Spiegelmann gli risultava impossibile da decifrare. E questo, per il Cid, significava una cosa sola. Il Venditore, sotto tutto quel cerone, era un trucco esso stesso. In altre parole, non era un essere umano. Non almeno come lo erano lui e Paulus. Tornò il sapore della paura.

Il Cid si alzò, lasciò sul tavolo una banconota, fece un cenno al barista storpio e uscì.

Pioveva ed era sera. Aveva un appuntamento.

Steso sul letto, a petto nudo, il Cid chiuse gli occhi.

Li sentiva fremere. Percepiva la loro bramosia. Ne era disgustato.

Pensò a Paulus. Alle spire in cui era avvolto. La sua mente era vigile? Poteva sentire i vermi che lo avvinghiavano? Sperava di no. L'ennesima beffa del Venditore. Non aveva diritto a fare lo schizzinoso.

Era ora...

Si umettò una lacrima e inspirò.

— Fate ciò che dovete — disse.

Non aspettavano altro.

25

Rochelle li stava aspettando con una certa impazienza. Il suo viso, comunque incantevole, era teso, solcato da rughe di preoccupazione. Non appena li vide entrare nello scantinato di rue d'Auseil, corse loro incontro.

Buliwyf, che era arrivato da pochissimo, rimase seduto al suo posto, dietro il tavolo. Sembrava provato, e fra le mani stringeva un bicchiere di vodka.

— Che succede? — chiese Gus, allarmato.

— La Placenta — sussurrò lei, con gli occhi pieni di terrore.

— La Placenta? — domandò Pilgrind, facendo da parte senza troppe cerimonie il ragazzino che lo precedeva. — *Quella* Placenta?

— La Placenta del Levantino.

— Cazzate — bofonchiò Gus.

— Racconta tutto — la esortò invece Pilgrind.

Lei annuì e in poche parole, ma senza tralasciare nulla, li informò dell'incontro con il Cid.

A quel nome, la reazione di Gus fu ancora più veemente. Colpì il tavolo con il pugno ed esclamò: — Cazzate. E questa ne è la prova. Il Cid, un ladruncolo. Soltanto uno spacciatore di mezza tacca. Come poteva sapere della Placenta? E anche ammettendolo, come avrebbe fatto a recuperarla? Tutte cazzate.

Pilgrind si voltò verso di lui. — Esatto. Come fa una nullità del genere a conoscere il Levantino? Perché fare lo spaccone proprio con la Placenta? Non sarebbe stato meglio trovare qualcosa di più verosimile?

A questo Gus non seppe ribattere.

— Che cos'è la Placenta del Levantino? — chiese Buliwyf, rompendo il silenzio. — Rochelle non mi ha voluto dire nulla.

La Rarefatta lo fissò con occhi colmi di pena. — Volevo... proteggerti.

— È solo una leggenda — minimizzò Gus. — Niente che abbia un senso, comunque.

— Una leggenda, sì — sospirò Pilgrind, posandogli una mano sulla spalla. — Ma le leggende possono essere concrete, amico mio. Esattamente come questa mano.

Gus chinò la testa. Con un gesto si scostò dalla presa dell'amico e si accese una sigaretta. — Cazzate.

— È un simulacro, potremmo dire. Un oggetto pieno di potere.

— Cazzate.

— Nessuno sa cosa fosse il Levantino — proseguì imperterrito il Barbuto. — Ma si dice che il quartiere sia la tomba del Levantino, e che il suo cadavere sia il vero motivo per cui il Dent de Nuit riesce a restare nascosto da secoli. Un essere estremamente potente. La Placenta, a quanto pare, era il sudario in cui il Levantino fu avvolto alla sua morte.

Fu interrotto dal rumore di Gus che rovistava nervosamente nel frigorifero in cerca di una birra.

Era il suo modo per esprimere tutta la sua disapprovazione. Dal suo punto di vista quella faccenda era chiusa. Anzi, non l'aveva considerata mai neppure aperta. Il Levantino era una leggenda. Lo sapevano tutti che non era mai esistito. E il Cid, con quella sua faccia da ratto, assieme a Paulus, quell'armadio a quattro ante di suo fratello, erano una coppia di truffatori ben conosciuta nei bassifondi del Dent de Nuit.

Stavano solo sprecando fiato.

Buliwyf si scostò i lunghi capelli dal viso. — Okay. Facciamo finta che sia tutto vero. Immaginiamolo. Cosa ci importa di questa Placenta? È un furto come tanti. Non abbiamo altri problemi a cui badare?

— I furti — disse Pilgrind. — È proprio questo il punto.

Rochelle, Gus e Buliwyf lo guardavano senza capire.

Inaspettatamente, fu Caius a parlare. — Un'illusione dentro un'illusione dentro un'altra illusione, vero? — Lo diceva più a se stesso che al resto del gruppo. — È il suo modo di fare. Una menzogna dentro una menzogna dentro un'altra menzogna.

— Bravo, ragazzo — lo incoraggiò Pilgrind.

Resosi improvvisamente conto di aver calamitato l'attenzione di tutti, Caius arrossì.

Rochelle gli sorrise.

Il ragazzino continuò: — Forse i furti erano l'illusione, la manovra diversiva. Lo avete detto voi, giusto? Rubare cose senza valore... un'illusione. Come la moneta.

— Quale moneta? — volle sapere il Licantropo.

Rochelle gli fece segno di tacere.

— La moneta era una bussola e poi una chiave — gli spiegò Caius, come se il suo chiarimento potesse risultare comprensibile alle orecchie di Buliwyf.

Si tormentava il labbro, pizzicandolo. La sua mente

aveva trovato un nuovo enigma, un nuovo rompicapo. Ma questa volta sapeva di poterlo affrontare.

Non era più solo.

— Vai avanti, ragazzo — lo spronò Gus, che per la prima volta mostrava interesse alle sue parole.

Caius non si fece pregare. — I furti sono la cornice, la prima illusione. Rubare oggetti inutili per confondere le acque. Un po' come le cose che dicono gli illusionisti. Quelle sugli arcani segreti d'Oriente o la magia degli Egizi. E nel frattempo muovono le carte, o fanno scattare il doppiofondo. Insomma, cercano di sviare l'attenzione degli spettatori…

— Perfetto — fece Pilgrind.

Sorrideva.

Caius ormai era un fiume in piena: — In realtà, Herr Spiegelmann voleva rubare solo un oggetto, questa Placenta del Levantino. Hai detto che si tratta di qualcosa di potente, giusto? Una specie di Manufatto, no?

— Una specie, sì.

— E mentre tutti pensano ai furti inutili, mentre tutti si chiedono che diavolo se ne faccia di calzini e immondizia, lui mette a segno l'unico furto di cui ha veramente bisogno. Ruba la Placenta — concluse Caius. — Solo non capisco…

— La terza illusione? — azzardò Buliwyf.

— Esatto. A cosa gli serve la Placenta del Levantino?

— Dicono — rispose Pilgrind — che tramite la Placenta si possa risvegliare il Levantino stesso. E porlo al proprio servizio. Assoggettare un potere immenso.

— Ma non era morto? — chiese il Licantropo.

— Certe cose non muoiono mai.

L'affermazione del Barbuto, ma soprattutto il tono sicuro con cui gli era uscita di bocca, rimase in sospeso a lungo, finché Gus, spegnendo il mozzicone in un posacenere stracolmo, non ruppe gli indugi.

— Stiamo correndo troppo. Io direi di fare due chiacchiere con questo Cid. Poi decideremo il da farsi. Ricordi dove ha detto che abita?

Rochelle lo ricordava. — Rue Guignon. Al numero quindici.

— La conosco. Caius, ti va di venire?

Perfino Pilgrind fu stupito da quella richiesta.

— Non è un po'...

— Non avere scrupoli. Se lo buttiamo giù dal letto, magari avrà meno cazzate da raccontarci. Allora, vuoi venire o no? Ho bisogno di una testa fine, e questi due caproni sono troppo stanchi per sgranchirsi un po' le ossa.

No, pensò Caius sorridendo, non era più solo.

26

— Le mie mani... — disse Buliwyf quando furono soli.

— Lo so.

— Il lupo...

— So anche questo — rispose Rochelle. — È parte di te.

— Dovevo farlo.

— Hai fatto ciò che era giusto.

— Non li ho soltanto uccisi.

Rochelle tacque.

Buliwyf non aveva il coraggio di guardarla in viso. Sapeva già cosa vi avrebbe letto. Tristezza. Dolore. Amore. Dei tre non sapeva quale gli procurasse più sofferenza.

Lo scantinato era illuminato solo da una flebile fiamma. L'alba era lontana.

— Io... Lui, lui si è divertito.

— Il lupo?

— Il lupo.

Buliwyf fece per afferrarle le mani, ma la Rarefatta si ritrasse, mesta.

— Scusami. Non volevo — mormorò il Licantropo, afflitto.

— Non devi scusarti, amore.

— Riuscirò a liberarmene, te lo giuro. Prima o poi...

— Non giurare — esclamò lei, allarmata. — Non giurare, ti prego.

La fiamma della candela guizzò.

— Ma io...

— Devi stare attento a ciò che desideri. Io amo te e amo anche il lupo che è in te.

— Anche la sua... furia?

— Lo sai.

Buliwyf aveva gli occhi colmi di lacrime. Non riusciva a vedere chiaramente il viso della sua amata, e forse era un bene. Il velo di nebbia gli evitava lo strazio di leggere il suo dolore. E la sua infinita tristezza.

— Io desidero solo... amarti.

— È anche il mio desiderio, Buliwyf — disse lei. — Ma non puoi amarmi se prima non accetti...

Buliwyf colpì il tavolo con il pugno. — Cosa?

— Il lupo. La tua natura.

— C'era un Chanyde, e io l'ho ucciso — ringhiò il Licantropo. — Di più, ho giocato con lui. Io... lo disprezzavo. Disprezzavo la sua schiavitù. Puoi amare anche questo?

— Non è il primo che uccidi.

— Lui mi ha parlato.

Rochelle ammutolì.

— Lo sai come si crea un Chanyde?

Non attese risposta.

Il suo divenne un monologo.

Rochelle aveva già visto Buliwyf in simili condizioni, di solito quando la furia del lupo si palesava in tutta la sua potenza. Ma mai lo aveva visto così prostrato. C'era qualcosa, quella notte, che lo turbava più del solito. C'era veleno nei suoi occhi.

Un veleno mortale che la Rarefatta, nel corso della sua lunghissima vita, aveva già conosciuto. Riflesso nei volti di centinaia se non di migliaia di uomini e donne. Ma questa volta era diverso. Questa volta il veleno scorreva nelle vene del suo amato. Sentendosi impotente, ascoltò la sua confessione.

— Il Chanyde era un lupo, un tempo. Un Licantropo. I Cacciatori cercano di catturarli quando sono giovani e inesperti, addirittura da cuccioli. È più facile. Spesso i cuccioli sono solo bambini che ancora non sanno di essere stati baciati dalla luna. Bambini rapiti e mai più ritrovati. Hanno i loro sistemi per capirlo e godono di protezione. I loro crimini non sono mai puniti dalla giustizia degli uomini.

Rochelle non aveva alcun mezzo per confortarlo. Se lo avesse anche semplicemente sfiorato (e c'erano momenti in cui ardeva dalla voglia di un contatto anche solo fuggevole) gli avrebbe infuso tutta la sua tristezza, tutta l'angoscia della sua condizione.

Ricordò Jensen, e ricordò quell'attimo di debolezza in cui lo aveva toccato. E come al suo tocco l'artista fosse impazzito. Poteva solo guardare.

E ascoltare.

— Li portano in luoghi appartati, dove i loro lamenti non possono essere ascoltati. Poi iniziano l'addestramento. Loro lo chiamano così, ma in realtà si tratta di tortura. — Con un gesto, Buliwyf spazzò via l'aria. — Una vera tortura. Per prima cosa gli infilano un anello al collo, un guinzaglio. D'argento. Il dolore...

— ... è indicibile.

Lui annuì.

— L'argento serve per spezzarne la forza e la resistenza. L'argento corrode le carni e costringe a rimanere in forma animale. L'uomo, la parte umana, fugge lontano. Ma è il meno. L'anello al collo è un simbolo. Significa schiavitù. E quando il lupo non ha più neppure la forza per uggiolare, quando implora perché si ponga termine alle sue sofferenze, allora... allora iniziano a blandirlo. Una sigaretta, forse. Una tazza di latte. Venti minuti all'aria aperta. Un po' di carne rancida. O la possibilità di fare la doccia. Cose minime. Banali.

Rochelle avrebbe voluto gridargli di smettere, ma rimase muta.

Ascoltare. Questa era la sua maledizione.

Altro, alla sua genia non era concesso fare.

— Le ferite dell'argento spesso sono così profonde che il lupo non può più parlare, le corde vocali distrutte, la gola in fiamme. E l'uomo si allontana ancora, e ancora. È come impazzire, dimenticando le parole, le stagioni, il mondo. Ma i Cacciatori non sono ancora soddisfatti: non vogliono allontanare l'uomo, perché non è l'uomo che temono. — Un sorriso forzato, sulle sue labbra. — È il lupo. Temono il lupo.

— La sua furia.

— La sua furia, sì. La devono piegare se vogliono che il Chanyde diventi un servitore perfetto. Uno schiavo da combattimento. Lo bastonano senza motivo. Lo bruciano. Gli gettano acidi sul muso. Devono raggiungere un livello tale di efferatezza da indurre il lupo a reagire. E quando il lupo reagisce, c'è l'argento. La tortura.

Batté il pugno sul legno.

— E così da capo — sottolineò. — E da capo ancora.

Scosse la testa.

— Ci vogliono mesi. Anni, nei soggetti più forti. Ma alla fine il lupo è reso mansueto. Schiavo. L'uomo è impazzito. Senza parola, senza raziocinio. Non c'è più Licantropo, non c'è più identità. Lupo e uomo vengono soppiantati dal cane. Dallo schiavo. Dal Chanyde che conosce solo il desiderio di compiacere il padrone, nient'altro.

Chiuse gli occhi, tacque.

— Buliwyf...

— C'è dell'altro. Aspetta. Un Chanyde non può più tornare indietro. E il lupo lo sa. La bestia che si nasconde in me, in noi, in tutti i Licantropi, fiuta il Chanyde e ne ha... maledizione... ne ha paura. Perché sa che potrebbe capitare anche a lui. Per questo diventa crudele. Ma quel Chanyde, questa notte...

— Lui ha parlato.

— Ha parlato, sì. Non lo credevo possibile. Si è fatto ammazzare, capisci? Mi ha mostrato la gola. Si è arreso. Voleva che io troncassi la sua sofferenza. Non credevo...

— Hai fatto bene a ucciderlo — lo interruppe lei.

— Questo non ha importanza. Lui poteva essere...

Non terminò la frase. Pentito di essersi lasciato sfuggire quelle parole, si morse il labbro.

Rochelle finalmente comprese. — Come sai tutte queste cose sui Chanydi?

Buliwyf scosse la testa.

— Era qualcuno che...

— No.

— Era qualcuno che conoscevi?

— Ho parlato abbastanza.

Rochelle si fece dura. — Non hai buttato fuori abbastanza veleno.

— È... doloroso.

— Lo sarà di più se ti tieni tutto dentro.

— Non posso.

Rochelle s'irrigidì. — Pensi forse che non capirei? È questo che pensi? — I suoi occhi fiammeggiavano. — O forse non vuoi condividere i tuoi segreti con un essere che non è del tuo sangue? Un Vento. — Usò volutamente il termine dispregiativo con cui i Licantropi indicavano i Rarefatti. — Una creatura fatta d'aria che non conosce né paura né gioia. Che guarda la luna e vede solo un deserto.

— Smettila. Sai che non è così. E te ne ho dato prova.

— Hai abbandonato la tua gente per me, è vero.

— Tu hai fatto lo stesso, quindi...

— Non è abbastanza — lo sfidò lei.

— Questo è...

— Meschino, lo so — sussurrò Rochelle, addolcendosi. — Ma devi perdonarti, Buliwyf. Perdonare il lupo. La furia. Io ti amo.

— Lo so.

— E so che tu ricambi il mio amore. Ma io amo anche il lupo perché è parte di te. E amo la sua furia, perché è parte del lupo. Perché non puoi farlo anche tu?

— Non...

— Ho vissuto molto più di te, Buliwyf. Ho trecentosettantasette anni. Trecentosettantasette anni passati nel grigio. Osservando, odiando, sì, a volte odiando l'umanità. Odiando alla maniera dei Rarefatti, con l'indifferenza rancorosa di chi è fatto di nulla. Spiando gli uomini che s'innamoravano e poi si detestavano da un giorno all'altro. Odiando la facilità con cui potevano sentire e mutare sentimenti, la stessa facilità con cui potevano sbarazzarsi di un paio di calzini usati. Sentimenti che mai mi avevano sfiorato. Io so, Buliwyf. Io so cosa succede quando un uomo si riempie di veleno come stai facendo tu.

— Non sono un uomo.

— Sei molto di più. E io ti amo. Trecentosettantasette lunghi anni. E poi tu. L'amore. La fiamma. Il calore.

— E il tormento.

Lei annuì. — Il tormento. Ma è dolce in confronto alla fiamma che ci unisce.

Ora stava a lui.

Lei non avrebbe più aperto bocca.

Conosceva il Licantropo.

Lo conosceva allegro e lo conosceva disperato. Lo conosceva nelle giornate di sole e nella mezzanotte profonda. Conosceva l'amicizia che lo legava a Gus e il rispetto che portava al Barbuto. Conosceva il suo tormento, quello che lo faceva gridare nel sonno, conosceva il veleno che lo rodeva incessantemente. Sapeva della sua gente e di come avesse troncato ogni rapporto con loro perché accusato di amare una Rarefatta. Lo avevano chiamato traditore del suo sangue, e lui di questo appellativo si era fatto vanto. Sapeva delle sue cacce notturne. E mentre aspettava, leggeva nei suoi occhi profondi.

Buliwyf, infine, sospirò.

— Feliz. — Un sorriso trasognato sulle sue labbra. — Adolfo Feliz Canibal. Questo era il nome che si era dato. Bislacco abbastanza da calzargli a pennello. Era un Licantropo. Una testa calda. Andava in giro... — scosse il capo, ridacchiando — con la più assurda pettinatura rockabilly che tu possa immaginare.

Rochelle si unì al suo riso.

— Eravamo inseparabili. Sempre insieme. Dove Feliz andava, io andavo. Quello che lui diceva, io ripetevo. Aveva sempre mille idee e non tutte... sensate. Ma le mettevamo in pratica ugualmente. Perché no? Eravamo giovani ed eravamo forti. La luna ci aveva insegnato che eravamo diversi, migliori, forse. Almeno così credevamo noi, all'epoca. E i nostri antenati ci avevano lasciato regole e tradizioni. Cacciare era un piacere, ma lo facevamo raramente. Perché uccidere se c'era un mondo intero da conquistare?

Buliwyf si tormentò le tempie.

— Feliz aveva una sorella. Si chiamava Belle. Era innamorata di me, credo. Ma io la consideravo solo una bambina che ci ronzava attorno, piena di vita. Così piena di vita! Splendeva, capisci? Per noi a volte era una seccatura.

Un sospiro.

— Quel giorno la lasciammo a casa, da sola. Con una scusa. Non ricordo più cosa avessimo in mente di combinare, ma ricordo bene il nostro ritorno. L'avevano scuoiata. Belle aveva cercato di ribellarsi, ma era una bambina, ancora non aveva imparato a cacciare e a difendersi. Il lupo era un mistero per lei. L'avevano scuoiata direttamente lì. Trovammo il suo corpo. Ricordo che le avevano cavato i denti e tarpato le orecchie. Sai quanto valgono?

C'era una vena di follia in quelle parole.

— Ho le mie fonti, come Gus. La pelle può valere fino a diecimila euro. Quindici se è di un lupo famoso. Le orecchie mille l'una. Ci si possono fare dei medicamenti, dicono. Ma vanno forte anche come ornamento. E i denti, trecento i canini, duecento gli altri. Ma Belle era piccola, dubito ne abbiano ricavato molto.

— È...

— Sì. Feliz cambiò. Io lo vidi. Prima era il solito Feliz con Elvis Costello a tutto volume nello stereo, poi aprì quella maledetta porta e divenne altro. Impazzì. Non del tutto, ma una parte di lui svanì non appena vide ciò che avevano fatto a sua sorella. Voleva vendetta, capisci? Voleva trovare chi aveva commesso quello scempio e farlo soffrire. Pensai di andare con lui. Volevo bene a Belle. Era una gran seccatura quando si metteva in testa di seguirci, e spesso io e Feliz la canzonavamo, ma le volevo bene. Come un fratello maggiore o una cosa del genere.

— Andasti?

— No. Feliz non mi volle con sé. Disse che era una faccenda sua. Belle era sangue del suo sangue, non mio. Naturalmente io cercai di convincerlo, ma non ci fu nulla da fare. Non mi salutò neppure. Una notte partì senza dire niente a nessuno. Ci rimasi male, ma capii perché lo aveva fatto.

— L'hai più rivisto?

— Sì. Anni dopo.

Lacrime.

Rochelle si portò una mano alla bocca. — Oddio...

— Lo rividi legato a un guinzaglio. Seppi poi che era riuscito a scovare i torturatori di sua sorella. Ma non era abbastanza forte da vincerli. Li uccise quasi tutti, tranne uno. Primo, lo chiamano. Mi sono sempre chiesto cosa sarebbe successo se... ma non ha importanza. Ci avrebbero presi tutti e due, credo. Quel Cacciatore, Primo, è una leggenda. Pochi Cacciatori sono sopravvissuti a lungo quanto lui. Pochi sono tanto abili da poter sopraffare un lupo. E sono davvero pochi quelli che riescono a incutere tanto timore. Lo rividi, rividi Feliz con il collare d'argento e gli occhi vuoti. Scappai.

Lacrime stillavano copiose sul suo viso.

Rochelle avrebbe voluto asciugarle.

— Scappai perché il lupo aveva odiato quel Chanyde. Anche se era Feliz. Scappai perché sapevo che il lupo avrebbe voluto ucciderlo. Soprattutto perché si trattava di Feliz. Scappai, ma non riuscii a perdonarmi di essere scappato. Volevo sapere. Feci ricerche, scoprii il modo in cui era stato catturato e parlai con Licantropi che erano riusciti a fuggire prima di essere trasformati in Chanydi. Fui convincente, perché chi è sopravvissuto non racconta mai nulla della prigionia. Con me lo fecero. Forse perché li impietosivo. Per questo so quello che gli fanno. Credevo di conoscere tutto di loro. Ma mi sbagliavo. Non sapevo che… pensassero. Sai, l'unica idea che mi ha fatto sopravvivere era che Feliz non stesse soffrendo. Che il vero Feliz, quello con la pettinatura assurda e le mille barzellette, e non la patetica caricatura di Licantropo dal collare d'argento, fosse morto. Che non potesse più ricordare i tempi in cui correvamo liberi, il mio volto, quello di Belle. Ma questa notte…

— Non me ne avevi mai parlato.

— Era troppo…

— La tua pena è ora anche la mia.

Buliwyf strinse il pugno. — È questo che mi fa stare male…

— Piangi, amore mio, piangi…

Buliwyf scosse la testa. — Quando ho visto Caius, è stato come rivedere Belle. La stessa purezza, la stessa vita innocente.

— Lo proteggeremo.

— Lo so, non è questo ciò che mi spaventa.

— Cosa, allora? — chiese Rochelle, a un soffio dal suo viso.

— Chi proteggerà noi?

— Questo — disse lei, e si portò una mano al cuore.

27

C'era puzza di cavolo bollito e un gatto guercio annusava una chiazza di urina proprio davanti alla buca delle lettere. Il portone era stato sfondato così tante volte che nessuno si era più dato pensiero di aggiustarlo.

Gus e Caius salirono le scale, bussarono alla porta e non ottennero risposta. Gus se l'era aspettato. — È sempre così... — bofonchiò.

Era una serratura semplice, per scassinarla non gli ci volle più di una manciata di secondi. — Mai una volta che capiscano che non ho tempo da perdere...

Sembrava allegro, mentre Caius invece si sentiva sulle spine. Da che erano entrati in quel palazzo decrepito continuava ad avere brutti presentimenti.

— Voilà! — esclamò Gus, spalancando la porta.

Entrarono, e i brutti presentimenti di Caius divennero certezza. Per un attimo rivisse l'orrore di casa sua. L'odore era identico. Una zaffata dolciastra che dava alla testa. Un odore sgradevole, di sangue mescolato ad altri fetori altrettanto terribili. Sembrava di essere entrati in un mattatoio.

Nel corridoio ingombro di scatoloni e bauli, non c'era

traccia di sangue. Non c'erano neppure segni di colluttazione. La poca mobilia da quattro soldi sembrava al suo posto, e non c'era nulla che lasciasse presagire il peggio; persino i rumori erano i consueti rumori della notte. Frigoriferi che ronzavano, acqua nei tubi. Lo scarso traffico e la pioggia sulle imposte. Sembrava non ci fosse nulla in quell'appartamento che si discostasse dalla normalità. A parte l'odore, certo. A parte la porta che continuava a sbatacchiare alle loro spalle. Bocca sdentata che li derideva.

Gus mise il colpo in canna. — Stammi vicino. Di qua.

Così fu.

Poi, l'orrore.

— Non... — provò a dire Caius.

Uscì solo questo, il resto gli restò incastrato in gola, la lingua come morta. Perché non aveva alcun senso rifiutare ciò che i suoi occhi gli stavano mostrando.

Era troppo orrendamente dettagliato perché potesse pensare che si trattasse di un incubo.

Del Cid restava poco. Quel che bastava perché Gus potesse riconoscerlo.

— Questa è un'oscenità — mormorò.

Li attendeva, mostrandosi senza pudore perché potessero cogliere ogni dettaglio del suo trionfo.

Era completamente nudo. Nudo, senza più segreti. Nudo, come può essere nuda solo la bestia scannata e fatta in quarti. Nudo, come gli uomini possono esserlo solo fra le braccia di un'amante, o sotto il morso del verme.

Il tronco, dalla gola all'inguine, era aperto, le costole ritorte all'esterno, bianche, a mostrare il vuoto, sviscerato. Corona priva di ombre.

Tutto era in luce. Esibito. Non c'era vergogna in quel

portento di carne. Al centro di quella caverna rossa, legato da pochi filamenti di fibra umida, il cuore.

Vivo.

Il muscolo sfrigolava e, sfrigolando, spremeva gocce grasse e scure, volatili. Si rilassava e, rilassandosi, si afflosciava come un palloncino con troppo poca pressione per poter reggere il volo.

Mancavano i polmoni, rosei e gaiamente indecenti, deposti ai suoi piedi, frutta marcia offerta in segno di devozione. Mancava il fegato, così come lo stomaco e le viscere, raggomitolate e buttate in un angolo come un regalo sgradito. Là dove erano state gettate, su una parete altrimenti immacolata, spiccavano strisce ributtanti.

Non era finita.

Non poteva essere finita.

Herr Spiegelmann non era stato avaro di prodigi.

Le braccia del Cid, fino a qualche ora prima normali braccia umane, erano allungate a dismisura come zampe d'aracnide, e poi calcificate, bianche d'osso, come il risultato gessoso dell'esposizione a chissà quale radiazione. Lunghe, lunghissime, rotte in più punti, ma estese fino a comprendere quasi tutto il perimetro della stanza. Come se il Cid, morto, volesse dare loro il benvenuto nel suo personale inferno. Un inferno esteticamente studiato in cui ogni goccia, ogni schizzo, ogni filamento di carne e muscolo erano stati posizionati al fine di ottenere l'effetto voluto.

Ma poiché l'inferno non esisteva, c'era dell'altro ad attenderli. Nulla è senza scopo.

Neppure l'orrore.

Assiso su una poltrona, il cadavere del Cid li contemplava con la bocca spalancata. Nella polpa tenera delle gengive qualcuno, o qualcosa, al posto dei denti aveva infilato pezzi di vetro. Il sorriso era una voragine aguzza, affamata.

Non aveva occhi, poiché gli erano stati estirpati, e al loro posto scintillavano due pezzi di specchio perfettamente tondi, come monete. Caius ne fu sconvolto.

Fra tutti gli orrori esposti di quel corpo martoriato erano quei due pezzi di specchio a impressionarlo di più. Riflettevano la luce anomala della stanza. Riflettevano il viso di pietra di Gus. E riflettevano Caius, che neppure in un incubo avrebbe mai pensato di assistere a un tale sacrilegio.

Non era stato un banale omicidio. Non si trattava di un uggioso gioco di macelleria.

Era l'affermazione assoluta della morte.

Ed era anche molto altro, perché a quel punto, quando sia Gus sia Caius pensarono – sbagliando – di trovarsi all'apice di una tragedia di tagli e squarci, quando non ci fu più nulla di quell'anatomia che non fosse stato analizzato, scandagliato e memorizzato, il Cid parlò.

— Leeeeeee...

Era una voce di carne cruda.

Ributtante.

Caius si ritrasse con uno scatto, i muscoli doloranti fino allo spasimo, i capelli ritti sulla nuca, i nervi talmente contratti da provocargli fitte di dolore sordo e continuo.

— Gus...

— Cazzo...

— Gus... — piagnucolò Caius.

— Leeeeh... vaaaah...

La voce del Cid era un gracidio a malapena distinguibile, come una registrazione antica, gracchiante. Chiunque avesse trucidato il suo corpo, chiunque avesse allestito quel macabro spettacolo, aveva avuto premura di mantenere viva la voce del truffatore. In qualche modo, mentre lame e rasoi e chissà quali altri raffinati strumenti di massacro avevano cospirato perché nulla di quell'anatomia restasse integro, la voce del Cid era stata suturata a quel cadavere con la forza.

— Gus... Cosa?

Per un attimo Gus sembrò voler premere il grilletto.

Poi comprese.

— Goetia.

Aveva la fronte imperlata di sudore, la pistola ora puntata verso il basso.

— E della peggiore specie.

Gli sfuggì uno sbuffo di derisione.

Gettò di lato la pistola.

— Sta' indietro, ragazzo. E non guardare. Non sarà piacevole.

— Leeeeeevaaaantiiiino...

— È un trucco.

Gus, incurante del sangue, incurante dell'orrore e del rispetto che, da secoli, è onorevole portare ai morti, si scagliò verso il cadavere, scuotendolo.

— Piantala di giocare! — gridò. — Dove lo hai messo? Dove?

La testa del Cid cadde in avanti, imbrattandolo.

— Dove lo hai nascosto, maledetto?

Il cadavere alzò la testa. Gli occhi a specchio verso Caius.

La bocca si chiuse di scatto. Il vetro tagliò. Il rumore fu atroce.

Il Cid sorrise. — Levantino.

Fu chiara la sua voce.

Fu chiara anche quando ripeté quella parola.

Chiarissima.

— Levantino.

Con un ruggito, Gus lo colpì al volto spaccandogli di netto la mascella. — È ancora vivo, lo sento — gridò. — Lascialo in pace, maledetto!

La bava alla bocca.

— Lascialo...

Lo tempestava di pugni, colpiva, colpiva e colpiva, incurante del chiasso, incurante dei belati, dei gracidii e dei suoni che uscivano dal cadavere, incurante delle risate che irridevano i suoi colpi.

— Mi senti? Cid, mi senti?

Le mani di Gus affondarono nella carne, ma non si arrestò. Non poteva arrestarsi. Andò in profondità. Fino ai polsi, poi furono i gomiti a sparire.

— Ti tiro fuori io... ti tiro fuori...

Strappò.

— ... io!

All'improvviso si udì, acuto e indecente, il vagito di un neonato. Talmente forte che, d'istinto, Caius si portò le mani alle orecchie. Faceva tremare i vetri.

Quel pianto era il lamento di un gigantesco neonato in crisi d'astinenza, la sintesi sonora di un essere obbrobrioso nato per essere testimone della crudeltà del mondo. Era una lunga, monotona, inquietante litania, che portava immagini di cenere al vento, orrore e tristezza.

Gus si ritrasse dal corpo. — È ancora vivo, Caius.

Stringeva qualcosa fra le braccia.

— Chi?

— Il Cid.

E si scostò per mostrargli cosa teneva stretto. Un neonato dalla testa gigantesca. Il cranio abnorme solcato da vene azzurrine e palpitanti, grosse come corde.

— È ancora vivo — ripeté Gus, ansimando.

Il Cid gemette.

Caius lo fissò, sgomento. — Com'è possibile?

— Goetia — fu la sbrigativa risposta di Gus, ansimante e con una strana luce negli occhi. Una luce folle. — Un trucco nel trucco. Era una trappola. Herr Spiegelmann voleva che fossimo noi a uccidere il Cid. Bastardo. Ma non ha funzionato. La Goetia è una Permuta di Trasfigurazione. — Poi ordinò: — Dell'acqua, Caius. Presto. Il Cid ha bisogno di acqua.

Lui obbedì.

Gus accostò il bicchiere alle labbra di quel neonato impossibile. — Bevi. — E lo aiutò, sostenendolo.

Il neonato bevve. Gran parte dell'acqua scivolò dalla sua bocca, ma quel poco che gli finì in gola sembrò rinfrancarlo. — Gra... — Il neonato parlava con la voce di un adulto. — Gra... zie.

— Zitto, devi...

— No — fu la risposta del Cid. — No — ripeté con forza, anche se si vedeva che ogni minima emissione di fiato gli procurava dolori lancinanti.

— Va bene, va bene, d'accordo, ma butta giù queste, okay? Sono antidolorifici.

Erano piccole pastiglie azzurrine. Gus ne triturò una fra le dita e posò con cura la polverina sulla lingua del Cid.

— Gus... — chiamò Caius.

— Dimmi.

— Questa... questa Goetia è...

— Vuoi sapere se è permanente?

— Sì.

— Non lo so. Solo il tempo ce lo potrà dire.

Ci volle un bel po', ma alla fine l'antidolorifico parve sortire il suo effetto.

Con un sospiro, il viso del Cid si addolcì, pur restando cianotico. Il respiro si fece più regolare.

— Paura — borbottò con fatica.

— Hai paura che ti trovino?

Gli occhi del Cid s'illuminarono. — Sss... ì — mormorò. — An... che.

Gus sbriciolò dell'altro analgesico. — Per la Placenta? Non parlare, rispondi a gesti.

Sì.

— È stato Herr Spiegelmann? Un tipo... maligno.

Sì.

— Lo avevi mai visto prima?

No. Sì.

Un filo di saliva scese dalle labbra del neonato.

— Non capisco. Ce l'ha? La Placenta?

Sì.

— Adesso devi dirmi la verità, Cid. La verità. Se mentirai, ti lascerò così e non tornerai mai più quello di prima. Intesi?

— Ver... — Ma era troppo articolare quella parola.

Così annuì.

Sì.

— Era la vera Placenta?

Sì.

Gus gli sminuzzò ancora un po' di polverina sulla lingua.

Aspettarono.

— Pau...

Gus aggrottò le sopracciglia. — Tuo fratello? C'era anche lui?

No.

— Cosa vuoi dire?

— Ra... ra... pito.

— Chi?

Il neonato spostò lo sguardo su Caius. Ciò che il ragazzo vi lesse fu solo disperazione. Pura.

Capì. — Spiegelmann — sussurrò.

Il neonato annuì.

Un lampo di comprensione saettò sul viso di Gus. — Ha rapito Paulus, giusto? Per poterti ricattare. Così hai fregato la Placenta, ma Spiegelmann non ti ha restituito tuo fratello, voleva sapere dov'era il Sacello. Senza il Sacello non può evocare il Levantino. Ma tu non ti sei fidato, vero?

No.

— Così lui... — disse Gus. — Quel maledetto ti ha trasfigurato con la Goetia. E ci è mancato poco che io ti sparassi.

Il bambino fu scosso da un tremito. Il tremito divenne convulsione. Il Cid spalancò gli occhi. Si portò le mani al petto e premette.

— Gus... — mormorò Caius, arretrando.

— Cid, mi senti? Resisti, resisti... Dov'è il Sacello del Levantino? Sai dove si trova?

Il Cid cercò di rispondere. — Sacello...

Una parola che per Caius non significava nulla, ma che a Gus, invece, doveva essere familiare. — Il Sacello? Hai detto Sacello? Dove si trova il Sacello del Levantino?

Ma il Cid non poteva udire più nulla.

Il sangue gli usciva dal naso e dalle orecchie. Ne percepiva il sapore in bocca e sentiva le viscere, quelle minuscole viscere di neonato, sciogliersi inondandolo di calore.

Non erano questi i patti, pensò. Non era questo che il Venditore aveva promesso.

Il Cid aveva accettato quello strazio (la carne scomposta e poi ricomposta, la carne trasfigurata e i chirurghi di Spiegelmann che gli alitavano in faccia e tutto quel dolore) per amore del fratello. Aveva accettato persino che la Goetia fosse irreversibile, sperando che forse Paulus avrebbe trovato qualcuno in grado di interrompere quella Permuta.

Era stato ingannato.

Stava morendo.

Herr Spiegelmann lo aveva usato e ora lo gettava. Come un rifiuto. Un rifiuto qualsiasi.

Sentiva la vita scivolare via da quel corpicino rapida come lo sbattere d'ali di una farfalla. Sentiva la testa farsi pesante. Vedeva Caius e Gus urlare e agitarsi, ma non sentiva le loro esortazioni e neppure il tocco delle loro mani.

Stava morendo.

Pianse.

Non per la vita che se ne andava. Aveva vissuto un'esistenza meschina, lo sapeva bene.

Cosa aveva da rimpiangere? La fame? La miseria? Le piccole ruberie? Gli insulti? No, il Cid piangeva per essere stato ingannato così facilmente. Perché era stato manovrato come una marionetta. Perché chissà quanto dolore il suo tradimento avrebbe procurato, e lo avrebbe procurato senza che lui ottenesse nulla in cambio, perché se il Venditore gli aveva mentito fino a quel punto, allora doveva avergli mentito sin dall'inizio.

E questo significava che Paulus era già morto.

Il neonato strabuzzò gli occhi. Gli restava un'ultima carta da giocare.

Vendetta.

— Nel… Pozzo — disse. — Pozzo. È…

"Una trappola" avrebbe voluto aggiungere.

Ma il Cid non ebbe vendetta.

Boccheggiò, arricciò le labbra.

E smise di respirare.

— È morto.

— Andiamocene di qui, Gus. Ti prego.

Gus annuì.

Fece un passo. Poi due.

Sospirò.

Si girò e abbracciò il ragazzino. Tremante, confortato dalla sua stretta, Caius lasciò che le lacrime fluissero libere. — Dobbiamo fermarlo.

— Lo faremo.

— Dobbiamo ucciderlo, Gus.

Gus gli accarezzò i capelli. — Faremo anche questo.

28

— Sei un incosciente! — tuonò Pilgrind.

— Un pazzo incosciente — rincarò Buliwyf.

Il Licantropo lo fissava a braccia conserte seduto alla parte opposta del tavolo. Nei suoi occhi, la rabbia a stento trattenuta. Lui e Rochelle avevano passato la giornata in ansia, senza avere loro notizie, immaginando il peggio. E ora che Gus aveva raccontato ciò che era successo a casa del Cid, con quel che ne era conseguito in termini di sofferenze, riusciva a trattenersi solo grazie a una buona dose di volontà.

Il Giorni Perduti era vuoto, un cartello appeso all'entrata ne annunciava la chiusura anticipata.

I cinque erano seduti al tavolo sotto la vetrata, soli e immersi nelle ombre. Rochelle era a fianco del Licantropo, Pilgrind accanto a Gus.

Caius sbocconcellava di malavoglia una mela nell'angolo più lontano.

— Pazzo? Forse — rispose Gus. — Incosciente? Tutt'altro. Qui non si tratta di giudicare quello che ho fatto o quello che non ho fatto, qui si tratta di agire. Spiegelmann ha la Placenta e...

— Non lo possiamo sapere con certezza.

— Pilgrind, tu non c'eri. Il Cid era ridotto... — Gus lanciò una fugace occhiata al ragazzino. — Lasciamo perdere come l'aveva conciato. Goetia, lo sai meglio di me. Il punto è che io credo a quello che ha detto.

— Gli uomini mentono. Non è la tua filosofia di vita?

— Sì — ammise Gus. — Gli uomini mentono. Ma il Cid stava morendo. E stava soffrendo come un cane, glielo si leggeva negli occhi. Non avrebbe avuto né la forza né la lucidità per mentire in quelle condizioni. E poi Paulus... Pensi che il Cid avrebbe mentito anche sapendo che noi siamo l'ultima speranza per suo fratello?

— Spiegelmann può questo e altro.

Gus serrò le mascelle. — Stiamo perdendo tempo. Spiegelmann è in possesso della Placenta. Se scende nel Sacello potrà evocare il Levantino. Gli basterà trovare la sua tomba, nel tempio sotterraneo. Il Cid ci ha detto che il Sacello si trova sotto il Pozzo. Abbiamo un vantaggio. Per una volta possiamo agire d'anticipo. Dobbiamo scendere in quel maledetto tempio e distruggere la tomba. Agire, maledizione. Altrimenti... Quanto pensi che ci metterà il Venditore a evocare il Levantino? E quanto tempo passerà prima che ce lo scateni contro?

— Non possiamo essere certi di...

— Di niente, maledizione, lo so! Dobbiamo prendere per vere un sacco di fandonie. Ma se anche una sola delle cazzate che si raccontano sul Levantino si dovesse rivelare attendibile... — Gus indicò Buliwyf: — Credi di poter distruggere una creatura tanto antica? — Spostò il dito verso Pilgrind: — E tu? Pensi di essere abbastanza potente da riuscire a ferirlo? E ucciderlo?

Buliwyf tentennò. — Forse dovremmo pensarci — disse, rivolto al Barbuto.

Pilgrind agitò la chioma striata di bianco. — Se, e sottolineo se, il Cid non ha mentito e se, e ripeto se, è vero che nel Sacello c'è ancora abbastanza Placenta per poter evocare il Levantino, allora io mi chiedo: perché? Perché scatenare una simile forza solo per toglierci di mezzo? Il Levantino potrebbe distruggere un esercito e conquistare mondi. Perché sprecare la sua forza per noi quattro? Non siamo che due Cambiavalute, una Rarefatta e un Licantropo. Più Re Fil di Ferro, ma lui cosa può?

Gus sbatté il palmo della mano sul tavolaccio.

Rochelle sussultò. Buliwyf fece per passarle un braccio attorno alla spalla, poi si ritrasse.

— Davvero non lo capisci? Uno: perché i due Cambiavalute lo hanno già sconfitto una volta e ha paura — argomentò Gus, distendendo le dita della mano. — Due: perché Charlie ed Emma gli hanno dimostrato che non ci arrenderemo mai, così come non si arrenderanno né Rochelle né Buliwyf né Re Fil di Ferro. E tre, perché abbiamo sconfitto le sue legioni, Pilgrind. Caghoulard, Fobici o umani che fossero. Ha bisogno di nuove armi. Vuoi il quattro? Si dice che il Levantino possa piegare il tempo. E sai *benissimo* cosa potrebbe fare Spiegelmann sfruttando questo potere.

— Scatenando il Levantino — obiettò ancora una volta il Barbuto, con meno convinzione — correrebbe il rischio di ferire Caius. O addirittura di ucciderlo. Io non credo che sia possibile controllare una creatura simile come si farebbe con un cane da passeggio.

Gus si tolse gli occhiali da sole. I suoi occhi scintillavano.

Sorrise.

— È per questo che voglio scendere laggiù con Caius. Potrebbe addirittura farlo desistere dai suoi propositi.

— È pericoloso — disse Buliwyf.

— È solo un ragazzo, Caius non può farlo — sottolineò Rochelle, parlando per la prima volta.

— Caius non è solo un ragazzo. È sveglio, è coraggioso. Ha già dimostrato di sapere il fatto suo quando si è trattato di scegliere da che parte stare.

— No! — Pilgrind scuoteva il capo con decisione. — Scenderemo io e te, Buliwyf baderà a Caius. Se le cose dovessero mettersi male come temo, allora starà a lui portare in salvo il ragazzo.

— Dove? Dove lo potresti nascondere?

— Fuori dal quartiere. Fuori Parigi. Ovunque, purché lontano dal Venditore.

— Cazzate. Lo troverebbe anche se si andasse a ficcare sotto i ghiacciai della Groenlandia. Dobbiamo agire, attaccare una volta per tutte.

— Gus — disse Buliwyf. — Pilgrind ha ragione. Non puoi portarti dietro il ragazzo. È troppo rischioso. Conosci Spiegelmann meglio di me, sai benissimo che è ben oltre la pazzia. Non possiamo fare affidamento sulla logica quando parliamo di lui.

— Non gli torcerebbe un capello — replicò con enfasi Gus.

— Questo lo pensi tu — ribatté Pilgrind con astio.

La discussione sarebbe proseguita ancora a lungo se non fosse stato per Caius che, posato il torsolo della mela, sussurrò a testa bassa: — Io voglio andare.

— Ragazzo, tu...

Caius guardò Pilgrind, poi Buliwyf.

Infine Rochelle.

— Voglio andare. Nel... Sacello.

— Caius... — disse la Rarefatta. — Io capisco quello che provi. So quello a cui stai pensando. Tu stai pensando a Charlie ed Emma. Stai pensando che vuoi essere coraggioso come loro. Vuoi essere il loro degno figlio. Ma non è questo il momento di mostrarsi coraggiosi.

— C'è una grande differenza fra coraggio e stupidità! — esclamò Pilgrind.

— Non sono stupido. E non sono coraggioso. Ho paura. Ma voglio andare.

— È tassativo, non te lo permetterò. Questo piano ha più buchi di...

— Basta! — gridò Caius, rosso in viso. — Basta perdere tempo. Voglio andare laggiù e voglio distruggere quel maledetto Sacello, dovessi farlo a mani nude. Se è importante per Herr Spiegelmann, vuol dire che è qualcosa di malefico. Va distrutto. Da quando i miei genitori sono stati... assassinati, non ho fatto che scappare. La mia vita è distrutta. Gli amici, la scuola, i miei libri non ci sono più. Spiegelmann ha usato quella parola, "Wunderkind", e nessuno sa cosa significhi. Non so neppure chi sono, ma so quello che voglio.

Tutti lo fissavano.

— Voglio smettere di fuggire.

Pilgrind sospirò. — Allora vi accompagnerò — decise, battuto dalla determinazione di Caius.

— E io sarò al vostro fianco — aggiunse il Licantropo.

Questa volta fu Gus a obiettare. — Non se ne parla nemmeno. Voi due resterete fuori. Voglio avere qualcuno su cui contare se le cose dovessero mettersi male. Re Fil di Ferro ci potrebbe essere molto utile: puoi chiedergli di darti una mano con i Tarocchi, è molto bravo a fare l'oracolo. Io e te — disse infine, squadrando il Barbuto — abbiamo i nostri sistemi per restare in contatto.

I colpi alla porta interruppero il conciliabolo.

Gus mise mano alla pistola. Buliwyf saettò in piedi, sguainando un pugnale.

— Siamo chiusi — disse Rochelle a voce abbastanza alta da farsi sentire.

— Sono Suez. È urgente.

Suez non era solo. Lo accompagnava un tizio gracile, sulla trentina, ma già abbondantemente stempiato. Aveva un tic all'occhio sinistro che lo faceva assomigliare a una civetta. Gus lo conosceva come uno degli avventori abituali dell'Obsesso. Possedeva un negozio di ferramenta e ogni tanto si faceva una mano di poker con gli altri habitué. Non gli aveva mai rivolto la parola. Il tizio sembrava intimidito dalla sua presenza.

— Entrate — li invitò Rochelle, scansandosi.

Suez e Buliwyf si scambiarono una veloce stretta di mano.

Il tizio gracilino spalancò la bocca, stupito. — Non è possibile, tu sei...

— Mi chiamano Pilgrind, per servirti.

— Ma tu sei...

— Una leggenda? — lo canzonò il Barbuto.

— Sì. Voglio dire, Eccellenza, io non... — balbettò il tizio.

— Siediti e chiudi il becco. Non ho voglia di ucciderti o farti crescere la coda o cosa diavolo si dice io faccia alla gente — ghignò Pilgrind. — Sono quasi tutte bugie.

Il tizio obbedì. Suez accettò di buon grado la birra che Rochelle gli porse. Poi, afferrata una sedia, si accomodò anche lui. — Patrick è un amico — lo presentò. — Patrick, questo è Buliwyf, Pilgrind lo conosci già, mi pare di aver capito, lei è la splendida Rochelle e quel tizio ingrugnito è Gus Van Zant. — I suoi occhi si soffermarono su Caius. — E lui è Caius.

— Salve — fece Patrick, a disagio.

— È una faccenda spiacevole.

— Non avresti lasciato l'Obsesso, se non lo fosse stata.

Suez annuì.

Poi si rivolse al gracilino: — Avanti, racconta.

— Ho visto una cosa. Due ore fa. Non troppo lontano dal Rana. Conoscete rue Spare? Quella che finisce in boulevard Crowley? Lì c'è un magazzino. Avevo bisogno di qualche punta di trapano perché, vedete, le mie le avevo...

— Taglia — lo interruppe brusco Pilgrind.

Patrick impallidì e prese a tremare.

— Va' pure avanti. Conosciamo quella zona — lo rassicurò Rochelle.

Il tizio evitò di guardarla troppo a lungo, ma il suo viso avvampò ugualmente. — Un Famiglio. Un Chanyde.

Buliwyf si irrigidì. — Sei sicuro di quello che dici?

Allarmato, Patrick si posò una mano sul cuore. — Sul mio onore.

— Un Chanyde — borbottò Gus.

— Aveva il pelo grigio, con le zampe scure. Portava un collare d'argento con grossi chiodi sporgenti. Mi ha guardato e ha ringhiato. Non ho mai sentito un cane ringhiare in quella maniera. Me lo ricorderò finché campo. Me la sono fatta nelle mutande, pensavo che mi avrebbe ucciso. Invece se n'è andato. Puff! Svanito.

— Hai detto grossi chiodi sporgenti? — volle sapere Buliwyf.

— Sì.

— Non un normale collare d'argento? — lo incalzò.

— Ne sono sicuro. Borchie come quelle che hanno i cani da combattimento.

— Un Capocaccia, maledizione — imprecò il Licantropo.

— Perché lo racconti solo adesso?

— Perché ho pensato che si trattasse di un'allucinazione — ridacchiò il tizio. — Voglio dire. Un Chanyde? Un Famiglio? Nel Dent de Nuit? Da quando non si vedono Cacciatori in questa zona? Non è possibile...

Suez prese la parola: — Lo ha raccontato a me perché sa che ultimamente — scoccò un'occhiata al Licantropo — mi interesso di fatti strani. E lo hai detto soltanto a me, giusto?

— Sì, sì, certo — si affrettò ad assicurare Patrick. — Sul mio onore. Chi altri mi avrebbe creduto? Non per offendere Suez, ma con questa storia dei furti ci hai fatto diventare scemi all'Obsesso. — Poi, temendo di aver detto qualcosa di sgradito, aggiunse: — Ma la tua birra rimane la migliore, eh?

— Taci — ordinò Pilgrind.

— È stata una fortuna che la notizia non si sia diffusa. Potrebbe scatenare il panico.

— Ammesso che sia vera — osservò Gus.

— Ehi! — protestò Patrick. — Io non dico balle.

— Cacciatori... — mormorò Rochelle.

Conosceva in anticipo quello che Buliwyf avrebbe detto.

— Devo...

— Lo sappiamo — lo interruppe Gus.

— Posso fare da solo — aggiunse Pilgrind. — Io e Re Fil di Ferro ce la sappiamo cavare egregiamente. Non devi preoccuparti. — Poi, rivolto a Patrick: — Sei stato molto utile, però dovrai mantenere il massimo riserbo su questa cosa. So che avresti voglia di dirlo in giro. Ma se lo dovessi fare, io verrei a saperlo. E allora... — scattò in avanti e lo afferrò per il bavero dell'impermeabile — so dove trovarti.

— Non una parola, Eccellenza.

— Bravo. E adesso sparisci.

Patrick incespicò nella sedia.

Anche Suez si alzò. — Torno al locale. Se doveste aver bisogno di una mano per far fuori quei bastardi, fatemelo sapere. Rochelle, è sempre un piacere rivederti — salutò con un inchino.

E fu inghiottito dalla notte.

— Cacciatori.

— Cosa pensi di fare?

— Trovarli. E se quell'individuo non si è inventato questa storia, ucciderli.

— Da solo? — chiese Rochelle.

— Sì. Voi dovete proseguire con il piano. Fermare Spiegelmann.

— Forse i Cacciatori sono stati invitati da lui proprio per dividerci — ipotizzò la Rarefatta.

— Sicuramente. Le coincidenze sono troppe. Ma devo farlo lo stesso. Mi spiace.

Pilgrind annuì. — Inoltre la presenza dei Cacciatori può significare che abbiamo poco tempo. Sarà per questa notte, temo.

— Starai attento? — chiese Caius rivolto al Licantropo.

Buliwyf non rispose.

29

Il primo dei Cacciatori arrivò nel Dent de Nuit quando l'alba, poco più che un'orma rosata all'orizzonte, era una sensazione sottopelle, intima. Arrivò solo, gli altri l'avrebbero raggiunto in pochi minuti. Una sorta di intuito li univa. Quello che uno pensava, gli altri conoscevano. Anche senza la mediazione delle parole.

Il Cacciatore si chiamava Philippe e amava arrivare in anticipo per poter stare in compagnia dei propri pensieri. Ascoltare il battito del cuore riverberare nei muscoli e nel cervello. Era un tipo taciturno e solitario, anche considerato il fatto che tutti i Cacciatori lo erano. Tutti, taciturni e solitari.

Letali, specialmente.

Era il primo dei quattro, ma tutti erano stati preceduti di qualche giornata dai Famigli o, come avevano il vezzo di chiamarli nel loro gergo, dai Battitori.

Compito dei Battitori era quello di fungere da apripista, seguire la preda senza farsi scorgere, studiarne la forza, le abilità e i punti deboli.

Compito dei Battitori era anche quello di raccogliere quante più informazioni possibili sul territorio in cui colpire. Conoscere il territorio era indispensabile se si voleva lavorare con il dovuto profitto.

Non che ce ne fosse bisogno. Non era la prima volta che i Cacciatori sentivano parlare del Dent de Nuit. Un distretto dai mille vicoli e dai mille e uno segreti. Un luogo perfetto per una preda intenzionata a fuggire. Il posto ideale per far fallire una battuta mal congegnata.

Per questo, tra i Cacciatori, il Dent de Nuit era considerato zona proibita. Troppi nascondigli, troppi civili pronti a offuscare le tracce, sviare, occultare. Persino colpire. Il Dent de Nuit era zona impossibile da espugnare.

Ciò ne faceva una sfida.

Ma qualcosa era cambiato nelle consuetudini, così si mormorava.

Anche il Dent de Nuit mutava natura.

I Cacciatori amavano le sfide. Vivevano di esse. Per questo non si erano lasciati sfuggire quell'opportunità. Una caccia nel famigerato Dent de Nuit. I loro nomi, se avessero raggiunto l'obiettivo, sarebbero rimasti scolpiti nella leggenda. Sarebbero vissuti ben oltre il breve consentito alle loro carni, passando di bocca in bocca, di Famiglio in Famiglio, di Cacciatore in Cacciatore.

Di preda in preda.

Questo soprattutto li aveva eccitati: l'idea che prede e prede avrebbero tremato e strepitato nell'udire il suono dei loro quattro nomi.

Conscio dell'anticipo, il Cacciatore accostò sulla sinistra con una morbida manovra a U e parcheggiò la motocicletta accanto a una fontanella dalla forma di conchiglia stilizzata, nella parte sud di Place de l'Expérience, davanti all'antica vetreria dei fratelli Rammon. Sapeva che quella fontanella (che si azionava spingendo una stella di bronzo) era posizionata in maniera da risultare perpendicolare alla Fontana del Rana. Il motivo di una simile bizzarria non lo interessava.

Sentiva l'odore della preda, e tanto bastava a pacificare il suo cuore.

Lasciò che il vento gli scompigliasse i capelli, che aveva ricci e folti, scuri come la barba di tre giorni che gli cresceva sul mento volitivo, e aspirò a larghe boccate. Scese per sgranchirsi la schiena e dare un'occhiata in giro.

Le vetrine dei negozi chiuse da saracinesche antisfondamento, la sua pesante motocicletta, nera come la canna di un fucile, qualche passero infreddolito in cerca di cibo e calore, il selciato che luccicava, coperto da uno strato di pioggia e foglie morte. Aspirò il sapore del gelo. E quello del silenzio.

Gli piacque.

Il primo Cacciatore sapeva che Place de l'Expérience brulicava di Famigli. Nascosti dietro le numerose auto parcheggiate in barba ai divieti, o in alto fra i comignoli sgraziati dei tetti sbilenchi, a osservare ogni sua mossa, ad attendere un cenno che rivelasse la sua volontà, frementi nell'attesa di un ordine. Nell'attesa della caccia. Il momento era buono.

L'inverno avrebbe portato morte e distruzione. L'inverno avrebbe portato novità. Lugubri novità. Le stagioni cambiavano, i tempi cambiavano.

Sarebbe stata caccia grossa, così si diceva. Qualcuno non credeva a questa profezia, tacciandola di mera fantasia, ma Philippe e gli altri tre Cacciatori che sarebbero presto giunti al Dent de Nuit sapevano che così non era.

Questa volta avevano un alleato potente.

Il secondo e il terzo Cacciatore, Schmidt e Laplante, giunsero a bordo di un fuoristrada dalle fiancate schizzate di fanghiglia. Una macchina gigantesca, frutto del genio di un artigiano del metallo per cui la meccanica non aveva segreti. Un visionario della tecnica che era stato ripagato con un colpo secco alla giugulare. Tale era la consuetudine, fra i Cacciatori.

Fare terra bruciata.

Il rombo basso e cupo del motore riempì la piazza come un'oscura sinfonia metallica, spaventando un gruppo di passeri che volò via con gran strepito. I freni stridettero quando il fuoristrada arrestò la sua corsa, tuttavia nessuna delle finestre si aprì.

Gli uomini e le donne della piazza dormivano sonni agitati, ma anche così mantenevano quello che viene chiamato istinto di sopravvivenza. Nessuno vide il loro arrivo, così come doveva essere.

Schmidt era il più giovane dei quattro componenti del gruppo. Con un balzo aggraziato sgusciò dalla portiera quando ancora il fuoristrada era in movimento.

Una larga cicatrice sul viso insegnava a non sottovalutare il suo aspetto: era magro, quasi segaligno, con i capelli rasati per nasconderne l'albinismo e perenni occhiali da sole a celare occhi rossi e cerchiati di nero.

In barba a ogni opportunità di mantenere l'anonimato, Schmidt portava appesa dietro la schiena, ben coperta da un fodero di cuoio che odorava di olio, una lunga spada dal manico intarsiato. Era una spada antica.

Cacciatore era stato suo padre e Cacciatori erano stati i suoi avi, da sempre, nei secoli.

— Siete arrivati — disse Philippe, osservandoli.

Schmidt non rispose, non ne vedeva la necessità.

Il terzo, Laplante, sceso solo in un secondo momento da quella specie di cassa da morto su ruote, sputò a terra un bolo di catarro e tabacco. — Così pare — sentenziò, lugubre.

Era un uomo dall'aria pericolosa, una specie di teppista di mezza età, con un fisico potente, senza un grammo di grasso, nonostante la mole. Le braccia nude erano coperte di tatuaggi ormai sbiaditi. Fra i denti larghi e forti, stringeva un mozzicone di sigaro. Si aggiustò la fondina che portava al fianco sinistro. Era un gesto dettato dall'abitudine più che dalla necessità. La pistola dal calcio di madreperla era sempre pronta a sputare morte. Sempre là dove le sue dita coperte di calli l'avrebbero trovata.

I suoi occhi avevano la limpida carica azzurrina della follia allo stadio terminale.

— La situazione sembra essere promettente — disse Philippe.

— Così pare.

— Lui è arrivato?

La voce del secondo Cacciatore, quello più giovane, quello con gli occhiali scuri e gli occhi rossi, era squillante, quasi stridula. Se ne stava appoggiato al cofano caldo, le braccia incrociate a squadrare i due compagni.

Laplante, sbuffando, indicò il cielo. Tutti e tre fissarono il nugolo di corvi che si stagliava all'orizzonte. Lenti cerchi neri si avvicinavano a passo di marcia. Erano gli araldi dell'ultimo Cacciatore. Il quarto. Erano la sua scorta e gli unici esseri viventi con cui si trovasse a proprio agio. Il quarto Cacciatore era colui che li aveva resi una cosa sola.

Gli dovevano tutto.

Era stato lui a scoprire il loro talento e a renderli macchine di morte. Lui li aveva addestrati ben oltre l'immaginabile. Lui aveva plasmato le loro menti fino a fonderle in una cosa sola. Lui aveva aggiustato la loro mira e mostrato tracce laddove persino i loro sensi acuti non avevano visto altro che nulla. Infine, era stato lui a portarli fino al Dent de Nuit.

Perché era lui, il quarto Cacciatore, quello accompagnato dai corvi, quello il cui volto nessuno conosceva, ad avere un conto in sospeso che presto sarebbe stato saldato. Quello a cui era stata promessa vendetta.

Il quarto Cacciatore arrivava sempre a piedi. Il viso perennemente avvolto in una sciarpa nera, lunga, simile a quelle degli aviatori della Prima guerra mondiale, a nasconderne le fattezze. Il suo corpo gigantesco, agile e forte, non lasciava intendere nulla della sua vera età. Il quarto Cacciatore contava almeno il triplo degli anni del Cacciatore più giovane e quasi il doppio rispetto agli altri due. Così si diceva, loro non avevano mai chiesto.

Il quarto era una leggenda vivente. Le leggende non rispondevano, comandavano.

Il quarto arrivò.

— Primo — lo salutarono.

— Sentite quest'aria, figli?

Nessuno dei tre mosse un muscolo.

— L'ho sentita prima di voi, molti anni prima che nasceste. Molti. È un'aria che puzza di carne. Di carne viva. Carne che non dovrebbe respirare. Carne che noi trasformeremo in carogna. Il Dent de Nuit... — sputò il Cacciatore senza volto, fissandoli a uno a uno con quegli occhi grigi al limite della cecità — ... non è un semplice luogo. È qualcosa che ti si insinua nella testa. Che infiacchisce la volontà, disturba la mira.

Una risata catarrosa.

— Rende pazzi.

I tre si mossero a disagio, non sapendo cosa fare. Il quarto Cacciatore aveva il potere di prenderli in contropiede, sempre.

— I Famigli hanno perlustrato questo buco da cima a fondo. Conosciamo la zona, Primo.

Primo lo colpì con un manrovescio che gli rivoltò la faccia e gli fece sputare il sigaro. Laplante non si mosse. Schmidt e Philippe non poterono che ammirare la velocità con cui la punizione era giunta.

— Tu — disse Primo, e la sua voce esprimeva un odio e un disprezzo che da soli avrebbero potuto piegare una quercia — tu non sai niente. Niente. Questo è il Dent de Nuit. Non è il Saturnale di Roma. Non è Marsiglia. Non è l'Urgrund di Berlino, non è il Circo Massimo di Pest. È il Dent de Nuit. Qui i palazzi non sono palazzi, i tombini traboccano vermi con i denti, gli alberi sono cantastorie, le pietre ferite e cicatrici. Qui le regole sono diverse.

— Io... — provò a difendersi Laplante.

— Taci! — ordinò il Cacciatore mascherato. — Sei solo un bambino. Un piagnucolante marmocchio che crede di conoscere il mondo. Chi vi ha creati?

Nessuno rispose.

Chinarono il capo, un gesto più che eloquente.

— Vi ho detto che le cose stanno cambiando. Vi ho parlato delle stagioni. Vi ho detto che l'autunno è finito e che l'inverno sta arrivando. Lo sappiamo: l'inverno è la stagione dei predatori, la stagione della fame e della paura. Del buio, soprattutto. La nostra stagione. Sta arrivando. Ancora non è. La caccia sarà pericolosa.

— Padre... — disse Schmidt. — Chiedo il permesso di parlare.

Primo annuì.

I suoi occhi però non si staccarono da Laplante, rosso in viso, i pugni stretti.

— Padre. Cosa dobbiamo aspettarci?

— Avete trovato un luogo in cui riposarci?

— Sì, Padre. Un luogo protetto. Non molto distante da qui.

— Vi è stato riferito qualcosa di insolito? — chiese nuovamente il quarto Cacciatore.

E sebbene il secondo avesse la certezza che quello che lui amava chiamare Padre (forse non era carne della sua carne, ma il suo spirito sì, quello gli era figlio) sapesse benissimo quale sarebbe stata la sua risposta, parlò ugualmente. — Cambiavalute, Padre. Ma non sono loro la stranezza. Caghoulard.

— Caghoulard... — lo incalzò lui.

Schmidt annuì. — Molti Caghoulard. Un branco intero, forse un esercito. Penetrano nelle case dei Cambiavalute e rubano oggetti privi di valore. Non devastano, non uccidono, non si mordono fra loro. Rubano paccottiglia e basta.

— Paccottiglia — ripeté Primo, quasi divertito. — Per questo vi metto in guardia, figli. Dove voi vedete paccottiglia, io vedo il tesoro più grande che mai uomo abbia veduto. Dove voi vedete immobilità — il gesto della sua mano spazzò tutta Place de l'Expérience, vuota — io vedo il brulicare che precede il cambiamento. Vedo l'inverno. Dove voi vedete una caccia, io vedo una strage. Una strage immane, di quelle che restano come monito. Forse la fine.

— La fine? — chiese Philippe, perplesso.

— La fine di un ciclo e l'inizio di un altro.

— Qual è la preda, Padre?

— Ci verrà mostrata a tempo debito — fu la risposta.

— Da chi?

— Laplante... — lo chiamò Primo. — Quando imparerai ad avere fiducia?

— Chiedo perdono.

— Giusto che tu lo faccia — replicò il quarto. — L'alba è prossima e abbiamo una persona da incontrare.

— Io credevo... — fece per protestare Laplante, zittendosi immediatamente.

— Credevi che questa sarebbe stata una caccia come tante altre?

— Chiedo perdono.

Primo abbozzò, soddisfatto del tremore che le parole di Laplante non nascondevano. — Hai il mio perdono. Per questo e anche per il resto. Non sarà una caccia come le altre. Nel Dent de Nuit anche il Cacciatore può diventare preda, io lo so bene. Abbiamo bisogno di un alleato. Il suo nome è molti nomi.

L'alba era vicina, Primo la sentiva ardere nelle viscere. Detestava la luce.

— Il più comune fra essi è Spiegelmann — terminò.

30

Era buio quando arrivarono al Pozzo.

Gus stringeva fra le mani un plico avvolto in carta di giornale, la figura appesantita dalle armi che il giubbotto da motociclista nascondeva a malapena e da una sacca che portava a tracolla, mentre Caius ripensava alle ultime parole che aveva scambiato con i suoi compagni. C'era voluta una giornata intera perché Gus riuscisse a trovare quel plico avvolto nella carta di giornale. A Caius aveva detto solo che si trattava di qualcosa di fondamentale.

Pilgrind avrebbe consultato i Tarocchi all'Obsesso, aiutato da Re Fil di Ferro. Se qualcosa fosse andato storto, aveva confidato al ragazzino, di certo la strana figuretta di metallo da cui era inseparabile glielo avrebbe mostrato. E lui sarebbe intervenuto tempestivamente a trarli d'impiccio. Buliwyf avrebbe setacciato il quartiere in cerca di Cacciatori. Ma anche lui, gli aveva assicurato, sarebbe accorso in loro aiuto se solo Pilgrind avesse avuto sentore di qualche pericolo. Non doveva preoccuparsi.

Rochelle si era chinata su di lui, con fare materno gli aveva chiuso l'ultimo bottone del giubbino, poi gli aveva sorriso. — Io sono qui — aveva detto, semplicemente.

Più di tutte le parole d'incoraggiamento di Gus, di Pilgrind e del Licantropo, era stata l'espressione dolce sul viso della Rarefatta a dargli fiducia.

— Guarda. — Gus indicò una casa bassa, dal tetto alto e stretto, coperto di tegole rosso fuoco, con curiose finestre circolari simili a grossi oblò che esaminavano, stolide, la piazza.

Le finestre erano oscurate da pesanti tendaggi per cui era impossibile scrutare all'interno.

L'edificio risaltava fra i palazzi ben più maestosi che cingevano il Rana, eppure, non fosse stato per il dito puntato di Gus, Caius non l'avrebbe probabilmente scorto.

Un pipistrello oscurò per un attimo un lampione e a quell'ombra improvvisa Caius sentì una scossa sotto la pelle. Tutto a un tratto si rese conto che erano al Dent de Nuit, e che, da solo, non sarebbe mai riuscito a ritrovare la via di casa.

La casa che non aveva più.

Nonostante la temperatura fosse di qualche grado sotto lo zero, aveva caldo.

— Coraggio... — lo esortò Gus.

Una sottile patina di ghiaccio scricchiolava sotto le suole delle scarpe.

Superarono una serie di gradini e si fermarono di fronte alla porta che recava la scritta "Il Pozzo" in lettere dorate. La porta era stata verniciata di fresco, di un bel colore verde. Appariscente, squillante. Inusuale. Nessun nome sulla targhetta del campanello. Non ci fu bisogno di usarlo.

Non appena Gus ebbe alzato il pugno per bussare, la porta si aprì. L'uomo che l'aveva spalancata era alto quasi quanto Buliwyf, ma scheletrico.

Le ossa gli sporgevano dal viso, e aveva occhi così incavati da dubitare che fossero aperti. Indossava un completo nero, molto elegante.

Li squadrò, prima Gus e poi Caius.

Quindi annunciò: — Non si può accedere senza invito.

— Non è un problema.

— Io invece temo di sì. Lei è armato, signore.

— Sciocchezze, conosco le regole della casa. Non è questo il problema.

— Come che sia, signore, questo è un club privato. Senza invito non posso farvi entrare.

Gus sorrise. — Ho con me un dono...

L'uomo tese la mano senza cambiare espressione. — Vediamo — disse.

Con estrema cautela, quasi si trattasse di materiale esplosivo, Gus gli porse l'involucro. Lo porse inclinando il capo in una specie di timido inchino. L'uomo lo ghermì, improvvisamente avido, senza spostare gli occhi dal viso sorridente di Gus, studiando ogni sua reazione. Lui non batteva ciglio, teso, quasi pietrificato in una smorfia di allegria fasulla.

Caius osservava quello strano balletto, affascinato. Gli sembrava di assistere a un elaborato cerimoniale, Marco Polo al cospetto del Gran Khan, oppure a un'esibizione di raffinato teatro No.

— Un fischietto.

— D'argento — sottolineò Gus.

— Speciale?

Gus non rispose. Lo scheletrico si rigirò l'oggetto fra le mani, indeciso. Poi, con calma, quasi con cautela, lo portò alle labbra, soffiando piano. Il fischietto doveva essere difettoso, perché non produsse alcun suono.

Caius sentì il cuore balzargli in gola. L'uomo soffiò ancora, con maggiore forza adesso. Sembrava accigliato.

Di sottecchi, Caius spiò Gus che continuava imperterrito a sorridere, forse inconsapevole delle rughe che andavano formandosi agli angoli della bocca dell'uomo scheletrico, rughe amare, arcigne, sospettose, che trasformavano quelle fattezze già poco gradevoli in qualcosa di severo e brutale.

Deglutì a vuoto. Poi qualcosa gli sfiorò il volto. Una farfalla. Alla prima se ne aggiunse una seconda, poi decine. Le farfalle possedevano tutti i colori dello spettro. Magenta, blu, lilla, gialle e bianche quelle più piccole. Azzurre, nere, alcune con complicati arabeschi a spiccare sulla tinta predominante, altre con ali minuscole e talmente veloci da rendere difficile individuarne persino la forma.

Arrivarono dalla notte, in silenzio, e presero a volteggiare attorno alla testa dell'uomo che, con un gran sorriso sulle labbra, allungò le mani per sfiorarle. Erano almeno una ventina, e sembravano non meno felici di lui. Volteggiavano e si esibivano con grazia, mostrando le ali vivaci e le evoluzioni di cui erano capaci. Dopo qualche minuto, tornarono alla notte.

— Sono poche perché fa freddo — spiegò Gus. — In primavera, invece...

L'uomo rimuginò, ma Caius riprese a respirare meglio. Lo scheletrico infilò il fischietto d'argento nella tasca dei pantaloni dalla piega impeccabile, li degnò di un sorriso enigmatico e, finalmente, si scostò per farli entrare. Il dono era stato gradito.

— Conoscete le regole?

— Naturalmente.

Fu come se Gus non avesse detto nulla.

— Non si parla. Non si uccide. Non si versa sangue. Si

possono bere alcolici, naturalmente, ma non in quantità eccessiva. — La porta si chiuse alle loro spalle.

Mentre superava la soglia, Caius si chiese cosa sarebbe accaduto se il regalo di Gus non avesse riscosso successo. Quella specie di maggiordomo avrebbe semplicemente sbattuto loro la porta in faccia, o peggio?

Fu con una certa inquietudine, quindi, che si lasciò guidare fino a una stanza circolare dal soffitto affrescato per dare l'impressione che si trovassero sotto le accoglienti fronde di un bosco. Un lavoro d'alto ingegno, realistico al punto da fargli pizzicare le narici per un'inesistente fragranza di fresco e resina.

Con un inchino, il maggiordomo indicò due poltrone vuote e sparì dietro un bancone.

C'erano figure in ombra un po' ovunque. Cambiavalute vestiti in maniera elegante e a volte eccentrica. Tutti in silenzio. Nessuno li degnò di uno sguardo. Anche questa era una regola. Al Pozzo non si andava per scambiare due chiacchiere o farsi una birra. Non era un luogo in cui i lavoratori potessero scaricare le frustrazioni della giornata o gli amanti scambiarsi qualche parola di passione.

Era un luogo deputato al silenzio.

Chi vi poteva accedere raramente allacciava amicizie con gli altri membri del club. Spesso passavano vite senza neppure conoscere i nomi di chi sedeva accanto. Era un luogo deputato alla contemplazione. Qui non si agiva. Qui il tempo doveva restare immobile.

Non appena entrato, Caius si sentì girare la testa. Vertigini terribili lo costrinsero ad aggrapparsi a un tavolino, facendolo oscillare pericolosamente. Un paio di avventori si voltarono verso di lui con aria di rimprovero. Caius aprì la bocca per dire qualcosa a Gus, ma la richiuse.

Gli mancava l'aria. Si sentiva soffocare. La gola gli si

era serrata, puntini neri vorticavano davanti alle sue pupille. Vacillò e quasi cadde. Gus lo sorresse, adagiandolo sulla poltrona. Sul suo viso, allarme.

Caius cercò di tranquillizzarlo, sorridendo. Poi sentì l'acqua lambirgli i piedi. Guardò in basso. Per quanto assurdo potesse sembrare, il Pozzo si stava velocemente colmando di acqua. Il suo sorriso si spense. Guardò Gus con occhi grandi e spalancati facendogli cenni spaventati. Ma Gus non vedeva nulla. Anzi, non riusciva neppure a capire quello che il ragazzino pelle e ossa stava cercando di fargli vedere.

L'acqua saliva e saliva. Caius annaspò, terrorizzato. Quando arrivò la vampata alla testa, improvvisa e malvagia, non poté trattenersi.

Era un dolore feroce che mordeva la sua coscienza. S'infilava nei suoi pensieri e li faceva esplodere. Suo malgrado trasgredì una delle regole fondamentali del locale.

Gemette.

Alcune teste si voltarono verso di loro. Un'ampia gamma di espressioni accigliate che andavano dal fastidio alla rabbia, a stento trattenuta.

Caius non se ne accorse, ma Gus sì. Lo afferrò e lo trascinò dalla parte opposta della stanza circolare, là dove una porta ben mimetizzata portava la scritta "toilette".

Lo adagiò sul pavimento e gli bagnò il viso con acqua fredda, ma Caius non reagiva. Teneva gli occhi rivolti verso il nulla, sempre più sgranati. Sentiva l'acqua lambirgli le labbra e poi entrargli dentro. Dalle narici, dalle orecchie, giù in gola fino a riempirlo di salato.

Gus colpì Caius al viso, senza ottenere una reazione. Lo colpì di nuovo, con forza. Nulla. Per un attimo gli parve di vedere fiammelle sui polpastrelli del ragazzino. Spaventato, lo colpì ancora. Nulla.

L'acqua saliva. Caius si alzò in piedi, sputando e tossendo.

L'acqua saliva, saliva. Perché Gus non se ne accorgeva?

L'acqua gli lambì il mento e lui emise una specie di starnazzo. L'acqua gli lambì la bocca e ne sentì ancora il sapore, salato. Allora cercò di nuotare, ma sembrava che il suo corpo fosse pesante come piombo.

L'acqua saliva e saliva. Caius trattenne il fiato e sparì sotto, sommerso. Sotto, respirava. Sotto, vedeva. Si vedeva svanire. Poi, il dolore lo ghermì e lo scagliò nel buio.

Nel buio, Caius vide tutto.

31

Nel buio punteggiato di stelle. Una scia luminosa, bianca. La scia seguiva una rotta precisa, un fulmine leggermente curvo nel gelo vuoto siderale.

Durò milioni di anni. Vide il sole. Vide il cielo aprirsi come un frutto maturo, vomitando sangue. In principio tutto divenne sangue. Sembrò morte, era un parto.

Venne il fragore. Da scuotere le ossa, da divellere i denti. Un frastuono che era la fine di un mondo, l'inizio di un altro, che era i mille e mille soli nucleari esplosi tutti insieme, l'Apocalisse secondo le visioni drogate del peyote, una mostruosità sonora che riempì i timpani come lava fusa.

Poi il silenzio.

Silenzio perfetto. Agghiacciante.

Un frinire leggero. Uno scalpiccio. Un frinire più coraggioso. Foglie che si muovevano, poi rami. C'era fuoco, in lontananza. Un muro impenetrabile. Il fuoco divorò la foresta. Il muro divenne brace; la brace, cenere. La foresta germogliò, passarono le primavere, altri alberi, altri cespugli. La grotta si riempì d'acqua. I fiumi cambiarono più volte il loro corso.

Terremoti. Eruzioni.

La grotta divenne spaccatura, si allargò in caverna, si ritirò in pozzo. Montagne che divenivano pianure, pianure che divenivano fossati.

E animali che sparivano.

Niente sangue. Niente tracce.

Spariti.

E ci furono branchi che deviavano anche di chilometri pur di tenersi alla larga dal pozzo che inghiottiva le creature. Mai i falchi circolarono su quella foresta, mai i roditori scalzarono la terra in cerca di radici succulente.

Ci furono le carestie, annate tremende in cui solo le mosche e i vermi banchettavano; ci furono gli animali che tornavano spinti dalla fame, impazziti dalla magrezza e resi audaci dai crampi, animali resi ciechi e folli, animali che sparivano. Non un muggito, non un richiamo.

Sparivano.

Infine, uomini. Venivano da monti lontani. Costruirono capanne, ponti, tende, imbrigliarono i ruscelli, gettarono le reti nei laghi e nei fiumi. Cacciavano e accendevano fuochi. Offrivano sacrifici a divinità concrete che sentivano sulla e nella carne. Erano la pioggia, il sole e soprattutto l'inverno, il più temuto. Impararono a battere il rame, poi il bronzo.

Il ferro li rese più forti e crudeli delle bestie selvagge. Avevano più cibo, più tempo per dipingere i vasi e sognare. Il villaggio divenne paese. Poi fu raso al suolo. Incendi, morte. Altri uomini arrivarono dai monti.

Uguali e diversi.

Ararono la terra, la seminarono e l'amarono. La curavano più dei propri figli, perché i figli vengono con la primavera, il grano con il sudore. Costruirono fienili e li riempirono cantando. Mangiarono il pane e impararono a torchiare l'ulivo e l'uva. Imparavano, osservavano e imparavano, sempre imparavano, sembravano fatti per quello.

Imparare.

Impararono a gettare i bambini nel pozzo attorno a cui non cresceva erba.

Due volte l'anno.

Sembrava bastare.

Il paese crebbe, arrivarono nuovi dei, arrivarono i conquistatori. Ci furono guerre, battaglie, pestilenze e periodi di pace. A volte i conquistatori venivano ricacciati, a volte si mescolavano alle genti scese dai monti.

Nuove famiglie nascevano, nuove genie si affacciavano nel villaggio, i morti venivano dimenticati. Impararono a usare le monete che venivano da lontano, conobbero gli uomini che quelle monete avevano coniato e a cui mostrarono la bellezza della loro terra, orgogliosa.

Poi furono costretti a battersi contro gli uomini vestiti di ferro e soccombettero di fronte alla forza della lupa, da cui gli uomini vestiti di ferro discendevano.

Accettarono i nuovi dei capricciosi trovandoli meno funesti dei propri e presero a navigare i fiumi, spavaldi, fino all'Oceano, fino alle isole più remote. Impararono nuove lingue e si vestirono con abiti più preziosi.

Impararono a leggere e a scrivere.

Alcuni lasciarono le vecchie superstizioni per andare a cercare fortuna nella capitale, Divina Urbs, la città che nessuno avrebbe mai conquistato. Volevano la modernità, le terme, i giochi nei circhi, le donne belle e truccate come ninfe.

Ma ogni anno, due volte l'anno, due bambini venivano gettati nella grotta. C'era sempre chi si ricordava di farlo.

Arrivarono gli uomini che brandivano croci come spade. Raccontavano di pane che era carne e vino che era sangue e parlavano di Inferno.

Parole troppo difficili per quelle genti, che li scostarono e continuarono a sacrificare due bambini l'anno. Instancabili, quelli tornavano.

Tornavano vestiti di stracci, lerci, con le pulci, accecati dalla rogna e coperti di piaghe che esibivano come diademi. Parlavano, parlavano.

Parlavano di Misericordia, e anche questo era difficile da capire, così le genti continuarono a gettare i bambini nel pozzo attorno a cui non cresceva l'erba.

Inesauribili, quelli della croce tornarono ancora. Meglio vestiti, meglio istruiti.

Tornarono stanchi di essere derisi e uccisi. Presero pinze, tenaglie e fascine ed eressero roghi. Presero spade e lance e ordinarono uccisioni. Minacciavano la Resurrezione con gli occhi colmi di gioia estatica. L'antica gente dei monti ancora non capiva.

Gli infaticabili della croce non si diedero per vinti, la loro tenacia era salda come l'acciaio. Eressero strani templi senza luce in cui si soffocava, e parlarono di Salvezza, di Agnello. Di Sacrificio. Oh sì, le antiche genti questo lo potevano capire. Capivano l'importanza di quella parola: Sacrificio.

Era una parola che conoscevano da millenni. E continuarono a gettare bambini nel pozzo.

Sulle ali di un vento tiepido, la notte portava inquietudine e l'odore del fuoco. C'era stata una festa, Caius l'aveva vista attraverso le finestre sbarrate della casupola dal tetto di paglia.

Gli uomini e le donne avevano ballato e avevano bevuto. Avevano ucciso un toro, l'avevano arrostito e l'avevano fatto a pezzi, e ognuno aveva ricevuto la sua porzione ribollente di grasso. C'erano tutti.

Caius aveva visto il maniscalco zoppo, la dolce Evelina con le lentiggini che gli facevano sfarfallare lo stomaco, aveva visto i contadini ridere sguaiati, il macellaio rosso in viso, con il ventre teso e le manone agitate.

C'erano tutti, anche il curato, alticcio non meno del suo piccolo gregge, buffo senza la tonaca e con la chierica luccicante di sudore. Poi le fiamme erano state spente ed era rimasta la notte e l'inquietudine.

Tutti a casa. Tutti, eccetto lui.

Aveva ricevuto la sua porzione di toro, la parte migliore, e dopo tre giorni passati a rimpinzarsi di dolci l'aveva comunque divorata tutta. Gli avevano portato del vino mescolato al miele e ora la testa gli sembrava leggera. Era allegro, a parte l'inquietudine.

Prima della festa sua madre l'aveva abbracciato forte, aveva mormorato un'Ave nascondendo le lacrime e aveva serrato la porta dietro di sé.

Suo padre non si era fatto vedere. Caius l'aveva visto ubriaco, che si reggeva a malapena in piedi, sorretto dai fratelli. Ridevano, ma non sembravano felici.

Arrivò la mezzanotte e comparve suo padre, terreo. Il suo fiato puzzava di vino, ma non era più ubriaco. Arrivò con altri due uomini, Waldo e Chrétien, due bracconieri che passavano la vita a scuoiare animali e a sperare che i guardacaccia del conte non li acciuffassero. Caius sorrise al padre, ma il padre fece come se non lo avesse riconosciuto.

«Sono io, Caius, tuo figlio» disse lui, mentre gli uomini lo afferravano per le braccia e lo trascinavano fuori.

C'era l'odore della carne abbrustolita e quello dei focolari accesi. Non c'era luce. «Sono io, Caius, papà. Mi porti a casa?» Gli chiusero la bocca con la stoffa.

Lo portarono nella foresta. Arrivò la paura. Provò a scalciare, ma come poteva ribellarsi contro quei tre uomini grossi e forti? "Il pozzo. Il pozzo" pensava.

Avrebbe voluto gridare a suo padre, urlare di lasciarlo stare. Quante volte aveva sentito parlare del pozzo? Quante volte sua madre gli aveva comandato di non avvicinarsi mai e poi mai a quell'apertura nella roccia? E dov'era sua madre, ora, nella notte, perché non era lì con lui a tranquillizzarlo? A reggergli la mano come quando la febbre era stata a un passo dal portarlo via? Dov'era, ora che aveva così tanta paura?

Così.

Tanta.

Paura.

Cadde e colpì qualcosa con la testa. Era buio. Era solo. Non c'erano rumori. Solo buio e silenzio. E aria calda che proveniva dalle viscere del pianeta. Un odore mefitico. Caius sentì la vescica cedergli e l'urina imbrattargli le brache nuove, quelle che sua madre gli aveva portato per il Santo Natale. Pianse a lungo. Riuscì a sputare la stoffa e invocò aiuto. Pianse ancora.

La solitudine lo atterriva. E più della solitudine, il buio.

Gli sembrava di essere diventato cieco, come la vecchia Igraine, quella che raccontava storie buffe vicino al fuoco, con la pelle incartapecorita, che non aveva più denti né marito. Quella che tutti temevano e che da tutti riceveva qualcosa in dono. Aveva gli occhi bianchi, e lui aveva chiesto quale fosse il motivo della sua cecità. Suo padre gli aveva intimato di tacere, non erano cose per bambini, quelle. Sua madre, più comprensiva, aveva detto che il Signore dava e il Signore toglieva: alla vecchia Igraine il Signore aveva tolto la vista e aveva donato il potere di parlare con il fuoco. Caius ne era rimasto molto colpito. Aveva pensato alla vecchia Igraine per settimane e alla fine era giunto alla conclusione che, se gli fosse apparso un angelo in sogno come alla Vergine, mai avrebbe accettato lo scambio.

Un rumore. Qualcosa di veloce.

Buio.

32

— No! — urlò Caius.

— Ragazzo, calmati!

— Il Levantino!

— Apri gli occhi, Caius.

Obbedì. Si sforzò di mettere a fuoco i ricordi.

— L'ho visto, Gus — disse, massaggiandosi le tempie.

— Il Levantino?

Caius scosse la testa. — Non proprio. È stato... veloce. Ma l'ho visto arrivare. Ho visto quello che ha fatto in tutti questi secoli. L'hai visto anche tu?

— Io ti ho solo visto svenire, Caius. Non ho visto altro.

— Era... è stato... terribile.

— Adesso calmati.

— Cos'è successo? Ho avuto una visione?

— Io credo di sì. — Gus lo fissava con diffidenza. — Ti fa male la testa?

— Un po', sì. Ma sta passando.

— Bene. E il petto?

— No, non mi fa male. Solo la testa, ma sta...

Gus lo afferrò per le spalle. — Sei sicuro? Solo la testa? Non senti nulla al petto?

Caius si sottrasse alla sua presa. — Niente.

— Meglio così. — Gus strinse le mani a pugno. — Credimi. Meglio così.

— Gus?

— Dimmi, ragazzo...

— È qui sotto. Lo sento. Il Sacello.

— Lo sento anch'io. È un luogo potente.

— Ma... — Caius si passò la lingua sulle labbra — ... ma sento che è vuoto. Capisci?

— Vuoto? Certo, è una tomba. Dobbiamo solo... — Gus lanciò un'occhiata alla porta chiusa del bagno — ... solo sfondare questo maledetto pavimento prima che qualcuno venga a farci sloggiare con le cattive.

— Sì, ma...

— Non preoccuparti, con la Permuta sarà uno scherzo. Dovrò dire addio a quella chiacchierata con Jaz Coleman, temo, ma pazienza.

— È vuota, Gus.

— E io ti ripeto che è una tomba. Quello che senti è la morte. Non c'è niente di vivo laggiù.

— No. C'è anche vita. Ma non... non il Levantino. La vita che sento è vita umana. O quasi.

— Come puoi saperlo?

Ancora quell'espressione. Allarmata. Diffidente. Spaventata?

— Non lo so. Ma sento che c'è qualcuno così come sento che il Levantino... è morto. Morto e basta. Non si può evocare la... polvere.

Gus rimase a fissarlo ancora per un po', incerto sul da farsi.

Alla fine decise: — Dobbiamo scendere. Fatti da parte.

— È inutile.

— Sei scombussolato, tutto qui. Hai avuto una visione, ed è una faccenda parecchio complicata su cui è meglio non riflettere. Ma non ora, okay? Non è il momento, e io non sono la persona giusta. Forse Pilgrind saprà cosa diavolo ti è successo, ma non io. E poi — provò a sorridergli — se il Sacello è vuoto, meglio, no? Scendiamo, ci assicuriamo che del Levantino non ci sia neppure più un'unghia...

— Io non credo avesse unghie... — rabbrividì Caius.

— ... piazziamo la dinamite e ce la battiamo.

— Ma...

— Senti — disse Gus. — Dobbiamo andare avanti, non possiamo tornare indietro. Eri d'accordo con me, mi pare. O hai cambiato idea?

Caius scosse la testa, remissivo. — Okay.

Anche volendo, non avrebbe potuto né saputo spiegare a Gus le sensazioni che gli si stavano agitando dentro.

"Vuoto" era il solo termine che alla sua mente concitata era sembrato adatto per descrivere ciò che il pavimento del bagno del Pozzo gli stava trasmettendo. Quel particolare formicolio che partiva dalle mani e saliva lungo le braccia fino a esplodere nel petto. Ma non era dolore.

No, non era dolore.

"Vuoto" non esprimeva in pieno quello che Caius avrebbe voluto evocare nella mente del suo accompagnatore.

Naturalmente c'era un senso di vuoto, certo, ma c'era anche una tristezza infinita, un sommarsi di tristezze, la tristezza di tonnellate di ossa accumulate nel corso dei millenni e diventate polvere.

C'era il dolore che ancora echeggiava assieme al respiro affannoso e talvolta rantolante di chi si era perduto nella tana del Levantino. C'erano l'ambizione e il volto nero della follia di chi aveva eretto un tempio in quel luogo dannato.

Il Sacello non era *vuoto*, inteso come privo di vita, anzi. Era un brulicare di vita. C'erano insetti e vermi, ratti dagli occhietti rossi e maligni, scarafaggi, formiche, e c'erano organismi composti da poche cellule e nessuna logica. E poi c'erano altre cose. Terribili. Innumerevoli.

Cose che non appartenevano a nessuna biologia che il ragazzino pelle e ossa avrebbe potuto riconoscere.

No, il Sacello non era vuoto, non nel senso di assenza. "Vuoto", in fin dei conti, era solo una parola.

La realtà sarebbe stata ben diversa. Ma a quel punto, non poteva fare altro che accettare il destino. Gus aveva ragione, erano lì e non avrebbero avuto una seconda occasione per scendere nel Sacello. E il Sacello era importante per Spiegelmann, su questo non nutriva alcun dubbio.

E se fosse stata una trappola? Per tutta risposta Caius fece sua un po' della filosofia di Gus.

Tanto meglio, si disse, mentre si spostava appiattendosi a ridosso del muro. Avrebbe significato combattere Herr Spiegelmann faccia a faccia.

— Tieniti pronto.

Gus appoggiò le mani al pavimento, tirò un gran sospiro e mormorò qualche parola.

E il pavimento sparì.

33

Il Sacello era una tomba, perché l'odore di putrefazione che saliva dal baratro portato alla luce da Gus era inequivocabile. L'inconfondibile orma della morte li avvolse come un sudario, piegandoli e aggredendoli con tale forza da renderli persino ciechi.

Sia Caius sia Gus dovettero portare le mani al volto per proteggersi, come se quell'effluvio marcio che si era scagliato contro di loro avesse unghie e denti.

Le zaffate fecero lacrimare gli occhi e provocarono spasmi di nausea allo stomaco. Ci volle più di qualche minuto perché i due potessero tornare a respirare. Non era un semplice odore, era il tocco di una medusa invisibile.

— Che schifo — fu il laconico commento di Gus.

Sotto il guscio sottile del pavimento divelto era comparsa una lunga scalinata intagliata nella roccia. Pietra dai riflessi color argilla, ma grigia e plumbea. Forse una vena di ferro.

Gus si calcò gli occhiali scuri sul naso e prese a scendere. Senza voltarsi indietro. Caius lo seguì.

La discesa si rivelò subito estremamente disagevole. Un po' per le dimensioni dei gradini, un po' per l'odore nauseante a cui era difficile abituarsi, ma soprattutto per l'oscurità che neppure la torcia elettrica di Gus riusciva a rischiarare. Seguivano quel cono luminoso senza essere in grado di percepire nulla al di fuori di esso. Gus con la pistola spianata, Caius poggiandosi alle asperità delle pareti al suo fianco.

L'aria si faceva più pesante man mano che scendevano.

— Caius?

— Sono dietro di te.

— Stammi vicino, questo posto si sta ingrandendo.

Adesso potevano camminare appaiati senza paura di intralciarsi. Una benedizione per Caius. Accelerò il passo per portarsi a fianco di Gus.

Poi venne il gelo. Una corrente di aria fredda che tagliava la pelle del viso e trasformava il fiato in bava vaporosa. Caius mugolò. Gus aumentò la presa sul calcio della pistola e tolse la sicura. Poi venne lo scricchiolare sotto le suole.

Gus spostò in basso il fascio della torcia. I gradini scintillavano come diamanti. Coperti di brina e ghiaccio. Furono costretti a rallentare.

— Non mi piace — mormorò Gus.

Ogni ombra luccicava sinistra, ogni imperfezione delle pareti – ora concave, ora convesse, ora lisce e prive di scalfitture – era il viso contorto di un'anima dannata. Ogni minuto che passava era calore prezioso che scivolava via. Il gelo divenne ghiaccio nei polmoni. Il respiro sembrava incapace di portare ossigeno ai muscoli, sempre più pesanti.

Il gelo aumentava di minuto in minuto.

— Ce la fai?

— Ce la faccio.

Quando l'aria fu fredda al limite della sopportazione,

tanto da ghiacciare il sudore sulle loro fronti, la gradinata – brusca come era cominciata – s'interruppe. Barcollarono, sorpresi, e se non cascarono fu solo per un soffio. Gus spense la torcia.

Non ce n'era più bisogno.

Erano giunti in una stanza ricavata da una grotta naturale, ma col pavimento chiaramente scolpito e levigato da mani umane. Dal soffitto pendevano festoni di roccia, ricoperti da splendide decorazioni di ghiaccio.

Da qualche parte gocciolava dell'acqua. Il suono, che giungeva cristallino, era di una purezza disarmante.

All'improvviso, una voce: — Cid, sei tu? Sei tu? Non ci vedo bene... Sei tu?

L'omone si chinò verso il ragazzino. Aveva il viso incrostato di brina e gli occhi quasi chiusi da profonde ecchimosi. Le guance incavate e la bocca quasi senza labbra.

— Non sei Cid? — chiese.

— No.

Gus stringeva in pugno l'automatica. Non ancora puntata verso l'omone. — Allontanati, Paulus. Non voglio farti male — disse. Ed era vero.

L'uomo, sentendosi chiamare per nome, sgranò gli occhi. — Tu mi conosci?

Gus non rispose.

Fu Caius a farlo. — Noi conosciamo il Cid.

Paulus sorrise. Un sorriso ebete. Sorridendo, quel po' di labbra che gli restavano si aprirono in minuscole ferite. Non sanguinò.

— Cid. Mi manca il Cid.

— Ti porteremo da lui, dopo. Adesso dobbiamo proseguire.

Paulus scosse la testa. — No. Oh, no. Laggiù è brutto. Molto brutto.

— Ma noi dobbiamo andare. Puoi venire con noi, se vuoi.

— No, no. Voglio uscire.

— Ma...

— Lascialo andare, Caius — dichiarò Gus, riponendo la pistola. — Vai pure, Paulus — disse poi rivolto all'omone. — Noi dobbiamo proseguire, ma tu puoi continuare. Sei libero di farlo. Devi solo salire le scale. Da quella parte.

Paulus sbuffò. Barcollò. Si diresse verso le tenebre, arrivò quasi ad esserne inghiottito.

Poi si fermò e si voltò. — Non vedo niente.

Caius gli si avvicinò. Gli prese la mano fra le sue e, dolcemente, mormorò: — Vieni con noi, Paulus. Ti guiderò io. Poi usciremo e ti porteremo dal Cid.

Paulus sorrise. Altre ferite. Niente sangue.

— Promesso?

— Promesso.

— Paulus... tu sai dove arriva questa grotta? — chiese Gus, avvicinandosi.

— Nella stanza dei graffiti.

— Graffiti? — gli fece eco lui, interdetto.

— La stanza dei graffiti. Dove c'è la nave. Sotto.

— Sotto, certo... Ma dove di preciso? — lo incalzò Gus.

— Sotto la via dei disegni. I disegni raccontano una storia. L'avevo capita, alla fine, sai? Ma adesso me la sono dimenticata. La mia testa è un po' confusa. — Il gigante sorrise. — Sotto. Più sotto delle fogne, però. C'è puzza come di pesce. E c'è la nebbia.

— *Rue Félix*, Paulus? Questa strada porta *sotto* rue Félix? — Gus era sgomento.

— Sì. È così che si chiama. Cid diceva che avremmo trovato un tesoro, invece... — Si rabbuiò. — Non riesco a ricordare. Proprio non ci riesco. — Una smorfia di disappunto. — Rue Félix è quella vicino alla fontana della rana? Non mi piace quella fontana...

— Rue Félix e... la Fontana del Rana? — calcolò Gus, perplesso. — Sei sicuro che si...

Caius gli diede di gomito, poi dolcemente si rivolse a Paulus: — Fa niente — disse. — Non sforzarti. Andiamo, ti va?

— Non sono stanco. Possiamo andare.

Preceduti dal gigante, Gus e Caius si avviarono verso le tenebre.

— Secondo te lo sa? — chiese Caius, sottovoce.

— Cosa?

— Lo sa di essere morto?

34

Gus, Caius e Paulus avevano ormai perso la cognizione del tempo e dello spazio quando giunsero all'arco di schegge bianche. Minuti e ore, sopra e sotto, destra e sinistra non avevano alcuna influenza sullo scorrere dei loro pensieri.

E i pensieri stessi, sfiancati dalla tensione e dalla stanchezza, erano ridotti a fioche incitazioni a non mollare. Mettere un piede davanti all'altro, i muscoli pronti a guizzare al minimo sentore di pericolo.

Pericoli incombevano ovunque, lo suggeriva la vista e lo ispirava l'udito. Le ombre si allungavano, ma erano solo ombre, innocue. Echi ruggivano, ma era soltanto il loro scalpiccio che la geometria della grotta usava come sinistra orchestra. Le illusioni dentro le illusioni non erano che il risultato del loro torpido avanzare.

Della stanchezza che solo Paulus dimostrava di non provare.

Per questo l'illusione dell'arcata li colse di sorpresa. Ciò che era sembrato bianco non era innocente. L'arcata era retta da un abile contrappunto di malta e ossa.

Femori, tibie, crani e casse toraciche ne reggevano il

peso senza sforzo apparente, innalzandola per decine di metri. C'erano voluti secoli, probabilmente, per completare quell'opera, e un'ecatombe di generazioni perché ogni dettaglio potesse essere concluso.

Al di là dell'arco, il Sacello.

Ciclopico.

Ogni centimetro del Sacello era stato pensato, studiato e costruito tenendo bene a mente un ideale estetico del tutto disturbante. Le pareti del tempio sotterraneo erano oscurate da un fitto colonnato. Neppure sei persone in cerchio avrebbero potuto abbracciare una di quelle colonne.

Ogni pilastro raffigurava un Sacerdote dell'Ordine che aveva mantenuto nei secoli il culto del Levantino. Bocche colossali erano cucite in rictus fanciulleschi, occhi svuotati e luminosi di ghiaccio. Mani alzate a sostenere un soffitto nero come la pece che recava incise costellazioni scintillanti.

Nessuna che fosse visibile sotto il cielo di Parigi. O di qualsiasi altro luogo sulla Terra. Non era un tempio, pensò Gus, era una necropoli.

Il pavimento era composto da sarcofagi di pietra, oro e acciaio. Più raramente d'argento e piombo. La regola del Dent de Nuit, nel Sacello, era amplificata mille volte.

Tutto è possibile.

— Questo è il Sacello? — chiese Caius, in un soffio.

— Credo di sì — fu la risposta. — Ma temo di non avere abbastanza esplosivo...

Paulus indicò loro qualcosa che si ergeva al centro della navata. — Il tesoro.

Era quello che stavano cercando. La tomba del Levantino. Una cassa di ferro alta due metri e larga cinque, della profondità di tre, con cherubini scolpiti agli angoli superiori: cherubini dalle ali di pipistrello, colomba e farfalla.

Irradiava malignità anche a quella distanza. Solo Paulus, che li precedeva, sembrava immune a quell'atmosfera opprimente.

— Il Levantino.

Superarono l'arco, circospetti. Gli occhi fosforescenti delle colonne consentivano di fare a meno della torcia elettrica, ma la navata aveva angoli ciechi e zone d'ombra in quantità. Il silenzio era quasi totale, interrotto solo dai loro passi. Era il punto ideale per un'imboscata.

Gus era nervoso. Meglio proseguire in fretta.

La mente di Paulus, priva di un ordine preciso, era un susseguirsi indiavolato di emozioni mescolate a sprazzi di lucidità. Attorno a lui il mondo era un rebus.

Tutto era caos.

Le forme andavano indovinate, perché i suoi occhi erano velati da cataratte spesse e dolorose. Muoversi gli costava una fatica immensa, perché era gravoso doversi concentrare su ogni muscolo e su ogni nervo. Non provava stanchezza come la provavano Caius e Gus, ma era comunque spossato. Non provava paura, eppure era terrorizzato.

In qualche modo, comunque, Paulus pensava.

Era stato il volto del Cid a spingerlo fuori dal Sacello, che per lui restava lo scantinato di rue Félix, dove qualcosa era successo, anche se non ricordava nulla. Era stato il ricordo del fratello a spingerlo a fidarsi del ragazzino che gli aveva preso la mano con così tanta dolcezza. Quella dolcezza gli aveva fatto ricordare i tempi dell'orfanotrofio. Quando era il Cid a consolarlo.

Quasi non se ne accorse. Sarebbe stata una fortuna.

Avanzando, inciampò in qualcosa. Si fermò, allargando le braccia come un equilibrista, e guardò in basso.

Vide un corpo steso a terra. Paulus si sfregò gli occhi cercando di scacciare quella patina lattiginosa che gli impediva di vedere bene. Il corpo steso a terra era legato da corde che si muovevano, sibilando. Il corpo era grande e grosso. Il corpo gli ricordava qualcosa. Ma era difficile vedere, così si chinò.

Una delle corde gli si avventò contro, era bianca e assomigliava a un verme gigantesco, ma lui la schiacciò senza darsi pensiero del suo morso. Non gli provocò altro che un leggero bruciore, del tutto trascurabile.

La sua attenzione era concentrata sul volto del corpo rigido e bianco. Un volto che gli era familiare. Ancora una volta si sfregò gli occhi, era così difficile mettere a fuoco... Non era un bel volto, troppo spigoloso, troppo scavato. Un volto scolpito con l'accetta. Eppure in quel viso, c'era qualcosa di familiare che gli impediva di andarsene. Paulus si piegò sulle ginocchia, avvicinandosi ancora.

Il suo volto.

— Guarda.

Paulus era chino su un cadavere rinsecchito e stava piangendo.

— Guarda — farfugliava. — Guarda...

Gus emise un lamento, quando si accorse degli esseri vermiformi che Paulus aveva ridotto all'impotenza. — Non guardare, ragazzo.

Ma Caius non obbedì. Qualcosa in lui si ribellò allo spettacolo del gigante che accarezzava e piangeva il suo stesso cadavere.

— Io sono morto — disse Paulus.

— Quasi — rispose Gus, poggiandogli delicatamente la mano sulla schiena.

Lo sguardo che Paulus gli rivolse lo trafisse come mille pugnali. — Perché?

Come spiegargli i meccanismi di un rituale di Permuta tanto perverso quanto innaturale come quello a cui lo aveva sottoposto Herr Spiegelmann?

— Non sei né morto, né vivo — sintetizzò.

— Cosa sono?

Era come dover spiegare la morte a un bambino, pensò Gus, inghiottendo bile. — Sei la proiezione di un desiderio. Del tuo ultimo desiderio. Volevi fuggire, non è così?

Paulus aggrottò le sopracciglia. — No — disse. — Voglio... trovare il Cid.

— Il Cid è... — sussurrò Caius. — Mi spiace, Paulus, il Cid è morto.

— Morto?

Paulus inclinò la testa di lato, come una civetta stupida. — Morto? — ripeté, stolido.

Gus annuì. — Lo ha ucciso Spiegelmann. Sai chi è?

— Morto... — Paulus prese a cullare il proprio cadavere. — Morto...

— Mi spiace.

— Uccidilo — ordinò Paulus, e nel suo sguardo, per un attimo, a Caius parve di intravedere un barlume della volontà che doveva averlo animato da vivo. — Uccidi il cadavere.

— Non posso — rispose il ragazzino.

— Tu, allora.

Gus afferrò la pistola. La puntò alla testa del cadavere rinsecchito.

— No, Gus!

— Devo farlo. La sua non è vita.

— Ma non è nemmeno morte — replicò Caius. — Paulus, se uccidiamo il cadavere, per te è la fine. Forse c'è una possibilità di tornare indietro, Pilgrind...

— Nemmeno Pilgrind può fare qualcosa contro questo — mormorò Gus.

La mano che reggeva la pistola tremava.

L'abbassò.

— Non ce la faccio, Paulus. Non ce la faccio.

Lui rimase a fissarli, prima uno, poi l'altro, per minuti che parvero secoli. Poi annuì e abbassò il capo. La sua rassegnazione era uno spettacolo pietoso.

— Cid voleva il tesoro. Ma non c'è nessun tesoro. Io l'ho visto.

— Hai aperto la cassa? — chiese Gus, indicando il sarcofago di ferro.

— Sì. È pesante.

— Era vuota?

— No. C'era polvere. Polvere che pizzicava le mani.

Gus imprecò. — Una trappola. Una maledetta trappola.

— Nient'altro che polvere — ripeté Caius.

— Non è vero. Non solo polvere e morte — disse Paulus con un sorriso ebete sul faccione. — C'è la musica, non senti?

Il tremore sotto i loro piedi. La luce rossastra che filtrava da sotto l'arco d'ossa e malta.

La musica del Calibano.

35

Il Calibano doveva avere un cuore, da qualche parte, perché il pulsare rossastro che lo avvolgeva seguiva un ritmo molto simile a quello che Caius era abituato a sentire quando si coricava e lasciava liberi i pensieri.

Il Calibano doveva anche possedere polmoni, perché la musica stridente che lo accompagnava – quel cinguettare di cornamuse e campanellini, di trombette e tamburi – andava e veniva, come sospinta da un respiro infuocato.

Di sicuro aveva appetiti, perché cento bocche si aprivano sul suo corpo. A cento bocche dovevano seguire cento stomaci. E migliaia di denti.

Tutto questo avrebbe dovuto completarsi in un'anatomia orrenda, aliena. Ma così non era.

Il Calibano era bello.

Ci vollero due occhiate perché Caius potesse concedersi un urlo che lo allontanasse dalla follia.

La prima abbracciò il torso del Calibano. Fidia non avrebbe potuto compiere un miracolo più degno di alloro. Era il tronco perfetto di una donna. Di tutta la perfetta morbida sensualità di una donna perfetta.

Non una donna, quindi: l'idea della donna. Il ventre

piatto e l'ombelico a coppa, i seni pieni, sodi, ricoperti da una pelle serica e immacolata, i capezzoli turgidi ed erotici in maniera insostenibile. Il collo non era meno perfetto, così come il viso. Un viso femminile, altero e privo di espressione che non fosse la perfetta consapevolezza del proprio splendore. I capelli partivano da quella fronte spoglia di emozioni e si muovevano in volute vaporose, come lingue di fuoco. Al posto delle braccia il Calibano possedeva ali, ali composte da piume gigantesche, piume di acciaio affilato e platino scintillante.

A ogni piuma era legato un filamento d'oro, e ognuno di quei filamenti era trattenuto da una farfalla le cui ali erano grandi come foglie di fico, ma bianche come marmo. Persefone uscita dall'Ade. Bellezza.

Non c'era altra parola che "bellezza".

Poi veniva il corpo, che ancora non era del tutto sbucato dall'arco. La seconda occhiata di Caius. La metà inferiore del Calibano era quella di un organismo marino, divorato e digerito. Una carcassa rifiutata dagli abissi, frutto di una risacca troppo simile a un conato di vomito. Un mostro uscito dalle voragini senza fondo degli oceani, calamaro gigante, balena martoriata, squalo privo di scheletro, essere defunto e risalito in superficie, lumaca evocata dalla crudeltà di Herr Spiegelmann. Cadavere straziato e cotto dal sole. Beccato dai gabbiani e fecondato dalle mosche. Giunto al mondo degli uomini con cinquanta orbite e cento lacerazioni, con decine di bocche che cantavano e fischiavano e pelle traslucida a ricoprirne le carni. Carni che erano un ributtante crocevia di parassiti ed esseri senza nome.

Tentacoli spingevano il Calibano. Tentacoli che da soli ricoprivano il muro attorno all'arco di ossa e malta che già cedeva in più punti. Tentacoli che frustavano l'aria gonfiandola di parassiti e gocce di veleno.

— Vai via! — urlò Gus, ma Caius era incapace di smettere.

Smettere di urlare. Smettere di guardare.

— Caius! — urlava l'uomo vestito di scuro, sparando con entrambe le pistole. — Caius, via!

Schizzi di veleno colpirono Gus sul viso e sul petto. La pelle e la carne si schiudevano al tocco caustico di quell'acido con una facilità impressionante e ributtante insieme. Sangue cominciò a imbrattare i suoi vestiti.

Gus gettò le pistole a terra. Il piombo era inutile contro quella creatura.

Unì i palmi delle mani in un disperato tentativo di difesa. Permuta. Ansimando, si concentrò. Ne scaturì un lampo che saettò lungo tutta la navata del tempio e andò a colpire il Calibano dritto sul torso. Caius fu scagliato lontano dall'impatto, accecato dalla gran luce.

Senza attendere di vedere se il suo attacco avesse sortito qualche effetto, Gus chiuse gli occhi ed evocò una seconda Permuta. Fu doloroso, come se qualcuno gli avesse infilato un ferro rovente nel cuore.

Gemette.

Sassi affilati e scuri simili a lava rappresa schizzarono come shrapnel contro l'essere che si stava trascinando nel Sacello. Ossa e carni spruzzarono lontano, mescolate insieme in un unico turbine marcescente.

Falciati da quella raffica imprevista, alcuni tentacoli si spezzarono e crepitarono come scintille. "Fatica inutile" pensò Gus. Il Calibano non smise di avanzare. Non rallentò neppure. La musica si affievolì per qualche istante, poi tornò più forte di prima. Toccava alla creatura contrattaccare, adesso.

Un tentacolo sottile come uno stiletto si lanciò verso Gus e per poco non lo tranciò in due. Il tentacolo tornò nel groviglio del Calibano. Gus si portò una mano alla coscia.

Il tentacolo gli aveva portato via un pezzo di carne. Dovette sforzarsi per non soccombere alla nausea.

— Chiudi gli occhi, ragazzo! — ordinò quando ebbe ripreso fiato, e si concentrò. Fu difficile. Perdeva sangue dalla bocca e dal naso.

La Permuta non era un gioco. E se lo era, si trattava di un gioco mortale.

— Cazzo — rantolò.

Frustate di metallo incandescente fecero il vuoto fra i tentacoli del Calibano. In risposta, spruzzi infuocati fendettero l'aria e la carne. Sfrigolò dell'acido, e Gus crollò, sopraffatto dal dolore e dalla fatica.

La Permuta che aveva scatenato era troppo debole, insufficiente a scalfire il Calibano. Forse Pilgrind avrebbe potuto qualcosa contro quella mostruosità, pensò. Lui no. Era allo stremo. Bestemmiò, sputando sangue.

La musica si affievolì, poi si alzò di tono. Gus spalancò gli occhi, stupito.

Tre Permute distruttive, e finalmente il Calibano lo percepiva come una minaccia. Non era un granché come soddisfazione. La musica dell'essere esplose sotto le arcate del tempio. Pietre piovvero dalla volta.

Infine il Calibano caricò.

Paulus e Caius, che si trovavano sulla sua traiettoria, ne furono fagocitati. Il ragazzino si sentì immerso in una vasca di fanghiglia e mucillagine calda. Urtò testa e gomiti contro qualcosa di duro, perse l'orientamento e si sentì annegare. Scalciò e si dibatté. Vedeva le nervature interne del corpo del Calibano e l'attorcigliarsi dei suoi intestini gonfi come grappoli d'uva matura. Vide anche Paulus accanto a lui che, senza perdere il sorriso ebete dal viso, strappava e scavava.

Il Calibano si arrestò a pochi metri da Gus. Il suo volto algido si mosse a destra e a sinistra, altero.

A terra, distrutto, Gus non riusciva neppure a respirare, annichilito.

Caius si sentì ghermire da centinaia di zampette e provò a urlare, ma dalla sua bocca non scaturì alcun suono. Le zampette si saldarono nella sua carne e lo trascinarono fuori dal corpo disgustoso del mostro.

Vide che per Paulus, invece, la sorte aveva deciso un altro destino. Il suo viso e il suo corpo si deformarono all'improvviso, come sciolti da un acido potentissimo. Le mani persero le dita e le braccia persero le mani. Le gambe si spezzarono in più punti e ogni segmento fu digerito.

Ultimi a sparire furono gli occhi. Occhi vivi e coscienti. E riconoscenti.

— Gus! — urlò il ragazzo. — Gus!

Oscurato dalla mole del Calibano, non poteva vedere ciò per cui Gus si stava preparando. Era ferito, troppo stanco per provare a eseguire una Permuta. Gli rimaneva troppo poco sangue in corpo, e il troppo dolore gli impediva di concentrarsi su un ricordo abbastanza potente da scalfire il Calibano.

Era consapevole di ciò che sarebbe successo non appena l'essere avesse ripreso il suo attacco. La morte era lì, davanti a lui, concreta come mai l'aveva potuta vedere nella sua vita. Ciononostante, nonostante la debolezza, nonostante la paura sommata al dolore, Gus si preparò a uscire di scena nell'unico modo che gli parve sensato. Combattendo. Il Calibano lo aveva privato della carne e del sangue, ma gli restava ancora l'orgoglio.

La musica si fece sinuosa.

— Vieni avanti, maledetto.

Con uno stridio, il Calibano attaccò.

E fu la catastrofe.

36

Suez era un Cambiavalute da due soldi. Per sua stessa ammissione, il massimo che il suo talento gli consentiva era far bollire l'acqua in una teiera o aggiungere ghiaccio a un drink intiepidito. Conosceva poco dei meccanismi della Permuta, e il suo interesse per i meandri di quella disciplina era meno che nullo.

Ma, come tutti i Cambiavalute, anche Suez aveva sentito parlare dei Tarocchi. Erano uno strumento per osservare il presente e il passato.

A saperli leggere in maniera corretta, si potevano interpretare accadimenti sviluppati in contemporanea ai quattro angoli del pianeta. Non il futuro, perché il futuro era ancora da plasmare e solo un folle avrebbe potuto credere di essere in grado di verificarne la forma. Conoscere il futuro richiedeva logica e intuizione più che strumenti da Permuta.

Fra tutti gli strumenti della Permuta, le carte erano fra i più affidabili. Beninteso, nelle mani di un Cambiavalute competente, quale Suez non era ma Pilgrind sì.

Più che Pilgrind, Re Fil di Ferro.

Pilgrind era perfettamente cosciente del silenzio calato sull'Obsesso. Perfettamente consapevole che fra tutte le chiacchiere bisbigliate fra i Cambiavalute seduti ai tavoli o appollaiati al bancone, non una era spensierata.

Tutti discutevano di strani avvistamenti o di improvvisi decessi. Di Caghoulard sorpresi nelle cantine a tremare come cuccioli spaventati dalla tempesta, di finestre sprangate con le assi e porte chiuse a tripla mandata.

Tiravano fuori vecchie storie sepolte e le analizzavano come auguri nel tentativo di comprendere il perché dell'inquietudine di quella notte.

Ciò che Gus e Caius stavano facendo all'interno del Sacello aveva impregnato l'aria di energie arcane e potenti.

Accanto al boccale di birra ancora intonso, Re Fil di Ferro si sfregava le estremità degli spunzoni metallici che aveva al posto delle braccia, facendo scaturire vampe di scintille. Re Fil di Ferro aveva occhi a V come piume di gallo.

Occhi ciechi. Per questo era il migliore a leggere il presente con i Tarocchi. La sua cecità lo costringeva ad essere vigile. Annusava l'atmosfera del Dent de Nuit con sensi e percezioni talmente affinati, che persino Pilgrind poteva solo immaginare di sfiorarne l'acutezza. Re Fil di Ferro aspettava mutamenti flebili come aliti di vento, li intercettava, li analizzava e infine li traduceva in segni. Voltava la carta del mazzo pizzicandola con le braccia appuntite, così che Pilgrind fosse a conoscenza delle sue intuizioni.

Si trattava di un solitario. Un solitario sfiancante, teso, in cui Pilgrind era relegato all'insolito ruolo dello spettatore fremente. Il solitario andava avanti da tre ore, da quando cioè il gruppo si era diviso. Buliwyf in cerca di Cacciatori, Caius e Gus al Pozzo, Pilgrind lì, all'Obsesso.

Nelle prime due ore Re Fil di Ferro aveva scoperto solo due carte. La *Notte* e la *Luna*, la condizione iniziale. Il principio del viaggio. Carte propizie.

In nessuna bottega, neppure fra le più nascoste, si sarebbe potuto scovare un mazzo della fattura di quello che Pilgrind e Fil di Ferro stavano adoperando.

A un'attenta ispezione nessuno ne avrebbe saputo intendere i significati, perché facevano riferimento a codici ormai abbandonati e pratiche occulte dimenticate. Dimenticate, ma non cadute nell'oblio completo. C'era sempre chi serbava il segreto. Chi ricordava. E chi tramandava.

Quel particolare mazzo era costato a Pilgrind più di un anno di ricerche e mille viaggi in giro per il Vecchio Continente. Pur di ottenerlo aveva ucciso e ferito, a volte minacciato, a volte implorato, sempre aggrappato alla convinzione dello scopritore di tesori: avrebbe trovato ciò che tanto sudore gli stava costando. Più di una volta degli sconsiderati avevano tentato di truffarlo, più di una volta durante la ricerca si era imbattuto in vicoli ciechi e false piste. Alla fine, in un cadente monastero in Ungheria, la sua fede aveva trionfato. Nascosto in un'acquasantiera che si diceva portasse sfortuna, il mazzo lo attendeva.

I segni impressi nella carta dura e irruvidita dall'uso non appartenevano ad alcun gioco conosciuto. Niente picche, cuori o matti impiccati.

Non era un gioco, in effetti. Era una pratica molto delicata. Subdola perché illusoria. Subdola proprio perché fra quelle illusioni si nascondevano verità disarmanti. Il bordo delle carte era macchiato. Di sangue.

Il *Gatto*.

L'azione si dipana. Nuove strade si aprono sotto la luna. Di notte, ma anche nell'inconscio. Nella parte nascosta della psiche umana. Il *Gatto* era una carta ambivalente, un po' come la parola "Rivelazione", a cui era associata. Rivelazione della strada e rivelazione delle cose nascoste. Principio di un viaggio, interiore o mondano che fosse.

Il *Pozzo*.

Per Pilgrind significava naturalmente che Gus e Caius erano riusciti ad accedere all'esclusivo locale nella piazza della Fontana del Rana. Però poteva significare discesa, e anche questa era una carta ambigua.

Discendere significava rendere palesi cose nascoste, spesso marce. Ma poteva significare anche acqua dolce (non salata come quella dell'Oceano, o peggio del Mare) quindi speranza di vittoria. Pilgrind aveva aspettato, immobile. Si era concesso un sorso di birra. Un'occhiata ai tavoli che si riempivano di mugugni e facce lunghe. Uno scambio d'intesa con Suez.

Attesa. Fil di Ferro aveva esposto la terza e la quarta carta quasi in contemporanea.

Il *Serpente al Rogo*.

Poi...

Il *Lemure*.

Pilgrind si era agitato.

Il *Serpente al Rogo*, una biscia stilizzata, poco più che una linea di grafite, avvolta dalle fiamme, poteva significare una cosa sola: Caius e Gus si erano trovati di fronte a un pericolo. Ma il *Serpente al Rogo* era legato al *Lemure* e questo poteva significare che il suo intervento non era necessario.

Il *Lemure*, una scimmiotta rachitica con occhi grandi come globi, era il rigurgito della notte. Un abitante delle tenebre che aveva perso il senno a forza di scrutare la luna. Era una carta tutto sommato positiva, e Pilgrind la interpretò come una sorta di aiuto insperato. Altra carta. Il *Piatto*.

Tirò il fiato. Il pericolo era scampato.

Re Fil di Ferro annusava l'aria. Di tanto in tanto faceva una capriola. Si sedeva a testa in giù. Dava sfogo alla sua impotenza bucherellando il legno fradicio del tavolaccio a cui Pilgrind si era accostato. L'aria aveva portato il sentore del disastro. Fil di Ferro lo aveva ferito al pollice, immergendo il braccio sottile nella sua carne. Una goccia di sangue era scivolata senza che Pilgrind se ne rendesse conto. Osservava il susseguirsi di carte, come stordito.

Il *Teschio.*

Pericolo lontano che giunge dalla...

Tomba.

Morti che si ribellano alla loro condizione. Significava che la *Notte* e la *Luna* si erano alleate in funzione di una guerra, e che non sarebbero state benigne per il *Gatto* in viaggio. Improvvisamente la carta della *Notte* e quella della *Luna* erano diventate foriere di cattivi presagi. Che forse il...

Sole.

Non sarebbe mai più apparso a illuminare le tenebre e portare sollievo al coraggioso (o all'incauto). I suoi raggi, se male indirizzati, potevano ustionare e portare alla follia. Poteva significare che la *Notte* avrebbe trionfato e che le sue creature sarebbero state incontrastate dominatrici della...

Natura.

I morti vivono e i vivi muoiono.

Pilgrind sbatté il pugno sul tavolo, imprecando. — Il Calibano!

La *Dama.*

La *Dama* poteva significare fortuna, ma anche terrore. La *Dama* era raffigurata come la *Primavera* di Botticelli, ma al posto dei capelli c'erano serpi, come una Medusa. La *Dama* era Medea, Proserpina, Ecate. La *Dama* era inganno, tradimento. Trappola.

La *Sirena Crudele.*

Morte e sovvertimento dell'ordine. Inganno. Mura di Gerico che crollano. Errori che sbocciano in errori. Troia data alle fiamme. Nessuna certezza.

La *Goccia*.

Qualcuno era morto. Pilgrind sentì un nodo allo stomaco. Re Fil di Ferro scosse il capo. Né Caius né Gus. Chi allora?

Il *Lemure,* forse.

Pilgrind fece per alzarsi, ma Re Fil di Ferro lo colpì una seconda volta sulla mano. Era il suo modo di dire no. Capriolò in aria. Leggero. Pervaso dalle correnti che ora lo scrollavano come una foglia nella bufera.

Avesse avuto un corpo vero, avrebbe provato dolore. Ma era solo una figuretta di metallo. Così atterrò e afferrò la carta. L'ultima, prima che il Barbuto comprendesse.

La carta voltata era la *Vittoria. Vittoria* era un coniglio incoronato che rideva felice. Sotto le zampe, fiumi di sangue e corpi smembrati. Il coniglio era il signore del sogno e della carneficina. Era malvagità che portava alla sconfitta dei nemici. Era diventare il nemico e non trovare pace. *Vittoria* poteva non significare pace. Non erano sinonimi.

Ma, e qui avvenne il prodigio per cui Pilgrind strabuzzò gli occhi e rovesciò il tavolo, la carta all'improvviso mutò.

La *Vittoria*.

Poi...

La *Falena*.

Un essere raccapricciante. Le ali di carne. Gli occhi che erano alveari. Nero come la notte. Le zampe che erano braccia umane. La *Falena*.

Carta che il suo mazzo non aveva mai contemplato. Carta inutile, si diceva. Significava Infrazione. Per questo non esisteva mazzo di Tarocchi che contenesse quella carta. Quando mai si sarebbe potuta verificare un'Infrazione? Chi aveva il potere di sconquassare il mondo sin dalle fondamenta? Carta mai raffigurata, ma ora lì davanti ai suoi occhi.

— La Falena! — gridò Pilgrind.

Improvvisamente il piano di Herr Spiegelmann si era dipanato con precisione nella mente del Barbuto. Ogni tassello trovava il suo incastro, ogni perché la sua risposta. Un piano perfetto quanto diabolico.

Rovesciò i tavoli, e i Cambiavalute, all'improvviso, si resero conto della sua presenza. Sbigottiti, furono urtati e scavalcati dalla sua mole in corsa.

Nessuno lo maledì. Non per paura di qualche anatema, ma per quello che stava urlando.

— Un'Infrazione! Un'Infrazione!

A Suez cadde il boccale di mano.

— Mettetevi al riparo!

— Infrazione? — si domandavano i Cambiavalute l'un l'altro.

Qualcuno sperò in uno scherzo, qualcuno pregò. Qualcuno non aveva mai sentito quella parola proibita e chiedeva lumi. Non ci furono risposte, perché gli sguardi di quelli che sapevano erano più che eloquenti.

— Infrazione!

Infrazione significava l'aprirsi di un varco. Varco significava… nessuno lo sapeva.

Esisteva la luce e non poteva che esistere il suo opposto,

la tenebra. Luce e tenebra non erano soggette alle stesse regole, ma entrambe esistevano da sempre. Ognuna, naturalmente, possedeva la propria sfumatura.

Quella obliqua dei temporali, ad esempio. O quella profonda degli incubi. Entrambe vere e irreali allo stesso tempo. Entrambe cariche di significati.

Entrambe, però, soggette a regole e comandamenti. Regole e comandamenti che esistevano da sempre. Ora regole e comandamenti erano stati stravolti.

Questo, significava "Infrazione".

37

"Tu sei il Wunderkind" gracchiarono le voci nella testa di Caius.

La voce di Pilgrind, di Gus, di Herr Spiegelmann. Fuse insieme.

Un coro dettato dal panico.

"Tu sei il Wunderkind." E sebbene il significato di quelle parole gli sfuggisse, Caius provò piacere nel sentirsele urlare nella testa.

"Tu sei il Wunderkind." Coperto di materia organica e mucillagine, la pelle come scottata da una radiazione ultraterrena, Caius sorrise.

— Io sono il Wunderkind.

Il bambino prodigio.

Come Mozart, Harry Potter, Merlino.

Come mille altri eroi dei suoi amati libri.

— Io sono il Wunderkind — ripeté, mentre Gus barcollava sfidando la morte a duello.

Come aveva detto Pilgrind? Non era magia. Era Permuta. Bruciare ricordi, modificare la fisica.

— Io sono il Wunderkind — tuonò il ragazzino.

Chiuse gli occhi. Si portò le mani al petto. Pensò. Charlie. Emma. La scuola. Per distruggere il Calibano serviva un ricordo potente. Pensò a quel giorno speciale, magico. Il giorno in cui aveva sentito freddo per la prima volta. Il suo giorno più felice? Forse sì.

Per tutta la sua infanzia Caius era stato costretto a letto, senza mai uscire di casa. Malato. Aveva conosciuto il susseguirsi delle stagioni solo attraverso ciò che le finestre lasciavano intuire e le parole degli scrittori che più aveva amato. Il sole, raggi luminosi che attraversavano le veneziane abbassate; i colori dell'autunno, riproduzioni allegre sulle enciclopedie per bambini. La primavera era il cinguettare più acuto dei passeri sui davanzali. Non aveva mai fatto un pupazzo di neve né camminato a piedi nudi nel greto di un torrente. Non aveva mai avuto il piacere di finire sotto un acquazzone imprevisto. E non aveva mai posseduto un ombrello che fosse tutto suo.

Poi, un giorno, era guarito. Improvvisamente, inspiegabilmente. Per Caius era stato rinascere.

E quel giorno di settembreottobrenovembre dicembre, sua madre e suo padre loavevanoloavevanolo avevano avvolto nel cappotto blucheerastato il primo ad essere veramente suo, gli avevano... oh come ricordava. Quel giorno suo padre se lo era caricato e sbuffandocome una locomotiva sieramessoacorrere messoacorrere per tutta la Dames rue des. Caius ricordava i passantichiindispettitodaquelchiassochisorridenteperquellabuffascenaelegridadisuamadrechiimpauritosierafattodaparteCaius Charlie se piangere o ridere le sue risate, come. Come avevano riso quel giorno! Era ricordo, il suonodelledisuamadrerisatedisuopadremescolateallesuementregliautomobilistisuonavanoilclacsonlevecchiettelevecchiettesorridevano

e
il
ghiaccio
rischiava
di farli
cadere
cadere
cadere.

Caius spalancò gli occhi. Permuta. L'urto fu terrificante. Il Calibano venne polverizzato in un istante. Non ebbe neppure il tempo di rendersene conto.

La vampata lo avvolse con inaudita ferocia. Rendendolo carne morta, poi polvere, infine luce. La luce colpì le pareti del Sacello, facendo crollare la colonna più antica.

Pietre grandi come macigni sfondarono il pavimento creando voragini. Il sarcofago del Levantino fu sgretolato. L'arco crollò. L'intero Sacello fu scosso da un'onda sismica impressionante. Il vuoto creato dove il Calibano aveva caricato per uccidere Gus fu riempito dal nero.

Il nero risucchiò aria e urla. Risucchiò polvere, cadaveri e pietre. Risucchiò marmi e ori. Divenne minuscolo. Sparì. Allora, e solo allora, arrivò il boato.

Fu come se la Terra stessa si stesse ribellando alla Permuta compiuta da Caius.

Gus lo stava fissando. — Caius, no — disse. — Cos'hai fatto?

Caius vide Gus. Lo vide al di là della maschera. Lo vide senza la pelle che il Calibano prima, e la sua stessa Permuta poi, avevano incenerito.

E strillò: — Sta' lontano da me!

38

Il Licantropo era un predatore.

La sua non era solo un'abilità frutto di apprendimento, era qualcosa che scorreva nelle vene, assieme al sangue e alla vita. Così era giunto alla piazza della fontana: seguendo un istinto che mai nessun Cacciatore avrebbe potuto eguagliare. Aveva atteso, come il sangue gli aveva ordinato di fare.

Non a lungo.

Di lì a poco, da una delle viuzze immerse nella penombra, Herr Spiegelmann arrivò, danzando nell'aria. Un vento invisibile lo teneva sollevato dal terreno. Il Venditore era immerso in un profondo stato meditativo, una trance. Nulla esisteva al di fuori della sua concentrazione.

Buliwyf sentì la pelle accapponarsi. Quasi seguisse una coreografia, la figura obesa compose forme geometriche usando il proprio corpo sgraziato come pennello e l'aria gelata come tavolozza. Sorrideva e muoveva le dita.

Buliwyf non aveva mai visto nulla di così inquietante. Tutte le dita si agitavano come mosse da volontà propria. Si allungavano, si chinavano in avanti e poi saettavano all'indietro. Quindi si arricciavano, simili a nastri, e si biforcavano. Languide o frenetiche, lente o velocissime, ma sempre in movimento.

Una movenza superava l'altra e poi si ritraeva in ossequio all'arrivo di un terzo gesto. Il gesto saliva a sfiorare i lampioni e convocava un nuovo movimento che non si faceva aspettare. Come in una danza, Herr Spiegelmann volgeva la schiena al Licantropo e solcava l'aria in un minuetto silenzioso e terrificante. Sorrideva e spandeva gelo.

Ballava, scivolava e si avvicinava. Infine si fermò, ritto sulla fontana. Schioccò le dita e riaprì gli occhi. Herr Spiegelmann stava in bilico sulla punta del piede come un giocoliere che aveva scelto il testone tondo del Rana sorridente come luogo in cui esibirsi. Sorrideva il Rana, serafico e con lo scettro fra le zampe palmate, e sorrideva anche il Venditore.

Si sfregava le mani deformi, bianche in maniera assoluta, e non aveva alcun riguardo a nascondere la sua gioia o a simulare le sue vere fattezze.

Sotto il cerone, la menzogna: una bocca troppo larga, mani troppo lunghe, gambe troppo gracili. Funambolo e mentitore. Assassino e baro.

Nessuno applaudì. Nessuno si allarmò per le risate di Herr Spiegelmann. Nessuno osò neppure pensare a ciò che stava accadendo.

Se Buliwyf avesse aguzzato l'udito, avrebbe potuto sentire televisioni che alzavano il volume, discussioni che si facevano gridate e il russare bugiardo farsi ancora più intenso. Tutte le finestre erano sprangate.

Non c'erano auto.

Non c'era nulla.

Fu il predatore a bloccarlo. Il tante volte maledetto lupo con cui era costretto a dividere l'anima. I muscoli di Buliwyf erano pronti a spiccare il salto, la sua mano già stringeva il pugnale dalla lama scintillante, i denti erano già pronti ad assaporare il sangue, ma il lupo gli ordinò di non muoversi.

Di non sprecare adrenalina. Di ricacciare dentro la furia e di aspettare ancora. Attendere e osservare. Osservare, ad esempio, gli oggetti raccolti alla base della fontana.

Cumuli di immondizia. Immondizia di cui Buliwyf subito comprese la provenienza. Calzini, cartoline, balocchi scoloriti, medicine scadute, bicchieri sbreccati, animali impagliati, sciarpe, ninnoli, collane, vecchi tascabili senza copertina, tazze, penne, chiodi, scatole ammuffite, pacchi di lettere illeggibili. Oggetti senza valore. Gli oggetti rubati dai Caghoulard.

Buliwyf era senza fiato. Obbedì al lupo, osservò e aspettò. Secondi e minuti, poi.

Un boato tremendo.

La terra tremò. Il palazzo al suo fianco si mosse come spinto verso l'alto. Un'esplosione che fece saltare tubature dell'acqua e dei liquami. Vetri tintinnarono al limite della rottura. Nuove crepe si aprirono sul marciapiede. Un lampione crollò con gran spreco di scintille mentre gli altri si spensero, deflagrando come fuochi a Capodanno.

Buliwyf alzò lo guardo al cielo, stupefatto.

Le nubi sulla sua testa, quelle che avevano scrosciato acqua gelida per tutto il giorno e che avevano continuato a gravare sulla città per la sera e la nottata, si erano sfilacciate, intrecciate e infine raggrumate a formare una spirale. Il tutto in meno di un minuto. Dietro di esse Buliwyf poteva intuire la sagoma opalescente della luna. Ammutolita.

Il Licantropo fu inorridito da quel silenzio.

— Infrazione! Infrazione! — esultava Herr Spiegelmann con quella sua vocetta stridula.

— Infrazione! Infrazione! — ripeteva con una gioia che metteva la nausea.

— Infrazione! Infrazione!

La terra tremò di nuovo, mentre il gelo della mezzanotte veniva sopraffatto da un caldo torrido che strinava i capelli e infiammava gli occhi.

Una folata bruciante, che prima mosse e poi disperse le pozzanghere, annerì l'erba e gli sterpi, lasciando impronte brune sui mattoni e sugli intonaci. L'aria arroventata trascinava polvere incandescente.

Buliwyf, accecato, si coprì il viso con una mano.

Quel vento innaturale portò due creature. Non meno eccezionali.

Le creature erano Falene. Fra tutte le farfalle che solcano l'aria, quelle più sgraziate, pesanti. Ali prive di colori che non fossero quelli mesti della notte. Affamate di un appetito grottesco e disperato. Affamate di luce, anziché di miele. Affamate di calore, anziché di vita.

Ma le Falene che giunsero nel Dent de Nuit non erano Falene qualsiasi. Non cercavano calore, lo portavano. E invece della luce, sembrava bramassero Spiegelmann.

Respiri di carne sospesi nell'aria, volteggiavano attorno alla testa spaccata dal sorriso del Venditore che, niente affatto terrorizzato da quell'improvvisa apparizione, continuava a cinguettare la sua formula: — Infrazione! Infrazione!

Le Falene erano creature dell'Albero. Così Pilgrind aveva raccontato a Buliwyf, una volta. Infrazione significava...

— Oh, merda.

Il Licantropo si accucciò del tutto. Fece appena in tempo. Il Varco si aprì al di sotto della fontana, inghiottendo porfido e panchine. Il Varco era una ferita scheggiata grande più o meno come una piccola piscina.

Era quella la fonte del vento e del fuoco. Più che una breccia, agli occhi del Licantropo il Varco sembrava una fornace aperta su un inferno sconosciuto.

L'aria si muoveva come volesse ritrarsi dal contatto della corrente infuocata che da essa scaturiva. I dettagli della piazza sfumavano.

Gli olmi rigogliosi che avevano coraggiosamente resistito alla scossa sismica avvizzirono e morirono, diventando carbone.

Herr Spiegelmann ululava: — Io ti comando! A me! A me!

Dalle sue mani saettarono catene.

— Metallo per lo schiavo! A me! — intimava.

Le catene rimasero in bilico sul Varco, poi vi precipitarono dentro.

— A me!

Spiegelmann aveva gettato le sue reti, pensò Buliwyf.

Ora doveva solo aspettare per vedere cosa vi avrebbe tratto.

Altro prodigio, all'Obsesso. Ma senza testimoni, il locale era ormai vuoto. Tutti erano scappati. Il *Coniglio* diventato *Falena* mutò ancora. Divenne cane crudele dalle fauci schiumanti. Animale affetto da rabbia con occhi di locusta.

Divenne *Jena*.

39

Il suo nome era Jena Metzgeray, e il suo mondo era un inferno calcinato in cui il rosso era l'unico colore, esploso in mille gradazioni, e nessuna vita era permessa.

A parte la sua.

Nessuna pianta avrebbe trovato nutrimento nel deserto in cui lui viveva. Non vi erano animali né creature senzienti, persino i demoni temevano quello spiraglio di eternità, perché i demoni erano affratellati al genere umano e nulla di umano poteva accostarsi a ciò che abitava quell'inferno ossidato senza esserne divorato.

Jena Metzgeray vagava in quell'incendio eterno e masticava sabbia. Era un essere tremendo e tremenda era la sua libertà, perché colma della saggezza che è propria del macellaio. In alcuni territori così era chiamato, Grande Macellaio Cieco. Quando superava i confini della sua oscura dimensione di fuoco e polvere per entrare in quella in cui la Tour Eiffel svettava su Parigi e i corvi del Big Ben garantivano lunga vita e prosperità ai possessori della Corona, era inferno elargito con generosità. Jena era sangue. Jena era il Grande Macellaio Cieco.

Era dannato lui stesso, signore di una violenza le cui

stigmate avevano scarnificato la sua figura fino a renderla maschera. Non aveva labbra e non aveva occhi, cosicché il suo viso era atteggiato in un ghigno sarcastico simile a quello della morte falcata. Indossava un cappello largo e nero come quelli calcati nell'epoca della Frontiera, e in effetti il suo dominio era una delle Frontiere più esterne del Cosmo. Indossava un impermeabile di pelle, ma non era pelle di bue o di toro, era la pelle delle anime che lui stesso aveva scorticato. Tragici prescelti che avevano ottenuto il dubbio onore di attirare la sua attenzione.

C'erano voluti secoli perché smettessero di implorare.

Impugnava mannaie spropositate, il Grande Macellaio Cieco.

Jena Metzgeray portò lo sguardo al cielo. Quando le catene si serrarono al suo collo, sibilò di dolore e indignazione. Quando le catene si tesero, provò a forzarle senza successo. Comprese che ogni sforzo sarebbe stato vano e, colmo di spregio, si lasciò trascinare verso il Varco.

Vedeva una figura sporgersi al di là di esso. Colui che lo stava imprigionando. Una figura flaccida, disgustosa. Una figura di carne e cerone. Florida e quindi orrenda per lui che era un essere di fiamma distruttiva e azzeratrice. Jena Metzgeray urlò quando le catene lo trassero in schiavitù.

Non era nato per essere evocato.

Non era nato per essere schiavo.

Varcava i confini solo quando era la sua volontà a imporglielo, solo quando il suo capriccio lo portava a desiderare nuovi spazi. Spazi così fragili da deluderlo ogni volta.

Conosceva le regole dell'oscurità e della luce, dopotutto era Re del suo mondo. Non aveva pensieri, non come li avrebbe potuti intendere Buliwyf, che non riusciva a staccare gli occhi dalle catene in tensione che fumavano e si liquefacevano, senza mai spezzarsi. Nella mente della creatura demoniaca la rabbia aveva evocato la parola "Infrazione".

E con una certa ironia si chiese chi potesse essere così folle da usare lui come sistema per riequilibrare l'universo. Imprudente, meditò, pensare di potersi approfittare dei suoi servigi. Il divertimento sopravanzò la rabbia.

Così, quando con un ultimo strattone Jena Metzgeray approdò alla Fontana del Rana, estratto dalla sua dimensione infernale fatta di rosso e polvere, stava ridendo.

Spiegelmann sudava. Persino lui era spaventato dalla figura scheletrica sbucata dal Varco.

Buliwyf tremava come un cucciolo e non se ne vergognava. Quell'essere era malvagio.

— Jena Metzgeray, schiavo! — lo chiamò Spiegelmann con una vocetta flebile. Poi, per darsi un tono, drizzò la schiena e ripeté, a voce più alta: — Schiavo.

Jena Metzgeray non diede segno di aver inteso il suo comando. Alto più di cinque metri, sebbene secco come un giunco, lo poteva guardare dritto in viso senza dover alzare la testa. Non aveva occhi, ma Spiegelmann sentiva ugualmente che la creatura evocata fremeva di rabbia.

Sarebbe bastato un minimo errore perché Metzgeray lo trascinasse, urlante, nel suo inferno privato.

Era un rischio inebriante.

— Schiavo! — gridò, sferzandolo con la catena.

Metzgeray s'inginocchiò.

— Io ti ho evocato.

— Perché?

La voce di Metzgeray torturava le orecchie. Era il ringhiare sordo di un altoforno, il rombo di una foresta in fiamme, lo strepito dello zolfo incandescente. Non era priva di emozione, ne era intrisa. Non fu quindi difficile per Spiegelmann rendersi conto dell'errore. Non era rabbia ciò che la creatura stava manifestando. Era sdegno.

E divertimento.

Herr Spiegelmann ne fu stupito. E confuso. Così la sua voce divenne più aspra.

— Io ti comando.

— Perché?

Spiegelmann tentennò per qualche istante, prima di rispondere, querulo: — Perché è stata commessa un'Infrazione. Una gravissima Infrazione e le Falene... — deglutì. — La Legge...

— So cosa dice la Legge — replicò la creatura in tono canzonatorio. — Voglio solo sapere cosa vuoi che io faccia, creatura di plastica.

Spiegelmann si morse le labbra. Non comprendeva in pieno le parole di Jena Metzgeray e neppure riusciva a capire cosa lo potesse rendere così sarcastico, ma non aveva importanza.

Di lì a poco tutto sarebbe cambiato, pensò. Presto tutto sarebbe cambiato radicalmente.

Presto sarebbe stato ricompensato. E allora, oh, allora avrebbe potuto dare un prezzo a tutto. Vendere il sale alle lacrime, i baci alle bocche. Avrebbe potuto trasformare il mondo in un luogo scintillante, a sua immagine e somiglianza. L'universo in una regione sconfinata in cui tutto, qualsiasi cosa sarebbe stata moneta e denaro. L'acqua e le piogge e i mari che le accoglievano, i pesci e ciò che i pesci espellevano. Avrebbe potuto vendere il calore al sole e la libertà agli albatri, così come si sarebbe dilettato a spegnere gli occhi ai creditori. Ma per farlo aveva ancora dei passi da compiere.

— Annusa. Caccia. Colpisci! — latrò il Venditore. — Colpisci e sii implacabile! E quando avrai finito, Metzgeray, voglio *lui*.

Un lampo di comprensione saettò sul teschio di Jena.

Osservò gli oggetti deposti sotto la fontana.

— Cambiavalute — sogghignò l'essere infernale. — Creature avide. — Il sogghigno divenne una risata. — Creature abiette che vagano cieche.

Il vento aumentò d'intensità. Il Licantropo dovette chiudere gli occhi per evitare di ferirli.

Jena aspirò l'aria con un fischio improvviso. — Tu vuoi... potere.

— Sì.

— È sempre così — ghignò Metzgeray, sbeffeggiandolo.

— Voglio potere — strepitò Spiegelmann. — E tu mi porterai potere. So che puoi farlo.

— Certo che posso farlo. E ti servirò a dovere.

C'era qualcosa di spaventosamente ambiguo in quelle parole. Spiegelmann scosse le catene. — Non fare il furbo con me. Presto io... noi...

— Noi? — L'interrogativo scomparve subito dalle orbite nere di Metzgeray. — Noi, certo. Ora capisco.

— E allora vai! Vai, maledetto!

— Tu vuoi potere.

— Lo voglio! Voglio potere! — schiamazzava Herr Spiegelmann. — Voglio potere! Voglio le mani! Voglio le mani! Mi servono! Io lo so! Lì c'è il potere! Mi serve! Mi serve!

Metzgeray si erse in tutta la sua statura. Nonostante le sferzate, Spiegelmann non poté impedirglielo.

— Queste... — disse Metzgeray spezzando le catene a una a una — non servono. È la Legge, e io sono Re. Obbedirò alla Legge. Quanto al tuo desiderio... — si portò il capellaccio al cuore, schernendolo — avrai mani in abbondanza. Avrai *lui*. Hai la mia parola.

— E potere.

Più di quanto speri.

Jena si chinò verso gli oggetti rubati dai Caghoulard e li aspirò a uno a uno. Da ognuno di essi scaturiva un colore diverso. Jena inghiottì ognuna di quelle sfumature. Buliwyf provò una stretta allo stomaco.

— Puzzano di Caghoulard. Dovevo immaginarlo: creatura abietta — disse Metzgeray fissando il Venditore — chiama altre creature abiette.

— Come osi!

— Obbedisco alla Legge, non al tuo volere — fu la risposta.

Poi il Grande Macellaio Cieco sguainò le mannaie.

— Ora! — strepitò Spiegelmann. — Ora!

E Metzgeray andò a caccia. Ridendo.

40

La seconda scossa di terremoto la colse di fronte alla vetrata che narrava del suo amore impossibile per il Licantropo.

Così sarebbe stata l'ultima immagine che avrebbe serbato del capolavoro: cupa e tremolante.

Alcuni bicchieri s'infransero sulle assi del pavimento. Le mura scricchiolarono. La vetrata vibrò con violenza.

Rochelle rivolse un sorriso d'incoraggiamento alla donna accanto a lei. — Va tutto bene.

Capucine non tentò neppure di fingersi rassicurata. Era una donna forte e decisa solo che, in quel momento, non sembrava né forte né decisa, solo spaventata.

— Sarà l'ultima? — chiese.

— Lo spero — rispose Rochelle.

— Non sforzarti.

— Come?

— Non serve che sorridi se non ti va. C'è ben poco da sorridere, questa notte.

— Credo che tu abbia ragione.

— Sei preoccupata per lui? — Indicò il lupo al centro della vetrata.

Rochelle annuì. — Non solo. Il terremoto e... lo senti?

— Il vento.

— Lo hai mai sentito un vento così?

— No. Mai.

— Rochelle! — chiamò la voce ruvida di Suez. — Rochelle! Dannazione, apri!

Le mani si abbattevano sulla porta quasi volessero buttarla giù. Rochelle e Capucine si scambiarono uno sguardo.

— Rochelle!

— Non andare... — la pregò Capucine.

— È Suez, non preoccuparti.

— È anche lui uno di quei... un...

— Sì. È una brava persona.

Con il cuore in gola, Capucine osservò la Rarefatta avvicinarsi alla porta e aprirla quel tanto che bastava da permetterle di rendersi conto dello stato di totale agitazione di Suez. Il viso arrossato, trafelato per la corsa, gli occhi febbricitanti, colmi di adrenalina. E paura.

Il vento caldo le strappò un singulto.

— Entra — lo invitò.

Suez, pensò Capucine, sarebbe stato un bell'uomo – anche se lei non andava matta per gli armadi pieni di tatuaggi – non fosse stato per la vena di follia che gli aleggiava attorno. Si morse le labbra e si avvicinò ai due.

— Buliwyf? Gus? Devo parlare con loro — disse Suez, senza degnarla di uno sguardo.

— Cosa succede? — chiese Rochelle.

— Devo parlare con loro. Dove sono?

— Non sono qui. Suez, dimmi cosa sta succedendo!

Leggendo la paura nei suoi occhi, lui si passò una mano sulla testa detergendola dal sudore e cercò di calmarsi.

— Ancora niente... Pilgrind... ha parlato di un'Infrazione. Si è messo a sbraitare che dovevamo metterci in salvo. Io... sono venuto qui a cercare Gus e Buliwyf. Pensavo...

Rochelle lo fece sedere.

Capucine gli porse un bicchiere d'acqua.

— Sei sicuro che abbia parlato di un'Infrazione?

— Sì — rispose Suez, dopo essersi dissetato. — Ha detto Infrazione. Se n'era stato tutta la serata da solo, a fare un solitario. Poi all'improvviso... — scosse la testa. — È esploso il panico, e se ne sono andati tutti. Io ho lasciato il locale e sono corso qui... — Spalancò gli occhi, come si fosse ricordato qualcosa di importante. — Il ragazzo?

— È con Gus.

Suez la fissò come se avesse detto un'assurdità. — Con Gus?

Rochelle annuì. — Sono scesi. Al Pozzo.

Questa volta fu Capucine a guardarla come fosse impazzita. — Al Pozzo? Non è quel locale per snob davanti alla fontana? Cosa sono andati a fare da quelle parti?

Rochelle non poté rispondere. Perché in quell'attimo iniziarono le grida.

Jena Metzgeray aveva cominciato la sua caccia.

Fabien Chatang era un Cambiavalute che viveva in boulevard Chroniques in un appartamento decisamente troppo ampio per le sue esigenze.

Sedeva su un cuscino a gambe incrociate, una canna nella destra e una bottiglia di birra nella sinistra.

Una muraglia di lattine e bottiglie a proteggerlo dal vento che percuoteva le imposte serrate.

Fabien aveva acquistato quell'appartamento grazie all'eredità dei genitori, contando sul fatto che presto si sarebbe sposato e che Florence avrebbe riempito quello spazio con una bella nidiata di marmocchi.

Purtroppo l'acquisto della casa si era rivelato l'inizio della fine. Florence lo aveva abbandonato per un musicista con cui aveva deciso di fare il giro di tutte le isole del mondo, e ancora Fabien non riusciva a capacitarsene.

Non tanto per l'abbandono improvviso, quanto per il fatto che Florence aveva sempre detestato viaggiare. L'appartamento che già gli era sembrato troppo grande ora gli sembrava anche vuoto.

Durante il trasloco metà dei suoi mobili erano finiti dall'altra parte della città e Fabien, ubriaco come non gli capitava più dai tempi della scuola, cercava di cogliere un significato da quelle stanze vuote e da quei muri nudi.

Lui stesso era vuoto. Disperato, infelice.

Così, quando Jena Metzgeray irruppe nella sua solitudine, Fabien fu ben felice di morire.

"Tanto" pensò "è solo un sogno."

Muriel e Laure si erano conosciute per caso a una fermata della metropolitana, complice una pioggia insistente.

Si erano scambiate numeri di telefono e indirizzo e ben presto la presenza dell'una nella vita dell'altra si era tramutata in un sentimento sconvolgente.

Si amavano davvero, e non c'era voluto molto perché Laure, durante una passeggiata a Belleville, confessasse il suo amore a Muriel. Quando Muriel l'aveva baciata in mezzo alla strada, molti passanti avevano applaudito. Era stato bellissimo e imbarazzante allo stesso tempo.

Muriel era una Cambiavalute.

Ed era stato un trauma scoprirlo. Né suo padre né sua madre lo erano. Avevano strepitato, invocato l'aiuto di psicologi ed esperti, avevano analizzato e razionalizzato, ma quando Muriel aveva permutato un putto d'argento davanti ai loro occhi, erano diventati freddi e sospettosi.

Spaventati. Così Muriel, guardata con diffidenza dai suoi stessi genitori, aveva deciso di fare le valigie.

Lì, al Dent de Nuit, aveva conosciuto Cambiavalute che l'avevano ammaestrata e messa in guardia dai pericoli della Permuta. Lì si era sentita accettata, e ora che aveva anche trovato l'amore si sentiva scoppiare di felicità. Laure era una donna speciale. Estroversa, intelligente, spiritosa. Una pittrice di grande talento. Ma c'era quel segreto.

Laure non sapeva nulla della Permuta. Muriel non glielo aveva mai confessato.

E se Laure avesse reagito come i suoi genitori? Questo pensiero stirava le sue notti fino ad albe biancastre e infinite. Non poté mai confessarlo.

Laure, da quella mezzanotte, mai più avrebbe ripreso un pennello in mano se non per disegnare minacciose figure nere avvolte in spruzzi di vento rosso.

— Che diavolo...?

François per poco non cadde dal letto quando sentì il muro esplodere.

Sua moglie, Emilie, se ne stava rannicchiata in un angolo, ammutolita.

Indicava qualcosa.

— Che diavolo...?

François pensò a un attacco terroristico.

Poi vide Jena Metzgeray e smise di pensare. Era più sicuro. Lo trovarono così, il giorno dopo, nudo a cullare il cadavere mutilato di Emilie.

Quanti nel Dent de Nuit quella notte furono visitati dal Grande Macellaio Cieco? Una moltitudine.

La maggior parte spirò in solitudine, privando tribunali e giornalisti di testimoni attendibili. Naturalmente furono aperte delle inchieste, e in molti misero il naso nel quartiere nei giorni che seguirono la notte di Jena Metzgeray. Chi per dovere, chi per rovistare nel torbido e trarne uno scoop.

Il centralino della gendarmeria fu intasato di chiamate (chiamate che giunsero solo dopo che tutto fu concluso), e le pattuglie inviate a sirene spiegate nel Dent de Nuit si trovarono costrette a girare in tondo per lunghi minuti prima di poter giungere a destinazione. Cartelli stradali cambiavano ogni volta che vi si passava davanti, creature irte di denti sbucavano dai tombini per rosicchiare ruote e stivali.

Furono incredibilmente pochi i feriti portati all'ospedale, mentre numerosi (un chirurgo parlò di una carneficina) furono i cadaveri avvolti nei sacchi neri che finirono sui tavoli dell'obitorio. Poliziotti e medici, dunque. Se può sembrare quasi ovvio che simili personalità provassero imbarazzo a riferire degli strani fenomeni cui avevano assistito nel quartiere che mai avevano sentito nominare e il cui nome pian piano svanì dalle loro coscienze, al contrario stupisce che anche i giornalisti accorsi si dimostrassero ugualmente titubanti. Come essere sinceri nel riferire del sangue versato in un quartiere che neppure era segnato sulle mappe senza perdere credibilità nei confronti dei lettori?

Si parlò di una fuga di gas, e ciò creò il presupposto per un ovvio quanto vigliacco rimbalzare di responsabilità di ufficio in ufficio, che sfociò in una futile diatriba politica. In breve, i morti del Dent de Nuit furono dimenticati.

La porta del Giorni Perduti e tutto il muro attorno ad essa si polverizzarono.

La vetrata andò in frantumi. Schegge colorate furono trovate, l'indomani, anche a cinquanta metri di distanza. Una, grossa come lo schermo di un televisore, colpì Rochelle a una gamba. La Rarefatta non poteva sanguinare, ma poteva sentire dolore.

Capucine urlò con quanto fiato aveva in gola, e il suo urlo si trasformò in un raschiare secco, quando la polvere che accompagnava Jena Metzgeray invase il locale rendendo la respirazione quasi impossibile.

Il caldo torrido fece arricciare le etichette delle bottiglie e uccise istantaneamente tutte le piante presenti nel locale.

La risata di Jena rimbombò fra le pareti. Impugnava due mannaie lorde di sangue. Non c'erano dubbi su quale fosse il suo scopo.

Suez tentò una Permuta, ma l'agitazione, la paura e gli strilli della donna che assomigliava a uno scricciolo gli impedirono di concentrarsi a dovere. Era un pessimo Cambiavalute. Fece allora ciò che era abituato a fare all'Obsesso, quando si trovava a dover fronteggiare una rissa. Afferrò una sedia e la scagliò contro la figura drappeggiata di nero e rosso.

La sedia si schiantò senza neppure avvicinarsi al bersaglio.

— Che cos'è quello? Che cos'è quello? — strillava Capucine, tossendo.

Rochelle, piegata per il dolore, sentiva su di sé lo sguardo del cranio fumigante. Jena era incuriosito da quello strano assembramento.

Un'umana, una Rarefatta e un Cambiavalute, annichiliti dalla sua presenza. Il Dent de Nuit gli riservava continue sorprese. Aveva scovato amanti intenti a pratiche inconsuete, assuefatti che spremevano sangue su logori Manufatti, aveva addirittura scoperchiato case abitate da topi e Caghoulard. Ma quella era la prima Rarefatta che incontrava.

Erano esseri rari.

Il suo interesse svanì in fretta, come sempre quando si trovava nella regione in cui il sorriso della *Gioconda* non scandiva enigmi, ma terrori, l'arcano era bandito e il Colosseo una splendida intuizione abbandonata e diroccata. Un luogo privo di attrattive, brulicante di vita e rumore. Aveva un lavoro da compiere perché così ordinava la Legge, e una rivincita da prendersi, perché così aveva disposto il suo orgoglio regale.

Inutile perdere tempo.

— Cambiavalute — chiamò.

Sentendosi interpellato, Suez incassò la testa e si preparò a lottare a mani nude. Avrebbe venduto cara la pelle. Osò persino minacciare. — Vattene — disse. — O sarà peggio per te.

Jena fece volteggiare le due mannaie con l'abilità di uno sbandieratore.

— Risparmiaci, o grande Re — pregò Rochelle, all'improvviso. Sebbene ferita e spaventata, si costringeva a mostrarsi fiera e per nulla intimorita. — Grande Macellaio Cieco.

— Cosa vai blaterando? — ringhiò Suez. — Scappate!

Non scapparono. Capucine perché immobilizzata dal panico, Rochelle perché conosceva il cerimoniale con cui accostarsi alle Altezze.

— Lui è un Re — disse, senza smettere di fissare la creatura. — Si chiama Jena Metzgeray. Non dovrebbe essere qui. Noi ti benediciamo, Grande Macellaio Cieco, e imploriamo...

— Io — gridò Jena. — Sono dove *io* voglio essere, Rarefatta...

Le mannaie smisurate volteggiarono ancora, provocando un sibilo che fece gemere Capucine.

— Cosa vuoi da noi?

— Nulla — fu la risposta.

Indicò Suez.

— Vuoi me?

Jena rise. — Voglio le tue mani.

— Vuoi...?

Non ci fu dolore.

Non subito. Jena si mosse a velocità soprannaturale. Capucine girò la testa e vomitò inzaccherandosi il maglione sformato, Rochelle non poté fare a meno di serrare gli occhi, anche se solo per un attimo, quando una calda vampata carminio la colpì in pieno viso. Suez batté le palpebre.

Poi si guardò le mani. Non c'erano più.

Erano a terra.

La sinistra chiusa a pugno. Il dito medio della destra fremeva in un gesto vagamente osceno. Suez guardò l'una e l'altra, poi i moncherini. La ferita era perfetta. Dai moncherini scaturiva un getto scarlatto e il dolore fu agghiacciante.

— Maledetto! — urlò.

Per tutta risposta, Jena rise.

— Maledetto...

Jena rise ancora.

Suez urlò e si avventò contro di lui.

La sorpresa per quel gesto così imprevisto fece sì che Jena Metzgeray non calasse immediatamente la mannaia per spezzargli in due la colonna vertebrale. Era quasi affascinato dalla rabbia dell'omone che, sebbene morente, trovava ancora energie per ribellarsi.

Suez riuscì a entrare nella caligine urticante e colpì con i monconi il corpo del Grande Macellaio Cieco. Il contatto lo inondò di nuove sofferenze. Fu come se vetro sminuzzato gli fosse stato versato nelle vene.

Annaspò, si ritrasse e si preparò a colpire di nuovo, ultimo atto della sua vita prima di lasciarsi morire e calare il sipario. Il pulviscolo incandescente vorticò con maggiore intensità attorno al Re. Ma Suez non vi badò.

Tutto girava, tutto perdeva consistenza. Suez era trascinato lontano, la stanza rimpiccioliva e lui desiderava stendersi e dormire. Dormire per sempre. Lasciarsi inghiottire dal buio. Ma prima di farlo, voleva colpire ancora.

Barcollò. Finì in ginocchio.

Jena scagliò la mannaia contro la parete. La lama affondò di mezzo metro.

La sua mano calò sul cranio di Suez, le sue dita gli circondarono il viso. Lo sollevò.

Negli occhi di Jena, Suez vide che c'erano cose ben peggiori della morte.

La risata folle del Macellaio lo rese sordo. Suez si sentì sprofondare.

Jena lasciò la presa. Allungò la mano e la mannaia tornò al suo posto.

Si voltò. Uscì.

Rimasero in tre, nel locale. Rochelle, che non poteva smettere di tremare. Capucine, che roteava gli occhi, i capelli completamente imbiancati. E Suez. I moncherini delle sue braccia fumavano, anneriti. Cauterizzati. Rantolava.

Il dolore era atroce, ma era ancora vivo.

Le sue mani, invece, erano svanite.

41

Immobile e con le braccia alzate, un'espressione estatica sul viso deforme, il Venditore era saldo sulla cima della statua del Rana. Stava cambiando qualcosa in lui.

La sua figura sembrava troppo perfetta, troppo cristallina, troppo nitida, tanto da dare la nausea. Emergeva dal fondale della piazza devastata dalla tempesta di fuoco che Metzgeray aveva portato con sé come se fosse l'unico protagonista veramente reale di quella catastrofe.

A Buliwyf, asserragliato al riparo del suo nascondiglio, dava l'impressione di fissare un ghiacciaio in una giornata di sole. I suoi occhi reagivano alla stessa maniera, lacrimando e bruciando. Ma non era solo questo a inorridire il Licantropo. C'era un altro fenomeno, e ben più difficile da individuare, che cominciava a manifestarsi. Herr Spiegelmann si stava dilatando.

Dapprima il Licantropo aveva pensato si trattasse di un'illusione ottica.

Ma non era così.

Herr Spiegelmann si stava davvero gonfiando a dismisura.

Il suo faccione lunare era diventato teso come un pallone di cuoio, le labbra sporgevano in un ghigno da babbuino, le sue mani apparivano voluminose come pneumatici, le dita simili a salsicciotti. Il ventre gonfio come ingorgato d'aria e alimenti. Lo circondava un alone azzurrino, e più passava il tempo, più l'alone diventava visibile e Herr Spiegelmann si dilatava.

Il Venditore si stava nutrendo.

Buliwyf intuì un legame fra l'apparizione dell'essere demoniaco trascinato a forza dal Varco e le urla che sentiva risuonare attorno a lui. L'essere stava facendo qualcosa, qualcosa di terribile, e questo portava nutrimento al Venditore. Come una zanzara vorace, Herr Spiegelmann stava fagocitando la sofferenza che il lupo annusava nell'aria.

E il pasto, a giudicare dall'espressione d'estasi sul suo viso, gli era gradito. Il Licantropo doveva agire se voleva far cessare quello scempio.

Si preparò ad attaccare. E ancora una volta il suo proposito omicida fu frustrato. Da Pilgrind, giunto in silenzio alle sue spalle.

— Figlio di puttana... — mormorò il Barbuto guardando Herr Spiegelmann.

— Cosa sta facendo?

— Si ciba.

— Di cosa?

Pilgrind lo fissò negli occhi prima di rispondere. — Di Cambiavalute.

— Non è possibile.

— Oh, sì — affermò Pilgrind. — È possibile. Dev'essere successo qualcosa nel Sacello. Hai visto cosa ha evocato?

Buliwyf provò a descrivere la creatura sbucata dal Varco ma, non trovando le parole adatte, si limitò ad annuire e a mormorare: — Enorme. Nero.

— Mi serve di più, Buliwyf — lo sferzò il Barbuto.

Buliwyf ci provò. — Lo ha chiamato Jena... Jena qualcosa.

Pilgrind impallidì. — È pazzo. Ma forse può essere una buona notizia.

— Cosa stai dicendo? — esclamò Buliwyf. — Le senti queste urla? Lo senti l'odore di sangue? C'è una guerra, cazzo. E tu mi dici che è una buona notizia? Quel mostro...

— Quel mostro è un Re. E non si prendono in giro i Re. Spiegelmann si è sopravvalutato. Come al solito. — Quasi sorrideva.

Buliwyf si divincolò dalla sua stretta.

— Cosa vuoi fare, Licantropo?

— Ucciderlo.

— Non farlo. Se lo uccidessi in questo momento — Pilgrind indicò con il dito Herr Spiegelmann che si stava gonfiando a vista d'occhio — distruggeresti mezzo quartiere. Non possiamo fare altro che aspettare.

Buliwyf rilassò i muscoli. — Cosa sta succedendo, Pilgrind? — mormorò, angosciato.

Il Barbuto sospirò. — Credo sia stato il suo piano sin dall'inizio. Ci ha giocati. Ci ha divisi. Ha fatto in modo che Caius finisse nel Sacello e lì lo ha costretto a commettere un'Infrazione.

— Cos'è un'Infrazione? Perché è così pericolosa?

— Le carte sono state chiare. È stata commessa un'Infrazione. La *Falena*...

— Falena? Le ho viste, due... ributtanti.

— Ci sono Leggi, Buliwyf. Leggi immutabili. Caius ne ha infranta una e l'Ordine ha perso il suo equilibrio. Solo così Spiegelmann ha potuto aprire il Varco, da solo non ne avrebbe avuto la forza. Abbiamo fatto il suo gioco. Credo che il ragazzo... — scosse la testa — ... abbia praticato una Permuta. Ma a lui è proibito. Perché lui è il Wunderkind. E questa... — indicò la piazza e il Venditore — ... è la conseguenza del suo gesto. Non poteva sapere. È solo un ragazzino, ma questo non lo rende immune, anche lui è soggetto alla Legge. Avremmo dovuto raccontargli tutto. Ma raccontargli — ormai Pilgrind parlava a se stesso — poteva significare fargli ricordare, e a quel punto...

— A quel punto cosa? Ricordare cosa? Dannazione! — imprecò il Licantropo. — Vuoi finire di parlare per indovinelli?

— Ho paura che scoprirai tutto anche troppo presto, amico mio. Spiegelmann si sta caricando dell'energia di tutti i Cambiavalute del quartiere. O quasi. Ricordi i furti? Ricordi gli oggetti trafugati dai Caghoulard? Le cianfrusaglie? Non aveva importanza cosa fossero o quale fosse il loro valore. E non erano neppure un modo per ingannarci, almeno non come l'avevamo inteso. Quegli oggetti gli servivano perché Metzgeray potesse raggiungerne i proprietari. E mozzare loro le mani.

Buliwyf gemette, inorridito: — È questo che sta succedendo? Il demone sta tagliando le mani ai Cambiavalute?

Mai Pilgrind gli era sembrato tanto stanco e vecchio. — Sì. A tutti quelli cui è stato rubato qualcosa.

— Ma... perché?

Pilgrind gli mostrò il palmo aperto. — È con la mano che modifichi il mondo, Buliwyf. E la mano è il fulcro della Permuta. Le mani dei Cambiavalute sono pregne di energia di Permuta. Tramite Jena Metzgeray, Herr Spiegelmann sta rubando quell'energia. Solo così può distruggere ciò che io, Gus e Re Fil di Ferro abbiamo creato.

— Cosa? Cosa vuole distruggere?

— Oh, lui... attento, Buliwyf!

Qualcosa si era arrampicato sulla spalla del Licantropo.

Una mano.

La piazza ne era invasa.

42

La prima mano era una mano femminile. Aveva unghie laccate di rosso e dita sottili.

Era una mano destra.

Le unghie avevano perso levigatezza e forma, scheggiandosi sull'asfalto bagnato. Il mignolo era piegato, con la falange che pendeva inerte, spezzata. Quando si muoveva, produceva un ticchettio, come lo sbattere meccanico delle chele di un granchio. C'era più di una somiglianza con il mondo dei crostacei nel suo avanzare.

Si fermò, quasi annusasse l'aria. Indicò la Fontana del Rana con l'indice ormai quasi privo di smalto, e una seconda mano, appartenuta a un uomo di colore, tozza e robusta, avanzò nella luce giallastra della bufera scatenata da Jena Metzgeray, affiancandola.

La mano nera non era stata tranciata alla perfezione, perché il suo proprietario aveva cercato di sottrarsi al calare implacabile delle mannaie del Grande Macellaio Cieco, e ora si trovava costretta a trascinarsi dietro filamenti di tendine come una coda grottesca.

Erano solo l'avanguardia.

Erano state organi di persone giovani e in forze, e come tali erano state le più rapide a eseguire l'ordine impartito dal Venditore. Assaporavano la nuova condizione di indipendenza con un fremito di eccitazione. Una traccia delle coscienze appartenute ai corpi di cui fino a poco prima erano appendice era rimasta impressa nella carne, e così tendevano a muoversi seguendo logiche di classe e di censo.

La mano destra cercava di schivare le pozze più profonde ed evitava escrementi e rifiuti pur di mantenere una parvenza di educazione, mentre la sinistra, che si muoveva a zigzag, non appena scorgeva la presenza di mucchi d'immondizia, vi si tuffava con voluttà, come un cane tornato sano dopo una lunga convalescenza.

Rese lievi dalla mannaia di Jena Metzgeray si muovevano agili, seguendo un impulso che le spronava a non fermarsi mai, a non curarsi neppure della propria incolumità. Alcune mani erano rimaste schiacciate da auto guidate da uomini e donne resi pazzi dalla paura, oppure azzannate da cani e gatti randagi. Ma questi erano gli ordini: avanzare il più rapidamente possibile.

Il generale al comando, che si ergeva estatico sulla Fontana del Rana, non era interessato al benessere della sua truppa, ma solo alla sua quantità. Il suo era un esercito votato al suicidio, sebbene non ne fosse consapevole.

Il primo plotone sopraggiunse poco dopo, e poi un secondo. Quindi un terzo e un quarto. Il brusio ovattato di centinaia di polpastrelli fece presagire l'arrivo del grosso dell'armata. Quando ciò avvenne, fu uno spettacolo apocalittico.

Le mani si ammassavano schiacciandosi il dorso l'uno contro l'altro, zampettando freneticamente, ora compattandosi in ordine, ora accavallandosi nel caos più totale.

Molto, ovviamente, dipendeva dalle condizioni di salute e dall'età degli antichi corpi da cui erano state divise, ma la maggior parte del loro comportamento derivava dalla Permuta residua nei polpastrelli su cui si muovevano.

Energie diverse equivalevano ad abilità diverse.

Neppure fra le mani mozzate vigeva una parità di grado.

C'erano colonnelli, capitani e sergenti. E poi caporali, soldati e sguatteri.

Ma nemmeno un disertore.

Quelle che derivavano dai Cambiavalute maggiormente dotati coglievano in modo molto più distinto l'esortazione di Herr Spiegelmann, e quindi spettava ad esse l'onore di precedere la soldataglia, quella composta da mani di Cambiavalute che a volte neppure sospettavano di esserlo, rese cieche dalla poca dimestichezza con il soprannaturale e titubanti di fronte al richiamo del Venditore da un vago senso di incompletezza che le rendeva ottuse e impacciate.

Allora sorgevano baruffe, dita di mani diverse si intrecciavano divincolandosi in prese aggressive e palmi si scontravano come tori nell'arena con gran spreco di energie. Pollici cercavano di torcere indici e medi venivano piegati in angoli innaturali. Toccava alle mani più robuste e sagge riportare la calma.

Non fu quindi uno stormo perfetto quello che confluì nella piazza della fontana dai quattro punti cardinali, ma non fu neppure un'orda, perché se così fosse stato, Buliwyf e Pilgrind sarebbero stati spazzati via da quel flusso incessante e impetuoso. Un torrente di granchi nauseanti che divenne fiume e lago.

Quindi mare.

43

Jena Metzgeray si elevò al cielo portandosi dietro l'arcobaleno dei colori propri della carneficina.

Rosso, giallo, nero. E verde bile.

La nube di ematite che lo avvolgeva lo scortò come la scia luminosa di una cometa.

Le poche anime che ebbero la sfortuna di assistere al breve volo notturno del Grande Macellaio Cieco – un netturbino che aveva trovato riparo dietro una Volvo blu, una prostituta tremante dietro una panchina divelta e un Cambiavalute scampato alla vendemmia di Jena – furono devastate dalla consapevolezza che nella sabbia di cui era composta la nube incandescente si muovevano forme e creature in qualche modo vive e consapevoli. Nei contorni rugginosi delle volute di quella muta di cani fedeli si intravedevano visi distorti, ghigni e grugni di demoni, facce imparentate con la razza umana solo quanto i deliri degli psicotici potevano somigliare ai sogni. La parte oscura dell'intelletto del netturbino, della prostituta e del Cambiavalute riconobbe in esse ciò che restava delle anime falciate da Jena.

E con ciò apprese una lezione mortale. Nulla moriva veramente, al di là del Varco.

Il Re era al di là della morte.

Jena saettò nell'aria che sfrigolava al suo passaggio come un'aquila in picchiata, arrivò al culmine di una parabola acuminata e cambiò rotta, calando a gran velocità e puntando verso la Fontana del Rana. Solo all'ultimo virò bruscamente, schiantandosi a pochi metri dal club chiamato "Il Pozzo".

La sua discesa non si arrestò.

La gravità e la solidità della terra erano facezie per Metzgeray. Il mondo si aprì in una rapida voragine, quasi temesse il contatto con la creatura evocata da Spiegelmann.

Cubetti di porfido schizzarono lontano in una salva d'artiglieria, andando a infrangersi contro le mura dei palazzi, lasciando buchi profondi come colpi di mortaio e a volte riuscendo addirittura ad abbatterne porzioni consistenti.

Il fertile strato di fango abitato da vermi e scarafaggi che si estendeva al di sotto della pavimentazione stradale si dilatò come burro fuso pur di compiacerlo. Jena fendette la terra a una velocità smisurata.

Giù.

Penetrò nello strato duro di roccia impermeabile e sgretolò quello meno compatto degli aggregati calcarei, più umidi e porosi, che un tempo avevano accolto una grande vena d'acqua potabile. I metri di ghiaccio evocati dai Sacerdoti del Sacello a mo' di bozzolo protettivo per la tomba della loro ormai defunta divinità non lo impensierirono neppure. Il fuoco aveva potere su tutto. Lui era fuoco inestinguibile.

Lui era Re.

E molto altro ancora.

Bucò l'ultimo strato di cemento e divelse gli architravi del tempio sotterraneo frapposti tra la sua volontà e il compito che doveva portare a termine, fermandosi, con un gran crepitare di massi e colonne distrutte, in ciò che rimaneva del Sacello segreto. Macerie schizzate di sangue e morte. Si beò della vista dei resti del Calibano: una sfera perfettamente circolare di nulla che ancora crepitava di energia di Permuta. C'era potere, lì dentro. Un potere incommensurabile.

Jena Metzgeray si erse in tutta la sua regalità e si lasciò adorare dagli unici esseri viventi sopravvissuti.

Il Cambiavalute era gravemente ferito, ma non morto. Il suo nome era Gus Van Zant. Era l'ultimo della lista di Metzgeray. Ciò che Gus Van Zant provava non era adorazione, era rabbia. Sapeva ciò che di lì a poco gli sarebbe toccato subire.

Un Caghoulard temerario aveva sottratto una fibbia di alluminio alla tomba che era stata il suo rifugio per i mesi in cui tutti lo avevano creduto morto. Un oggetto di cui si era sbarazzato perché inservibile, rotto. Quella fibbia portava invisibile la sua condanna. E il boia, infine, era giunto.

Ai piedi di Jena Metzgeray, Gus si trascinava contro l'urna di ferro del Levantino, cercando di non esporre ciò che le ferite infertegli dal Calibano prima e dalla Permuta del Wunderkind poi avevano portato alla luce. Ciò che aveva fatto urlare Caius. La vera anatomia di Gus, non più nascosta.

Gus al di là della maschera.

Il suo sguardo era colmo di rabbia e disperazione. Lacrimava sangue dagli occhi, dalle orecchie, dal naso e dalla bocca. Il braccio destro gli pendeva inerte dalla spalla fracassata. Ciononostante, cercò di mettersi in salvo. Aveva un compito da assolvere, una promessa da mantenere.

La morte non era contemplata. Ora più che mai.

Jena Metzgeray non provò né pietà né stupore. Rise, invece.

A quella risata, che era come vetro contro vetro, Caius, raggomitolato dietro un macigno che un tempo era stato la mano di uno degli immensi Sacerdoti di pietra, si portò il pollice fra le labbra. Lo sguardo perso nel vuoto. Catatonico. A lui, Jena avrebbe pensato dopo.

Già sentiva l'esercito delle mani mozzate giungere da ogni parte del Dent de Nuit e convergere al cospetto dell'incauto che aveva osato renderlo schiavo con l'inganno, centinaia di metri sopra la sua testa. Era tempo di affrettarsi se davvero voleva arrogarsi il privilegio di dirigere l'ultimo atto di quell'infelice carnevalata. Fece roteare le mannaie e si avvicinò, lesto.

Gus lo minacciò con la pistola. — Stai... indietro... — lo avvertì.

— Non sei neppure vivo, eppure rifiuti la morte — commentò Jena Metzgeray.

— Io so chi sei.

— Potrei dire lo stesso di te, Cambiavalute.

A Gus tremò la mano. — Non credo.

— Dubito però che lui — il dito scheletrico di Jena indicò Caius alle sue spalle — lo sappia. Anime disperse. Anime vagabonde. Anime cieche. Ecco cosa siete.

Gus sputò sangue. — Anime ingannate, Re — lo corresse, ruvido.

La risata di Jena Metzgeray fece franare qualche costone del tempio. — C'è differenza?

Improvvisamente il Cambiavalute si sentì addosso la stanchezza di generazioni.

Una spossatezza che non derivava solo dalla battaglia appena conclusa o dal disvelamento di ciò che teneva nascosto sotto la parvenza di umanità che si era cucito addosso, bensì la debolezza di un uomo in procinto di morire senza essere riuscito a dare un significato alle proprie tribolazioni. La stanchezza cancellò le promesse. Cancellò la sua brama di vita. Ebbe il potere di azzerare persino la rabbia.

Gus gettò la pistola nella polvere. Gli sembrava patetico minacciare una simile mostruosità con del semplice piombo. Allungò i polsi, costringendosi a non mostrare quanto dolore quel movimento gli provocasse.

— Io ho capito — rantolò. — Ho capito quello che sei venuto a fare.

La risata di Jena vibrò di sdegno. — Non puoi sapere ciò che è facoltà di un Re — fu la risposta.

Lentamente si abbassò fino a trovarsi a pochi centimetri dal viso congestionato di Gus.

Gus sentiva il calore emanato dal corpo di Jena Metzgeray sciogliergli quel po' di pelle umana che gli restava sul viso, ma non se ne curò. Non aveva molta importanza, ormai. Il tempo delle maschere sembrava finito.

Illusioni dentro illusioni che nascondevano altre illusioni.

Ormai Gus Van Zant non trovava più alcuna differenza fra sé e Herr Spiegelmann. In fondo entrambi si riducevano a maschere che contenevano altre maschere. E sotto tutti quei travestimenti non riusciva più a riconoscersi.

Il vuoto forse, o peggio. La morte. Sua e di tutti quelli che avevano avuto fiducia in lui.

Caius aveva visto ciò che non avrebbe dovuto vedere. Il suo vero viso. La faccia mostruosa retaggio della battaglia che era sembrata vinta, molti anni prima. E se ne era ritratto, disgustato. Peggio: terrorizzato.

Forse la morte non era peggiore del vuoto che sentiva nel petto.

Jena inspirò. La polvere si oscurò.

Gus vomitò aria del colore del fegato crudo.

I suoi occhi ruotarono all'indietro.

Precipitò.

Gus precipitò nei pozzi neri che erano gli occhi orbati del Re. Sentì una forza strattonarlo nella parte bassa del ventre, quasi che il cordone ombelicale reciso dalla levatrice fosse ricresciuto in forma spirituale. Un cordone che lo strattonava all'interno delle orbite vuote dell'anima di Metzgeray. Provò a sottrarsi alla presa, neonato recalcitrante alla seconda nascita, tirando in senso opposto con tutta la sua volontà.

Vano sforzo. Non poté resistere.

Jena era Re. Il suo volere aveva la veemenza del fulmine che schianta l'albero. E Gus non era neppure una quercia.

Urlando, ma senza emettere alcun gemito, fu scaraventato in una tenebra così profonda da perdere persino significato. Era una tenebra che puzzava di morte e carogna, un'oscurità tale che gli permise di sentire gli artigli della follia insinuarsi nella mente fin quasi a sopraffarlo.

Unghie acuminate che rovistarono nei suoi sensi di colpa più remoti, così come nei ricordi più brutti, anche quelli che aveva utilizzato per la Permuta, ombre di reminiscenze che evidentemente non potevano sfuggire alla tenebra di Metzgeray. Grinfie stuzzicavano le sue cicatrici, riesumando imbarazzi, vergogne, tradimenti, distacchi imprevisti, abbandoni, sofferenze, esposti come sul banco del mercato del pesce.

Fu come impazzire restando lucidi. Più che pazzia, quindi.

E quando gli sembrò che il suo cervello sarebbe esploso in mille cocci fumanti, quando pensò che Jena aveva deciso per lui un destino di eterno tormento, solo allora la presa di quella volontà aliena si allentò.

Gli artigli invisibili lo lasciarono andare. Avevano gustato i piatti più succulenti e avevano perso interesse. Se le sue sacche lacrimali non fossero state cauterizzate dalla presenza fiammeggiante di Jena Metzgeray, Gus avrebbe pianto a dirotto per il sollievo. Poi fu strattonato all'indietro.

Fuori dalla tenebra, di nuovo nel mondo. Il viso di Jena Metzgeray era ancora lì, a pochi spazi dal suo. Pareva una statua.

La vampa che da esso promanava castigava i nervi e la carne fustigandoli a tal punto da spingerli alla ribellione, ma Gus non aveva modo di sottrarsi a meno di non voler ripiombare nella tenebra. Il ghigno del teschio del Grande Macellaio Cieco, quando il Cambiavalute riemerse del tutto dall'universo nero con un ultimo strattone furibondo, gli sembrò quasi divertito.

— Davvero credi di poter comprendere? — gli chiese, ora che gli aveva fatto assaggiare la sua eternità.

— No — rispose Gus.

Allungò i polsi, di nuovo.

La mannaia si mosse al rallentatore. Jena alzò il braccio e lo distese fin quasi a sfiorare il soffitto. Poi lo abbassò con la stessa soave indolenza di una ballerina morfinomane. La lama della mannaia scintillò e si fermò a pochi millimetri dalla pelle di Gus. La lama era di ghiaccio. Lo sfiorò appena. Fu una carezza, ma il sangue sgorgò ugualmente.

— Cosa? Cosa...?

— Non sarò io a darti la morte, Cambiavalute — pontificò il Re, rialzandosi. — La Legge è stata santificata — annunciò. — Ora tocca alla vendetta.

Completamente dimentico di Gus, si voltò e si avvicinò a Caius.

44

A distinguere il ragazzino pelle e ossa da un cadavere c'era solo il flebile andirivieni del petto che testimoniava, se ce ne fosse stato ancora bisogno, che le sue lesioni non erano di origine fisica, ma molto più insidiose.

Non reagì quando la nebbia che componeva la scorta di Metzgeray lo circondò, introducendosi fin dentro i suoi polmoni e nella cavità acida del suo stomaco.

Il suo corpo si oppose a quell'intrusione in maniera puramente meccanica. Fu squassato da convulsioni e conati, piegò di lato e rigurgitò sabbia bagnata senza che il suo viso mostrasse alcuna emozione.

I suoi occhi restarono immoti come laghi in dicembre, il pollice saldamente infilato fra le labbra. Caius era prigioniero di un'altra dimensione.

Una dimensione talmente aliena e privata che neppure il Re poteva raggiungerla senza provocare danni irreparabili. In altre circostanze non si sarebbe fatto scrupolo a profanare e penetrare e poi lasciare menti stravolte, come aveva fatto poco prima con Gus, ma Caius non era una creatura qualsiasi, né quella una situazione comune. Il ragazzino restò catatonico.

Jena ne fu adirato.

— Un Wunderkind… — ghignò.

Nessuna reazione da parte di Caius. Poco avvezzo ad essere ignorato, il Re fece roteare le lame delle mannaie.

— Wunderkind! — tuonò.

La muta di cani si agitò, e la nebbia divenne più densa, specchio della rabbia della creatura scheletrica. Ciò che restava della sabbia rossa e gialla, nella gola e nelle narici di Caius, sfregò e grattò. Ancora una volta la macchina fatta di organi e tubi e stimoli nervosi reagì alla perfezione.

Caius però restò imbambolato.

— Si chiama… — fece Gus alle sue spalle — Caius.

— No… — mormorò il ragazzino, coprendosi gli occhi.

— Lascia che ti spieghi, ragazzo — pregò il Cambiavalute.

— No! — esclamò Caius, prendendo a dondolarsi.

— Non tutto è perduto, ascoltami — lo implorò Gus.

— No! — gridò Caius, coprendosi le orecchie.

— Caius! — lo chiamò il Cambiavalute. — Ascolta le mie parole, ragazzo…

A un cenno della mano di Jena, Gus ammutolì. Per quanto si dannasse, le sue labbra restarono sigillate.

— Così fragile, eppure così potente — meditò Jena Metzgeray, con la sua voce stridente. — Un potere immenso.

— *Iuscaiuscaiusonocaiu.*

Caius dondolava, occhi serrati e orecchie tappate.

Occhi serrati e orecchie tappate. Avanti e indietro.

Avanti e indietro, avanti e…

Inutile, la voce del Re gli giungeva direttamente nella testa.

Non poteva sottrarsi alle sue parole.
— Un Wunderkind, così indifeso.
Caius alzò il volume. — *Onocaiuscaiuscaiusmichiamocaiuspierrevictorsignorinatorrancemammapa...*
Jena lo afferrò per le spalle, sollevandolo come un pupazzo.
— *Tobenevatuttobenenonesistelamagiapermutaesistelamedicinalafisicalameccanicalachi...*
Jena lo scrollò. Caius si morse la lingua a sangue, ma non smise la sua litania.
La sua voce assunse i toni capricciosi dell'infanzia. Ormai si stava sgolando.
— *Sistenessunapermutanessunosoloilbuondiochesei-padrenostrocheseilodiceanchelasupe...*
Jena rise. A lungo.
I cani nella nebbia ulularono.
Gus incespicò. Il dolore lo aiutò a combattere il volere di Jena. Mugolò un verso strozzato.
— Non c'è nessun Dio nell'alto dei cieli, Wunderkind — crocidò Jena Metzgeray. — Quel trono è vuoto, e a meno che tu non voglia indossare la maschera del padre, resterà orfano per l'eternità. — Poi aggiunse, con quella voce che era il lamento della Gehenna: — Presto giungerà il momento, e allora quel trono potrà essere tuo, se lo vorrai ancora.
Caius reagì. I suoi occhi tornarono presenti. — Menti! — lo accusò.
Scalciò e si dibatté.
— Lasciami! — sbraitò.
Alle sue urla si unirono quelle di Gus. — Lascialo! — gridò, con le labbra sanguinanti. — Vattene! Vattene! Hai fatto ciò che ti era stato comandato, ora lascia il ragazzo!

Jena lo incenerì con lo sguardo. — Nessuno può comandare un Re — sussurrò.

Qualcosa si allentò nelle viscere di Gus. Le tenebre che eliminavano il significato di oscurità lo afferrarono una seconda volta. Fu un attimo, ma bastò per comprendere la vastità della rabbia di Jena Metzgeray.

— Mi serve — disse il Re, lasciando andare il Cambiavalute. — Mi serve.

Chiuse Caius nel suo pugno e si scagliò verso il soffitto, scalzando architravi e distruggendo la maestosa navata del Sacello. Una pioggia di pietre investì Gus, che solo per miracolo riuscì a evitare i massi più grandi che gli piovvero attorno.

— Caius, no!

E mentre Jena scavava il ventre coriaceo della Terra, riemergendo nella piazza della Fontana del Rana, Gus recuperò l'automatica, e in barba al dolore e alla spalla fratturata, corse urlando verso l'uscita, pregando di poter raggiungere la superficie prima che fosse troppo tardi.

Forse c'era ancora speranza, ma se così non fosse stato, se tutto era perduto, non gli restava che mantenere fede al giuramento e morire.

Gli rimanevano due proiettili, pensò. Erano sufficienti.

45

La piazza era gremita, l'esercito delle mani mozzate la riempiva tutta. Mani bianche dalla pelle screpolata, mani scure con la fede all'anulare, mani femminili e mani maschili, unghie spezzate e variopinte, mani tatuate e mani scorticate, pelose e seriche, curate e coperte di tagli.

C'erano mani menomate: a chi mancava un dito, a chi non restava neppure quello. C'erano mani costrette a trascinare parte dell'avambraccio, e una addirittura arrancava sotto il peso di un braccio mozzato ben oltre il gomito.

L'esercito fremeva, in attesa dei comandamenti della divinità che le aveva liberate da millenni di schiavitù. Un mare di carne e tendini che si muoveva seguendo una brezza incostante. Ora ondeggiavano verso destra, ora si spingevano quasi fin sotto la fontana di granito. Alcune si erano arrampicate sui tubi delle grondaie o sulle auto in sosta, altre penzolavano come ragni da ciò che restava degli olmi carbonizzati.

Ovunque lo sguardo si spostasse, coglieva movimenti e brusii di polpastrelli.

Jena Metzgeray era stato implacabile. Ogni Cambiavalute cui era stato sottratto un oggetto dai Caghoulard era stato colpito dalle sue gelide mannaie.

L'ordine era stato *colpire*, non *tagliare*, e a questo cavillo era stata appesa la vita di Gus Van Zant. Forse per quell'irriducibile follia che rendeva Jena Metzgeray un Re o forse perché Gus Van Zant era stato l'unico, fra i Cambiavalute, a non voler fuggire. L'unico a sfidarlo.

Presto il Grande Macellaio Cieco avrebbe deposto il Wunderkind ai piedi di Herr Spiegelmann, e con tale gesto avrebbe espletato i suoi obblighi nei confronti della Legge dell'Albero.

Jena era un Re e mai avrebbe tradito la parola data: aveva promesso mani e aveva promesso il Wunderkind. Parola di Re, si diceva, parola di Dio.

Così sarebbe stato.

Questo però non significava che anche il Re non potesse plasmare le regole e gli accordi a seconda dei propri fini. Così, nel corso dei secoli, monarchi e imperatori avevano dato il via a guerre cruente con l'onore intatto e la coscienza candida, con la trascurabile eccezione delle macchie del sangue che altri avrebbero sparso. Lo stesso valeva per Jena Metzgeray.

Il Venditore lo aveva oltraggiato definendolo "schiavo", come una creatura abietta qualsiasi, come un Tarlato o uno dei Caghoulard di cui amava tanto circondarsi. Gli aveva imposto di colpire mani e di rapire il Wunderkind.

Imposto con le catene.

Avrebbe ottenuto mani e Wunderkind. Herr Spiegelmann aveva desiderato un esercito, lo avrebbe avuto. Ma avrebbe ottenuto un esercito fra i peggiori, un esercito pensante. Così aveva deciso Jena. Così era stato.

Parola di Re, si diceva, parola di Dio.

Per questo mano destra aveva evitato con cura fango e pozze d'acqua, e per questo motivo mano sinistra, che era appartenuta a un giocatore di rugby, in quelle stesse pozze si era tuffata con tanto gusto.

Jena aveva donato loro un briciolo di coscienza. Non macchine, quindi, ma creature. Elementari, certo, semplici, ma Jena sapeva bene che bastava una sola briciola di pane per far deragliare un treno. Bisognava soltanto capire dove posizionarla.

E se c'era una cosa che Jena Metzgeray sapeva fare, era distruggere.

Herr Spiegelmann stava sfidando potenze immani. Energie che bramavano distruggere colui che le aveva asservite. Una distrazione, un errore, e per lui sarebbe stata la fine. Fu per questo che, così concentrato nel rituale di contro-Permuta, non si rese conto del modo isterico in cui la folla di mani mozzate lo stava adulando.

Se lo avesse fatto, forse avrebbe tratto conclusioni nefaste, ma per quel che i suoi sensi potevano registrare e la sua mente – chiusa in se stessa – giudicare, si trattava solo di mani accorse al suo richiamo. La prova tangibile che la sua trappola era scattata e che presto sarebbe giunto il momento della ricompensa. Lo sfolgorante istante della vittoria. L'attimo in cui la fatica sarebbe sbocciata in trionfo. Aveva impiegato anni per arrivare preparato a quel momento. Lunghissimi anni.

Per prima cosa si era dovuto riprendere dalla battaglia che lo aveva visto soccombere al limite della morte, rimarginando ferite e riacquistando un nuovo equilibrio che gli permettesse di ricominciare la guerra più forte di prima.

Successivamente aveva dovuto organizzare un nuovo esercito, adulando, schiavizzando, corrompendo. Aveva creato una nuova rete di contatti e agenti ancora più occulta e ancora più scaltra della precedente, in modo che diventassero i suoi occhi e le sue orecchie nel mondo dei Cambiavalute, e anche questo aveva richiesto innumerevoli ore e fatiche.

Più importante, aveva dovuto predisporre un piano infallibile che lo conducesse alla vittoria.

E una volta ottenuta l'intuizione giusta, una volta compreso cosa avrebbe dovuto profanare per raggiungere lo scopo, aveva dovuto studiare la Permuta sin nei suoi più reconditi segreti per poterne mettere in pratica ogni passo. Per farlo, aveva battuto ogni palmo d'Europa.

Era stato in Spagna, dove aveva consultato una suora invasata che si diceva avesse visto un dio cornuto al di là dell'Oceano. Ed era stato in Portogallo, dove aveva fatto impazzire, con le sue domande riguardo a sistemi per catturare cose che non avevano mai nuotato in alcun mare e germogliato in alcuna foresta, pescatori di frodo e curatori di giardini botanici.

Aveva visitato Montecarlo per interrogare un mago della finanza che si diceva avesse accesso ai più protetti caveau svizzeri, perché uno di essi celava interessanti promesse. In Danimarca aveva rapito la figlia di un bibliotecario di provincia solo per strappargli un libercolo ammuffito pubblicato da un matematico ottocentesco sconosciuto. Aveva battuto le foreste ungheresi e i bacini seccati della Ruhr, riportando alla luce le cave in cui vecchi minatori raccontavano di geroglifici cui nessuno era stato capace di dare un nome e che erano stati fatti esplodere con la dinamite. Era riuscito a recuperare il diario cifrato di un disgustoso aguzzino di Bergen-Belsen che recava le ultime volontà di un rabbino di Praga, esperto in Cabala e Permuta del Di Qua.

Aveva dovuto scovare antichi manoscritti a stento leggibili nei sotterranei del British Museum e dannarsi per decifrarne i codici chiave. Aveva rubato antiche cinquecentine straripanti sonetti caudati dalla Biblioteca Malatestiana solo perché in alcuni di essi si narrava di sistemi per far retrocedere ciò che la carne aveva sigillato per sempre. In Grecia si era fatto consegnare poemi in lineare A, fra le cui righe erano nascosti i riti per raggiungere uno stato di meditazione tanto profondo da poter racchiudere energia sufficiente a uccidere una quarantina di uomini robusti. Anni passati a preparare quel momento. Quel momento.

Non sarebbero state certo le mani accorse sotto il Rana a distrarlo.

Se avesse guardato, anche solo per un istante, forse avrebbe intuito ciò che Metzgeray aveva ordito alle sue spalle. Le mani erano in subbuglio.

Piegavano le falangi come cani desiderosi di carezze, si spingevano l'un l'altra come la folla di un concerto rock. Le mani si toccavano cercando conforto nel reciproco contatto, discutevano in una lingua scoppiettante di unghie sfregate, nocche schioccate, carezze e pizzicotti.

Ognuna chiedeva all'altra: e adesso? E adesso?

Jena emerse dal sottosuolo reggendo Caius nel pugno. La mano del Grande Macellaio Cieco lo aveva protetto da graffi ed ecchimosi, mentre nulla aveva potuto per quietare la paura. Non che a Jena importasse qualcosa.

Caius tremava come una foglia a causa del tragitto allucinante nelle viscere della Terra. Era coperto di sudore per il calore emanato da Metzgeray, ma quando si accorse, una volta che le sue narici poterono assaporare l'odore aperto della piazza, dell'esercito in attesa, per poco la sua mente non tornò nel limbo catatonico da cui le insinuazioni di Jena Metzgeray l'avevano fatto riaffiorare a forza.

Il Re lo adagiò a terra e subito le mani si disposero in cerchio attorno al suo corpo, come animali curiosi. Caius non aveva il coraggio di muoversi. Quasi neppure respirava per timore di eccitare la folla di granchi che lo indicava e spingeva, si accavallava e si azzuffava. Guardò in alto, un po' per spegnere il disgusto che la vista delle mani troncate gli suscitava, un po' per capire quale fosse il destino che lo attendeva.

Jena sorrideva, le braccia conserte. Era consapevole dei pensieri di Caius quanto di quelli di Buliwyf e di Pilgrind, nascosti alla vista del Venditore e dei suoi sgherri a cinque dita, ma non alla sua. Si gustava il momento.

Solo dopo avrebbe riaperto il Varco per fare ritorno nell'inferno caustico che era la sua dimora e il suo regno. Attendeva il momento degli applausi.

Herr Spiegelmann aprì lentamente la mano destra. A causa della pressione interna cui il suo corpo era sottoposto, più che schiudersi, le dita schizzarono dal pugno come burattini da una scatola in un film dell'orrore.

Il Venditore aveva trasformato il suo involucro in una sorta di idrovora pronta a ingurgitare potere e ora, dilatato a dismisura, si preparò al travaso.

La mano alzata ghermì l'aria. La sua bocca si aprì. Prima le labbra, poi fecero capolino i denti. Quindi la testa si spaccò in due. La bocca di Herr Spiegelmann partiva da un lobo e terminava all'altro capo del viso, la mascella completamente slogata e spalancata, nera come la notte.

Dalla gola del Venditore scaturì un gorgoglio saturo, intasato, e ciò che Caius aveva intuito divenne realtà quando, in un'esplosione liquida, minuscoli legamenti sottili come capelli fuoriuscirono da lui, saettando a trecentosessanta gradi e terminando la corsa ognuno conficcato in una mano diversa.

A ogni filamento corrispondeva una virgola acuminata. A ogni uncino, una mano.

Così quando le mani si sentirono colpite, in molte sussultarono di dolore, ferite non solo nella carne, ma anche nella devozione. Il cuore che le aveva nutrite fino ad allora aveva cessato di battere da parecchio tempo, così solo da pochissime di quelle minuscole ferite scaturì del sangue.

Quando successe, si trattò solo di macchioline brunastre di sangue già quasi rappreso, privo di fluidità e calore. Le reazioni dell'esercito furono molteplici.

Le mani più obbedienti, o forse solo quelle più stupide e assoggettate, accettarono quel dolore come una necessaria ordalia per tornare ad essere parte di una nuova forma organica, più vasta e imprevedibile.

La libertà senza limiti era terminata, conclusero, era ora di esplorare una nuova condizione servile, sperando che fosse meno gravosa della precedente. Non si opposero all'asservimento, anzi, quasi lo accolsero.

Altre non furono così sottomesse. Si ribellarono. Si capovolsero nella polvere trascinata da Jena, stringendosi a pugno, in un movimento sistole-diastole che aveva come fine non quello di portare linfa, ma quello più prosaico e urgente di recidere i filamenti e tornare affrancate.

Alcune s'inarcavano come trote ingannate dagli ami, furibonde. Altre, simili ad arieti, s'imbizzarrivano e scalciavano con le dita a martello.

Altre ancora, le più intelligenti, quelle che erano appartenute a Cambiavalute di indubbia capacità, tentavano di aiutarsi l'un l'altra, aggrappandosi ai fili della vicina e strattonandoli con forza. Ma i legacci con cui il Venditore le aveva arpionate mostravano una resistenza superiore alle loro energie.

Esse continuarono a resistere ugualmente. Herr Spiegelmann avvertì le mani opporsi e aumentò la concentrazione. Doveva schiacciare i rivoltosi una volta per tutte. Era il suo momento, quello. Agì con decisione e crudeltà.

Saette di dolore partirono dal nucleo acceso della sua volontà per correre lungo i filamenti alla stessa maniera in cui l'elettricità cavalca i cavi dell'alta tensione, con lo stesso ronzio monotono e lo stesso odore di ozono, scaricandosi in morsi nella carne e nei nervi delle mani riottose.

L'effetto fu immediato ed evidente.

La pelle di alcune crepitò come carta incendiata, altre si ricoprirono di bolle purulente, altre ancora presero a cuocere come rane sulla brace, sussultando nell'inerzia meccanica delle ossa e delle cartilagini.

La volontà del Venditore si oppose al loro stupore e al loro dolore, risultando vincitrice. Solo poche si ribellavano ancora dopo quella prova di forza, ma debolmente. La rivolta era sedata, la guerra poteva proseguire.

Herr Spiegelmann si preparò ad affrontare la fase cruciale della Permuta.

Espirò. Fumo verde e denso uscì dalle sue narici.

Inspirò. E il miasma tornò a ingolfare i polmoni.

Un turbamento sommesso si propagò da una mano all'altra, quando i cavi ripresero a vibrare. Nuove saette azzurrine si dipanarono attorno al corpo gonfio e dilatato come uno Zeppelin di Herr Spiegelmann.

I filamenti che gli uscivano dalla gola ronzarono e fischiarono, sottoposti a una tensione di energie terrificanti. La sensazione che le mani ne ricavarono fu di svuotamento. Quella che assaporò Herr Spiegelmann fu ubriacante.

Se certe deformità della razza umana avessero avuto ancora un senso per lui, l'avrebbe potuta definire erotica. Ma ormai di umano in Herr Spiegelmann c'era ben poco, così l'immagine che la sua mente utilizzò per esplicitare quell'immensa mole di energia che confluiva in lui fu un'immagine di tipo celeste. Il Venditore si sentiva come un Sole in procinto di deflagrare in Supernova. Una sensazione di pienezza e perfezione divina.

Le mani più deboli furono le prime a soccombere.

Si fecero bluastre alle estremità, come assiderate, e poi nere fino al polso, quindi si ribaltarono come pesci spiaggiati. Altre, un po' più resistenti, presero a contorcersi e a divincolarsi, le vene in evidenza e i polpastrelli che calcificavano in scheletri. Bubboni esplodevano in schizzi e unghie si frantumavano in mille pezzi come colpite da un maglio. L'esercito delle mani mozzate aveva appena compreso lo scopo della libertà insperata e si preparava a indossare l'abito della vittima.

Via via che Spiegelmann le prosciugava di ogni energia di Permuta residua, le mani rimanevano inerti a terra, scarafaggi morti. Alcune addirittura si disintegrarono, aggiungendo polvere alla polvere della piazza, che ben presto fu pervasa da un terribile odore di carne macellata e cremata.

Herr Spiegelmann avvertì una nuova resistenza. La placò elargendo dolore.

Infastidito dall'interruzione – la seconda in un brevissimo lasso di tempo – il Venditore ricominciò a nutrirsi, ad accumulare energie di Permuta con maggiore accanimento e impellenza. Esplosioni lo colmavano di beatitudine, e milioni di fiammate gli incendiavano i sensi.

Le mani tremavano attorno a Caius, grattavano la pavimentazione fino a scarnificarsi, farfugliavano il loro tormento con chiocci e balzi, si coprivano di pustole e piaghe. Il dolore che provavano faceva rimpiangere il vecchio Impero cui erano sfuggite anche le più irriducibili.

Il dolore dell'inganno e del tradimento era secondo solo a quello provocato dagli uncini di Spiegelmann. Erano un esercito, ma non era prevista rotta né ritirata in quella guerra. Ora lo sapevano.

Caius serrò gli occhi. Anche se solo testimone, si sentiva sporcato da tutte quelle sofferenze.

L'energia che fuoriusciva dall'esercito sacrificato veniva fagocitata dal vorace appetito di Herr Spiegelmann fino all'ultima stilla. Ma non c'era più solo voluttà in quell'incorporare continuo. Affiorava anche una sensazione che, ebbro di potere com'era, il Venditore faticò a riconoscere.

Dapprima con stupore, poiché aveva pensato di essersi lasciato alle spalle simili dettagli nervosi, poi con sgomento. Infine con paura. C'era dolore. Molto dolore.

Le pareti del suo stomaco si crepavano in ulcere tremende, la sua gola era arsa da un fuoco che nessuna bevanda avrebbe potuto mitigare, i suoi occhi erano sfere grandi quanto palle da biliardo che premevano direttamente nel cervello, coperte da palpebre sottili come carta velina, ma urticanti come acido. Ottenebrato e cieco, non si arrese.

Il dolore era quello di mille frustate nella gola, e ancora mille braci nell'intestino e saliva come veleno. Erano ossa spaccate, fratture esposte all'aria e chiodi arrugginiti nelle mani e nelle ginocchia. Erano spine in ogni centimetro di pelle.

Era scritto che sarebbe stato doloroso, ma Spiegelmann

non aveva mai pensato che ciò avrebbe potuto interferire nei suoi piani. Si era sopravvalutato. Perché, in fondo, anche lui era pur sempre un uomo. E c'era un limite di sofferenza che nessuno avrebbe mai potuto superare.

Cercò di resistere ancora qualche secondo. E ancora uno.

Poi, quando il dolore fu al suo apice, quando temette di dimenticare ciò che in anni faticosi aveva imparato, pur di non mandare all'aria il piano tanto ben congegnato, Spiegelmann spalancò gli occhi.

Ed eseguì il rituale.

Non c'era ricordo sufficiente per innescare quella contro-Permuta. Neppure la vita intensa di un cacciatore d'avventure avrebbe potuto garantire fuoco a sufficienza. Così come un essere umano, persino Ercole, per scarsità di energia, mai avrebbe potuto alimentarla. Era scritto chiaramente in più codici. Ma Spiegelmann era stato scaltro.

Aveva trovato un sistema per aggirare il problema.

Mentre la contro-Permuta sgorgava dalla punta delle sue dita sotto forma di goccioline di pioggia, e Caius iniziava a sentire il formicolio alle tempie che presto sarebbe sfociato in un dolore terribile al centro del petto, il ricordo della contro-Permuta stessa svaniva all'istante dalla mente del Venditore. Il presente si volatilizzava in passato e il passato bruciava immediato. Non avrebbe avuto una seconda possibilità.

La muta di cani di polvere ululò lugubre quando il ghigno di Jena divenne riso sguaiato.

Buliwyf vide il corpo di Caius irrigidirsi e con sgomento si accorse della bava che gli usciva dalla bocca. Udì, ma solo in maniera distratta, Pilgrind bestemmiare e imprecare, perché la sua attenzione era tutta concentrata sul ragazzino pelle e ossa che si artigliava il petto, lacerando senza sforzo il giubbino e la felpa che Rochelle gli aveva regalato.

Le mani di Caius presero a raspare il petto glabro con la stessa foga con cui avevano ridotto a brandelli gli indumenti. Lasciavano vistosi archi sanguinanti, ma il dolore per quel graffiare animalesco doveva essere nullo rispetto a ciò che stava provando a causa del Venditore. Perché il Licantropo non aveva alcun dubbio: era Herr Spiegelmann il motivo del comportamento autolesionista del Wunderkind.

Dall'alto della fontana, il pugno chiuso e il viso cianotico, la bocca spalancata da cui suggeva l'energia dell'esercito, il Venditore era un bersaglio tanto ovvio quanto allettante.

Il lupo gli ordinò di attaccare. La ragione lo costrinse, ancora una volta, all'immobilità. Se anche fosse riuscito a superare il campo aperto della piazza, sfuggendo alle mani che ancora fumigavano e si contorcevano, se anche Spiegelmann non avesse pensato a dotarsi di una qualche protezione contro eventuali attacchi, e se anche avesse raggiunto la sua gola esposta, chi gli avrebbe garantito che uccidendo Herr Spiegelmann anche per Caius non sarebbe stata la fine?

— Pilgrind...

— È la fine, Buliwyf...

— Posso ucciderlo.

— No, non ci siamo riusciti quando ne abbiamo avuto la possibilità, ora...

— Posso uccidere Spiegelmann, dannazione. Lo so. Voglio che mi copri le spalle. Puoi farlo. Possiamo farlo.

Pilgrind sembrava spento. — Te l'ho già detto, giovane lupo. Il Dent de Nuit, Parigi, forse la nazione intera...

distrutti. Come una meteora. L'Armageddon si abbatterà su tutti noi, e quel che è peggio su chissà quanti altri innocenti. Non ce la faccio più a vedere innocenti morire. — Con un gesto abbracciò tutta la piazza, indicando le mani. — Quanti ne sono morti solo questa notte, Buliwyf? — Infine, in un soffio: — Sia quel che dev'essere.

Buliwyf strinse le mani a pugno, afferrando il Barbuto per il bavero dell'impermeabile e scuotendolo con cattiveria.

— Mi stai dicendo che non c'è niente da fare?

— Qualcosa, sì.

— Cosa?

— Aspettare. — Pilgrind indicò Jena, sempre a braccia conserte, che svettava sulla fontana. — Forse lui è la nostra ultima speranza.

— Quell'essere è un demone!

— E allora dovremo affidarci a un demone.

Non era un demone l'essere che uscì da dove un tempo sorgeva il club più esclusivo di tutto il quartiere, anche se del demone aveva le sembianze.

Caius avrebbe potuto riconoscerlo, ma la sua mente era molto lontana dalla piazza del Rana. Molto, molto lontana.

Pilgrind lo riconobbe in un secondo momento, nonostante la distanza e le ferite che lo martoriavano. Herr Spiegelmann non si accorse della sua presenza e Jena Metzgeray non lo degnò neppure di un'occhiata. Buliwyf lo vide per primo, ma non lo riconobbe.

Era Gus, senza maschere.

Il suo corpo copriva tutto l'arco dell'evoluzione. Il viso era rettile e insetto allo stesso tempo. La gola era quella di una mantide, il petto coperto da scaglie crostacee.

Una selva di aculei copriva le sue braccia dinoccolate, scimmiesche.

Si trascinò fuori dalle macerie sbuffando come un mantice. Si rannicchiò a terra, cercando di raccogliere le forze. Strinse le mascelle chelate e sentì il fascio di antenne e tentacoli che gli percorreva la schiena spurgare viscidume. Quello che era il suo sangue, la sua linfa vitale.

Gliene era rimasta poca. Abbastanza però perché riuscisse ad alzarsi.

Barcollò. Cadde su un ginocchio. Sputò bava che sfrigolò sulla pietra.

Si rialzò. Vide Herr Spiegelmann e vide Buliwyf.

Vide il Rana, serafico come al solito, e vide Jena Metzgeray, che lo aveva graziato. Sentì nella mente Pilgrind urlargli qualcosa, ma non ne capì il senso.

Allora mise il colpo in canna.

Gli restavano due proiettili. Uno per sé, uno per Caius.

Sebbene il suo corpo distorto fosse quello di una chimera e dalle sue ferite non scaturisse sangue ma linfa, e sebbene i suoi polmoni, protetti da un carapace duro e rossastro come fossile, preferissero il velluto dell'acqua all'aria troppo carica di ossigeno, ciò che scaturì dagli occhi di Gus Van Zant mentre prendeva la mira furono sale e acqua.

Lacrime.

46

In equilibrio sulla testa del Rana, Herr Spiegelmann assaggiava il gusto del trionfo.

Da anni aveva vagheggiato quel momento e da anni aveva provato a immaginare le sfumature aromatiche del nettare riservato ai vincitori. Ora lo sapeva, il sapore del trionfo era oltre ogni sua fantasia.

Le mani appartenute ai Cambiavalute del Dent de Nuit e ora assoggettate alla sua volontà lo colmavano di energia dalla purezza adamantina, e non c'era fibra del suo corpo che non vibrasse di dolore. Di più, tutta quell'energia di Permuta residua che passava attraverso il suo organismo, per poi essere trasformata e scagliata nella mente e nel petto di Caius, lo stava distruggendo.

Herr Spiegelmann era uno spettacolo ributtante. Patetico, se alla somma della sua distruzione si aggiungeva l'espressione di totale beatitudine del suo viso. Dalla punta delle dita, ormai poco più che salsicciotti anneriti, salivano sottili volute di fumo, e le palle da biliardo che aveva al posto degli occhi erano crepate di venuzze itteriche. Le guance e le mascelle del Venditore si stavano liquefacendo, così come le spalle e la schiena, rese un groviglio di muscoli e tendini, indistinguibili.

Il dolore, ormai, era al di là delle sue percezioni. Era il suo corpo, l'involucro deforme, a provare quella sofferenza atroce e a subirne le conseguenze.

Da tempo ormai Herr Spiegelmann aveva capito che il corpo non aveva la benché minima importanza nell'assetto del mondo e dei mondi che esso conteneva.

Cosa poteva contare un osso o il rigurgito di uno stomaco in un mondo in cui ogni angolo era Varco e ogni filastrocca una nuova Bibbia a cui attingere saggezza? Tutto era mente. Tutto nasceva dalle volute dei pensieri dei sognatori, tutto nasceva e moriva perché una parola la potesse definire.

Il corpo non era che un impiccio necessario agli esseri inferiori, una concatenazione di acidi prenatali e memoria. Acidi che, a ben pensare, altro non erano che memoria a forma di doppia elica.

La memoria era il suo traguardo. Il Santo Graal per cui aveva combattuto e, oh giubilo, vinto.

La mente del Venditore, slegata dalla piazza e da ciò che in essa stava avvenendo, era immersa in un delirio di potere che lo rendeva connesso a ogni attimo, a ogni pietra della città. Persino all'oscuro basculare delle orbite dei pianeti, lassù, nascosti dalle nuvole avvolte in spirale.

Il rituale di contro-Permuta aveva creato un ponte fra la sua mente e quella di Caius.

Sentiva la potenza di tutte quelle mani scatenata come una bufera nella testa del ragazzino, rovistare e cercare, distruggere e infrangere. Il fatto che ciò lo stesse facendo impazzire di dolore non lo preoccupava minimamente. C'era un muro da abbattere nella testa di Caius, e il Venditore lo voleva radere al suolo. Che non una delle pietre restasse in piedi a intralciare il suo piano perché, una volta divelto, una volta raggiunta la parte intombata della memoria di Caius, tutto sarebbe cambiato.

E lui, Herr Spiegelmann, l'artefice del cambiamento del mondo, colui che aveva piegato la Legge al proprio interesse e osato sfidare persino il Grande Macellaio Cieco – un Re – pur di conseguire il trionfo, avrebbe ottenuto la sua ricompensa.

Il muro da abbattere per raggiungere il nucleo irradiante del Wunderkind era un ostacolo notevole, ma già mostrava le prime crepe.

Frasi infeltrivano in parole per poi sparire senza lasciare traccia, immagini sbiadivano e altre tornavano alla luce, da singole virgole nascoste nell'inconscio scaturivano parole, e quelle parole ben presto si sarebbero trasformate in frasi.

Dall'unione di quelle frasi sarebbero sgorgate storie, storie si sarebbero concatenate in memoria, e allora...

Spiegelmann rise. Al suono della sua risata, pipistrelli nascosti nelle grondaie caddero fulminati, pulcini chiusi nelle uova smisero di respirare e Buliwyf dovette chinare il capo, colpito da uno sconforto che mai aveva provato. Persino Pilgrind, che stava correndo a perdifiato aggirando la piazza e il suo esercito imprigionato pur di raggiungere Gus in tempo, dovette portarsi la mano alla bocca per reprimere il pianto.

La risata di Herr Spiegelmann era il requiem del mondo intero.

Mano destra non aveva più unghie, le aveva perse in uno spasmo involontario, conficcate nella pavimentazione della piazza. Le dita erano piegate ad artiglio, la pelle arrossata e in più punti completamente assente, la carne esposta all'aria. L'uncino di Herr Spiegelmann si era piantato poco sopra l'indice ed era da lì che proveniva tutto il dolore, irradiato in una ragnatela di sofferenza terribile.

Accanto a lei, a pochi centimetri di distanza, stesa sul moncherino appartenuto a un neonato, la mano del rugbista non offriva uno spettacolo migliore. Il mignolo si era quasi del tutto consumato in una fiammata improvvisa, le unghie erano saltate nel momento in cui, durante la ribellione, il Venditore aveva sferzato i suoi sudditi.

Ma la mano nera non era avvezza alla schiavitù. Non più. Era abituata a combattere, e così voleva morire.

Combattendo.

Con uno sforzo che aveva del sovrumano, si era portata accanto a quella femminile e, contando sulla scarsa presenza del loro nuovo padrone, aveva osato provare a comunicare con lei.

In mancanza di gola, lingua e laringe, la comunicazione fra le due mani si era dovuta adattare a quel poco che rimaneva innestato ai palmi. Piccoli gesti, piccole carezze, uno sfregamento. Un pizzicotto e un graffio per attirare l'attenzione. Un linguaggio tanto elementare quanto subdolo.

Carico di esortazioni.

Forza, resisti.

Coraggio.

Non tutto è perduto.

Mano destra non riusciva a comprendere ciò che il suo vicino cercava di farle capire. Il dolore era così forte, e tale era il suo assoggettamento al Venditore che quelle esortazioni si perdevano in un caos di impulsi disordinati. La mano del rugbista però non desistette. La resa non figurava nel suo vocabolario.

Così si costrinse ad avanzare fino a sovrapporsi alla mano femminile, schiacciandola con forza. La mano femminile non si ribellò perché non ne aveva la forza, ma quel contatto le fece guadagnare lucidità.

La mano del rugbista sfregò e pizzicò, rendendosi conto che la compagna era vigile e in ascolto. Spiegò ed esortò. Ora mano destra capiva.

Mano destra e mano sinistra diedero inizio alla ribellione. Si ribaltarono sul dorso e afferrarono il filamento. Combatterono il dolore.

Come acrobati a testa in giù, presero a trascinarsi verso la fontana. Altre mani le osservavano. Altre mani furono abbastanza coraggiose da tentare l'insperabile. Ribellarsi. Fu un vero ammutinamento.

Dell'esercito delle mani mozzate restava meno di un terzo dell'armata che era confluita ai piedi di Herr Spiegelmann. Un centinaio, forse qualcosa di più. Le altre erano già ormai carbone, prosciugate dalla contro-Permuta, oppure si contorcevano negli spasmi impotenti dell'agonia. Le più dure, le più resistenti, videro l'idea della mano del rugbista e videro in mano destra un esempio da seguire.

Le muoveva l'orgoglio. Le muoveva la vendetta di Jena Metzgeray.

Prima venne l'ululato del branco di polvere e angoscia. Poi la risata di Jena Metzgeray.

Quindi venne il vento, più forte e impetuoso.

Infine gli occhi spalancati del Licantropo. Non c'erano dubbi. La sua vista non lo stava tradendo. L'esercito delle mani mozzate si stava ribellando.

Reprimendo la nausea che quello spettacolo grottesco offriva, Buliwyf si sporse dal nascondiglio per assistere meglio alla scena. Quella manifestazione di volontà sediziosa lo lasciava senza fiato. Persino il lupo dentro di lui ne era ammutolito. Le mani si tiravano a fatica verso la fontana, lasciando impronte di carne e grumi brunastri. La sofferenza che ogni movimento suscitava era visibile in mille particolari. Dita che restavano impigliate e venivano segate senza esitazione, pelle che colava in una bava nauseante. Eppure non mollavano.

Avanzavano. Lentamente, inesorabilmente. Sembrava l'alzarsi della marea di un mare privo d'acqua.

La prima di esse, una mano nera e tozza, aveva già iniziato l'arrampicata che l'avrebbe portata al cospetto del Venditore. Era questa dunque l'ultima speranza di cui Pilgrind aveva parlato? Lo cercò con lo sguardo.

Lo trovò che correva affannato verso il buco da cui era comparsa la chimera che il Barbuto aveva chiamato Gus. Il simulacro demoniaco che puntava la pistola verso Caius.

E Caius?

Caius, come Herr Spiegelmann, non era consapevole di ciò che stava accadendo. Quanto il Venditore era beato sulla testa del Rana, tanto Caius appariva prostrato e dolorante. Quanto il primo era l'immagine della vittoria, tanto l'altro lo era della sconfitta. Speculari nel ribollire della Permuta che avviluppava la piazza, speculari nel non comprendere ciò che stava accadendo.

Caius era gravemente ferito. Il petto da cui sgorgava sangue copioso, il capo piegato all'indietro, la bocca spalancata e abbandonata come quella dei morti, le mani imbevute di rosso, gracchiava versi incomprensibili, che potevano essere implorazioni quanto maledizioni.

Buliwyf studiava la scena aspettando un cenno, un indizio, un segnale, qualsiasi cosa lo spronasse ad attaccare. Così, quando i Cacciatori lo trovarono, fu incapace di reagire al pericolo.

Il Cacciatore albino si avvicinò a Primo. — È un bell'esemplare — mormorò, consapevole che la forza del vento avrebbe celato le sue parole.

Primo annuì.

— Lascialo a me — implorò il terzo Cacciatore, già pregustando il sangue.

— Non è questo il momento — fu la risposta secca di Primo. — Ogni cosa a suo tempo. Spiegelmann aveva detto che ci sarebbero state interferenze, e che le interferenze andavano bloccate sul nascere. Non uccideremo quel Licantropo. Non prima di aver obbedito agli ordini di Spiegelmann.

— Perché?

Primo lo afferrò per la nuca. La sua stretta era acciaio. Il terzo mugolò di dolore, suo malgrado.

Gli altri due sobbalzarono.

— Perché quando Spiegelmann avrà ciò che vuole, noi avremo il Dent de Nuit. Sarà la nostra riserva personale. E allora, figlio mio... — lasciò la presa. Il terzo barcollò. — Devi solo avere pazienza.

Primo si voltò verso il Licantropo.

La sciarpa da aviatore che ne celava i lineamenti garriva al vento come una bandiera lorda di sangue.

— La pazienza è la virtù del Cacciatore. Seconda solo alla forza. Ma prima di forza e pazienza, viene l'obbedienza. La prossima volta che osi discutere un mio ordine, ti uccido all'istante.

La minaccia gravò nell'aria.

Il terzo Cacciatore digrignò i denti. — Che ne facciamo del Licantropo, Padre?

— Philippe, voglio che tu lo stordisca — ordinò Primo. — Ma non rovinargli la pelle, sarà un buon trofeo. A suo tempo...

Con un ghigno il Cacciatore si lanciò contro Buliwyf.

— Voialtri, al mio cenno. Il bersaglio è quel ragazzino. Vivo.

Il lupo reagì troppo tardi.

Buliwyf fece appena in tempo a voltare la testa e ad accorgersi dell'ombra che calava su di lui, che il dolore esplose alla base della nuca.

Barcollò in avanti, accecato.

Il secondo colpo lo sprofondò nelle tenebre. Fu così che il primo testimone della ribellione delle mani mozzate non poté assistere all'ultimo atto della tragedia.

47

La mano del rugbista si era fermata sul naso del Rana. Agevolò con l'anulare la salita della mano femminile, la prima ad essersi accodata. Entrambe erano a pochi centimetri dalle gambe di Herr Spiegelmann. Entrambe sentivano la forza trasparire dal corpo del generale che le aveva tradite. Entrambe sapevano che quell'energia le avrebbe polverizzate all'istante se solo gliene avessero lasciato l'occasione.

Si diedero un'ultima stretta, un ultimo messaggio di conforto. È stato bello, diceva quella stretta, sì, è stato bello ma ha portato troppo dolore.

Altre mani si unirono all'assalto, raggiungendo il faccione rotondo e beffardo del Rana. Una, la più lesta e irata, era la mano destra di un bambino di appena sei o forse sette anni. Nonostante ciò che aveva subito, portava ancora riconoscibili i segni di un'infanzia che mai si sarebbe conclusa. Il bambino cui era appartenuta, non fosse stato per le mannaie del Macellaio, sarebbe diventato di certo un Cambiavalute leggendario.

Un'altra, subito dopo, più tozza e grande, era la mano coperta di tatuaggi di Suez. Era la volontà del proprietario dell'Obsesso a spingerla, non certo il residuo di Permuta. Grossa e forte, si adoperò subito per facilitare l'ascesa di una mano destra, femminile e vagamente paffuta che però, non appena i polpastrelli si sfiorarono, si polverizzò in cenere. Non era l'unica ribelle ad essere morta durante la marcia.

Ovunque lo sguardo si posasse, erano mani raggrinzite e incenerite.

Fu in quel momento che il Venditore parve accorgersi che qualcosa non andava come avrebbe dovuto. La mano che teneva sollevata sulla testa, aperta, si chiuse in pugno con uno scatto. Le palpebre urticanti e trasparenti come carta ebbero un guizzo. La sua bocca, ormai ridotta a poco più che un buco, si torse. Dal cielo, la prima goccia di quella che sarebbe stata ricordata come la più violenta tempesta che si fosse mai abbattuta sulla Francia lo colpì sul ventre prominente, evaporando all'istante.

Per le ribelli, fu il segnale d'attacco.

La mano del rugbista e quella di Suez furono le prime a lanciarsi nell'ultimo assalto. Si agganciarono ai pantaloni del Venditore e, sfruttando quel po' di energie rimaste, si arrampicarono velocissime su ginocchia, cosce e torso.

Puntavano alla gola. Volevano stringere e spezzare finché la testa non fosse saltata. Mozzata come loro lo erano state dalle braccia di cui ormai serbavano solo un vago ricordo.

Altre, meno veloci, puntarono alle giunture. Abbattere l'idolo, distruggerlo e cadere nella polvere insieme a lui. Non chiedevano altro.

Quando la mano di Suez afferrò la guancia di Herr Spiegelmann, per poco non precipitò a terra. La sostanza che un tempo era stata carne flaccida e cerone ora non era che molle poltiglia, e la sua presa produsse uno squarcio a mostrare la dentatura marcescente del teschio annerito dall'energia di Permuta.

La mano del rugbista fu ancora meno fortunata. Avvicinandosi alla gola del Venditore, urtò con il dorso il groviglio di fili che usciva da quella gola oscenamente spalancata e rimase folgorata all'istante. Morì in un tripudio di faville.

Il suo martirio però non fu vano. All'improvviso Herr Spiegelmann produsse un verso strozzato, mentre l'energia di Permuta, non più imbrigliata e convogliata dai filamenti, si scatenava imbizzarrita avvolgendolo come una fiamma. Disorientato dal contraccolpo violento, per poco non perse l'equilibrio. I suoi occhi riuscirono a mettere a fuoco i ribelli e l'urlo che quella visione provocò fu secondo solo allo sghignazzo di Jena Metzgeray che, a braccia conserte, nell'angolo alla sua destra, si godeva la vendetta.

La muta di cani turbinò. La muta di cani avvolse il corpo di Buliwyf e quello di Pilgrind, ormai a pochi metri da Gus. Avvolse anche Gus che non riusciva a prendere la mira, ferito com'era. Non sfiorò Caius però, che rotolò a terra, piangendo. Quasi ne avesse paura.

Il ragazzino pelle e ossa aveva smesso di torturarsi il petto. Anzi, mentre riacquisiva coscienza del dove e del quando, si chiese confuso il perché di tanto accanimento. Non era l'unico interrogativo che lo accolse, nel suo ritorno al presente.

Cosa gli aveva comandato il Venditore perché si riducesse in quello stato? Cosa gli aveva fatto? E soprattutto, quali meccanismi aveva innescato?

Perché era innegabile: passata la tempesta di Permuta, si sentiva diverso. Diverso e uguale allo stesso tempo. Pensò, e non fu un'immagine piacevole sebbene molto vicina alla realtà, di sentirsi scambiato con l'immagine riflessa in uno specchio. Uguale, ma diverso. Come spostato.

Inorridito, contemplò per un istante lo scempio che aveva inconsapevolmente prodotto nella propria carne e per poco non perse i sensi per il disgusto.

Il contatto mentale di Herr Spiegelmann era finito. Non c'era più bufera nella sua testa. Faticava a respirare e un fuoco terribile bruciava là dove le unghie avevano scavato.

Guardò una seconda volta. Qualcosa stava sporgendo. Qualcosa che spingeva da dentro. Qualcosa che barbagliava di rosso. Qualcosa che Caius riconosceva, pur non avendone mai visto uno simile. Sembrava un tatuaggio. Un marchio. E il marchio assumeva i contorni di qualcosa di familiare.

Le sue mani non erano state mosse da un puro istinto di autodistruzione, evidentemente. Le sue unghie non avevano scavato e grattato senza seguire una logica. Ora che si sforzava di reprimere la nausea, ora che non sentiva più la pressione esercitata da Herr Spiegelmann nelle tempie, ora che l'applauso che quasi lo aveva ucciso con la sua insistenza era scemato, poteva vedere chiaramente che le sue mani avevano disegnato usando la sua carne come tela. Vide che ora quel disegno, l'incisione infuocata, si stava sviluppando in modo autonomo.

— Cosa? Cosa? Cosa?

Piangeva.

— Perché?

Le mani avevano raggiunto il Venditore al volto.

C'erano quelle che premevano per scalzargli gli occhi dalle orbite e quelle che spingevano per infilarsi nello squarcio della sua bocca.

Altre scavavano la sua pancia per infilarsi sin nelle budella e strapparle dall'interno. Altre si erano aggrappate alle ginocchia e alle caviglie e insieme tiravano come forsennate. Tutte mosse da furia omicida.

L'energia di Permuta, non più consumata dal rituale del Venditore, era tornata alle legittime proprietarie, cioè alle mani dei Cambiavalute, restituendo loro un po' di vigore. Salivano agili, ora. Saltavano.

Lo afferravano. Lo colpivano. Lo pizzicavano.

Herr Spiegelmann ululava. Cadde a terra.

Le mani lo ricoprirono.

— Gus, non farlo.

La chimera reclinò la testa.

Affannato, gli occhi arrossati dalla turba del Re e dall'angoscia, Pilgrind lo esortava a non fare ciò che entrambi avevano giurato di fare a ogni costo.

Gus si sentì tradito nel profondo. — Abbiamo giurato.

— Non farlo — fu la risposta pacata di Pilgrind.

— Dobbiamo!

— No. Non...

— Devo — disse allora Gus, scuotendo la testa.

— È caduto, guarda... — indicò il Barbuto.

Spiegelmann giaceva a terra, come morto. Le mani si affannavano su di lui come mosche su un cadavere.

— Sei tu il cieco, Pilgrind.

Gus indicava il corpo di Caius, avvolto da una luminescenza carminio, molto simile a quella che avvolgeva Jena Metzgeray.

— No. Il rituale non è stato concluso, c'è ancora speranza.

Gus gli puntò l'arma contro. — Vuoi impedirmi di compiere il mio dovere? — Poi si corresse, in un ruggito: — Il *nostro* dovere, o lo hai dimenticato?

— Tu non sei un assassino, Gus.

Gus sospirò, quasi con rassegnazione. Ogni parola gli costava fatica. Una fatica immane.

— Ho due proiettili, Pilgrind. Uno per me e uno per il Wunderkind. Ma posso trovare un altro modo per ammazzarmi. Non intralciarmi.

Pilgrind scosse la testa. — Non puoi farlo.

— Guardagli il petto.

Caius si era steso prono, le braccia allargate, come crocifisso alla piazza. Boccheggiava. Sul suo petto scarno era comparsa una scarificazione che prima non c'era. Sembrava un tatuaggio impresso con il fuoco. Un marchio indelebile che riluceva a seconda del suo annaspare. Doveva fargli molto male. Sia Gus sia Pilgrind sapevano quello che significava quel marchio.

Era il marchio della Rosa.

— La Rosa di Algol, lo vedi? — lo incalzò Gus.

— Lo vedo — disse Pilgrind, aggrottando la fronte. — Ma sei tu che non vuoi veramente vedere.

— Ha vinto Spiegelmann, Barbuto.

— Non ha terminato la contro-Permuta, ti sbagli.

— Non ha importanza — rispose Gus in tono concitato. — Il processo è solo rallentato. Caius ricorderà. Ricorderà, dannazione.

— Possiamo bloccarlo.

— E come?

— Lo abbiamo già fatto.

L'assurdità di quell'affermazione lasciò Gus a bocca aperta. I suoi lineamenti, pur esulando dall'umano per sconfinare nel regno degli insetti e degli anfibi, palesarono tutto il suo stupore in uno sfregare di antenne e pseudopodi. Pilgrind non ne fu disgustato. Solo rattristato.

— Sei pazzo, Pilgrind. Guardami.

— Ti vedo, Gus Van Zant.

— Allora non mentire. Sai che il processo è irreversibile. Possiamo solo farla finita, e c'è soltanto un modo per essere sicuri che sia davvero finita.

Spostò la canna dell'automatica verso Caius. Era un bersaglio facile, ora. Lo sguardo vitreo del ragazzino puntava verso il cielo. Immobile.

Da qualche parte un tuono squassò la notte.

Jena stridette.

— Non è detto che sia irreversibile. Non credevamo possibile neppure che esistesse una contro-Permuta.

Gus barcollò. Sputò della linfa a terra. Mosse verso Caius, deciso ad andare fino in fondo.

— Diventerai un assassino, Gus — lo implorò Pilgrind.

"O costringerai me a diventarlo" pensò.

— Sono già un mostro, cosa vuoi che importi?

Il Venditore riuscì ad alzarsi di qualche centimetro e subito l'esercito lo schiantò nuovamente al suolo.

Gli era difficile respirare.

Istupidito da ciò che stava accadendo (nella polvere di nuovo, proprio mentre assaporava il suo maggior trionfo), non provò neppure a usare la Permuta per liberarsi dai ribelli. Era lontana dai suoi pensieri, così come l'oltraggio che l'esercito delle mani mozzate stava compiendo alla sua carcassa avvilita e consumata dalla contro-Permuta.

Steso a terra, sbigottito e spaventato, cercava di comprendere in cosa avesse sbagliato. Dove avesse fallito.

Si era preoccupato di ogni dettaglio. Tutto era stato vagliato e attentamente pianificato. Aveva catturato i due fratelli, Cid e Paulus, per confondere e intrappolare, aveva assoldato il Primo fra tutti i Cacciatori per evitare che il Licantropo o Pilgrind lo disturbassero, aveva piegato Jena Metzgeray e tramite le sue mannaie ghiacciate si era procurato l'energia necessaria per approntare il rituale alla perfezione. Aveva persino messo il Wunderkind con le spalle al muro costringendolo a un'Infrazione.

E ora si ritrovava nuovamente con la bocca piena di sangue e polvere.

A terra. Sconfitto. Solo sangue e polvere. Odiava quel sapore. Era ributtante.

Era il sapore degli uomini.

Ecco quello che restava dell'esistenza, sangue e polvere. Nient'altro.

Sangue e polvere erano il destino degli uomini. Da che ne aveva avuto consapevolezza, Herr Spiegelmann aveva agito per sottrarsi a quella fine.

Si era ribellato alla dittatura del sangue e della polvere, si era sforzato di cambiare, di mutare pelle, corpo e anima, pur di allontanarsi dalla razza degli uomini, e così facendo sottrarsi al sangue e alla polvere.

E nonostante tutti i suoi forzi: sangue e polvere.

Era dunque finita? Era dunque questo il suo destino? Fallire nel sangue e nella polvere?

— No.

Questi erano pensieri da figlio del sangue e della polvere, non suoi. Non tutto era perduto. Era vivo, innanzitutto. La contro-Permuta non lo aveva distrutto come avrebbe fatto con altri Cambiavalute meno potenti di lui. L'orgoglio gli donò nuove energie. Ghignò. La battaglia non era finita, non poteva esserlo. Perché non era stato sconfitto.

Non era lui il vinto. Non quella notte.

D'un tratto fece scattare le mascelle, come un cane idrofobo. La bava alla bocca e un ringhio sordo in gola. Incenerì l'esercito che lo teneva prigioniero in un macabro contrappasso, e si alzò in piedi. Scosse la schiena e le spalle, per pulirsi da quell'immondizia. Non poteva finire così. Non era previsto che così terminasse la sua vita. Aveva predisposto tutto, ogni dettaglio.

La guerra proseguiva.

E se la sfortuna si fosse accanita ancora, allora avrebbe escogitato un sistema per eliminare la sfortuna dalla sua vita. Perdeva sangue da ogni poro, i suoi organi interni erano martoriati e ustionati, le sue dita erano moncherini inutili. Ma i suoi nemici non erano in condizioni migliori. Aveva ancora potere. Aveva conoscenza. Più di ogni altro Cambiavalute. Abbastanza per raggiungere la sua ricompensa.

Chiuse gli occhi e fischiò.

I Caghoulard arrivarono immediatamente, planando dai tetti su cui il Venditore li aveva fatti disporre. Lo presero fra le braccia e lui si lasciò trasportare. Era stanco. Moribondo. Ma, sebbene in maniera parziale, il suo piano aveva funzionato. Il Wunderkind era innescato. Proprio così, pensò.

Innescato.

48

Caius si alzò da terra, lentamente.

Si guardò attorno. La fontana era lercia di sangue. La piazza coperta di carne incendiata. Il demone uscito dall'inferno era lontano, circondato dalla nube di polvere. Scosse la testa. Pilgrind era immobile, le mani all'altezza dei fianchi. Caius provò a sorridere. Poi vide la chimera.

La chimera era Gus, ma al tempo stesso non lo era.

Non era insetto e non era anfibio. Era un po' l'uno e un po' l'altro. Puzzava di fango e sangue. Non era Gus, sebbene parlasse con la sua voce.

— Scusami ragazzo, scusami — diceva quel demonio.

— Va' via — lo pregò Caius, terrorizzato.

— Non posso. Devo.

Pochi passi. Gus puntò l'arma.

— Non uccidermi.

— Non puoi capire.

E premette il grilletto.

Da quella distanza non avrebbe potuto sbagliare. E non avrebbe sbagliato se non fosse stato per Re Fil di Ferro che, sbucando da chissà dove, si frappose fra il piombo e la tenera carne della tempia di Caius.

L'impatto investì in pieno la figurina dagli occhi piumati. Re Fil di Ferro assorbì il proiettile e lo lasciò cadere a terra. Ci fu un plinc metallico. Subito dopo Re Fil di Ferro planò sul selciato, stordito.

Gus lo fissò, furibondo. — Tu...

Poi guardò Caius. Il ragazzino era pallido e sbigottito.

— Mi hai sparato...

Gus riprovò. Gli era rimasto ancora un proiettile.

— Gus, no! — urlò Pilgrind, lanciando una Permuta contro di lui.

La pistola esplose in un lampo di fuoco. Un frammento di metallo incandescente colpì Caius alla fronte, facendolo gridare di dolore e sorpresa.

Il suo grido fu sovrastato dall'urlo di Gus. Della mano che aveva impugnato l'automatica non rimaneva che un moncherino con tre dita attaccate.

Caius era illeso. Si alzò, tremante. — Mi hai sparato.

— Tu... — gracidò Gus. — Devi... — si sforzò. — Tu... Tu sei il Wunderkind...

Strinse i denti e si rialzò da terra. Ancora la sua furia omicida non si era placata. La mano superstite afferrò il pugnale, lo sguainò.

— Tu...

Caius tremava. — *Perché?* — urlò.

E quell'urlo ebbe la forza di schiantare Gus, Pilgrind e Re Fil di Ferro a venti metri di distanza, sollevandoli come fuscelli. Fece crollare i pochi cornicioni rimasti in piedi ed esplodere vetri e lampade. Fece saettare nuove crepe nell'asfalto e nel granito. La piazza divampò.

— Perché? — tossì Caius e s'inginocchiò, in lacrime.

Epilogo

... E quando la furia della tormenta schiantò la piazza del Rana e il Dent de Nuit tutto...

... E quando l'acqua prese a lavare in scrosci il sangue e la cenere...

... E quando la bufera tentò di abbattere le mura quasi fosse giunto il Giorno del Giudizio...

... E quando persino i cadaveri annegarono sommersi dalla furia dell'uragano...

... E quando Jena Metzgeray, sazio di vendetta, fece ritorno all'inferno calcinato che era il suo reame...

... E quando Pilgrind, incapace di alzarsi e reagire, maledisse in un ululato la propria debolezza...

... E quando Gus pianse le sue ultime lacrime, salate di una rabbia infinita...

... Allora i quattro Cacciatori sbucarono dal muro d'acqua e fulmini per eseguire la volontà di Herr Spiegelmann. Quattro uomini trasfigurati dalla follia degli elementi in ombre possenti, per nulla impensieriti da ciò che i loro occhi avevano visto e le loro orecchie udito. Afferrarono Caius, inerte, tramortito dallo choc, e se lo issarono in spalla senza alcuno sforzo. Il ragazzino pelle e ossa non aveva quasi peso.

Ben presto sparirono nel ventre oscuro del quartiere che nessuna mappa aveva mai segnalato.

Glossario

Caghoulard: esseri abietti, conoscono la poesia della carne straziata ma non quella della compassione. Sono detti Neri Incappucciati per la foggia degli abiti che si confezionano da soli. Scarificazioni e infibulazioni ne contraddistinguono il rango. Non desiderano altro che un nome.

Calibano: creatura in cui bellezza e mostruosità si uniscono. Il suo respiro è musica, il suo volto è follia.

Cambiavalute: coloro che sono in grado di operare la Permuta.

Fobici: hanno dimenticato la morte e per questo non sono cadaveri. Si muovono e uccidono con forza sovrumana, ma non sono vivi. Hanno occhi come code di pavone.

Manufatti: oggetti permutati tramite Permuta del Di Là. Inducono una dipendenza che diviene schiavitù.

Permuta del Di Là: capacità di permutare oggetti tramite l'uso del sangue.

Permuta del Di Qua: capacità del Cambiavalute di modificare l'essenza fisica della realtà tramite la distruzione di uno o più ricordi.

Tarlato: gigantesca creatura crestata fatta di pane raffermo, ali di mosca e marciume. Non è un essere vivente, è un'arma. Il suo bacio è strazio per la carne.

Ringraziamenti

Alla mia famiglia, per la pazienza che ha dimostrato nei miei confronti e per il gusto di perdersi in una biblioteca. Ad Anna, che mi disse: «Ci sono molti modi per far vedere qualcosa» e mi ha messo una penna in mano.

A Maurizio Girardi per aver letto tutto (e intendo proprio *tutto*) con entusiasmo e intelligenza, anche e specialmente quando si trattava di deliri senza capo né coda.

Grazie a Dario Di Liberto, per l'amicizia, l'incoraggiamento e le infinite discussioni. Per lo stesso motivo devo molto anche a Marco Lazzara, amico fraterno. E a Fulvio Ferrari, amico e mentore.

Desidero ringraziare Luca "Metal Guru" Signorelli per i preziosi suggerimenti durante la stesura di questo romanzo, ma soprattutto perché sa che là fuori ci sono solo mostri.

Un ringraziamento speciale va a Piergiorgio Nicolazzini, il mio agente, che quando dice che una cosa funziona, quella funziona *davvero*.

A Sandrone Dazieri per la fiducia. A Silvia Torrealta e Andrea Cotti, i miei due editor, perché mi hanno insegnato a illuminare la notte.

Grazie anche a Jadel di Kai Zen (www.kaizenology.wordpress.com) per l'amicizia e la planimetria del Ministero Bulgaro. Thanks to Sonia for her brew translation.

A tutti coloro che hanno collaborato, in maniera più o meno diretta, alla buona riuscita di questo romanzo.

A Jena, per gli incubi. E ai Moonspell, per aver contribuito con la loro musica a ispirare la stesura di questa trilogia.

E a Sara, naturalmente.

Infine desidero ringraziare te, che stai per chiudere questo libro, perché senza chi ascolta raccontare è vanità.